ひとりの体で［上］ジョン・アーヴィング　小竹由美子 訳

シーラ・ヘファーノンとデイヴィッド・ロウランドへ、そしてトニー・リチャードソンの思い出にこうして私はひとりの体で幾人もの人間を演じ、どれにも満足することがない。

『リチャード二世』ウィリアム・シェークスピア

ひとりの体で［上］目次

In One Person [Book 1] Contents

IN ONE PERSON

by

John Irving

Illustration by Kuniko Nagasaki
Design by Shinchosha Book Design Division

ひとりの体で［上］

In One Person

第一章　不首尾に終わったキャスティングコール

まずはミス・フロストの話から始めることにしよう。私が作家になったのは十五歳という成長期にチャールズ・ディケンズのとある小説を読んだからだと誰にでも話しているのだが、じつは私がミス・フロストと初めて会い、そして彼女とのセックスを夢想したのはそれよりもっと若いときだったし、この性的な目覚めの瞬間に私の創造力もまた突然に発現したのだ。私たちは自分の願いによって形作られる。密かに胸を高鳴らせ思い焦がれた一分にも満たないあいだに、作家になりたい、そしてミス・フロストとセックスしたいと私は願った――必ずしもこの順序で、というわけではないが。

ミス・フロストとは図書館で出会った。私は図書館《ライブラリーズ》が好きだが、この単語を発音するのは骨が折れる――複数でも単数でも。どうやら私には発音するのにかなりの困難が伴う言葉があるようなのだ。大半は名詞だ――異常な興奮、解決不能な葛藤、あるいはひどい恐慌状態に陥る原因となった人間や場所や物事。とまあ、それが私の治療にあたった――悲しいかな、効果はなかったが――あちこちの発声術の先生や言語療法士や精神分析医の意見だ。小学校では、「深刻な構音障害」――大げさな表現だ――により、一年遅れた。私は今では六十代の後半、ほとんど七十だ。自分が発音を間違う原因《イティオロジー》には関心を持たなくなった（ざっくばらんに言わせてもらえば、原因究明なんてクソ喰らえだ）。

イティオロジーという言葉は口にしてみようという気にすらならないのだが、ライブラリーあるいは複数形のライブラリーズという単語なら、理解してもらえる程度の間違い発音でなんとか言うことができる——間違い発音によるこの単語は、未知の果物みたいに聞こえてしまう（私が言うと、「ライベリー」あるいは「ライベリーズ」になる——子供が発音するように）。

さらに皮肉なことに、私の最初の図書館はどうということのないものだった。それはヴァーモント州のファーストシスターという小さな町の公立図書館——私の祖父母が住んでいたのと同じ通りにある、こぢんまりした赤レンガの建物だった。私はリヴァー・ストリートの祖父母の家で暮らしていた——私が十五のときに母が再婚するまで。母は私の継父と芝居で知り合ったのだ。

町のアマチュア演劇クラブはファーストシスター・プレイヤーズという名前だった。思い出せる限り昔から、私は町の小さな劇場で上演される劇はすべて見ていた。母はプロンプターだった——誰かがセリフを忘れると、母がなんと言えばいいか教えるのだ（なにしろアマチュア劇団なので、セリフ忘れは多かった）。ずいぶん長いあいだ、プロンプターは俳優の一員なのだと私は思っていた——なぜか舞台袖にいて衣装も着けていないが、劇の会話には欠くべからざる構成要員なのだと。

母と出会ったときの私の継父は、ファーストシスター・プレイヤーズの新しい役者だった。彼はフェイヴォリット・リヴァー学院——そこそこの有名私立校で、当時は男子校だった——の教師として町へやってきた。子供時代の大半を通じて（十歳か十一歳の頃までには間違いなく）、そのうち「じゅうぶん大きく」なったら、自分は学院へ行くのだと私は思っていたはずだ。学院にはもっと現代的で明るい図書館があったのだが、ファーストシスターの町の公立図書館が私の最初の図書館で、そこの司書が私の最初の司書だった（ちなみに、司書《ライブラリアン》という言葉の発音にはなんの支障も感じたことがない）。

言うまでもなく、ミス・フロストのほうが図書館よりもずっと印象的な経験だった。言い訳のしようもないが、彼女のファーストネームを知ったのは出会ってずいぶん経ってからのことだ。誰もが彼女をミス・フロストと姓で呼んでいて、遅ればせながら初めて彼女と会って自分の図書館カードを作ってもらったとき、私には彼女が母くらいの年頃――あるいはやや下――に見えた。ちょっとないほど尊大な人間である私の伯母は、ミス・フロストは「昔はすごく見栄えがよかった」と言ったが、私には自分が出会ったときよりもさらに見栄えのいいミス・フロストなんてとても想像ができなかった――子供の頃でさえ、私がやることといえばあれこれ想像することだけだったにもかかわらず。伯母に言わせると、町の独身男性は昔は皆ミス・フロストに会うと歓心を買おうと躍起になったらしい。そんな誰かが勇を鼓して自己紹介すると――ミス・フロストに自分の名前をちゃんと告げると――当時は美しかった司書は相手を冷ややかに見据えて、「わたしの名前はミス・フロスト。結婚はしていないし、するつもりもないわ」と冷たく言い放つのだった。

そんな態度のおかげで、私が出会ったとき、ミス・フロストはまだ独身だった。私には信じられないことだが、ファーストシスターの町の独身男性は、とうに彼女に自己紹介するのを止めていた。

件の重要なディケンズの小説――私に作家になりたいという思いを抱かせた、とまあ私がいつもそう言っている本――は『大いなる遺産』だった。最初にあの本を読んだのも最初にあの本を再読したのもどちらも私が十五のときのことだったのは確かだ。学院に通うようになるまえだったのはわかっている、というのは、この本をファーストシスターの町の図書館から借りたからだ――二度。あの本を二度目に借りようと図書館へ行ったときのことは決して忘れない。小説を一冊丸々再読したいなどと思ったのはそれが初めてだった。

ミス・フロストは私に射貫くような視線を向けた。あの頃、私の背丈は彼女の肩まであったかどうか。「ミス・フロストは、昔はよく言う『彫像のような』スタイルだったの」と伯母は、ミス・フロストの背丈や姿形までもが過去のことでしかないような言い方をした（私にとって彼女は永遠に彫像のようだった）。

ミス・フロストは姿勢がよくて肩幅の広い女性だったが、私がとりわけ注意を惹かれたのは彼女の小さいがきれいな胸だった。彼女の男みたいな体型や明らかな力強さとは見たところ対照的に、ミス・フロストの胸は最近発達したばかりのように見えた——信じがたいことだが、若い娘の膨らみかけの乳房のような風情に。年配の女性がなぜそんな体つきでいられるのかわからなかったが、彼女の胸はきっと、遭遇した十代の男の子たち全員の想像力を捉えて離さなかったに違いない、とまあ、彼女に会った私は思った——あれはいつだっただろう？——一九五五年のことだ。そしてすくなくとも、うらさびれたファーストシスターの町の図書館という静けさが課せられた場においては、ミス・フロストはけっして思わせぶりな服装ではなかったということをわかっておいてもらわねばならない。日中だろうが夜だろうが、どんな時刻であれ、図書館にはほとんど人気《ひとけ》がなかった。

我が尊大な伯母が（私の母に）こう言うのを小耳に挟んだことがあった。「ミス・フロストは練習用ブラで間に合う年齢は過ぎてるわよ」十三歳の私はこれを、ミス・フロストのブラは——何かと批判したがる伯母の意見では——胸にまったく合っていない、あるいはその逆ということだと取った。そんなことあるもんか！　と私は思った。そして、ミス・フロストの胸に対する自分と伯母のそれぞれ異なる強い関心について私があれこれ思い悩んでいるあいだじゅうずっと、かの威圧的な司書は先に述べた射貫くような視線を私に浴びせ続けていたのだった。

私が彼女に出会ったのは十三のときだ。この威嚇的な場面では私は十五だったが、ミス・フロストの侵入してくるような眼差しをいつまでもひたと据えられていると、この射貫かれるような視線を二年間浴びてきたような気がした。しまいにやっと彼女は、『大いなる遺産』をもう一度読みたいという私の要望についてこう言った。「この本はもう読んだでしょ、ウィリアム」

「はい、この本を大好きになりました」と私は答えた――これはすんでのところで口走るところだった、あなたを大好きになりました、の代わりだった。彼女はそっけなく堅苦しかった――初めて私をきちんとウィリアムと呼んだ人物だった。私はいつも家族からも友人からもビル、あるいはビリーと呼ばれていたのだ。

　ミス・フロストがブラだけ身につけているところを見たいと私は思った。じゅうぶんな支えにはなっていない（我がお節介な伯母の意見によると）ブラを。だが、そんな不謹慎なことを口走る代わりに、私はこう言った。「僕は『大いなる遺産』を読み返したいんです」（ミス・フロストが私に与えた印象はエステラが哀れなピップに与えた印象に劣らず圧倒的なものとなるだろうという予感のことはおくびにも出さないで）

「こんなにすぐに？」とミス・フロストは訊ねた。『『大いなる遺産』はほんの一ヶ月まえに読んだところじゃないの！」

「読み返したくてたまらないんです」と私は言った。

「チャールズ・ディケンズの著作はたくさんあるのよ」とミス・フロストは言った。「べつのを読んでごらんなさい、ウィリアム」

「もちろん、読みます」と私はきっぱり答えた。「でもまずこの本をもう一度読みたいんです」

　ミス・フロストから二度目にウィリアムと呼ばれたとき、私はたちまち勃起した――とはいえ、十五歳の私はペニスも小さく、笑えるほどがっかりな勃起でしかなかったが（ミス・フロストに私が勃起していることを気づかれる恐れはまったくなかった、とだけ言っておこう）。

なんでも知っている我が伯母は母に私のことを、年の割に発育不全だと言っていた。もちろん伯母はべつの（あるいはすべての）意味での「発育不全」のことを言っていたのだ。私の知る限り、伯母は幼児期――そのとき見ているとしたら――以来私のペニスを目にしてはいなかった。ペニスという言葉についてはあとで詳述しよう。今のところは、「ペニス（英語の発音ではピーニス）」という言葉を発音するのは私には非常に難しいのだということを知っておいてもらえばじゅうぶんだ。この単語は私の苦しい発話では――なんとか口にできるとしたら――「ス」がsではなくthの発音になるのだ。「天頂《ジーニス》」と韻を踏む、と説明すればいいだろうか（複数形を避けるためなら私はどんな労も惜しまない）。

ともかく、ミス・フロストには私の性的苦悶を一切気づかれないまま、私は『大いなる遺産』をもう一度借りようとしていたのだった。じつのところ、図書館にはこんなにたくさん本があるのに、どの本にしろ再読するなんて道義に反する時間の無駄だ、とミス・フロストは言いたげに見えた。

「『大いなる遺産』の何がそんなに特別なの？」と彼女は訊ねた。

『大いなる遺産』のおかげで私は作家になりたいと思ったのだ、と話した最初の相手は彼女だったのだが、本当はそれは彼女のおかげだった。

「あなたは作家になりたいのね！」とミス・フロストは叫んだ。喜ばしげな口ぶりではなかった（何年もあとになってから、もし私が反自然性愛者《ソドマイザー》を職業としたいと言っていたら、ミス・フロストは憤慨していただろうかと思ったものだ）。

「はい、作家に――そう思ってます」と私は答えた。

「自分は作家になるんだなんて言えるわけがないでしょ！」とミス・フロストは言った。「職業選択とは違うのよ」

それについては彼女は確かに正しかったが、当時の私にはわからなかった。そして私は『大いなる遺産』をもう一度読ませてもらうためだけに彼女に懇願していたのではなかった。私が格別の熱心さで懇願していたのは、ひとつには、ミス・フロストが私に苛立ちを募らせれば募らせるほど、彼女が急に息を吸い込む様を楽しめるからだった――その結果として彼女の驚くほど少女っぽい胸が上下するのは言うに及ばず。

十五歳の私は二年前と同様彼女に惚れ込んでめろめろになってしまったのだった。いや、訂正せねば。十五の私は十三のときよりもさらにいっそう彼女に魅了された。十三のときには単に彼女とセックスすること、そして作家になることを夢想しただけだった――一方十五の私が想像したセックスはより高度なものだったし（具体的な詳細がもっと増えていた）、それに私はすでに我ながらほれぼれするような文章を幾つか書いていた。

もちろん、ミス・フロストとセックスすることも本当に作家になることも、どちらもあり得ないことだ――だが、ほんのわずかばかりの可能性はあるんじゃないか？　おかしな話だが、そう信じるだけの不遜さが私にはあった。そんな過大な自負あるいは分不相応な自信がどこから来たかについては――そう、遺伝子が関係しているんじゃないかとでも思うほかない。

母方のほうではない。プロンプターという母の舞台裏の役目には不遜さなどかけらもなかった。結局のところ、私は夕べの大半を母とともに我が町のアマチュア演劇クラブの才能ある（あるいは才能のない）さまざまなメンバーのための安全な安息所で過ごしていたのだ。あの小さな芝居小屋は、なべて誇り高い、あるいは自信あふれる類の場所というわけではなかった――したがってプロンプターも。

私の不遜さが遺伝的なものならば、それはきっと実の父親から来ているのだ。私は父に会ったことはないと聞かされていた。私は父に対する世間の評判しか知らず、それはあまり芳しいものではなかった。

「暗号ボーイ」、祖父は父のことをそう呼んだ――あるいは、頻度は低かったが「軍曹」と。母は軍曹のせいで大学をやめたのだと祖母は言っていた(祖母は「暗号ボーイ」よりも「軍曹」のほうを好み、いつも蔑んだように口にしていた)。ウィリアム・フランシス・ディーンが母が大学を中退した原因なのかどうか、私は本当のところは知らなかった。母は代わりに秘書養成学校へ行ったが、そのまえに彼によって私を身ごもっていた。その結果、母は秘書養成学校もやめることになる。

一九四三年四月にニュージャージー州アトランティック・シティーで父と結婚したのだと、母は話してくれた――強制的に結婚させられたにしてはちょっと遅い。私は四二年の三月にヴァーモント州ファーストシスターで生まれていたのだから。母が父と結婚したとき、私はすでに一歳になっていて、「結婚式」(町政記録係か治安判事によって執り行われた)は主として祖母の思いつきだった――とまあ伯母のミュリエルは言っていた。どうやらウィリアム・フランシス・ディーンはさほどいそいそと結婚したわけではないらしかった。

「わたしたち、あなたが二つになるまえに離婚したの」と母は私に言った。私は結婚証明書を見たことがあり、それでニュージャージー州アトランティック・シティーというなんだか聞き慣れない、ヴァーモントから遠く離れた地名を覚えていたのだ。私の父親はその地で基礎訓練を受けていたのだった。離婚の書類は誰も見せてくれなかった。

「あの軍曹は結婚にも子供にも関心がなかったんだよ」と祖母はなかなか高慢ちきな口調で私に言った。子供ながら、伯母の傲慢さは祖母譲りなのが私にもわかった。

だが――誰が強いたのであれ――ニュージャージー州アトランティック・シティーでなされたこと

のおかげで、あの結婚証明書によって、遅ればせにではあるが、私は嫡出子となった。私はウィリアム・フランシス・ディーン・ジュニアと名付けられた。父はいなくとも、父の名前はもらっていた。そして暗号ボーイの遺伝子をある程度受け継いでいたに違いない——母の言うところの軍曹の「豪気」を。

「どんな人だったの？」私は母にもしかしたら百回も訊ねたかもしれない。母は昔はとても優しく応じてくれた。

「あら、すごくハンサムだったわ——未来のあなたがそうなるみたいに」母はいつも微笑みながらそう答える。「それに豪気たっぷりでね」私が大人になり始めるまえは、母は私にとても優しかった。

十二歳までの、ティーンエイジャーになったばかりの男の子は誰でも、私がそうだったように直線的な時の流れに無頓着なのかどうかはわからないが、私は物事の順序を考察してみようなどとは夢にも思ったことがなかった。父は母を一九四一年の五月下旬か六月初旬に妊娠させたに違いない——父がハーヴァードの一年目を終えようとする頃だ。しかるに父は——ミュリエル伯母さんの皮肉たっぷりな見解のなかにおいてすら——ハーヴァード・ボーイと呼ばれることは決してなかった。父はいつも暗号ボーイ（あるいは軍曹）と呼ばれていたが、母は明らかに父がハーヴァードと繫がっていることを誇らしく思っていた。

「たった十五でハーヴァードに入るだなんて、考えてもごらんなさい！」母がこう言うのを聞いたのは一度ではない。

だが、私の豪気な父親がハーヴァードの新入生となったのが十五のときだとすると（一九四〇年九月に）、母より年下でないとおかしい。母の誕生日は四月だ。四〇年の四月には、母はもう二十歳になっていた。四二年の三月に私が生まれたとき、母はあと一ヶ月で二十二だったのだ。

母が妊娠に気づいたとき、父がまだ十八になっていなかったから結婚しなかったのだろうか？　父は一九四二年十月に十八になった。母いわく「ご親切なことに、徴兵年齢がそこまで引下げられたのよ」（ご親切なことに、などという言葉は母の語彙によく見られるものではなかったと、私はのちになって思うことになる。おそらく、ハーヴァード・ボーイが口にしていたのだろう）

「あなたのお父さんは志願して先に入隊してしまったほうが軍隊生活における定めをよりうまくコントロールできるかもしれないと思っていて、一九四三年一月にそうしたの」と母は私に語った（「軍隊生活における定め」という言い方もまた母の語彙にはそぐわなかった。ハーヴァード・ボーイの刻印がはっきり押されていた）。

私の父は一九四三年三月――兵役に就くために――バスでマサチューセッツ州フォート・デヴェンズへ行った。当時、空軍は陸軍に組み込まれていた。父は暗号解読技術者という専門的な任務を割り当てられた。基礎訓練のために、空軍はアトランティック・シティーとその周辺の砂丘を占有していた。父とその仲間の新兵たちは豪華なホテルに宿営し、訓練中の兵士たちはそこをめちゃめちゃにしてしまうこととなった。私の祖父によると、「バーじゃ誰も身分証明書を確認したりしない。週末には女の子たち――ほとんどがワシントンＤＣから来た国家公務員――が町に集まってくる。そりゃあ楽しかったろうさ――砂丘じゃありとあらゆる武器をぶっぱなしてるとはいってもなあ」

アトランティック・シティーへ父を訪ねていったのだと母は言った――「一度か二度」（二人はまだ結婚しておらず、そして私は一歳？）

あの四三年四月の「結婚式」のためにアトランティック・シティーへ行ったとき、母はきっと私の祖父といっしょだったに違いない。これは父がニューヨーク州ポーリングにある空軍の暗号学校――ここで父はコードブックとストリップ暗号（米軍が使用していた多表換字式機械暗号）の使い方を教えられた――へ送られるちょっとまえのことだったのだろう。そこから、四三年の晩夏に、父はイリノイ州ラントゥールのシャヌート・フィールドへ送られた。「イリノイであの人は暗号作成法の基本《ナッツ・アンド・ボルツ》を学んだの」と母は言った。ということは、私が生まれて十七ヶ月後、二人はまだ連絡を取り合っていたのだ（「基本《ナッツ・アンド・ボルツ》」などという言葉は母の語彙のなかでは決して目立ってはいなかった）。「シャヌート・フィールドで、お前の父さんは主要な軍事用暗号機について教えられた――基本的には、電気仕掛けの暗号の輪がセットでついたテレタイプだな」と祖父は私に説明した。祖父の言葉はラテン語も同然だった。おそらく、私の雲隠れしてしまった父親でさえ暗号機械の機能を私に理解させることはできなかったことだろう。

祖父は「暗号ボーイ」とか「軍曹」という言葉を蔑んだ口ぶりで使うことは決してなく、私の父親の戦争中の話を楽しそうに聞かせてくれた。きっとファーストシスター・プレイヤーズでアマチュア俳優をやっていたおかげで、祖父はあんなに特殊で難しい詳細を語れるだけの記憶力を身につけたに違いない。お祖父ちゃんは私の父親の身に起こったことを正確に繰り返すことができた――戦時の暗号解読者の仕事、秘密文書を暗号化したり解読したりすることは、私にとってまるっきり面白くないということもなかったが。

アメリカ第十五陸軍航空軍の司令部はイタリアのバーリに置かれていた。私の父が所属していた第七六〇爆撃飛行隊はスピナッツォーラ陸軍航空基地――町の南の農地にある――に駐屯していた。連合国のイタリア侵攻に続いて、第十五陸軍航空軍はドイツ南部、オーストリア、バルカン諸国の爆撃に従事した。一九四三年十一月から一九四五年九月までのあいだに、千機以上のB‐24重爆撃機がこの戦闘で失われた。だが暗号技術者は空は飛ばなかった。私の父親はスピナッツォーラの基地にある暗号室をめったに離れることはなかったのではないか。父は戦争の続くその後の二年間を、コードブック及び不可解な暗号機器とともに過ごした。

爆撃機がオーストリアのナチの工業団地やルーマニアの油田を攻撃する一方で、私の父親が出かけていくのはせいぜいでバーリまで——おもに自分のタバコを闇市で売るために——だった（ウィリアム・フランシス・ディーン軍曹はタバコは吸わなかったと母は私に断言したのだが、彼はボストンに戻ったときに車——一九四〇年型シボレー・クーペ——を買えたほど、バーリでタバコを大量に売りさばいたのだった）。

私の父親の除隊は比較的速やかだった。父は四五年の春をナポリで過ごし、その土地のことを「魅惑的で活気があり、ビールにあふれている」と描写した（誰に描写してみせたんだ？　私が二歳になるまえに父が母と離婚していたとしたら——どうやって離婚したんだろう？——私がすでに三歳になっていた時点で、どうして父は相変わらず母に手紙を書いていたのだろう？）。

もしかしたら父は、代わりに祖父に手紙を書いていたのかもしれない。私の父親はナポリで海軍の輸送船に乗ったのだと話してくれたのはお祖父ちゃんだったのだ。トリニダードに短期間滞在したあと、父はC－47輸送機でブラジル、ナタールの基地に飛び、その地ではコーヒーが「非常に美味しい」と述べていたらしい。ブラジルから、べつのC－47——この機は「老朽化している」と描写された——でマイアミへ飛んだ。北へ向かう軍事輸送列車が帰還兵たちを除隊場所まで運んでいた。かくして私の父親はマサチューセッツ州フォート・デヴェンズに戻ったのだ。

一九四五年十月というタイミングは、父にとってハーヴァードのあの同じ学年に戻るには遅すぎた。父は闇市で稼いだ金でシボレーを買い、ボストンで一番大きな店であるジョーダン・マーシュの玩具売り場で一時的な仕事に就いた。父は四六年の秋にハーヴァードに復学するつもりだった。ロマンス語の研究を専門分野にしようとしていた。祖父が説明してくれたところによると、それはフランス、スペイン、イタリア、ポルトガルの言語及び文学的伝統ということなのだった（「あるいは、少なくともそんなかの二つか三つ」とお祖父ちゃんは言った）。

「あなたのお父さんは外国語の達人だったのよ」と母さんからは聞かされていた――だから暗号文の達人だったのかな、もしかして？　だが、なぜ母にしろ祖父にしろ逃げた私の父親のハーヴァードにおける専門分野のことを気にかけていたのだろう？　そもそもなぜこういった詳細を二人は知っていたのだろう？　どういうわけで彼らは知らされていたのだ？

父の写真が一枚あった――何年ものあいだ、私の目に触れる唯一の父の写真だった。その写真の父はとても若く、とても痩せていた（一九四五年の晩春か初夏の頃のものだった）。父は例の海軍の輸送船の上でアイスクリームを食べている。その写真はトリニダードの埠頭に着くまでのあいだに、イタリア南部とカリブ海のあいだのどこかで撮られたものだった。

父のフライトジャケットの黒豹は私の子供っぽい空想のすべて、というかほとんどを虜にしたのではないだろうか。あの怒れる顔つきの豹は第四六〇爆撃航空群のシンボルだった（暗号作成は完全に地上勤務員の仕事だった――それでも、暗号作成者はフライトジャケットを支給されていた）。

自分のなかにはあの戦争の英雄の何かがあるのだというひどく漠然とした思いが、私にはつきまとっていた。とはいえ、父の戦時における功績の詳細はさほど英雄的には聞こえなかったが――子供にとってさえ。だが祖父はいわゆる第二次大戦マニア――あの、どんな詳細にも興味をかきたてられる類の人間――で、いつも私にむかって「俺にはお前のなかに未来の英雄が見えるぞ！」と言うのだった。

祖父にはウィリアム・フランシス・ディーンについて言える肯定的なことはほとんど何もなく、母はその評価を「すごくハンサム」と「豪気たっぷり」という言葉で始め、そして（たいていの場合）

終えるのだった。

いや、それは必ずしも真実ではない。どうして父とうまくいかなかったのかと私が訊ねると、父が誰かとキスしているところを見てしまったのだと母は答えた。「あの人が、ほかの人とキスしてるのを見ちゃったの」としか母は言わなかったが、それは、ほかのという言葉を忘れた俳優に舞台袖から教えてやるような、おざなりな口調だった。私としては、母はそのキスを私を妊娠したあとで――もしかしたら私が生まれたあとだったのかもしれない――見たのだろう、そしてそれが無害なキスではないと察するにじゅうぶんなほどその熱っぽい昼の接触を眺めていたのだろうと結論を下すしかなかった。

「きっとフレンチキスだったんだ、ベロを喉まで突っ込んじゃうようなさ」と従姉がいちど教えてくれたことがある――がさつな女の子で、私が何度も引き合いに出しているあの尊大な伯母の娘だ。だが、私の父親はいったい誰とキスしていたのだろう？　もしかしたら例の週末にアトランティック・シティーへ集まってくる女の子たち、ワシントンDCからやってくる国家公務員のひとりだったのだろうか（だから祖父は私にあの女の子たちのことを話したのではないか？）。

あの頃、私が知っていたのはそれだけだった。たいした知識ではない。しかしながらそれでも、私が自分を信頼できなくなる――自分が嫌いにさえなる――にはじゅうぶんすぎるくらいだった。というのは、私には自分の欠点をなんでも実の父親のせいにする傾向があったからだ。悪い性癖はなんでも、さもしい秘め事はなんでも父のせいにした。基本的に、自分のなかの悪魔はすべて遺伝だと思っていた。自分のなかの疑わしい、あるいは不安を感じる面はすべて、ディーン軍曹の特徴の現れであるはずなのだった。

私はハンサムになるだろうかと母は言ったのではなかったか？　それもまた呪いなんじゃないだろう

か？　豪気ということについては――そう、私は（齢《よわい》十三にして）自分は作家になれるなどと思ったのではなかったか？　私はすでにミス・フロストとのセックスを思い描いていたのではなかったか？

言っておくが、私は逃げ出した父親の子でありたいなどとは思っていなかった、彼の遺伝子パッケージを引き継ぐ者になりたいなどとは――手当たりしだいに若い女たちを妊娠させては捨ててしまうような者に。だって、それがディーン軍曹のやり口だったんじゃないか？　私は彼の名前も欲しくなかった。ウィリアム・フランシス・ディーン・ジュニアでいるのが嫌でたまらなかった――暗号ボーイの私生児同然の息子でいるのが！　継父を欲しがっている子供がいるとしたら、自分の母親にせめて真剣な付き合いの恋人がいてくれたらと願っている子供がいるとしたら、それが私だった。

その結果、私はあるときこの第一章を書き始めようと思うに至る。というのは、そうすればリチャード・アボットの話から始められたからだ。すぐに私の継父となるその男は、私の将来という物語を始動させたのだった。じつのところ、母がリチャードと恋に落ちなかったら、私はミス・フロストに出会っていなかったかもしれない。

リチャード・アボットがファーストシスター・プレイヤーズに加わるまで、この町のアマチュア演劇クラブでは、権柄ずくな私の伯母が言うところの「主演俳優となれる人材が欠乏している」状態だった。心底ぞっとするような悪党もいなければ、観客のご婦人方を老いも若きもうっとりさせてしまうようなロマンチックな能力を持った若い男性もいなかったのだ。リチャードは背が高く、色浅黒くハンサムであるだけではなかった――彼はそうした常套句の権化だった。彼はまた、痩せていた。ひどく痩せぎすで、私の目にはじつの父親である暗号ボーイと驚くほど似ているように思えた。私が持っている唯一の父の写真では、父はいつも変わらず痩せていた——そしてイタリア南部の海岸とカリブ海のあいだのどこかでいつもアイスクリームを食べていた（当然のことながら、母はこの相似に気づいているのだろうかと私は思うこととなった）。

リチャード・アボットがファーストシスター・プレイヤーズの俳優になる以前は、この町の小さな劇団の男優は、目を伏せてこそこそチラ見しながら支離滅裂なことを呟くタイプか、でなければ（同じくひと目でわかる）尊大な大根役者で、自分のセリフをがなりたて、ひいき客のすぐに腹を立てる中年のご婦人連に色目を使うタイプかどちらかだった。

才能という点での明らかな例外が——リチャード・アボットとまではいかなくとも、なかなか才能ある俳優だったのだから——私の第二次大戦マニアの祖父、ハロルド・マーシャルで、皆（私の祖母を除いて）彼をハリーと呼んでいた。祖父はヴァーモント州ファーストシスター最大の雇用主だった。ハリー・マーシャルはフェイヴォリット・リヴァー学院よりもたくさんの人間を雇っていた。とはいえ、あの私立学校がこの小さな町では二番目の雇用主であるのは確かだったが。

ハリーお祖父ちゃんはファーストシスター製材工場の所有者だった。ハリーの共同経営者——陰気なノルウェー人で、そろそろ登場するはずだ——は森林監督官だった。ノルウェー人は伐採作業を監督していたが、ハリーは製材工場を管理していた。あらゆる小切手に署名するのもまたハリーお祖父ちゃんで、丸太や材木を運ぶ緑のトラックには小さな黄色の大文字で「MARSHALL」という名前が記されていた。

この町における祖父の高い地位を考えると、ファーストシスター・プレイヤーズがいつも祖父に女役を割り振っていたというのは意外かもしれない。私の祖父は素晴らしい女役だったのだ。この町の小さな劇場で、ハリー・マーシャルは多くの（ほとんどの、という人もいるだろう）主役女性を演じてきていた。実際、私の記憶では祖父は男役より女役のほうがうまかった。私が目にしてきた工場経営者兼製材業者という実生活での単調な役割を演じる祖父と比べて、舞台上の女役の祖父はずっと活き活きとして熱が入っていた。

　いやはや、もっとも難しくやりがいのある女役となると、ハリーお祖父ちゃんの唯一の競争相手は姉娘であるミュリエル――母の既婚の姉で、私が何度も引き合いに出している伯母――だというのは、家族間における摩擦の源だった。

　ミュリエル伯母さんは母と二つしか違わなかった。だが伯母はなんでも母がやろうと思うまえにやってしまい、しかもミュリエルはそれをきちんと、そして（彼女の判断によれば）完璧にやってのけた。伯母はウェルズリー（マサチューセッツ州の名門私立女子大）で「世界の文学を学んだ」とされていて、私の素晴らしい伯父ボブ――伯母いわく、わたしの「最初にして唯一のいい人」――と結婚していた。少なくとも私は、ボブ伯父さんは素晴らしいと思っていた。彼はいつも私にとっては素晴らしい人だった。だが、のちにわかってくるのだが、ボブは酒飲みで、伯父の飲酒癖はミュリエル伯母さんにとって重荷であり恥だった。ミュリエルがその尊大さを受け継いだ私の祖母は、ボブの行状はミュリエルに「相応しくない」とよく言っていた――どういう意味にせよ。

　お高くとまっていたわりには、祖母の言葉遣いには月並みな表現や決まり文句がやたら多く、そして、評価の高い教育を受けているにもかかわらず、ミュリエル伯母さんは母親の独創性のない平凡な話しぶりを受け継いでいる（あるいは単にそれを真似ている）ように思えた。

　ミュリエルの演劇に対する愛情や欲求は、自分の威厳ある声で口にすべく、何か独創的なことを見出したいという思いによるものではなかったのだろうか。ミュリエルは見栄えがよかった――黒髪ですらりとしていて、オペラ歌手のような目立つ胸に、朗々たる声――が、その心はまったく虚ろだった。祖母と同じく、ミュリエル伯母さんは、偽りのないことも興味深いことも何も口にせずに、尊大かつやたら批判がましい態度でいることができた。こういう点で、私には祖母も伯母も見下したような口をきく退屈な人間に思えた。

ミュリエル伯母さんの場合、一分の隙もない発声のおかげで舞台ではじつに説得力があった。伯母は完璧なオウムだったが、機械仕掛けの、ユーモアのかけらもないオウムで、自分の演じる役柄によって思いやり深かったり無情だったりするだけだった。ミュリエルの言葉は高尚でも、彼女自身の「人格」はすかすかだった。伯母は常に不平屋であるに過ぎなかった。

祖母の場合は、頑固になる年齢でもあったし、古い考え方で育っていた。こういう制約のおかげで祖母は、演劇というものは基本的に不道徳——というか、より寛大に言えば、道徳観念を持たないもの——であり、女性は一切関わるべきではないと思うに至った。ヴィクトリア・ウィンスロップ(ウィンスロップというのが祖母の旧姓だった)は、上演に際しては常に、女性の役はすべて男の子か大人の男が演じるべきであると信じていた。祖父の舞台における度重なる大成功(さまざまな女性役での)を決まり悪く感じると認める一方で、祖母はまた、演劇が上演される際にはかく——厳密に男優のみで——あるべきだとも思っていたのだ。

祖母——私はヴィクトリアお祖母ちゃんと呼んでいた——は、魅力のある役をハリーお祖父ちゃんに取られてはミュリエルが(何日ものあいだ)慰めようのない状態になるのにうんざりしていた。これと対照的に、ハリーは花形の役が娘に行ってしまってもさばさばしていた。「きっと見栄えのいい女の子が欲しかったんだろうな、ミュリエル——そのカテゴリーじゃ、俺はお前にやすやすと負かされてしまうからなあ」

私にはそこまで言い切れない。祖父は骨細できれいな顔立ちだった。足取りが軽くて、苦もなく女の子っぽく笑ったり胸が張り裂けそうなほど泣きじゃくることができた。狡猾な女も虐待されている女もそれらしく演じることができ、そしてさまざまの不適任な相手役男性に祖父が舞台上で与えたキスは、ミュリエル伯母さんがやってのけたどんなキスよりもずっとそれらしかった。ミュリエルは舞台でキスする際に尻込みしてしまう、ボブ伯父さんはべつに気にしていないのに。ボブは舞台の上で妻、それに義父がキスするのを楽しんで眺めているらしかった――ほとんどの公演において二人は主要な女性の役を演じていたのだから、いいことでもあった。

こうして歳を取ってみると、ボブ伯父さんの真価がさらにわかってくる、伯父さんは多くの人間や物事を「楽しんでいるように見えた」し、言葉には出さないながらも心底からの同情の念を私にちゃんと伝えてくれた。ボブは、一家のウィンスロップ系のものの考え方を心得ていたのだと思う。あのウィンスロップの女たちは長年にわたって私たち皆を見下すのに慣れていた（あるいは、遺伝的にそういう傾向があった）。ボブは私を気の毒に思ってくれた。ヴィクトリアお祖母ちゃんとミュリエル伯母さん（それに母までも）が――彼らが皆恐れ、私自身も恐れていたように――あのろくでもない父親の息子であるという明らかな兆候がないか警戒しながら私を観察しているのを伯父さんは知っていたからだ。私は自分の知らない男の遺伝子のことで批判されていて、そしてボブ伯父さんはたぶん自分が酒飲みでミュリエルに「相応しくない」と思われていたから、一家のウィンスロップ系に批判されるのがどんな気分かわかっていたのだろう。

ボブ伯父さんはフェイヴォリット・リヴァー学院の入学審査を担当していた。学院の入学基準が厳しくないからといって、必ずしも、フェイヴォリット・リヴァーのレベルがそこまで高くないのは伯父個人の責任だということにはならない。それでも、ボブは批判されていた。伯父は一家のウィンスロップ系から、「寛大すぎる」と言われていた――これは、伯父は素晴らしいと私が思うもうひとつの理由だ。

さまざまなところからボブの飲酒癖について聞かされた覚えはあるのだが、私は伯父が飲んでいるのを見たことがない——そう、ただ一度だけ目を見張るような場面はあったが。じつのところ、ヴァーモント州ファーストシスターで成長した年月のあいだ、ボブの飲酒問題は誇張されているんじゃないかと私は思っていた。かのウィンスロップの女たちは道徳的にけしからぬ事柄となるとやたら大げさに言い立てるので知られていた。正義の怒りはウィンスロップの特性だった。

六一年の夏、私がトムと旅行していたときに、ボブが私の伯父だということがなんとなく話題に出てきた（わかっている——まだトムのことを話していないということはね。ちょっと我慢して付き合ってもらいたい。トムまで行き着くのは簡単ではないのだ）。トムと私にとって、これはプレップスクールを卒業してから新入生として大学生活を開始するまでのあいだの、あの極めて重要だとされている夏だった。トムの家族も私の家族も、私たちが旅行できるよういつもの夏の仕事を一時免除してくれたのだ。おそらく、自分を「見つける」というあのあやふやな模索にひと夏だけ費やせば満足するはずと思われていたのだろうが、トムと私には、このひと夏の時間という贈り物は、人生のあの時期がそうであるとされているほど重要とは思えなかった。

ひとつには、私たちはぜんぜん金がなかったし、まったく異質なヨーロッパを旅することに怖気づいてしまったのだ。もうひとつの理由は、私たちはすでに自分を「見つけていた」からだった。そして、本当の自分と和解するのは不可能だった——公には。実際、私たちのなかには、可哀相なトムと私にとって、私たちがおざなりに見たヨーロッパに劣らずすべてにおいて異質な（そして怖気づいてしまうような）側面があったのだ。

どういうことからボブ伯父さんの名前が出てきたのか覚えてもいないし、トムはとうにトムの言う

「入れちまおうのボブ」と私が親戚であることを知っていた。

「血が繋がってるわけじゃないんだ」と私は説明し始めた（ボブ伯父さんのそのときどきの血中アルコール濃度がどうであれ、伯父さんの体にはウィンスロップの血は一滴も流れてはいなかった）。

「君たちはぜんぜん似てないもんな！」とトムは叫んだ。「ボブはとにかくいい人だし、それにぜんぜん複雑じゃないしね」

　確かに、あの夏トムと私はしょっちゅう言い争っていた。私たちは女王船（女王の名前を冠した客船）のひとつで（学割で）ニューヨークからサウサンプトンへ行った。私たちは大陸へ渡り、オステンデ（ベルギー北西部の港湾都市）に上陸し、一夜を過ごした初めてのヨーロッパの町は中世の都市ブルージュだった（ブルージュは美しかったが、私は古いマーケットホールの上の鐘楼よりも泊まった下宿屋で働いていた女の子のほうにのぼせあがってしまった）。

「君はきっと僕の相手になりそうな友だちがいないか彼女に訊くつもりだったんだろうね」とトムは言った。

「僕たちはただ町じゅう歩いただけだ――とにかくしゃべりにしゃべってさ」と私は話した。「やっとキスしたくらいかな」

「へえ、それだけ？」とトムは言った――それで、そのあと彼がボブ伯父さんのことを「とにかくいい人だし、それにぜんぜん複雑じゃない」と言ったとき、私はそれを、君はいい人じゃないとトムは言っているのだと取った。

「僕はただ、君は複雑だって言いたかっただけだよ、ビル」とトムは言った。「君は入学審査係のボブほど無頓着じゃないだろ？」

「あのブルージュの女の子のことで君が腹を立てるだなんて、信じられないよ」と私は答えた。

「君がどんな顔をして彼女の胸を見つめてたか、見せてやりたかったよ——たいした胸でもないのにさ。あのね、ビル——胸を見つめられると、女の子にはわかるんだ」とトムは答えた。

だが、ブルージュの女の子なんて私にはどうでもよかったのだ。ただ、彼女の小さな胸が私にミス・フロストの驚くほど少女っぽい胸が上下する様を思い出させたというだけのことで。私はミス・フロストのことが吹っ切れていなかったのだ。


ああ、変化の風よ。風は、ニューイングランド北部の小さな町へ穏やかには吹き込まない。この町の小さな劇団へリチャード・アボットを連れてきたあの最初のキャスティングコール（役の割り当て）は、女役のキャスティングの仕方を変えてしまうことにもなった、なぜなら、颯爽とした若い男や邪な（あるいは明らかにブルジョワの）夫や不誠実な愛人であらねばならない役柄はすべてリチャード・アボットの手中にあるのは最初から明らかだったのだから。となると、リチャードの相手役に選ばれる女性は彼と釣り合っていなくてはならない。

これは、すぐにリチャードの義理の父親となる運命にあったハリーお祖父ちゃんには問題だった——そもそもハリーお祖父ちゃんは、リチャードのようなハンサムな若い男とロマンチックな関係になるにはあまりに熟年女性すぎた（リチャード・アボットとハリーお祖父ちゃんが舞台の上でキスするなんて、あり得ない！）。

そして、あの尊大な口調ながら心は虚ろな人物には適していたものの、これはミュリエル伯母さんにはさらに大きな問題だった。リチャード・アボットは伯母にとって、あまりに主役級人材でありすぎた。あの一番最初のキャスティングコールにおける彼の登場で、ミュリエルはうろたえた性心理的雑音と成り果ててしまった。圧倒された伯母がのちに語ったところによると、私の母とリチャードは最初から互いに「ぼうっとなる」と彼女にはわかったらしい。未来の義弟と——たとえ舞台上であっても——ロマンチックな関係になることを想像するなど、ミュリエルには烏滸《おこ》の沙汰だった（そして私の母が二人にセリフをつけるなんてことも、もちろん！）。

十三歳の私には、いかにも主役級の人材らしい男と（初めて）遭遇したミュリエル伯母さんの狼狽《うろた》えぶりはほとんど見抜けなかった。そして母とリチャード・アボットが最初から互いに「ぼうっとなった」ことにも気がつかなかった。

ハリーお祖父ちゃんは、フェイヴォリット・リヴァー学院の教員となったばかりの品のいい若い男性を愛想よく大歓迎した。「我々はいつも新たな演技力を求めているんだ」とお祖父ちゃんはリチャードに熱っぽく言った。「君が教えているのはシェークスピアだったかね？」

「教えて、そして舞台にのせるんです」とリチャードは祖父に答えた。「無論、男子校には演劇面で不利な点はあります——ですが、男の子にとっても女の子にとってもシェークスピアを理解する最良の道は自分たちで劇を上演することなんです」

「君の言う『不利な点』というのは、もしかして、男の子が女役を演じなければならないということじゃないかな」とハリーお祖父ちゃんはおずおずと言った（工場経営者ハリー・マーシャルと初めて顔を合わせたリチャード・アボットは、この製材業者の舞台における女装愛好者としての成功を知る由もなかった）。

「男子の大半は、女役の演じ方についてさっぱりわかっていないんです——おかげで劇から致命的に注意がそれてしまうことになる」とリチャード。

「ああ」とハリーお祖父ちゃんは言った。「で、君はその点をどうするつもりなんだ？」

「若手教員の奥様方にお願いして役のオーディションを受けていただこうかと考えています」とリチ

ャード・アボットは答えた。「それにご年配の教員のお嬢さん方にも、なんなら」

「ああ」とハリーお祖父ちゃんはまた言った。「町の住民にも適格な人がいるかもしれない」とお祖父ちゃんは提案した。お祖父ちゃんの頭韻を踏んだ言い方によれば「リアの厭わしい《ロウスサム》娘たち」、リーガンかゴネリルを演じたいとずっと思っていたのだ（マクベス夫人をやりたいと切望していたのは言うまでもなく！）。

「僕は公開オーディションを考えています」とリチャード・アボットは言った。「ですが、年上のご婦人方が男子校の男の子たちを怖気づかせないといいんですがねえ」

「ああ、まあその――それはどうしてもあるな」とハリーお祖父ちゃんはわけ知り顔でにっこりした。祖父は数え切れないほど何度も、年上のご婦人として怖気づかせてきたのだ。ハリー・マーシャルは、女性がどうやって怖気づかせるのか知りたければ自分の妻と上の娘を見さえすればよかった。だが、十三歳の私は、祖父がさらなる女役を狙っているのに気付かなかった。ハリーお祖父ちゃんと新しい主役のあいだの会話は、私にはまったく友好的で自然なものに思えた。

　あの秋の金曜の夜――キャスティングコールはいつも金曜の夜に行われた――私が気づいたのは、我らが劇団の独断的な演出家とさまざまな才能のある（あるいは才能のない）キャスト候補たちとのあいだの力学が、リチャード・アボットの演劇の知識並びにリチャードの俳優としての才能によっていかに変化したかということだった。ファーストシスター・プレイヤーズの厳しい演出家はそれまでドラマトゥルクとしての力量を問われたことはなかったのだ。「単なる演技」には関心がないという我らが小さな劇団の演出家は、ドラマトゥルギーの分野では決してアマチュアではなく、本人が過度に崇拝するイプセンについては専門家を自認していた。

　それまで力量を問われることのなかった我らが演出家ニルス・ボルクマン――前述のノルウェー人

でハリーお祖父ちゃんの共同経営者でもあり、したがって、森林監督官で伐採業者で、なおかつドラマトゥルク――は、まさに北欧的憂鬱と暗い予感そのもののイメージだった。伐採業務がニルス・ボルクマンの仕事だった――というか、少なくとも日中の仕事だった――が、ドラマトゥルギーは彼の情熱だった。

ノルウェー人の暗くなる一方の厭世観にさらに拍車をかけていたのが、ヴァーモント州ファーストシスターの洗練されていない芝居好きたちがシリアス・ドラマには馴染んでいないという事実だった。文化的過疎地であるこの町では、定番のアガサ・クリスティーが期待されていた（吐き気がするほど歓迎されてさえいた）。ニルス・ボルクマンは、ミス・マープル・シリーズの『牧師館の殺人』といった低俗な粗製濫造の作品を次から次へと脚色しながら目に見えて落ち込んでいた。高飛車な物言いをする私の伯母ミュリエルは何度もミス・マープルを演じていたが、ファーストシスターの住民はあの賢い（でも、ああとっても女らしい）役柄についてはハリーお祖父ちゃんのほうを好んでいた。他人の秘密を探るということについては、ハリーのほうがそれらしく見えたのだ――ミス・マープルの年齢に見えること、より女っぽかったことは言うまでもなく。

とあるリハーサルで、ハリーがふと言った――ミス・マープル本人が言ったかのように――「あらあら、それにしてもプロズロー大佐が死んでくれたら、なんて誰が思うかしら？」

これに対して、常にプロンプターである私の母はこう言った。「ダディ、そんなセリフ、台本に書かれてもいないわよ」

「わかってるよ、メアリ――ちょっとふざけてみただけだ」とお祖父ちゃんは答えた。

私の母メアリ・マーシャル――メアリ・ディーン（リチャード・アボットと結婚するまえのあの不幸な十四年間は）――はいつもお祖父ちゃんのことをダディと呼んでいた。ハリーは、高飛車な物言いいをする私の伯母ミュリエルからは必ずいつもお父さんと呼ばれていた、ヴィクトリアお祖母ちゃんが夫にいちいちハロルドと――決してハリーではなく――呼びかけるのと同じ格式張った口調で。

ニルス・ボルクマンはアガサ・クリスティーの、彼が馬鹿にしたように言う「大衆を引きつける作品」を演出した。まるで自分が死ぬ夜も『ナイルに死す』や『邪悪の家』を見守っているよう運命づけられているかのように――『そして誰もいなくなった』の消すことのできない記憶を墓まで持っていくことになるかのように。

アガサ・クリスティーはボルクマンにとっては呪いで、かのノルウェー人はそれを決して穏やかではない態度で我慢していた――彼はクリスティーを憎んでいて、辛辣に文句を言った――だが、アガサ・クリスティーや似たような底の浅い当節の娯楽作品で劇場を一杯にしているからこそ、かの陰気なノルウェー人は毎年秋の公演として「何か重厚《シリアス》なもの」を演出することを認められているのだった。「木の葉《リーフス》が枯れてゆく一年のあの時期と一致する何かシリアスなものを」とボルクマンは言った――リーフス（本来はリーヴズ）という言葉は、彼が駆使する英語が通常は明晰であるものの完全ではないということを示していた（一言で言えばそれがニルスなのだった――通常は明晰であるものの完全ではない）。

リチャード・アボットが多くの未来を変えてしまうことになるあの金曜のキャスティングコールで、この秋の「何かシリアスなもの」はまたもニルスの愛するイプセンになる、そしてイプセンのどの作品にするかについては自分が三つだけに絞った、と彼は発表した。

「どの三つなんですか？」若くて才能あふれるリチャード・アボットは訊ねた。

「三つの問題作だよ」とニルスは答えた――明らかにつけあがっていた。

「それはつまり『ヘッダ・ガーブレル』と『人形の家』ということでしょうか」とリチャードは正し

く推測してみせた。「そして三つ目は『野鴨』かな？」

　ボルクマンがらしくもなく言葉を返せなくなっている様子に、陰気なノルウェー人の三つ目の選択は本当に（あの忌まわしい）『野鴨』なのだということが、私たち全員に見て取れた。

「その場合」とリチャード・アボットは、答えているも同然な沈黙のあとで大胆に切り出した。「ここにいる誰に不運なヘドヴィク——あの可哀相な子——を演じられるでしょうかねえ？」あの金曜の夜のキャスティングコールには十四歳の女の子はひとりもいなかった——純真で鴨を愛する（そして父親を愛する）ヘドヴィクにふさわしい者は誰もいなかった。

「俺たちは……以前にもヘドヴィク役で困ったことがあったよなあ、ニルス」とハリーお祖父ちゃんがずばっと言った。ああそうだ——以前にも！　悲喜劇的な十四歳の女の子たちが出演して、あまりにひどい演技だったので、自らに銃弾を撃ち込む場面になると、観客は喝采を送ったのだった！　とても愛くるしくてあどけなく、無邪気な十四歳の女の子もいて、銃で自殺すると、観客は憤慨した！

「それに、グレーゲルスがいます」とリチャード・アボットが不意に言った。「あの惨めな道徳家がね。僕がグレーゲルスをやってもいいですが、ただしお節介な馬鹿者としてね——独善的で自己憐憫まみれの道化だ！」

　ニルス・ボルクマンは自殺志向のあるノルウェー人同胞のことをよく「フィヨルドに飛び込む連中《ジャンパーズ》」と呼んでいた。明らかに、ノルウェーにはフィヨルドが夥しくあるおかげで簡単にきれいさっぱり自殺できる機会が豊富に与えられているのだ（ニルスはヴァーモント——陸に囲まれた州だ——にはフィヨルドがないことに気付いていっそう憂鬱になっていたに違いない）。ニルスは今やリチャード・アボットをひどく恐ろしい眼差しで見つめていた——鬱状態の我らが演出家は、このでしゃばりな新参者にいちばん近くのフィヨルドを見つけてほしいと願っているかのようだった。

「だが、グレーゲルスは理想主義者だぞ」とボルクマンは言い始めた。

『野鴨』が悲劇なら、グレーゲルスは馬鹿で道化だ——そしてヤルマールは、僕に会うまえの彼女は、なんて気にするタイプの救いがたいやきもち焼きの亭主にすぎない」とリチャードは続けた。「一方で、もし『野鴨』を喜劇として上演するなら、全員が馬鹿で道化だ。だが、大人の道徳論のせいで子供が死ぬような芝居をどう喜劇にできるんです？　哀れ極まるヘドヴィクが必要ですよ、ぜったいに純真であどけない十四歳でなくちゃいけない。そしてグレーゲルスだけじゃなくヤルマールとギーナも、セルビー夫人とエクダル老人と悪人のヴェルレでさえ、才気溢れた俳優でなくちゃならない！　それでさえ、この芝居は不完全だ——アマチュアが上演するのにいちばん簡単なイプセンの芝居として頭に浮かんでくるようなものではありませんよ」

「不完全だと！」ニルス・ボルクマンは自分が（そして彼の野鴨が）撃たれたかのように叫んだ。

「いちばん最近の上演では俺がセルビー夫人だったんだ」と祖父がリチャードに言った。「もちろん、もっと若かったときには、ギーナ役をやったがな——一度か二度だけだが」

「俺はゴードンの娘のローラをヘドヴィク役に考えてたんだ」とニルスが言った。ローラはゴードン家のいちばん下の娘だった。ジム・ゴードンはフェイヴォリット・リヴァー学院の教員だ。彼と妻のエレンはファーストシスター・プレイヤーズの俳優だったし、ゴードン家の上の二人の娘は以前に哀れなヘドヴィク役として自分に銃弾を撃ち込んでいた。

「ねえニルス、悪いけど」と伯母のミュリエルが口を挟んだ。「ローラ・ゴードンの胸はものすごく目立つわよ」

　十四歳の少女の驚くべき発育ぶりに気づいていたのは自分ひとりではなかったのだと私は思った。ローラは私よりやっとひとつ歳上なだけだったが、彼女の胸は純真であどけないヘドヴィクの胸であるべきレベルを遥かに超えていた。

ニルス・ボルクマンはため息をついた。かれはリチャードに（自殺でもしたそうな諦めをにじませて）言った。「で、アボット君は致命的《モータリー》に単なる《ミア》アマチュアである我々が上演するもっと簡単なイプセンとして、何をお考えかな？」ニルスはもちろん「単にひどい《ミアリーモータル》」のつもりで言ったのだ。

「あー……」とハリーお祖父ちゃんが言い始めたが、そこで口をつぐんだ。私の祖父はこれを楽しんでいた。彼は共同経営者としてのニルス・ボルクマンにはこのうえない敬意と愛情を抱いていたが、ファーストシスター・プレイヤーズの非常に熱心なメンバーも、ひどくおざなりなメンバーも――ひとりの例外もなく――誰もがニルスのことを演出家としてはまったくの暴君だと思っていた（それに私たちはヘンリック・イプセンにもボルクマンの考えにおけるシリアス・ドラマにも、アガサ・クリスティーに対するのと同様、ほとほとうんざりしていた！）。

「そうですねえ……」とリチャード・アボットは始めた。考え込むように間が置かれる。「イプセンでいくならば――それに結局のところ私たちはただのアマチュアですし――『ヘッダ・ガーブレル』か『人形の家』のどちらかですね。前者には子供はまったく出てきませんし、後者では子供は役者としてぜんぜん重要じゃありません。もちろん、非常に力強くて複雑な女性が必要となります――どちらの芝居でも――それに、よくいる、弱いかまたは好ましくない男、あるいはその両方が必要だ」

「弱いか好ましくないか、あるいはその両方？」ニルスは信じられないという顔で訊ねた。

「ヘッダの夫ヨルゲンは無力で月並み――ぞっとしない弱さの組み合わせですが、男にはまったくよくある状態です」とリチャード・アボットは続けた。「エイレント・レーヴボルグは不安定な弱虫で、一方ブラック判事は――その名前のように――卑劣な男だ。ヘッダは無力な夫と卑劣なブラック双方との将来の見通しゆえに銃で自殺するんじゃないのかな？」

「なぁニルス、ノルウェー人はいつも銃で自殺するのか？」祖父が茶目っ気たっぷりに訊ねた。ハリーはどうやってボルクマンのボタンを押すか心得ていたのだ。ところが今回は、ニルスはフィョルド飛び込みの話を我慢した――彼は女装好きの共同経営者である旧友を無視した（ハリーお祖父ちゃんは何度もヘッダを演じていた。『人形の家』のノラ役もやっていた――だが、祖父の歳では、もはやどちらの主役女性にも不適だった）。

「で、どんな……弱さとそれとはべつの好ましからざる特質を『人形の家』の男性登場人物たちは我々に提示しているのか――アボット君にお訊ねしてもよろしいかな？」ボルクマンは両手を揉み合わせながら唾を飛ばして言った。

「夫なるものはイプセンの好む人間じゃありません」とリチャード・アボットは語り始めた。今回は考え込む間があくことはなかった――彼は若さと最新の教育による自信に満ち溢れていた。「ノラの夫トルヴァル・ヘルメルは――そう、彼はヘッダの夫と似たようなものです。彼は退屈で月並みです――結婚生活は息苦しいものです。クログスタットは傷ついた男で腐った男でもある。欠点を補う多少の品のよさがないわけではないが、クログスタットの場合もやはり弱さという言葉が思い浮かぶ」

「じゃあ、ドクトル・ランクは？」とボルクマンは訊ねた。

「ドクトル・ランクは取り立てて重要ではありません。私たちにはノラかあるいはヘッダが必要なんです」とリチャード・アボットは答えた。「ヘッダの場合、自由を大切にするあまりそれを失うまいと自殺する女性です。彼女の自殺は弱さではなく、自らの性的な力の表明ですよ」

不運にも――あるいは見方によれば幸運にも――リチャードはこのとき、ミュリエル伯母さんに目をやった。容姿端麗で、オペラ歌手のような胸を突き出していたにもかかわらず、ミュリエルには性的な力がそびえ立っているわけではなかった。彼女は卒倒した。

「ミュリエル――芝居がかったことはやめてくれ！」ハリーお祖父ちゃんが叫んだが、ミュリエルは（自覚をもって、あるいは無意識に）自分はこの自信たっぷりな若い新参者、主役級の人材である突然現れた輝く星には釣り合わないと予見していた。ミュリエルはヘッダ役への立候補から物理的に逃げたのだ。

「で、ノラの場合は……」ニルスはリチャード・アボットに言いながら、ほんのちょっと間を置いて、横柄な（だが今は卒倒している）姉を介抱する私の母に目をやった。

ミュリエルは突然ぼうっとした顔で上体を起こし、胸を大げさにあえがせた。

「鼻から息を吸い込むのよ、ミュリエル、そして口から吐くの」母が姉に指示した。

「わかってるわ、メアリ――わかってるわよ！」ミュリエルはいらいらと答えた。

「だけどあなた、反対にやってるわ――ほら、口から吸って鼻から吐いてる」と母は言った。

「あの……」とリチャード・アボットは言いかけたが、言葉を切った。私でさえ、彼がどんなふうに私の母を見つめているか気づいた。

リチャードは、芝刈り機の事故で左足の指をなくしているために兵役不適格とされ、演劇史で修士号を取るとそのままフェイヴォリット・リヴァー学院に教師として赴任してきたのだった。リチャードはマサチューセッツ西部で生まれ育った。子供の頃家族で行ったヴァーモントのスキー旅行は、彼にとって懐かしい思い出だった。ヴァーモント州ファーストシスターでの仕事（彼の資格が泣くような仕事だった）に、センチメンタルな理由で惹きつけられたのだ。

リチャード・アボットはあの写真に写っている――四五年、軍曹がトリニダードへ向かう途中だったときの――暗号ボーイの私の父親より四歳上なだけだった。リチャードは二十五歳――私の母は三十五歳だった。リチャードは母より十歳も若かったのだ。母はきっと年下好みだったのだろう。私のことだって、もっと年が下だった頃が好きだったのは確かだ。

「で、あなたは演技するんですか、あの――」とリチャードはまた話し始めたが、母は彼が自分に話しかけているのをわかっていて、その言葉を遮った。

「いいえ、わたしはただのプロンプターです」と母は告げた。「演技はしません」

「ああ、だけどメアリ――」ハリーお祖父ちゃんが言いかけた。

「しないわよ、ダディ」と母は言った。「ダディとミュリエルが女優なんでしょ」母は女優という言葉をはっきり強調していた。「わたしはいつもプロンプターよ」

「ノラについては？」とニルス・ボルクマンがリチャードに訊ねた。「君もなかなか言うじゃないか――」

「ノラの場合はヘッダよりさらに自由と関係しています」とリチャード・アボットは自信たっぷりに言った。「彼女は夫を捨てる力を持っているだけじゃありません。子供たちまで捨てるんです！　この女性たちには飼い慣らされることのない自主性があります――だから、ヘッダかノラになるあなたの俳優に選択は任せましょう。このふたつの芝居はこの二人の女性のものなのです」

　しゃべりながら、リチャード・アボットはヘッダないしはノラ候補を求めて我がアマチュア演劇クラブの面々を見渡したが、その目はすぐに、頑として（常に変わらず）プロンプターであり続けていることを私も知っている母に戻ってしまうのだった。台本を追う母をリチャードがヘッダかノラにできるわけはなかった。

「ああ、まあその……」ハリーお祖父ちゃんが口を開いた。彼はノラかヘッダどちらかの役のことを考え直していたのだ（あの歳にもかかわらず）。

「いや、ハリー――お前はもうだめだ」本来の専横な自分を露にしながらニルスが言った。「アボット君は正しい。ある種の放縦さがなくちゃならん――抑えきれない自主性と性的な力の両方が。お前よりもっと若い、性的活発の女性が必要だ」

リチャード・アボットは私の祖父を敬意の念を募らせながら見つめていた。ハリーお祖父ちゃんがファーストシスター・プレイヤーズにおいて女として数えられる地位を確立している――性的活発の女ではないとしても――ことを見てとったのだ。

「考えてみないか、ミュリエル？」ボルクマンは高飛車な物言いをする私の伯母に訊ねた。

「そうだ、どうです？」ミュリエルより十歳以上若いリチャード・アボットも訊ねた。「あなたには間違いなく性的存在感――」と彼は話し始めた。

悲しいかな、アボット君が言えたのはそこまで――性的で修飾された存在感なる言葉――で、ミュリエルはまたも卒倒した。

「あれはたぶん、『やらない』ってことじゃないかしら」と母はまばゆいばかりの若い新参者に言った。

私はすでにリチャード・アボットに少しばかりのぼせていたが、まだミス・フロストに出会ってはいなかった。

二年後、十五歳の新入生としてフェイヴォリット・リヴァー学院での初めての朝会の席に着いたとき、校医のドクター・ハーロウが私たち男子生徒に、この年端もいかない年齢においてもっともよく見られる病気について、果敢に治療してもらいたいと要請するのを私は聴くことになる（彼は確かに病気という言葉を使ったのだ、私の作り話ではない）。この「もっともよく見られる」病気とは何かといえば、ドクター・ハーロウは自分が言っているのはニキビと「ほかの男子あるいは成人男性に対する好ましからざる性的関心」であると説明した。ニキビについては、さまざまな治療法があるとドクター・ハーロウは請け合った。あの同性愛的思慕の初期の兆候に関しては――そう、ドクター・ハーロウか精神科担当校医であるドクター・グラウが喜んで相談に乗ってくれるということだった。

「これらの病気には治療法があります」とドクター・ハーロウは私たち男子に語った。その口調にはお決まりの医者らしい権威が込められていて、科学的であると同時に言いくるめようとしているところがあった――言いくるめようとしている部分ですら、自信に満ちた、率直な話しぶりで語られた。そして、ドクター・ハーロウの朝会における講話の要点は、もっとも世間知らずの新入生にさえ明々白々だった――すなわち、私たちは出頭して治療を求めさえすればいいということだ(これまた痛烈に明白だったのは、治してくれと頼まない場合は自分を責めるしかないということだった)。

のちに、もしかして違いはあっただろうかと私は思うことになる――リチャード・アボットに出会った二年後ではなく、彼に初めて出会ったときにドクター・ハーロウ(あるいはドクター・グラウ)の道化芝居を体験していたら。今の知識からすると、私のリチャード・アボットに対する思慕が治療可能だったとはとても思えない。ドクター・ハーロウやドクター・グラウのような連中――あの当時、医療面での求めに応じていた専門家たち――は私のリチャードに対する思慕の念は治療可能な病の範疇に入ると固く信じていたのだが。

あの人生を変えるキャスティングコールの二年後になると、もう治療するには手遅れだった。私の前には、つぎつぎと思慕の世界が開けていくことになる。あの金曜の夜のキャスティングコールで私は初めてリチャード・アボットに出会った。出席していた誰の目にも――二度卒倒したミュリエル伯母さんには特に――リチャードが私たち全員の統率を引き受けたのは明らかだった。

「仮にイプセンをやるなら、ノラかヘッダが必要みたいですね」リチャードはニルスに言った。

「だが、木の葉《リーフス》が！　もう色が変わりかけているんだ。どんどん落ち続けるぞ」とボルクマンは答えた。「死の季節なんだ！」

　ボルクマンは容易に理解できる男ではなかった。しかし彼の愛するイプセンとフィヨルド飛び込みは、なんとなく私たちがいつも秋に上演するシリアス・ドラマと繋がっていたし——そしてまた同様に、いわゆる死の季節、木の葉《リーフス》が止むことなく落ち続ける季節とも繋がっていた。

　振り返ってみると、無論、じつに無垢な時期だったように思える——死の季節も、私の人生のあの比較的複雑ではなかった時期も、どちらもが。

第二章　不適切な相手に惚れる

あの不首尾に終わったキャスティングコールからどのくらいたって、私の母と若きリチャード・アボットはデートするようになったのだろう？「メアリのことはわかってる、ぜったいすぐにそんないいふうになったに決まってるわ」とミュリエル伯母さんが言うのを私は立ち聞きしてしまったことがある。

たった一度だけ、私の母は思い切って家を離れた。大学へ行ったのだ（どこの大学かということは誰も口にしなかった）、そして中退した。母がやってのけたのは妊娠したことだけだった。秘書養成学校を修了することさえできなかったのだ！　そして、道徳上ならびに学歴面での失敗の上塗りとして、母とその私生児になるところだった息子は十四年のあいだディーンという苗字でいた——社会慣習的正当性に則って、ということだったのだろう。

メアリ・マーシャル・ディーンは二度と家を離れようとはしなかった。あまりにも深く世間に傷つけられてしまったのだ。母は、高飛車な物言いをする私の伯母ミュリエルと同じく、一家の面汚しである娘に批判的な、冷笑的で陳腐な常套句まみれの私の祖母と暮らした。ハリーお祖父ちゃんだけが、祖父の言う「ベイビーガール」に優しい励ましの言葉をかけていた。祖父がこう呼ぶのを聞くと、母は永続的なダメージを被っていると祖父は思っているような気が、私にはした。ハリーお祖父ちゃんはまた、常に私の擁護者でもあった――祖父は、なくなる一方の母の自信を繰り返し補強しようとしてくれたように、私が落ち込んでいると元気づけてくれた。

ファーストシスター・プレイヤーズでのプロンプターの仕事に加えて、母は製材工場で秘書として働いていた。オーナー兼工場経営者として、ハリーお祖父ちゃんは私の母が秘書養成学校を中退しているという事実は無視することに決めたのだ――母のタイプ技術は祖父にはじゅうぶんだった。

母についてはあれこれ言われていたに違いない――つまり、製材工場の男たちのあいだで、ということだ。彼らが口にするのは母のタイプ技術のことではなかったし、きっと彼らはまずそういうことを妻とか恋人から聞いたのだと思う。製材工場の男たちは私の母が美人であることに気づいていたことだろうが、材木置場――あるいはさらに危険なことに、伐採作業地――周辺でメアリ・マーシャル・ディーンについて言われていたことの出所が彼らの日常生活のなかにいる女たちだったのは確かだ。

「さらに危険なことに」というのは、ニルス・ボルクマンが伐採作業地の監督を務めていたからだ。ああいう場所では男たちの怪我が絶えなかったが、私の母について言ったことのために「怪我する」場合もあったのではないか？　材木置場でもいつも一人、二人怪我をしていた――妻や恋人が私の母について言ったことを耳にしてそれを吹聴していた男の場合もあったはずだ（夫ってことになってる男は彼女との結婚をぜんぜん急いでなかったんだ、結婚していようがいまいが相手は彼女と暮らしたことはないし、あの男の子には父親がいないんだ――私の母についてはそんな類のことが言われていたのだと思う）。

ハリーお祖父ちゃんは戦う男ではなかった。たぶんニルス・ボルクマンが、敬愛する共同経営者と私の母とを守ってくれていたのだろう。

「あいつは六週間働けないんだぞ――鎖骨が折れていちゃあなあ、ニルス」とハリーお祖父ちゃんが言うのを耳にしたものだ。「お前が誰かを、お前の言葉で言うと『正してやる』たびに、俺たちは労災補償を払わされるんだぞ！」

「俺たちは労災補償を払えるじゃないか、ハリー――あいつは、そのつぎは口に気をつけるようになる、そうじゃないか？」とニルスは言う。

「『このつぎ』だよ、ニルス」ハリーお祖父ちゃんは旧友の間違いを優しく直してやるのだった。

私の見るところ、母は意地の悪い姉のミュリエルより二歳若いだけではなかった。マーシャル家の二人姉妹のうちでは、母のほうが遥かに美人だった。母にはミュリエルのオペラ歌手的胸と朗々たる声が欠けていることなど問題ではなかった。メアリ・マーシャル・ディーンは全体により均整がとれていた。私の目にはほとんどアジア人のように見えた――小柄なせいだけではなく、口がとても小さいのはもちろん、そのアーモンド型の顔や目が印象的にぱっちりと大きく見開かれている（そして間隔が離れている）せいで。

「宝石《ジュエル》」初めてデートしたとき、リチャード・アボットは母をそう呼んだ。それはリチャードが母を呼ぶ名前となった――「メアリ」ではなく、ただ「ジュエル」と。その呼び名は定着した。

そして二人がデートし始めてどのくらい経った頃だろう、私が自分の図書館カードを持っていないということをリチャード・アボットが知ったのは？（それほど経ってはいなかった。あれはまだ初秋だった、木の葉の色が変わり始めたところだったのだから）

私があまり本を読まないということを母がリチャードにばらし、そのことからリチャードは母と祖母がこの町の図書館から私の読む――あるいは読まない、たいていはそうだった――本を借りてきているということを知るに至ったのだ。

私の生活にもたらされる他の本はお節介な我が伯母ミュリエルのお下がりだった。それはほとんどが恋愛小説で、がさつな従姉が読んでみてはねつけたものだった。従姉のジェラルディンは時折本の余白で、こうした恋愛小説（あるいはその主人公）に対する軽蔑の念を表明していた。

ジェリー――ミュリエル伯母さんと祖母だけが彼女をジェラルディンと呼んでいた――は私より三歳上だった。リチャード・アボットが私の母とデートするようになったあの秋、私は十三でジェリーは十六だった。ジェリーは女の子だったのでフェイヴォリット・リヴァー学院には入れてもらえなかった。彼女は私立学校の「男子のみ」という要件に猛烈に憤った。学校のあるときは毎日エズラフォールズ――ファーストシスターにもっとも近い公立高校――へバス通学させられたからだ。

ジェリーの男子に対する憎悪の一部は、お下がりの恋愛小説の余白に彼女が記した書き込みにそのはけ口を見出していた。男の子にのぼせる女の子に対する彼女の軽蔑もまたその一部がそれらのページの余白にぶちまけられた。ミュリエル伯母さんから有難くも恋愛小説を下げ渡されるたびに、私は直ちに余白のジェリーの書き込みを読んだ。小説そのものはげんなりするほど退屈だった。だが、ヒロインの初めてのキスのうんざりするような描写に対して、ジェリーは余白にこう書いていた。「あたしにキスして！　あんたの歯茎から出血させてあげるから！　おしっこチビらせてあげるよ！」

ヒロインは自己満足に浸る気取り屋で、ぜったい恋人に胸を触らせようとしない――ジェリーは余白でこう反応していた。「あたしならあんたのオッパイを撫で回して赤むけにしちゃうぞ！　止められるもんならやってみな！」

私の母と祖母がファーストシスター公立図書館から持ち帰ってくれる本はと言えば、それらは（よくても）冒険小説だった。船乗りの物語でたいていは海賊が出てくる、あるいはゼーン・グレイのウエスタンか。最悪だったのはおよそ現実離れしたSF小説とか同じく信じがたい未来物だった。

母もヴィクトリアお祖母ちゃんも、私がこの地球上の生活に戸惑い、おびえているのが見えていなかったのだろうか？　遠い銀河や未知の惑星からの刺激など、私には必要なかった。それに、現在はそのじゅうぶんなわけのわからなさでもってがっちり私を摑んでいたし、言うまでもなく、誤解されるのではないかという日々の脅威もあった。未来のことなど考えるだけでも悪夢のように厭わしかった。

「だけど、どうしてビルは、読みたい本を自分で選ばないの？」とリチャード・アボットは母に訊ねた。「ビル、君は十三だよね？　どんなことに興味があるの？」

ハリーお祖父ちゃんといつも優しい私の伯父ボブ（非難されている酒飲み）を除いて、それまで誰も私にこんな質問をしてくれた人はいなかった。私が読むのが好きだったのはファーストシスター・プレイヤーズで稽古中の芝居だけだった。母がいつもやっているように台本を一字一句違えず覚えることができたらなあ、と私は想像した。ある日母が病気になったら、あるいは自動車事故に遭ったら――ヴァーモントでは車の衝突事故が多かった――自分がプロンプターとして代わりを務めることができるかもしれない、と思ったりしていたのだ。

「ビリー！」母はあの一見無邪気そうな様子で笑いながら言った。「何に興味があるのか、リチャードに言ってごらん」

「僕は自分に興味があるんだけど」と私は答えた。「僕みたいな人間のことが書いてあるのはどういう本？」私はリチャード・アボットに訊ねた。

「ああ、君は驚くよ、ビル」とリチャードは答えた。「思春期初期に移行しつつある子供時代というテーマ――そう、この大人になるという極めて重要なジャンルを探求している素晴らしい小説はたくさんあるよ！　さあ——見にいこう」

「こんな時間に？　見に行くって、どこへ？」祖母が警戒をにじませて言った。これは学校がある日の早めの夕食のあとのことで——外はすっかり暗くなってはいなかったが、すぐにそうなりそうだった。私たちはまだ食堂のテーブルについていた。

「そりゃあ、リチャードはビルをこの町の小さな図書館に連れていくのさ、ヴィッキー」とハリーお祖父ちゃんが言った。お祖母ちゃんは横っ面をひっぱたかれたような顔になった。祖母はあまりに揺るぎなくヴィクトリア（たとえ自分の心のなかだけのことであっても）だったので、「ヴィッキー」と呼ぶのはお祖父ちゃんだけで、夫にそう呼ばれると、祖母は毎回腹立たしげな反応を示すのだった。

「ミス・フロストはたいてい夜の九時まで図書館を開けているはずだ」とハリーは付け加えた。

「ミス・フロスト！」祖母は明らかに侮蔑を込めて言った。

「おいおい——抑えて、ヴィッキー、抑えて」と祖父は言った。

「ほら」とリチャード・アボットがまた私に声をかけた。「君の図書館カードを作りに行こう——まずはそれからだ。本はそのあと。きっとすぐに本がどっと流れ込んでくるんじゃないかな」

「どっと流れ込んでくる！」と母はうきうきと叫んだが、少なからぬ不信感が込められていた。「あなたはビリーのことを知らないのよ、リチャード——この子はあまり本好きじゃないの」

「まあ見てみようよ、ジュエル」とリチャードは母に言ったが、私にはウインクしてみせた。私の彼に対する救いがたい思慕の念はいっそう募っていた。母がすでにリチャード・アボットに恋をしていたのだとしたら、それは母ひとりではなかった。

あの魅惑の夜のことは忘れない——チャーミングなリチャード・アボットとリヴァー・ストリートの歩道を歩くというごくありふれたことでさえ、ロマンチックに思えた。遥か彼方で雷雨が発生していて、夏の夜のようにむしむししていた。近隣の子供たちや犬は皆リヴァー・ストリートの裏庭で遊んでいて、フェイヴォリット・リヴァー学院の時計台の鐘が時刻を告げた（九月の平日の夜でまだ七時、そして私の子供時代は、リチャードが言ったように思春期初期に移行しようとしていた）。

「ねえビル、正確には自分のどんなところに興味を持ってるの？」とリチャード・アボットは私に訊ねた。

「どうしてなのかなあ、僕って突然に、説明はできないんだけど……誰かにのぼせあがっちゃうんだ」と私は答えた。

「ああ、惚れ込むんだね――君はすぐに、もっとどんどん惚れ込むようになるよ」とリチャードは励ますように言った。「惚れるなんて、普通で、当たり前のことだよ――楽しめばいいんだ！」と彼は付け加えた。

「不適切な相手に惚れちゃうこともあるんだ」私は彼に説明しようとした。

「だけど惚れるのに『不適切な』相手なんていないよ、ビル」リチャードはきっぱり言った。「誰かに惚れたり惚れなかったりは、自分の意思で決められることじゃないんだ」

「ああ」と私は言った。十三歳の私はこれを、惚れるというのは当初思っていたよりもさらに恐ろしいことだと受け取ったに違いない。

　わずか六年後、私がトムとあの夏の長期旅行――ブルージュでいささかまずいスタートを切ったあのヨーロッパ旅行――に出かけた際には、恋に落ちるということ自体もはやあり得ないように、そんなことは不可能にすら思えていたということを考えると、じつに面白い。あの夏私はたった十九だったが、自分は二度と恋することはないだろうとすでに思い込んでいたのだ。

　あの夏に対して可哀相なトムがどんな期待を抱いていたのか、私にはよくわからないが、まだまだ経験のなかった私は、ああまで傷を負わされるような恐るべき恋はもうこれで最後だろうと思っていた。じつのところ私はひどくうぶだったので——トムもそうだったが——これからの人生でミス・フロストへの愛の苦悶において被った僅かばかりのダメージから回復すればいい、などということさえ考えていたのだ。恋愛経験がそれほどなかった私は、ミス・フロストの及ぼす影響が永続的なものであることに気づいていなかった、ダメージは「僅か」ではなかったのだ。

トムのことについては、年若いメードや、トムと私が旅行中に遭遇するその他の胸の小さな女の子や若い女性に向ける視線にはもっと気をつけなくてはならないと思っただけだった。

トムの不安に私は気づいていた。本人の言う「軽視される」ことに彼がどれほど敏感か私にはわかっていた——彼は常に見過ごされているとか軽く見られている、あるいはまったく無視されていると感じていた。誰かほかの人間にあまり長く目を留めないよう私は気をつけていたはずだった。

だがある夜——私たちはローマにいた——トムが私に言った。「君が娼婦を見つめるだけならいいのに。娼婦は見られるのが好きだしね。ビル、君があの連中——特にあのものすごく背が高くてうっすら口ひげのある女——のことをどう考えているかと思うと、本当に苦しいんだ、でも君は目を向けようともしてくれない！」

べつの夜——私たちがどこにいたのかは覚えていないが、二人ともベッドに入っていて、私はトムが寝たものと思っていた——トムは闇のなかで言った。「君はまるで心臓を撃ち抜かれてるみたいだ、ビル、だけど君は穴が開いたのにも血が流れ出しているのにも気がついていない。そもそも銃声さえ聞こえてないいんじゃないのか！」

だが、これじゃ先走りになっている。ああ、物語の結末がわかっている書き手はともするとこうなるのだ。リチャード・アボットに戻らなくては、そして、私に初めての図書館カードを手に入れさせようと行われたあのチャーミングな男の探求の旅《クエスト》へ――惚れるのに「不適切な」相手はいないのだと十三歳の私を安心させようとするリチャードの雄々しい努力については言うまでもなく。

あの九月の夕刻、図書館にはほとんど誰もいなかった。のちに私は知ることになるのだが、人がいることは滅多になかったのだ（もっとも意外なのが、あの図書館には決して子供がいないことだった。私がその理由を悟るのは何年もあとのことになる）。座り心地の悪そうなソファで年配の女性が二人本を読んでいた。老人がひとり長いテーブルの端で積み上げた本に囲まれていたが、その本をぜんぶ読もうと決心しているというよりは、バリケードを築いて二人の老婦人から身を守りたいという思いに駆られているように見えた。

高校生くらいの元気のない顔をした女の子も二人いた。エズラフォールズの公立高校の、従姉のジェリーの受難者仲間だ。高校生の女の子たちはたぶん、ジェリーが話してくれた「常に最小限の」宿題をやっていたのだろう。

長年のあいだ無数の本に積もった埃のせいで、くしゃみが出た。「本のアレルギーじゃないといいんだけど」と誰かの声がした――これがミス・フロストからかけられた最初の言葉で、振り向くと、彼女の姿が目に入り、私はものが言えなくなった。

「この子に図書館カードを発行してもらいたいんですが」とリチャード・アボットが言った。

「で、『この子』というのはどなたなのかしら？」ミス・フロストは私のほうは見ないで彼に訊ねた。

「ビリー・ディーンです――メアリ・マーシャル・ディーンはたぶんご存知でしょうね」とリチャードは説明した。「あの、ビルはメアリの息子で――」

「あら――そう！」ミス・フロストは叫んだ。「じゃあ、これがあの子なのね！」

ヴァーモント州ファーストシスターのような小さな町では、誰もが皆、母が私を産んだ――名前だけの夫とのあいだに――状況を知っていた。誰もが私の暗号ボーイの父親にまつわるあれこれを知っているんじゃないかという気がしていた。ウィリアム・フランシス・ディーンは姿を消してしまう類の夫かつ父親で、かの軍曹についてヴァーモント州ファーストシスターに残っているのは、彼の名前――最後にジュニアがくっついた――だけだった。ミス・フロストがきちんと私に引き合わされたのはこの一九五五年九月の夜だったかもしれないが、彼女はきっと私のすべてを知っていたことだろう。

「そしてあなたは、ミスター・ディーンではないですよね――あなたはこの子のお父さんではない、そうでしょう?」とミス・フロストはリチャードに訊ねた。

「ああ、いえ――」リチャードは答えかけた。

「そうじゃないだろうと思いました」とミス・フロスト。「じゃあ、あなたは……」彼女は待ち受けた。中断した文章を言い終える気はなさそうだった。

「リチャード・アボットです」とリチャードは告げた。

「新しい先生ね!」ミス・フロストは言った。「フェイヴォリット・リヴァー学院で誰かがあの男の子たちにシェークスピアを教えられたら、という熱い期待でもって雇われた」

「そうです」リチャードは、公立図書館の司書が私立学校が彼を雇った目的――英語英文学を教えるだけでなく、男の子たちにシェークスピアを読ませて理解させるという――について詳しく知っていることに驚いていた。私はリチャードよりもわずかばかりよけいに驚いた。彼がシェークスピアに関心を持っていると祖父に話すのは聞いていたが、彼のシェークスピア研究家としての使命について聞いたのは初めてだったのだ。まるでリチャード・アボットは男子生徒たちをシェークスピアでへとへとにさせるために雇われたみたいじゃないか!

「あら、うまくいくといいけれど」とミス・フロストは彼に言った。「この目で確かめるまでは信じられないわねえ」彼女は私に微笑みかけながら付け加えた。「で、シェークスピア劇を何か上演するつもりなの？」彼女はリチャードに訊ねた。

「それが男の子たちにシェークスピアを読ませて理解させる唯一の方法だと僕は思っているんです」リチャードは答えた。「生徒たちには劇が上演されるのを見せなくてはなりません——できれば、自分たちで演じるべきなんです」

「あの男の子たちが皆で、女の子や女の人の役をねえ」ミス・フロストは思い巡らせながら首を振った。「コールリッジが言った『不信の自発的停止』とかそのほかのいろいろなことを話したらいいわ」とミス・フロストは、相変わらず私に微笑みかけながら言った（私は普通誰かに髪をくしゃくしゃやられるのは嫌いだったが、ミス・フロストにされたこのときには、彼女にむかって笑みを返してしまった）。「あれはコールリッジだったわよね？」彼女はリチャードに訊ねた。

「そうですよ」と彼は答えた。彼女にすっかり参っているのが私にはわかった。そして、もし彼が私の母と恋に落ちたばかりでなかったら——うん、もしかしたら。経験を積んでいない私の意見では、ミス・フロストはとびきり素晴らしかった。私の髪をくしゃくしゃやったほうの手ではなく、もう一方の手が、今度はテーブルのリチャード・アボットの両手の隣りに置かれていた。ところが、私が二人の手を眺めているのを見たミス・フロストは、手をテーブルから離した。彼女の指が肩に軽く触れるのを私は感じた。

「それで、あなたはどういうものを読みたいと思っているのかしら、ウィリアム？」彼女は訊ねた。

「ウィリアムなんでしょう？」

「はい」私はぞくぞくしながら答えた。「ウィリアム」と呼ばれると、大人っぽく聞こえた。私は自分の母親の恋人に思慕の念を募らせていることに困惑していた。さらに強い思慕の念をこの堂々たるミス・フロストに対して募らせるほうが、遥かに差し支えないように思えた。

彼女の手はリチャード・アボットの手より掌の幅も広く指の長さも勝っていることに私は気づいていた、そして——二人がそうやって並んで立っていると——ミス・フロストの上腕がリチャードのものよりがっしりしていて、肩幅も彼女のほうが広いのがわかった。彼女は背もリチャードより高かった。

ひとつ類似点があった。リチャードはとても若く見えた——彼はフェイヴォリット・リヴァー学院の生徒とほとんど同じくらい若く見えた。一週間に一度か二度ひげを剃れば足りたのではなかっただろうか。そしてミス・フロストは、広い肩や強そうな上腕、それに（このときになってやっと気づいたのだが）胸幅が目立って広いにもかかわらず、胸の隆起が小さかった。ミス・フロストは、若々しい、やっと膨らみかけた乳房を持っていた——というか、私にはそう見えた。もっとも、十三歳の私は、胸の隆起に気づくようになってまだ比較的日が浅かったのだが。

私の従姉のジェリーの胸はもっと大きかった。十四歳とはいえ、『野鴨』のヘドヴィクを演じるには胸が豊かすぎるローラ・ゴードンは、他の部分では際立っているミス・フロストよりもずっと「ものすごく目立つ胸」（胸を気にする私の伯母ミュリエルの観察によると）を持っていた。

私はぼうっとなってしまって言葉が出なかった——彼女に答えられなかった——のだが、ミス・フロストは（とても辛抱強く）もう一度質問を繰り返してくれた。「ねえウィリアム？　あなたは本を読みたいのよね、だけど、フィクションが好きなのかノンフィクションが好きなのか、教えてくれないかしら——そして、具体的にはどんなテーマがいいのかをね？」とミス・フロストは訊ねた。「わたし、この子を町の小さな劇場で見かけたことがあるわ！」彼女は突然リチャードに言った。「あなたが舞台裏にいるのを見たわよ、ウィリアム——あなたって、とても観察力が鋭そうに見えるわね」

「はいそうです」私はなんとかそう言った。じつのところ、私はミス・フロストを鋭く観察していたので、即座にマスターベーションすることだってできただろう、だが代わりになんとか力を奮い起こしてこう言った。「何か小説で、あの……危険な恋をする若者を描いたものはありますか？」

ミス・フロストはひるむことなく私を見つめた。「危険な恋」と彼女は繰り返した。「恋のどういうところが危険なのか説明してちょうだい」

「不適切な相手に惚れるんです」と私は彼女に言った。

「ちゃんと言っただろう、そんなことはないって」リチャード・アボットが遮った。「『不適切な』相手なんていない。僕たちは自分の望む相手なら誰にでも惚れていいんだよ」

「惚れるのに『不適切な』相手なんかいない——冗談でしょう？」ミス・フロストはリチャードに言った。「それどころか、ねえウィリアム、不適切な相手に惚れることをテーマにした有名な文学作品だってあるのよ」と彼女は私に言った。

「そう、それがビルが興味を持っていることなんです」リチャードはミス・フロストに説明した。

「不適切な相手に惚れる」

「それはなかなかいいジャンルだわ」とミス・フロストは答えた。その間ずっと彼女は見事な笑顔を私に向けていた。「ゆっくりと始めさせてあげましょうねえ——このことについては、わたしに任せておいて、ウィリアム。不適切な相手に惚れることへ慌てて突進しちゃいけないわ」

「どういうものをお考えなんですか？」リチャード・アボットが彼女に訊ねた。「『ロミオとジュリエット』とか？」

「モンタギュー家とキャピュレット家のあいだの問題はロミオとジュリエットの問題じゃありません

よ」ミス・フロストは答えた。「ロミオとジュリエットはお互い適切な相手です。クソ馬鹿だったのはそれぞれの一族よ」

「なるほど」とリチャードは答えた――「クソ馬鹿」という言葉に彼も私もびっくりしていた（およそ司書らしからぬように思えたのだ）。

「二人の姉妹が思い浮かぶわね」ミス・フロストはさっさと話を進めた。リチャード・アボットも私も二人とも彼女の言葉を誤解していた。私の母とミュリエル伯母さんのことで何か気の利いたことを言おうとしていると思っていたのだ。

　私はかつてファーストシスターの町はミュリエルにちなんで名付けられたのではないか、などと想像したことがあった。伯母はひとつの町が丸ごと（小さいとはいえ）彼女にちなんで名付けられたとしてもおかしくないくらいの自負心を発散させていたのだ。だがハリーお祖父ちゃんがこの町の名前の由来について私の間違った考えを正してくれた。

　フェイヴォリット川《リヴァー》はコネチカット川の支流だった。コネチカット・リヴァー・ヴァレーで最初の樵《きこり》たちが木を伐っていたとき、彼らは丸太をコネチカット川へ流し込む――あの大河のニューハンプシャー側とヴァーモント側の両方から――のに使っていた幾つかの川の名前を付け替えた（たぶん、そうしたインディアンの名前が気にいらなかったのだろう）。あの初期の丸太流し師たちが格好の川《フェイヴォリット・リヴァー》という名をつけたのだ――丸太詰まりを引き起こすような曲がりがほとんどない、コネチカット川へのストレートショットと彼らが呼んでいた川に。このファーストシスターの町の命名はと言えば、フェイヴォリット・リヴァーにあるダムによってできた水車池に由来していた。製材工場のあるこの町は、他の、コネチカット川沿いにある数々のもっと大きな工場町の「一番上の姉《ファーストシスター》」なのだ。

ファーストシスターの由来についてのハリーお祖父ちゃんの説明は、私には、この小さな町は弱い者いじめをする母の姉にちなんで名付けられたという自分のいちばん最初の思い込みほど面白くはなかった。

だが、リチャード・アボットも私も二人とも、ミス・フロストの発言——「二人の姉妹が思い浮かぶわね」に、マーシャル姉妹の二人のことを考えたのだ。私が当惑した表情となり、そしてリチャードが主役的オーラを失ってしまっていることにミス・フロストは気づいたに違いない。リチャードはわけがわからないという顔で、自分に自信が持てなくなってさえいるようだった。するとミス・フロストが言った。「わたしが言っているのはブロンテ姉妹のことよ、もちろん」

「もちろん！」リチャードは叫んだ。ほっとした表情だった。

「エミリー・ブロンテは『嵐が丘』を書いたの」ミス・フロストは私に説明してくれた。「そして、シャーロット・ブロンテは『ジェーン・エア』を書いた」

「頭のおかしい妻を屋根裏に閉じ込めている男を信用してはだめだぞ」とリチャードが私に言った。

「そして、ヒースクリフなんて名前の人間は疑ってかかれ」

「あの二つも惚れてしまう例でしょ」ミス・フロストは意味ありげに言った。

「でも、あれはどちらも女性が惚れる例じゃないですか？」リチャードは司書に問いかけた。「ビルが考えているのは若い男性がひとりないしは複数の相手に惚れる事例ですよ」

「惚れることに変わりはないわ」ミス・フロストはさらりと言った。「大事なのは作品よ。あなただって、『嵐が丘』と『ジェーン・エア』が『女性のためだけ』のものだと言いたいわけじゃないでしょう？」

「当然です！　もちろん、大事なのは作品ですよ！」リチャード・アボットは語気を強めて言った。

「僕が言いたかったのはもっと男性的な冒険のほうが――」

「もっと男性的！」ミス・フロストは繰り返した。「そうね、フィールディングなんかどうかしら」と彼女は付け加えた。

「ああ、そうだ！」リチャードは叫んだ。『トム・ジョーンズ』のことですか？」

「そう」とミス・フロストはため息をつきながら答えた。「性的冒険を惚れた結果と見なしてもいいなら――」

「いいじゃないですか」リチャード・アボットは即座に答えた。

「あなた、何歳なの？」ミス・フロストは私に訊ねた。またも彼女の長い指が私の肩に触れた。私はミュリエル伯母さんが卒倒（二回）したときのことを思い出し、一瞬、自分もすぐに意識を失うのではないかと心配になった。

「僕は十三歳です」と私は答えた。

「十三歳なら初めは三冊でじゅうぶんだわ」と彼女はリチャードに言った。「あまり早くから惚れる話を詰め込みすぎるのは賢明じゃないでしょうからね。この三つの小説がこの子をどこへ導くか、とにかく見てみましょうよ、ね？」ミス・フロストはまたも私に微笑みかけた。「まずフィールディングから読んでごらんなさい」と彼女は私に助言した。「ほぼ間違いなくとっても単純よ。ブロンテ姉妹のほうがずっと感情に訴えかけてきて――心理をよく捉えているわ。ブロンテ姉妹のほうが作家として大人ね」

「ねえ、ミス・フロスト」とリチャード・アボットが話しかけた。「舞台に立たれたことはありますか――芝居をやったことはありますか？」

「頭のなかでだけだけど」彼女はあだっぽいと言っていいような風情で答えた。「若かった頃には

――四六時中」

リチャードは私に共謀者の眼差しを向けた。このファーストシスター・プレイヤーズの才能ある若い新参者が何を考えているのか、私にはありありとわかっていた。私たちの前には性的な力がそびえ立っていた。リチャードと私にとって、ミス・フロストは飼い慣らすことの出来ない自主性を持つ女性だった――彼女には間違いなく、ある種手に負えないところがあった。

若い男性であるリチャード・アボットにとって、そして私――私は、自分が不適切な相手に惚れてしまうことについての物語を突然書きたくなり、そして三十代の司書とセックスしたいという欲望がむらむらと湧いてきた、十三歳の空想家だった――にとって、ミス・フロストは疑いもなく性的な存在だった。

「あなたに向いている役があるんです、ミス・フロスト」私の初めての文芸作品三冊を探しながら棚のあいだを歩く彼女に二人で付き従いながら、リチャード・アボットは意を決して口にした。

「実際には、役は二つあって、そのどちらかになるんです」と私は指摘した。

「そうです、あなたに選んでいただかなくては」リチャードは急いで付け足した。「『ヘッダ・ガーブレル』のヘッダか『人形の家』のノラです。イプセンはご存知ですか？　この二つはよく問題作と言われているものですが――」

「なかなかな選択ね」ミス・フロストは私ににこっとしてみせながら言った。「自分のこめかみを撃ち抜くことになるか、幼い三人の子供を捨てるような女になるか、どちらかってことね」

「前向きな選択なんじゃないでしょうか、どちらの場合も」リチャード・アボットは彼女を安心させようとした。

「あら、とんだ前向きね！」ミス・フロストは笑った――指の長い手を振りながら（笑うと、彼女の声にはしゃがれた低いトーンが混じり、それがたちまち高くて澄んだ声域へと跳ね上がるのだった）。

「ニルス・ボルクマンが演出家なんです」と私はミス・フロストに警告した。すでに彼女を守らなければという気持ちになっていたのだ、会ったばかりだったのに。

「あらあら」とミス・フロストは私に答えた。「あの――『シリアス・ドラマ』については決して初心者じゃない――神経症病みのノルウェー人がこの町の小さな劇場の演出家だってことを知らない人間がファーストシスターにひとりいるとでも言わんばかりね」

彼女は不意にリチャードに言った。「ちょっと知りたいんだけど――もしわたしたちの選ぶイプセンが『人形の家』だとして、わたしが甚だしく誤解されているノラになるとして――あなたはどんな役をやるのかしら、ミスター・リチャード・アボット」リチャードが答えるより先に、ミス・フロストは言葉を続けた。「わたしが思うに、あなたはノラの退屈で物分りの悪い夫、トルヴァル・ヘルメルになるんじゃないかしら――ノラに命を救われながら彼女を救えない夫に」

「たぶんそうするだろうと思います」リチャードはあえて気軽な口調で言った。「もちろん、僕は演出家じゃありませんが」

「聞かせてちょうだい、リチャード・アボット、あなたにはわたしの気を引こうとするつもりがあるのかどうか――舞台の役の上での話じゃなくてね」とミス・フロストは言った。

「いや――まったくないです！」リチャードは叫んだ。「僕は本気でビルのママの気を引こうとしているんです」

「ならよかった――それが正しい答えよ」と彼女はそう言った――またも私の髪をくしゃくしゃにしていたが、そのままリチャードに話し続けた。「で、わたしたちがやるのが『ヘッダ・ガーブレル』なら、わたしがヘッダで――だけど、あなたの役をどうするかってことはもっと難しくなるんじゃない？」

「そうですね、難しいでしょう」リチャードは考え込みながら言った。「僕の希望としては、『ヘッダ・ガーブレル』の場合は退屈で物分かりの悪い夫にはなりたくないなあ——ヨルゲンになるのは嫌だなあ」とリチャードは言った。

「ヨルゲンになるのが嫌じゃない人なんていないんじゃない？」とミス・フロストは問いかけた。

「ヘッダが破滅させる物書きがいる」リチャードは思い巡らしていた。「ニルスなら僕にエイレント・レーヴボルグ役を振りかねないなあ」

「あの役はあなたには合わないわ！」ミス・フロストはきっぱりと言った。

「となると、ブラック判事しか残らない」とリチャード・アボットは憶測を続けた。

「面白いかもしれないわ」ミス・フロストは言った。「あなたの手から逃れるために、わたしは銃で自殺するの」

「それによって破滅するのが、僕には容易に想像できたでしょうにね」リチャード・アボットはじつに愛想よく言った。二人は今から演技していて——私にはわかった——しかも二人はアマチュアではなかった。この二人の場合、私の母はさほどプロンプター役を務める必要はないだろう。リチャード・アボットやミス・フロストがセリフひとつでも忘れたり、単語ひとつでも言い間違うなど想像できなかった。

「考えてみて、お返事します」とミス・フロストはリチャードに告げた。図書館の入口には丈が高くて幅の狭い、薄暗い明かりで照らされた鏡があり、ずらっと並んだコートフックにはレインコートが一着だけ掛かっていた——おそらくミス・フロストのものだろう。彼女は鏡に映った自分の髪にちらと目をやった。「もっと髪を伸ばそうかと思っていたの」もう一人の自分に話しかけるようにして、彼女は言った。

「ヘッダの髪はもっと長いんじゃないかと思います」とリチャードは言った。

「そう思う？」ミス・フロストは問いかけながら、またも私に微笑みかけていた。「あなたったら、ねえウィリアム」彼女は突然そう言った。「『成長』と言うなら――ちょっとこの子を見てよ！」私は赤くなっていたに違いない、あるいはそっぽを向いたか――あの三冊の成長小説をしっかり胸に抱きしめて。


ミス・フロストの選択はよかった。私は『トム・ジョーンズ』『嵐が丘』『ジェーン・エア』を――その順序で――読み、そうして、母が驚いたことには、読書家となるのだ。そしてその三つの小説が教えてくれたのは、冒険というのは、海賊が出てこようが来まいが船旅だけに限られるものではないということだった。SFや未来物ファンタジーに逃げなくとも、かなりの興奮を見いだすことはできる。夢中になるためには、西部物や恋愛小説を読む必要はなかった。読書においては、書くことにおいてそうであるように、必要――つまり、完全にのめり込むために――なのはただリアルではあるが手ごわい関係だけなのだ。結局のところ、惚れるということが――とりわけ、不適切な相手に惚れるということが――それ以外の何に繋がるというのだ？

「さあ、ビル、君が読み始められるように、家に送っていってあげよう」あの暖かい九月の夕べ、リチャード・アボットはそう言って、そして――図書館の玄関でミス・フロストのほうを向いて――第四場でブラック判事がヘッダに言う最後のセリフを（声色を変えて）口にした。「結構仲良くやっていけますよ、私たち二人でね！」

その秋は二ヶ月にわたって『ヘッダ・ガーブレル』の稽古が行われ、おかげで私はすっかりそのセリフとお馴染みになるのだ――それに答えるヘッダの最後のセリフは言うまでもなく。ヘッダはすでに舞台から去っているのだが――ト書きにあるとおり、はっきりと明瞭に、舞台裏から――ミス・フロスト（ヘッダ役の）は答える。「あらブラック判事、そんなふうにうぬぼれないでくださいな。確かにあなたは、籠のなかの一羽きりのオンドリですけれどね――」そしてト書きには、一発の銃声が聞こえてくる、と書かれている。

　私は本当にあの劇が好きなのだろうか、それとも、リチャード・アボットとミス・フロストがそれを私の眼前で演じたからひどく好きになったのだろうか？　ハリーお祖父ちゃんは端役――ヨルゲンのおばのユリヤーネ、ミス・テスマンの役――ながら際立っていたし、私の伯母ミュリエルはエイレント・レーヴボルグの貧しい僚友ミセス・エルヴステッド役だった。

「いやあ、あれはなかなかな演技だったねえ」あの暖かい九月の夕べ、リヴァー・ストリートの歩道をぶらぶら歩きながらリチャード・アボットは言った。もう暗くなっていて、遠くで雷鳴が聞こえていたが、近隣の裏庭はひっそりしていた。子供も犬も屋内へ連れ込まれていたのだ。そしてリチャードは私を歩いて家まで送ってくれていた。

「なんの演技？」と私は訊ねた。

「ミス・フロストだよ！」リチャードは叫んだ。「彼女の演技だ！　君が読むべき本、惚れるということについてのあれこれ、それに彼女がノラを演じるかヘッダを演じるかということについてのあの手の込んだ動き――」

「つまり、あの人はずっと演技していたってこと？」と私は問いかけた（またも、私はなぜなのかわからないまま、彼女を守らなければという気持ちになっていた）。

「君は彼女が気に入ったみたいだね」リチャードは言った。

「大好きになった！」と私はうっかり口走ってしまった。

「当然だろうね」彼は頷いた。

「あの人のこと、気に入らなかった？」私は訊ねた。

「ああ、もちろん気に入ったよ――あの人は好きだな――それに、きっと完璧なヘッダになるだろう」とリチャードは言った。

「やってくれたらね」私は注意した。

「ああ、彼女はやるさ――もちろん、やるとも！」リチャードはきっぱりと言った。「彼女は僕を弄んでいただけさ」

「弄ぶ」私はそう繰り返しながら、彼がミス・フロストを批判しているのかどうかわからないでいた。リチャードがじゅうぶん彼女を気に入ったのかどうかもまるでわからなかった。

「ねえビル」とリチャードは言った。「あの司書に君の新しい親友になってもらえばいい。彼女が読めと言って渡してくれた本を気に入ったなら、彼女を信頼するんだ。図書館、劇場、小説と芝居に対する情熱――うん、ビル、これは君の未来への扉になるかもしれないぞ。君くらいの年齢のときには、僕は図書館で暮らしてたんだ！　今では小説と芝居は僕の人生なんだ」

　すべてに圧倒されるようだった。惚れるということについての――とりわけ、なんと不適切な相手に惚れるということについてさえ――小説があるなどと思っただけで圧倒された。さらに、この町のアマチュア演劇クラブがイプセンの『ヘッダ・ガーブレル』を、新しい主演男優と、それに主演女優には性的な力（そして飼い慣らすことのできない自主性）がそそり立っているような女性を迎えて上演することになるのだ。おまけに、傷を負った私の母がリチャード・アボットという、ミュリエル伯母さんとヴィクトリアお祖母ちゃん称するところの「恋人《ボウ》」を得ただけでなく、私のリチャードに対する気まずい思慕も置き換わってしまった。私は今や自分の母親であってもおかしくない年齢の司書に恋をしていた。一見不自然な思慕の念をリチャード・アボットに対して抱いていたにもかかわらず、私は新たな未知の欲望をミス・フロストに感じたのだ――こうして突然本格的な読書をすることになったのは言うまでもなく。

リチャードと私が図書館への外出から帰宅すると、祖母が私の額に手を当てたのも不思議ではない――きっと熱でも出ているみたいに顔が赤かったのだろう。「平日の夜に興奮のしすぎじゃないの、ビリー」ヴィクトリアお祖母ちゃんは言った。

「バカバカしい」とハリーお祖父ちゃんは言った。「お前の持っている本を見せてごらん、ビル」

「ミス・フロストが選んでくれたんだよ」私は祖父に小説を渡しながら話した。

「ミス・フロスト！」祖母がまたも、いっそうの侮蔑を込めて言った。

「ヴィッキー、ヴィッキー」ハリーお祖父ちゃんが、ピシャピシャと軽く平手打ちするような調子で諌めた。

「マミー、お願いだからやめてちょうだい」母が言った。

「どれも素晴らしい小説だよ」祖父が断言した。「実際、名作だよ。ミス・フロストは青少年が読むべき小説をわかってると、俺は言いたいね」

「俺は言いたい！」お祖母ちゃんは横柄に繰り返した。

それから、ミス・フロストの実際の年齢について、理解に苦しむ祖母の意地の悪い言葉が続いた。

「あの人の自称年齢のことを言ってるんじゃありませんよ！」とヴィクトリアお祖母ちゃんは叫んだのだ。私は、ミス・フロストは母さんと同い年かちょっと下なんじゃないかと言ったのだが、ハリーお祖父ちゃんと母は顔を見合わせた。つぎにやってきたのは、私には劇場でお馴染みだったやつだ

――間。

「いや、ミス・フロストはミュリエルの歳に近い」とお祖父ちゃんは言った。

「あの女はミュリエルより年上よ！」祖母がぴしゃっと言った。

「ほんとはね、二人はほとんど同い年よ」母がそっと言った。

あの時、こういうことはすべて私にとってはミス・フロストはミュリエルより若く見えるということでしかなかった。じつのところ、私はこの件についてほとんど考えもしなかったのだ。ヴィクトリアお祖母ちゃんは明らかにミス・フロストを嫌っていたし、ミュリエルはミス・フロストの胸あるいはブラ――あるいはその両方――に問題を感じていた。

もっとあとになって――正確にいつだったかは覚えていないが、数ヶ月後、私が定期的に町の公立図書館のミス・フロストから小説を借りるのが習慣になってからのことだ――意地の悪い伯母のミュリエルが祖母と同じ口調でミス・フロストについて（私の母に）しゃべっているのを、私は立ち聞きすることになる。「それに、彼女、あの滑稽な練習用《トレーニング》ブラから進歩していないんじゃないの？」（これに対して、母はただ首を振っただけだった）

私はそれについてリチャード・アボットに、遠まわしにではあるが訊ねることとなる。「ねえリチャード、練習用ブラってなんなの？」私はふと思いついたようにして訊ねた。

「何かで読んだの、ビル？」リチャードは問い返した。

「いや、ただ何かなって思っただけ」と私は答えた。

「そうだねえ、ビル、僕はべつに練習用ブラについて詳しいわけじゃないけどさ」とリチャードは説明し始めた。「でも、若い女の子の最初のブラ用にデザインされたものなんじゃないかな」

「どうして練習用なの？」と私。

「ええっとねえ、ビル」とリチャードは続けた。「たぶん、そのブラの練習用っていうのはこういうことなんじゃないかな。乳房がふくらみ出したばかりの女の子は練習用ブラを着けて、ブラがどんなものなのかという観念を乳房に持たせるようにするんじゃないのかなあ」

「へえ」私は完全に困惑していた。なんだってミス・フロストの乳房に練習が必要なのか想像もつかなかったし、乳房が観念を持つなどという考え方もまたこれまで聞いたことがなく、混乱させられた。しかし、ミス・フロストにのぼせ上がったことで、私のペニスは私自身の考えとはまったくべつの観念を持っているのは確かにわかった。そしてもしペニスが観念を持つことができるのなら、乳房もまた自身で思考することができると考えるのは（十三歳にとって）さほど無理なことではなかった。

ミス・フロストがますます数を増しながら提供してくれる文学作品のなかでは、私はまだペニスの視点から書かれた小説に出会ったことはなかったし、女性の乳房が持つ観念が何らかの形でその女性自身――あるいは彼女の家族や友人――を悩ませる、などというものもなかった。それでもそんな小説はあり得るように思えた、もっとも、私がミス・フロストとセックスすることもまたあり得る（ほんの僅かの可能性だが）と思えるような程度でしかなかったが。

私にディケンズを読むのを待たせた――いわば、ディケンズのレベルまで進歩させるべく――ミス・フロストには先見の明があったのだろうか？ それに、彼女が読ませてくれた最初のディケンズは、私が「決定的」な一冊と呼んできたものではなかった。彼女は私に『大いなる遺産』を読むのも待たせたのだ。私は、ディケンズの読者の多くがそうであるように『オリヴァー・ツイスト』、あの初期のゴシック小説――ニューゲートの絞首刑執行人の首吊り縄がこの小説のもっとも忘れがたい登場人物のうちの数人に死の影を投げかける――から始めた。ディケンズとハーディにひとつ共通しているのが、無邪気な若者の場合は特に、心根がよくて常に誠実な人物は恐ろしい世の中において最も危険な目に遭いやすいという宿命論的信念だ（ミス・フロストには分別があったので私にハーディを読むのも待たせた。トーマス・ハーディは十三歳向きではない）。

　オリヴァーについて言えば、私はすぐさま不幸にめげない孤児の成長に親近感を持った。ディケンズのロンドンの犯罪の多いネズミだらけの路地はヴァーモント州ファーストシスターとはぞくぞくするほどかけ離れていたし、私はミス・フロストよりも寛容だった。彼女は初期の作品群を「プロットの枠組みが古ぼけていてお粗末」だとして批判していたのだ。

「ディケンズの作家としての未熟さが現れているわ」とミス・フロストは私に指摘した。

　十四になりかけの十三歳だった私は、未熟さに批判的ではなかった。私にとって、フェイギンは愛すべき怪物だった。ビル・サイクスはただただ恐ろしく――彼の犬ブルズアイでさえ邪悪だった。私は夢のなかで早業《アートフル》ドジャーに誘惑され、じつのところキスされた――これほど魅力ある、動きのしなやかなスリはとてもいないだろう。サイクスが心優しいナンシーを殺すと私は泣いたが、サイクスの忠実なブルズアイが欄干から死んだ男の肩目がけて跳躍するときも泣いた（ブルズアイは狙いを外す。犬は下の通りへ落ち、頭が割れる）。

「メロドラマ的よね、そう思わない？」ミス・フロストは私に問いかけた。「それにオリヴァーは泣きすぎだわ。じゅうぶんに肉付けされた登場人物というよりはむしろ、ダメージを受けた子供に対するディケンズのありあまるほどの情熱のためのダミーね」ディケンズはこういったテーマ、そしてああいう子供たちについて、より成熟した小説群――とりわけ、彼女が与えてくれる次のディケンズである『デイヴィッド・コパーフィールド』と、私がまだ待たねばならない『大いなる遺産』――でもっとうまく書くようになるのだと、彼女は話してくれた。

ミスター・ブラウンローがオリヴァーを、はなはだしい悲惨さや言葉に尽くしがたい苦悶を覆い隠してきた――フェイギンが首をくくられるのを待っている――あの「ニューゲートの恐ろしい壁」へ連れていくと、私は哀れなフェイギンのためにも泣いた。

「男の子が小説を読んで泣くのはいい兆候だわ」とミス・フロストは請け合ってくれた。

「いい兆候？」私は問い返した。

「それはあなたが他のたいていの男の子より思いやりの心を持っているっていうことなの」私が泣くことについて、彼女が言ったのはそれだけだった。

私がミス・フロストの言う「大邸宅で押し込みを働いている盗人みたいに見境なく必死の勢いで」読んでいると、ある日彼女は言った。「もっとゆっくり読みなさい、ウィリアム。がつがつ食べないで、味わいなさい。そして、本が気に入ったら、そのなかの素晴らしい文章を――おそらくあなたのお気に入りの文章を――ひとつ、覚えなさい。そうすれば、涙を流すほど自分を感動させた物語の言葉を忘れないでいられるわ」（オリヴァーは泣きすぎるとミス・フロストが思っていたのなら、本当のところ僕のことをどう思っているのだろうと私は考えた）。『オリヴァー・ツイスト』はと言えば、ああなんと、どの文章を覚えることに決めたのか、私は忘れてしまった。

『デイヴィッド・コパーフィールド』のあとで、ミス・フロストは私に初めてトーマス・ハーディを味わわせてくれた。あの時わたしは十四歳で十五になりかける頃だっただろうか？（そうだ、そのはずだ。リチャード・アボットがたまたま同じハーディの小説をフェイヴォリット・リヴァー学院の男子たちに教えているところだったが、彼らはプレップスクールの最終学年で、私はまだぐっと下の八年生だったのは確かだ）。

やや疑念を持ってタイトル――『ダーバヴィル家のテス』――を眺め、失望を露わにしてミス・フロストに「女の子の話ですか?」と訊ねたのを覚えている。
「そうよ、ウィリアム——この上なく不幸な女の子なの」とミス・フロストはさっと答えた。「でもね——若い男性であるあなたにとってさらに重要なのは——これはまた彼女が出会う男たちの話でもあるの。あなたがテスが出会うような男になりませんように、ウィリアム」
「ああ」と私は言った。テスが出会う男たちについて彼女が何を言いたかったのか私はすぐさま知ることとなる。実際、私はけっしてそんな男になりたくはなかった。

エンジェル・クレアについては、ミス・フロストはただこう言っただけだった。「彼ってまったくのぐちゃぐちゃヌードルね」そして私がわけのわからない顔をしていると、付け加えた。「茹ですぎのスパゲティよ、ウィリアム——思考が軟弱、思考が水っぽいの」
「ああ」

私は本が読みたくて学校から急いで帰宅した。読むときも急いだ。もっとゆっくり読みなさいというミス・フロストの命令を心に留めることなどできなかった。平日は毎晩夕食のあとでファーストシスター公立図書館へ急いだ。私はリチャード・アボットから聞かされた彼の子供時代のようになった——私は図書館で暮らしていた、週末はことに。ミス・フロストはいつも私をもっと光のよく当たる椅子やソファやテーブルへ移らせた。「目を悪くしちゃだめよ、ウィリアム。読書家になるんなら、この先一生目は必要なんだから」

突然、私は十五になっていた。『大いなる遺産』の時期だった——私はまた、初めてひとつの小説を再読したいと思った——そしてミス・フロストと、作家になりたいという私の望みについてあの気まずい会話を交わしたのだった(ご存知のように私の願いはそれだけではなかったが、あのべつの願いについてミス・フロストと話し合うことはしなかった――あの時はまだ）。

そしてまた、突然私がフェイヴォリット・リヴァー学院に入学する時期にもなっていた。まことに相応しいことながら――彼女は私の教育全般について何かと手助けしてくれることになるのだから――母とリチャード・アボットから私がどれほどの「恩恵」を与えられたか指摘してくれたのはミス・フロストだった。二人は一九五七年の夏に結婚したので――もっと端的に言えば、リチャード・アボットは私を法的に養子としたので――私の名前はウィリアム・フランシス・ディーン・ジュニアからウィリアム・マーシャル・アボットとなった。私はプレップスクール生活を、真新しい名前――自分の好きな名前――で始めることになったのだ！

リチャードは寄宿学校の寄宿舎棟の一画に設けられた教職員用の住まいに住んでいて、そこで母と新しい生活を始めることになり、私も自分専用の部屋をもらった。リヴァー・ストリートを歩いて私の育った祖父母の家まで行くのはたいした距離ではなく、私はしょっちゅう祖父母宅を訪れた。祖母のことは好きとは言えなかったが、ハリーお祖父ちゃんは大好きだった。無論、引き続き舞台の上の女になった祖父を見ることにはなるのだが、いったんフェイヴォリット・リヴァー学院の生徒になってしまうと、私はもはやファーストシスター・プレイヤーズの稽古をいつも舞台裏で見ることはなくなる。

小学校や中学校のときと較べると、学院では宿題の量が非常に多かったし、プレップスクールではリチャード・アボットが演劇部（と呼ばれていた）の担当だった。リチャードのシェークスピア研究家としての野心によって私はどんどん演劇部に引き付けられ、ファーストシスター・プレイヤーズについては完成された公演以外のものには寄りつかなくなった。演劇部の舞台、学院の劇場はこの町の古風で小さな芝居小屋より大きくて洗練されていた（古風《クエイント》という言葉は私が新しく覚えたものだった。フェイヴォリット・リヴァーでの年月のせいで私はちょっと俗物になっていた、というか、ミス・フロストにある日そう言われることとなる)。

そしてリチャード・アボットに対する私の不適切な思慕がミス・フロストへの抑えきれない欲望と燃えるような憧れに「取って代わられた」(以前にも言ったように)としたら、二人の才能あるアマチュア(ハリーお祖父ちゃんとミュリエル伯母さん)もまたさらにいっそう才能あふれる二人の俳優に取って代わられたのだった。リチャード・アボットとミス・フロストはたちまちファーストシスター・プレイヤーズの舞台でスーパースターとなった。ミス・フロストはリチャードのぞくぞくするほど支配的なブラック判事に対して神経過敏なヘッダ役を務めただけでなく、五六年の秋に『人形の家』のノラ役もやったのだ。リチャードは本人が推測していたように、ノラの退屈で物分かりの悪い夫トルヴァル・ヘルメルとなった。珍しく大人しいミュリエル伯母さんは実の父親と一ヶ月近く口をきかなかった。ハリーお祖父ちゃん(ミュリエルでなく)がリンネ夫人役になったからだ。そしてリチャード・アボットとミス・フロストはニルス・ボルクマンを説きつけて不運なクログスタット役をやらせ、厳しいノルウェー人はそれを暗い運命と正義とのぞくっとするような組み合わせをまとって見事にやってのけた。

このアマチュアの寄せ集めによるイプセン劇以上に重要なことだが、一九五六年から五七年にいたる学年の初めに、フェイヴォリット・リヴァー学院に新しい教員一家がやってきた――ハドリーという夫婦である。子供は一人だけ――エレインという不格好な容姿の娘だった。ミスター・ハドリーは新しい歴史の先生だった。ピアノの弾けるミセス・ハドリーは声楽を教えた。彼女は学校の幾つかの合唱団を指導し、学院聖歌隊を指揮した。ハドリー夫妻はリチャードと私の母と親しくなり、したがってエレインと私はよくいっしょにされることとなった。私のほうが一歳上で、そのせいで――当時は――エレインよりずっと年上な気がしていたのだが、彼女は胸の発育という点では非常に遅れていた（エレインはこの先も乳房を持つことは決してないのではないかと私は思っていた、というのは、ミセス・ハドリーの胸もほぼ平らであることにも気づいていたのだ――歌うというのに）。

エレインは極端な近視だった。当時はなんの矯正法もなく、目が拡大されて顔から飛び出しそうに見えるあのやたら分厚いレンズを使うしかなかった。だが母親から歌い方を習っていたし、それにエレインは話し声もよく響いて明瞭だった。彼女がしゃべると、まるで歌っているようだった――一語一語が聞き取れた。

「エレインは伝え方をよく心得ているんです」とミセス・ハドリーは説明した。彼女の名前はマーサといった。美人ではないが、とてもいい人で、それに私にはきちんと発音できない単語があるということにそこそこ的確に気づいた最初の人だった。彼女は私の母に、やらせてみてもいい発声訓練があるし、歌わせることも多少の効果があるかもしれないと告げたが、あの五六年の秋には私はまだ中学生だったし、読書に没頭していた。「発声練習」も歌もごめんだった。

私の生活におけるこうした重要な変化は一度にやってきて、そして予期せぬ勢いで進行していった。五七年の秋、私はフェイヴァリット・リヴァー学院の生徒となった。まだ『大いなる遺産』を再読中で、そして（ご存知のように）作家になりたいという望みをミス・フロストに漏らしてしまっていた。私は十五で、エレイン・ハドリーは近視で胸の平らな澄んだよく通る声の十四歳だった。

その九月のある夜、リチャードの教職員用住居のドアを叩く音が響いたが、寄宿舎では学習時間だった――病気でもない限り寄宿生は誰も私たちの住居には来ない時間だ。寄宿舎の廊下に気分の悪い生徒が不安げに立っているのだろうと思いながら私はドアを開けたのだが、そこにいたのはニルス・ボルクマン、取り乱した様子の演出家だった。まるで幽霊を見たような顔だった、もしかすると彼の知っているかつてのフィヨルド・ジャンパーの誰かを。

「彼女に会ったんだ！　彼女が話すのを聞いたんだ！　彼女は完璧なヘドヴィクになるぞ！」ニルス・ボルクマンは叫んだ。

可哀相なエレイン・ハドリー！　半分盲目なのは彼女にとっては運が悪かった——それに胸がないのも、声が甲高いのも（『野鴨』では、ヘドヴィクの目が悪いことが重大視されるのだ）。性別不明で水晶のように澄んだ声の子供であるエレインは哀れなヘドヴィク役を振られることとなり、そしてボルクマンはまたも（あの忌まわしい）『野鴨』をファーストシスターの怯える市民相手に放つこととなる。『人形の家』のクログスタット役で驚くべき成功を収めたばかりのニルスは、自分でグレーゲルスを演じるのだ。

「あの惨めな道徳家」、リチャード・アボットはグレーゲルスをそう呼んだ。

グレーゲルスのなかの理想家を体現しようと心に決めていたにもかかわらず、ニルス・ボルクマンはこの人物の道化的な面を、意識しない完璧さで演じることとなる。

誰にも、ましてや自滅的なノルウェー人には、ヘドヴィクが野鴨を撃とうとしてたまたま自分を撃ってしまうのか、それとも——ドクター・レリングが言うように——ヘドヴィクは自殺するつもりだったのか、十四歳のエレイン・ハドリーに説明することはできなかった。にもかかわらず、エレインはすばらしいヘドヴィクだった——というか少なくとも、声がはっきり通るヘドヴィクだった。

ドクターがヘドヴィクの心臓を貫いた銃弾について述べるのは、悲しくも滑稽だった。「弾丸は乳房を貫通しています」（可哀相なエレインには乳房なんかなかった）

観客を驚かせるのは、十四歳のヘドヴィクの叫びだ。「野鴨！」

これはヘドヴィクが舞台を去る直前のことだ。ト書きではこうなっている。彼女はしのび足でむこうへ行ってピストルを取るか――いや、そっとではなかった。エレイン・ハドリーはじつのところ武器を振り回しながら足音荒く舞台を去ったのだった。

あの劇でエレインがもっとも気に病んだのはあの野鴨がどうなるのか誰も一言も言わないことだった。「可哀相に！」とエレインは嘆いた。「怪我してるのよ！　溺れて死のうとするのに、あの憎たらしい犬に海の底から引き上げられて。そして鴨は屋根裏に閉じ込められるのよ！　野鴨が屋根裏で、どんな生活が送れるっていうの？　それに、ヘドヴィクが自分をバラしちゃったあと、あの頭のおかしい年寄りの軍人が――それとも、あの意気地なしで、自己憐憫に浸ってるヤルマールでさえ――鴨を撃たないって、誰に言える？　あの鴨の扱われかたって、とにかくひどいわ！」

今の私にはもちろん、ヘンリック・イプセンがかくも苦労して得ようとしたのは、あるいはニルス・ボルクマンがヴァーモント州ファーストシスターの洗練されていない観客から引き出そうとしたのは、鴨に対する同情ではないとわかっているが、エレイン・ハドリーは生涯にわたって、あまりに幼く無邪気なときにボルクマンが『野鴨』から作り上げた愚かしいメロドラマに浸ったことによる傷跡を負うこととなる。

今日にいたるまで、私はあの劇のプロによる公演を観たことがない。あれが正しく上演されるのを、というか少なくともできるだけ正しく上演されるのを観るなんて、耐えられないかもしれない。だが、エレイン・ハドリーは私の良き友となり、そして私はあの劇についての彼女の解釈に異を唱えるなどという不誠実なことをエレインに対してするつもりはない。ギーナ（ミス・フロスト）は舞台の上で断然もっとも同情を誘う人物だったが、エレインの同情の大半を獲得したのはあの野鴨――あの愚かな鳥は私たちの目に触れることはない！――そのものだったのだ。あの答えられることのない、あるいは答えられない問い――「鴨はどうなるの？」――は私の心に響いている。これは、エレインと私が交わす挨拶のひとつにさえなった。子供というのは皆、符丁で話すようになるものなのだ。

ハリーお祖父ちゃんは『野鴨』には出るのを嫌がった。祖父は喉頭炎を装ってあの芝居から逃れることとなる。それにまたハリーお祖父ちゃんは、長年にわたる共同経営者である演出家のニルス・ボルクマンに指導されるのにもうんざりしていた。

リチャード・アボットは旧弊な男子だけの学院で思うようにやっていた。彼はフェイヴォリット・リヴァーのあの男子のみというげんなりする生徒相手にシェークスピアを教えていただけではなかった――リチャードはシェークスピアを上演して、女役は女の子と女性が演じるようになる（あるいはハリー・マーシャルのようなベテランの女役によって。祖父は少なくともあのプレップスクールの男子たちに女の子や女性をどう演じればいいか教えることができた）。リチャード・アボットは私の捨てられた母と結婚し、私に思慕の念を抱かせただけではなかった。彼はハリーお祖父ちゃんと馬が合うことを発見し、祖父としては（とりわけ女として）憂鬱症のノルウェー人よりもリチャードに演出家として指導してもらうほうが遥かに好ましかったのだ。

リチャード・アボットがファーストシスター・プレイヤーズで演技していた――そして彼はフェイヴォリット・リヴァー学院でシェークスピアを教えて演出もしていた――あの最初の二年間で、ハリーお祖父ちゃんは一度お馴染みの誘惑に負けることになる。上演を待つ果てしがないように思えるアガサ・クリスティー劇のリストのなかに、複数のエルキュール・ポワロのミステリーがあった。あの太ったベルギー人は殺人者が馬脚を現すように仕向ける名うての達人だ。ミュリエル伯母さんもハリーお祖父ちゃんもミス・マープルを数え切れないほど何度も演じていたが、ヴァーモント州ファーストシスターには、役に相応しい太ったベルギー人の「欠乏」とミュリエルなら称したであろう事態が存在した。

リチャード・アボットは太った人物は駄目だし、アガサ・クリスティー劇を演じるのは一切拒否していた。とにかくエルキュール・ポワロは町には一人もおらず、ボルクマンはその件についてフィヨルド・ジャンパーっぽく不機嫌だった。「ひょこっと思いついたんだがな、ニルス」とハリーお祖父ちゃんはある日悩めるノルウェー人に言った。「なんでエルキュール（Hercule）・ポワロじゃなくちゃいかんのだ。代わりにエルミオーヌ（Hermione）でどうだ？」

かくしてファーストシスター・プレイヤーズによって『ブラック・コーヒー』が上演され、ハリーお祖父ちゃんは小粋で身のこなしが軽い（ほとんどバレエのような）ベルギー女性エルミオーヌ・ポワロ役を演じた。新しい爆薬の製法が金庫から盗まれる。サー・クロードなる人物が毒を盛られ、とまあこんな具合。いつものアガサ・クリスティー同様たいしたことはなかったが、ハリー・マーシャルのエルミオーヌは満場の大喝采を博した。

「アガサ・クリスティーがお墓のなかで転げまわってるわよ、お父さん」批判的な私の伯母ミュリエルに言えたのはこれだけだった。

「きっとそうでしょうね、ハロルド！」と祖母も口を合わせた。

「アガサ・クリスティーはまだ死んでないよ、ヴィッキー」ハリーお祖父ちゃんは私にウインクしながらヴィクトリアお祖母ちゃんに言った。「アガサ・クリスティーはぴんぴんしとるよ、ミュリエル」

ああ、どれほど彼を大好きだと思ったことか——とりわけ彼女でいるときの！

だが、リチャード・アボットがこの町の新顔だったあの二年のあいだ、彼はただの一度もフェイヴォリット・リヴァー学院の演劇部で自分が演出するシェークスピア劇に客演してくれるようミス・フロストを説得することはできなかった。「そうは思わないわ、リチャード」とミス・フロストは言うのだった。「わたしが、なんと言うか『あちら』に出るのは、あの男の子たちにとっていいことだとはどうしても思えないの――つまりね、全員男子で、みんな若くて、それにみんな影響を受けやすいでしょ」

「でも、シェークスピアは楽しくやることもできるんですよ、ミス・フロスト」リチャードは彼女に抗弁した。「僕たちは完璧に楽しい芝居をやることだってできるんだ」

「そうは思わないけれど、リチャード」と彼女は繰り返し、それで議論は終わりらしいのだった。ミス・フロストはシェークスピアはやらなかった、というか、頑としてやろうとしなかった――あのなんとも影響を受けやすい男の子たちのためには。彼女の拒絶をどう判断したらいいのか私にはわからなかった。舞台上の彼女を観るのは、私にとってはワクワクすることだった。彼女を愛し、彼女を欲しいと思うのに、さらなる刺激が必要というわけではなかったが。

だがフェイヴォリット・リヴァーの新入生として学院生活が始まると、周囲には年上の生徒がたくさんいた。彼らは私に対して特に友好的というわけではなく、なかの幾人かには気持ちを乱された。私はレスリング部の印象的な容姿の男子に遠くから夢中になった。彼が美しい体を持っているということだけではなかった（「遠くから」というのは、当初は彼から距離を保とうと――できるだけ彼から離れていようと――最大限の努力をしていたからだ）。まさに不適切な相手に惚れるというやつだ！　そして、年長の少年たちの口から二言目には「ホモ」だの「ファグ」だの「クイア」（いずれも同性愛者）という言葉が飛び出すのは私の思い過ごしではなかった。こういった故意に人を傷つけようとする言葉は、プレップスクールで他の男子について言える最悪の事のように私には思えた。

ああいった「気持ちを乱すもの」、不適切な相手に対する私の思慕は、暗号ボーイの父親から受け継いだ遺伝パッケージの一部だったのだろうか？　不思議なことに、私にはそうは思えなかった。こういった特殊な思慕はすべて自分の責任だと私は思っていたのだ、だって、あの軍曹は悪名高い女ったらしだったんじゃなかったのか？　私の好戦的な従姉ジェリーはあの人に女ったらしというレッテルを貼ったのではなかったか？　ジェリーは私の伯父ボブか伯母のミュリエルからそう聞いたか、あるいはそういう印象を受けたのかもしれない（女ったらしだなんて、ミュリエルが使いそうな響きではないか？）。

リチャード・アボットに話していればよかったのだろうが、そうはしなかった。ミス・フロストにもとても話せなかった。こういう新しい、惨めな思慕の念を、私は子供が――しばしば――するように、自分の胸の内だけに収めていた。

私はファーストシスター公立図書館から足が遠のき始めた。ミス・フロストはあんなに賢いのだから私が彼女に不実である――想像のなかだけにしても――ことを感づかれるんじゃないかと私は思っていたに違いない。じつのところ、フェイヴォリット・リヴァーの生徒としての私の最初の二年間は、ほぼ完全に想像のなかで費やされ、私の生活における新しい図書館はより現代的で明るい学院の図書館だった。宿題はすべてそこでやり、それに結局私のもっとも初期の執筆の試みとなるものもそこでやった。

あの男子校でレスリングの試合に同性愛的な興奮を感じることを発見した男の子は私ひとりだったのだろうか？　そうとは思えないのだが、私のような少年たちは身を潜めていた。

私はあの少年この少年に口にできない思慕の念を抱くことから、母の衣類通販カタログの怪しげな助けを借りての自慰へと移行した。ブラやガードルの広告に私は注意を引かれた。ガードルのモデルはほとんどが年配の女性だった。それは私にとって、創作の初期の訓練だった――少なくとも、上手く切って貼り付けることはできた。私は年配の女性たちの顔を切り取って、練習用ブラの年若いモデル嬢へと移動させたのだ。こうして、私の前にミス・フロストが蘇った。(他のたいていのことと同様)想像のなかだけでのことではあるが。

　同年齢の女の子たちには通常興味を惹かれなかった。まえにも述べたように胸は平らで美人でもなかったが、私はミセス・ハドリーに異常な関心を抱いた——しょっちゅう一緒にいたし、私に(あるいはともかくも、私の増大する構音障害に)心底から関心を持ってくれたせいだろう。「ねえビリー、いちばん発音しづらい単語って何?」彼女とミスター・ハドリー(そしてトロンボーンのような声のエレイン)が母とリチャードと私と夕食を共にしていたとき、彼女に訊かれたことがあった。

「この子、図書館《ライブラリー》って言葉が問題ありなの」エレインがずばりと言った——いつものようにはっきりよく通る声で(私はエレインに対して性的関心は完全にゼロだったが、彼女のほうは私に対してしだいにそうではなくなってきていた。彼女は私の発音間違いを決してからかったりしなかった。彼女の母親と同様、私が言葉を正しく言えるように手助けしたいと心底思っているようだった)。

「わたしはビリーに訊ねているのよ」とミセス・ハドリーは言った。

「どの言葉が僕にとっていちばん問題か、エレインのほうがよくわかってるんじゃないかなあ」と私は言った。

「ビリーはね、ominousness《オミナスネス》(不気味さ)の最後のふたつの子音でいつもへまやっちゃうの」とエレインが続けた。

「僕はpenith《ペニス》(本来はpenisで最後がsの発音)って言っちゃうんだ」と私は思い切って言った。

「なるほどね」とマーサ・ハドリーは言った。

「複数形にして発音してごらん、なんていっちゃダメよ」エレインが母親に言った。

あの当時フェイヴォリット・リヴァー学院が女子の入学を認めていたら、おそらくエレイン・ハドリーともっとずっと早く親友になっていたことだろうが、私はエレインといっしょに通学することはできなかった。エレインとしょっちゅう会うことになったのは、私の母とリチャードのハドリー夫妻との交際が非常に盛んだったからというだけのことだった――彼らはとてもいい友人同士になりつつあったのだ。

かくして、私があの練習用ブラを着けた姿を想像する対象として、不器量で胸の扁平なミセス・ハドリーが折に触れて登場するようになった――母の通販カタログでヤングガール用モデルをしげしげ眺める際に、マーサ・ハドリーの小さな胸を私は想像したのだ。

作家になろうとしていた――というか、より正確には、作家になることを夢見ていた――私は、学院の図書館で、膨大な数のフェイヴォリット・リヴァー学院のイヤーブック（一年間の思い出をまとめたアルバム）が並んでいる部屋をとりわけ気に入っていた。他の学生たちはその読書室になんの関心もないようだった。読書したりレポートや試験の採点をしたりする教員の姿は、時折見かけられた。

フェイヴォリット・リヴァー学院は古い。十九世紀の創立だった。私は昔のイヤーブックを見るのが好きだった（たぶん、過去にはすべて秘密があるのではないか。自分の過去にはあるとわかっていた）。これを続けていけば、しまいには自分自身の卒業年度に追いつくことになるんじゃないかと私は思っていた――といっても、最終学年の春以前には無理だが。三年生の秋、私はまだ一九一四及び一九一五年度のアルバムを見ていた。第一次大戦が進行中だった。フェイヴォリット・リヴァーの男子生徒たちは怯えていたに違いない。卒業する四年生たちの顔を、そして志望大学と将来就きたい職業の希望を、私はじっくりと眺めた。多くの四年生が両方とも「未定」だった。四年生のほぼ全員が、あの頃でさえあだ名を持っていた。

レスリング部の写真を私はうんとじっくり眺め、演劇部の写真はそれよりはやや簡単に眺めた。後者のほうでは、女の子のメイクと服装の男の子がたくさんいた。どうやらフェイヴォリット・リヴァー学院にはずっとレスリング部と演劇部が存在したようだった（この一九一四―一九一五年度のイヤーブック検分は一九五九年の秋に行われたことを念頭に置いておいてもらいたい。男女別々の寄宿学校における大いに称賛された伝統は、五〇年代を通じて、そして六〇年代に入っても強く支持されていたのだ）。

あのイヤーブックがずらっと揃っていて、時折教員が顔を見せる読書室を気に入っていたのは、あそこには他の生徒がまったくいなかったせいではないかと思う――言い換えればいじめっ子が一人もおらず、気持ちを乱す思慕の念も生じようがなかった。母とリチャードの暮らす教職員用住居で個室をもらっていた私は、じつに幸運だったのではないか？　学院の寄宿生は全員、相部屋だった。自分がルームメイトからのどんないじめ、あるいはさらに陰湿な形の虐待にさらされていたことか、想像ができない。それに、母の通販カタログのことはどうしていただろう？（自慰ができないなんてこと自体がじゅうぶんに虐待だった――つまりその、そんなこと考えただけでも！）

一九五九年の秋、十七歳になっていた私には、ファーストシスター公立図書館へ戻る理由がなかった――つまり、ちゃんとこれと言えるような理由がなかったということだ。私は宿題をするための避難所を見つけていた。学院の図書館のあのイヤーブックの部屋で、ものを書いたり、想像にふけったりすることはできた。だが、私はミス・フロストのことを恋しく思っていたに違いない。彼女は私が満足するほど舞台には出なかったし、今では私はファーストシスター・プレイヤーズの稽古に行かなくなったので、彼女の姿を見られるのは本番の公演のときだけで、これでは陳腐なきまり文句を並べたてる祖母なら「とても稀《トゥー・フィー・アンド・ファー・ビトウィーン》」と言うであろう状態だった。

ハリーお祖父ちゃんにこのことを話してもよかったのだ。祖父ならわかってくれただろう。ミス・

フロストが恋しいこと、彼女やそれにあの年長の少年たちへの思慕について祖父に話してもよかったのだ――いちばん最初の、義理の父リチャード・アボットに対する不適切な思慕についてさえ。だが私はそんなことについてはひとつもハリーお祖父ちゃんに話さなかった――あのときはまだ。

ハリー・マーシャルは実際に異性装者だったのだろうか？　ハリーお祖父ちゃんは時折女装するという以上だったのだろうか？　今日なら、私たちは祖父のことを、彼の時代においていちばん差し支えない状況のときだけ女として振舞っていた、正体を隠した同性愛者と呼ぶのだろうか？　正直なところ私にはわからない。私の世代が抑圧されていたとしたら、そして確かにそうだったのだが、祖父の世代は――ハリーお祖父ちゃんが本当に同性愛者であったにしろなかったにしろ――存在するレーダーにじゅうぶん気をつけて振舞っていたのだろうと想像するしかない。

かくして、当時の私には、ミス・フロストへの恋しさには打つ手がないように思えた――彼女に会う理由をでっち上げる以外は（結局のところ、もし私が作家になるつもりなら、ファーストシスター公立図書館をまたしばしば訪れるためのもっともらしい理由をでっち上げることくらいできるはずではないか）。そこで私は話をひとつ作り上げた――すなわち、私が書くことに取り組めるのは公立図書館しかない、あそこなら学院の友だちにしょっちゅう邪魔されることはないから、というものだ。たぶんミス・フロストは、私には友だちがあまりいないし、フェイヴォリット・リヴァーでの僅かばかりの友だちはおとなしくて、私同様臆病だということを知らないだろう。彼らには他人の邪魔などとてもできなかっただろう。

作家になりたいのだとミス・フロストに告げているのだから、私はファーストシスターの町の図書館でその道を歩み始めてみたいのだという話を受け入れてくれるかもしれない。夕方は、いるのはたいてい老人で、しかも数人だけだとわかっていた。エズラフォールズで素養を深めることを余儀なくされている、あのむっつりした女子高校生たちも僅かばかりいるかもしれない。町の侘しい図書館では、私の邪魔をする者は誰もいなかった（特に、子供はひとりも）。

　ミス・フロストは私のことがわからないんじゃないかと不安だった。私はひげを剃るようになっていたし、自分はどことなく変わったと思っていたのだ――自分ではうんと大人になったつもりだった。私の名前が変わったことをミス・フロストが知っているのは、それに彼女が私の姿を見ているに違いないということは――この二年間、ファーストシスター・プレイヤーズの小さな劇場の舞台裏かまたは観客に混じって、たまにでしかないが――わかっていた。私がプロンプターの息子であることを知っているのは確かだった――私はあの子だったのだ。

　その夜私は公立図書館へ出かけた――本を借りるためではなく、読むためでさえなく、自分の作品に実際に取り掛かるために――ミス・フロストはうんと長いあいだ私を見つめた。思い出すのに苦労しているのだろうと私は思い、心が砕けそうになったが、彼女は私が想像していたより遥かによく覚えていてくれた。

「言わなくていいわよ――ウィリアム・アボットなんでしょ」ミス・フロストはいきなり言った。

「きっと『大いなる遺産』の再読新記録、三度目に挑戦したいと思っているのね」

　自分は図書館へ読書しに来たのではないのだと私は打ち明けた。友だちから逃げだそうとしているのだ――執筆できるように――とミス・フロストに話した。

「あなたはここへ、この図書館へ、執筆のために来たのね」彼女は繰り返した。ミス・フロストにはこちらが言ったことを繰り返す癖があるのを私は覚えていた。ヴィクトリアお祖母ちゃんは、ミス・フロストは繰り返すのを楽しんでいるに違いないと言っていた、相手から言われたことを繰り返せば、会話をちょっと引き伸ばしておけるからだ（ミス・フロストと話したがる人なんていないとミュリエル伯母さんは主張していた)。

「はい、そうです」と私はミス・フロストに答えた。「僕は書きたいんです」

「でも、どうしてここで？　なぜこの場所なの？」ミス・フロストはなおも問いただした。

どう答えればいいのか思いつかなかった。言葉がひとつ（それからべつの言葉が）ちょうどひょこっと思い浮かび、ミス・フロストのせいでひどく緊張していた私は思わず最初の言葉を口にしてしまい、すぐに続いて二番目も出てきた。「懐かしさ」と私は言った。「たぶん僕、懐かしくてたまらないんです」

「懐かしさ！」ミス・フロストは叫んだ。「懐かしくてたまらない！」と彼女は繰り返した。「ねえウィリアム、あなたいったい幾つなの？」彼女は訊ねた。

「十七」と僕は答えた。

「十七！」ミス・フロストは刺されでもしたかのように叫んだ。「そうね、ウィリアム・ディーン——ごめんなさい、ウィリアム・アボットよね——十七で懐かしくてたまらないんなら、たぶんあなたは作家になるわ！」

　そう言ってくれたのは彼女が初めてだった——しばらくのあいだ、彼女は私が何になりたいか知っている唯一の人間だった——そして私は彼女の言葉を信じた。あのときミス・フロストは、私の知っているなかでもっとも誠実な人物に思えたのだ。

第三章　見せかけの生活

もっとも美しい体のレスリング選手はキトリッジという名前だった。胸は無毛で胸部の筋肉があきれるほどくっきりしている。あの筋肉は誇張された、漫画本に出てくるような明確さだった。ほとんど黒に近いようなダークブラウンの体毛の細い筋が臍から恥毛へ走っていて、彼の陰茎《ピーニス》はいわゆるキュートな陰茎《ピーニスィーズ》のひとつだった――複数形のピーニスィーズはどうも苦手だ！　彼の陰茎は右腿に沿って曲がる傾向があった、というか、異常なほど右を向くように見えた。キトリッジの陰茎の右向き性向は何を意味するのかということについて私が質問できる相手は誰もいなかった。体育館のシャワーで、私は目線を下げた。たいていの場合、彼の力強く毛深い脚より上は見ないようにしていた。

キトリッジはひげが濃かったが、肌は完璧で、通常はきれいに剃っていた。二日か三日経った無精ひげを生やしているときがいちばん目を見張るほどハンサムに見えると私は思っていて、そんなときの彼は他の生徒や、さらにはフェイヴォリット・リヴァーの教員の一部――リチャード・アボットとミスター・ハドリーを含めて――よりも年上に見えた。キトリッジは秋にはサッカー、春にはラクロスをやったが、彼の美しい体が抜きん出て露になるのはレスリングで、レスリングは彼の生来の残忍性にぴったり合っているように思えた。

彼が誰かを虐めているところ——つまり、身体的に——はほとんど見かけなかったが、彼は攻撃的で威圧的で、その皮肉は刃物のようだった。あの男子ばかりの寄宿学校の世界で、キトリッジはスポーツ選手として賞賛を浴びていたが、私の心にもっとも残っているのは彼のじつに効果的な虐め方だ。キトリッジは言葉で傷つけることに卓越していて、自分の言葉を擁護できる体を持っていた。彼に立ち向かえる者は誰もいなかった。彼を嫌っていても、それを口にしてはならなかった。私は彼を嫌悪し、そして崇拝していた。悲しいかな、彼に対する嫌悪の念は彼への思慕を弱める役にはほとんど立ってくれなかった。彼に惹かれる気持ちは、キトリッジが四年で私が三年だったあいだずっと重荷だった——その間私は、苦しむのはこの一年間だけだと思い込んでいた。彼への憧れに苦しめられるのが終わる日はすぐそこだと予測していたのだ。

キトリッジが必須の外国語を落としたことを知ったのはショックで、さらなる重荷となった。彼は学校で五年目を過ごすこととなったのだ。私たちは同じ四年生となった。その頃には、キトリッジはフェイヴォリット・リヴァーの他の生徒たちより年上に見えるだけではなかった——実際に年上だったのだ。

果てしないように思えたあのいっしょに閉じ込められていた月日の最初の頃だけではあるが、私はキトリッジの名前の発音を微妙に聞き違えていた——「ジョック（運動選手）」皆が彼をそう呼んでいると私は思ったのだ。ぴったりだった。もちろん、ジョックというのはあだ名なのだろうと私は思った——キトリッジのような格好いい人間なら誰でもあだ名がある。ところが、彼の名前が、本当の名前が、Jacques《ジャック》だったのだ。

「ヂャック」私たちはキトリッジをそう呼んだ。彼にのぼせ上がっていた私は、仲間の生徒たちも私同様彼のことを美しいと感じていると思っていたに違いない——キトリッジの抜群の容姿ゆえに私たちはジョックという言葉を無意識にフランス語風にしてしまったのだと！
彼はニューヨークで生まれ育った。父親がそこで国際金融関係の仕事に携わっていたのだ――それともしかしたら国際法だったかもしれない。キトリッジの母親はフランス人だった。ジャクリーン――フランス語でジャックの女性形――という名前だった。「僕の母親は、といっても本当は母親じゃないんじゃないかと思ってるんだけどね、ものすごく虚栄心が強いんだ」キトリッジはそう繰り返し言っていた――まるで自分は虚栄心が強くないかのように。ジャクリーン・キトリッジが息子――彼はひとりっ子だった――に自分の名前をつけたのは彼女の虚栄心の指標となるのだろうかと私は思った。

一度だけ彼女を見たことがある――レスリングの試合で。私は彼女の服装にほれぼれした。彼女は確かに美しかったが、息子のほうが容姿端麗だと私は思った。ミセス・キトリッジは一種男性的な魅力を持っていた。のみで彫刻したように見えた――息子のあの突き出した顎さえ備えていた。彼女が実の母親じゃないなどと、どうしてキトリッジは思えたのだろう？　二人はそっくりだった。

「あの人、乳房のあるキトリッジみたい」エレイン・ハドリーは私にそう言った――あの独特の明るく響きわたる声できっぱりと。「あの人が彼の母親じゃないなんてあり得る？」とエレインは私に問いかけた。「うんと年上のお姉さんでもない限りね。ねえビリー――二人が同い年なら、あの人、彼と双子でもおかしくないわよ！」

そのレスリングの試合で、エレインと私はじっとキトリッジの母親を見つめていた。彼女はそれに対して平然としているように見えた。魅力的な骨格、突き出た胸、ぴったり合った、この上なく見栄えする服、そんなミセス・キトリッジは間違いなく見つめられるのに慣れていたのだ。

「彼女、顔をワックス処理してるのかな」と私はエレインに言った。

「どうしてそんなことしなきゃならないのよ？」エレインは訊ねた。
「ひげのある彼女が思い浮かんじゃって」と私は答えた。
「そうね、でも彼みたいに、胸には毛がない」とエレインは返した。彼女のなかにキトリッジが見えるから私たちはキトリッジの母親に魅せられていたのだと思うが、ミセス・キトリッジには彼女自身の不穏な魅力もあった。彼女は、あまりに若くて未経験な自分にはこの人を理解することはできないと私が感じた最初の年上の女性だった。彼女を母親に持つのはきっと威圧されるような気分だろう──キトリッジにとってさえ──と思ったのを覚えている。

エレインがキトリッジに惚れていることは、本人から聞かされて知っていた（気恥ずかしいことに、私たちはどちらもキトリッジの胸のことを頭に刻んでいた）。五九年のあの秋、十七歳だった私は自分の思慕の念についてはエレインに正直に話さなかった。私はまだ、ミス・フロストとジャック・キトリッジに夢中なんだとエレインに打ち明ける勇気がなかったのだ。それに、彼女の母親に対する恥ずかしい欲望について、どうエレインに話すことができただろう？　私は相変わらず時折、不器量で胸の平たいマーサ・ハドリーを思い浮かべながら自慰をしていた──あの背の高い骨太の女性、唇の薄い大きな口の、あの長い顔を、私は脳裏で、母の通販カタログに出ている練習用ブラのモデルの若い女の子たちにくっつけていたのだ。

キトリッジに対する苦しみを私も共有していると知ったらエレインには慰めとなったかもしれない。彼は最初は彼女に対しても私に対しても同様に手厳しいか冷淡か（あるいは両方）だったが、その頃は私たちに対する扱いが若干よくなっていた──リチャード・アボットが私たち三人に『テンペスト』の役を割り当てて以来のことだ。リチャードは賢明にも自分をプロスペロー役にしていた。フェイヴォリット・リヴァーの生徒のなかには、シェークスピア言うところの「真の」ミラノ公爵、そしてミランダの愛する父親を、ちゃんと演じることのできそうな者はひとりもいなかったからだ。島での十二年の暮らしでプロスペローの魔力は磨きをかけられているわけだが、そんな力を舞台ではっきり示すことのできるプレップスクールの男子生徒などまずいない。

　そう――キトリッジならもしかしたらできたかもしれない。彼はうっとりするほどセクシーなファーディナンドという適役だった。キトリッジのミランダへの愛は真に迫っていたが、これはミランダ役のエレイン・ハドリーに果てしない苦しみをもたらした。

「おそばにいたいと思う人は／この世にあなたしかおりません」とミランダはファーディナンドに言う。

　そしてファーディナンドはミランダにこう言う。「私は／この世の何にもまして／あなたを愛し、うやまい、尊びます」

　あんな言葉を――つぎつぎと稽古があるたびに――聴かされながら、舞台の外で出逢えばいつもキトリッジに無視される（あるいは軽く扱われる）だけなのは、エレインにとってさぞ辛かったに違いない。『テンペスト』の稽古が始まって以来キトリッジの私たちに対する扱いが「若干よく」なったからといって、彼がもうひどい態度を取らなくなったわけではなかった。

　リチャードは私をエアリエル役にした。この劇の登場人物のなかで、シェークスピアはエアリエルを「大気の精」と呼んでいる。

　いや、現れかけていた私の混乱した性的指向についてリチャードが特に予測していたとは思わない。彼はキャストにエアリエルの性は「多様な形を持つ――器官的にどうこうというよりはむしろ装いの問題だ」と説明した。

　最初の「エアリエル登場」（第一幕第二場）の際に、エアリエルはプロスペローに言う。「ご命令どおりただちに／エアリエルは力のおよぶかぎり《オール・ヒズ・クオリティー》務めをはたしにまいります」リチャードはヒズ（彼の）という男性代名詞に注意するようキャストに――とりわけ私に――促した（その同じ場面でのエアリエルに対するト書きにはこうある。「彼はやってみせる」）。

プロスペローがエアリエルにこう命じるのは私にとっては不運だった。「まず海の妖精《ニンフ》に姿を変えるのだ／私とお前以外には――見えてはならん／ほかのだれの目にもな」

悲しいかな、私は観客の目に見えなくはなれない。「海のニンフとなったエアリエルの登場」はいつも大きな笑いを引き起こした――私がメイクをして衣装を身に付けるまえでさえ。そのト書きのせいでキトリッジは私を「ニンフ」と呼び始めたのだ。

リチャードがあれをどんなふうに説明したか正確に覚えている。「エアリエルという役柄の性をずっと男にしておくほうが、もうひとり聖歌隊の男の子に女の衣装を着せるより簡単だ」（だが、私は女の衣装――というか、少なくともカツラを――着けさせられることになるのだ！）

リチャードが次のように言ったとき、キトリッジにはその意味もわかった。「シェークスピアがキャリバンからプロスペローを通ってエアリエルにいたる連続体――一種の霊的な進化――を見ていたということも考えられる。キャリバンは土と水、暴力と狡猾さだけだ。プロスペローは人間の統率力と識見――彼は究極の錬金術学者だ。そしてエアリエルは」とリチャードは言って、私に微笑んだ――キトリッジは微笑みには必ず気がつく――「エアリエルは大気と火の精で死の不安がない。ことによるとシェークスピアは、エアリエルをはっきり女性として提示するとこの連続体の概念が損なわれるかもしれないと感じたのかな。エアリエルの性別は不定だと僕は思う」

「言い換えれば、演出家の好みでということですか？」キトリッジはリチャードに訊ねた。

私たちの演出家兼先生はキトリッジを注意深く見つめてから答えた。「天使の性も不定だよ」とリチャードは言った。「そうだ、キトリッジ――演出家の好みだ」

「でも、海のニンフっていうのはどんな姿になるんですか？」とキトリッジは訊ねた。「女の子みたいな、でしょ？」

「たぶん」リチャードはいっそう慎重に答えた。

目に見えない海のニンフのメイクと衣装の自分はどんな姿になるか、私は想像してみようとした。藻の緑色のカツラをかぶることになるとは予測できなかったし、真っ赤なレスリング用タイツも予想外だった（真紅と銀白色《シルバー・グレイ》――「死人の灰色」とハリーお祖父ちゃんは呼んでいた――はフェイヴォリット・リヴァー学院のスクールカラーだった）。

「じゃあ、ビリーの性別は……不定なんだ」キトリッジはにやっとしながら言った。

「ビリーのじゃない――エアリエルのだ」とリチャードは返した。

だがキトリッジは目的を果たした。『テンペスト』のキャストは不定という言葉を忘れることはない。キトリッジが私につけたあだ名「ニンフ」はついてまわることになる。私はフェイヴォリット・リヴァー学院であと二年過ごさねばならなかった。私はニンフとなるのだ。

「衣装やメイクなんてどうでもいい、ニンフ」キトリッジはこっそり私に言った。「お前の母親ほどホットにはぜったいなれないからな」

母が美人であることには気づいていたし――十七歳の――私は、フェイヴォリット・リヴァーのような男子校の他の生徒たちが母をどう見ているか次第に意識するようになっていた。だが、母が「ホット」だなどと私に言う生徒は他にはひとりもいなかった。キトリッジといるときにはよくそうなったのだが、私は言葉に詰まった。ホットという言葉はまだ使われていなかったはずだ――キトリッジが使ったような用法では。だがキトリッジは確かにあいった意味で「ホット」を使ったのだ。

キトリッジが、めったにないことだったが自分の母親について話すとき、たいてい持ち出すのが混同している可能性があるという話だった。「たぶん僕の本当の母親はお産で命を落としたんだ」とキトリッジは言った。「僕の父親は同じ病院で、とある未婚の母を見つけた——不運な女で（彼女の子供は死産だったが、その女はぜんぜん知らないんだ）、僕の母親に似た女だった。入れ替えが行われた。僕の父さんはそういうごまかしができる人間だ。自分は僕の継母だとその女が知ってるわけじゃないんだ。彼女は、父さんは僕の継父だとさえ思っているかもしれない！　当時彼女は薬をたくさん飲んでいたのかもしれないな——落ち込んでいたに違いないし、もしかしたら自殺しかねない状態だったかも。自分は僕の母親だと彼女が思い込んでいるのは間違いない——ただ、いつも母親らしく振舞うとは限らない。彼女は矛盾するようなことをやるんだ——母性に相反することをね。言っておくけど、僕の父さんは女たちに対する——どの女に対するものでも——振る舞いの責任を取ったことがないんだ。父さんはただ取引するだけだ。あの女は僕に似ているかもしれないけど、僕の母親じゃない——誰の母親でもないんだ」

「キトリッジは現実を否定してる——真剣にね」とエレインは私に言っていた。「あの女は彼の母親で父親みたいに見えるわ！」

キトリッジが私の母のことをなんと言ったかエレイン・ハドリーに話すと、彼の母親についての私たちの意見——彼のレスリングの試合のときに彼女を恥ずかしげもなく見つめた結果に基づいた——をキトリッジに言ってやればいいじゃない、とエレインは勧めた。「お前の母親はお前にオッパイがくっついてるみたいに見えるぞ、って言ってやんなさいよ」とエレインは言った。

「君が言ってくれよ」と私は答えた。私にそんな気のないことは二人ともわかっていたのだ。エレインにしても、キトリッジに彼の母親のことをどうこう言う気はなかった。

当初、エレインはほとんど私と同じくらいキトリッジを恐れていた――彼の前でオッパイという言葉などぜったい使ったりしなかっただろう。彼女は母親の扁平な胸を受け継いでしまったことをひどく意識していた。エレインは決して母親のように不器量ではなかった。エレインは痩せこけて不格好でオッパイがぜんぜんなかったが、可憐な顔立ちだった――それに、母親と違って、エレインは骨太になることはなかった。エレインは華奢な容姿で、そのせいであのトロンボーンのような声がいっそうの不意打ちとなった。しかし最初の頃は彼女はキトリッジの前ではすっかり怖気づいて、しゃがれ声になったりボソボソ小声になったりすることがよくあった。支離滅裂になることもあった。彼のいるところで声高になりすぎるのをひどく気にしていた。「キトリッジがわたしのメガネを曇らせちゃうの」と彼女は言っていた。

舞台での二人の初めての出会い――ファーディナンドとミランダとして――は眩いばかりにくっきりしていた。二人の人間がかくも紛れもなく互いに惹かれているのを目にすることはあるまい。ミランダを見たとたん、ファーディナンドは彼女を「奇跡」と呼ぶ。彼は問う。「あなたは人間の娘なのですか、それとも違うのですか？」

「奇跡などではありません／ただの人間ですとも」エレイン（ミランダとして）は響き渡る鐘のような声で答える。だが舞台を降りると、キトリッジはエレインが彼女の響き渡る声を気にするよう仕向けていたのだ。結局のところ彼女はたった十六だった。キトリッジは三十になろうとしている十八歳だった。

エレインと私がある夜リハーサルのあとで寄宿舎へ帰ろうと――ハドリー一家は私がリチャード・アボットと母といっしょに暮らしていたのと同じ寄宿舎の建物内にある教職員用住居に住んでいた――歩いていたとき、キトリッジが魔法のように私たちの横に現れた（キトリッジはいつもこんなふうだった)。「お前たち二人は似合いのカップルだな」と彼は言った。

「わたしたちはカップルじゃないわ!」エレインは本人がそのつもりだったよりもうんと大きな声で、思わず叫んだ。キトリッジは目に見えない一撃をくらったかのようによろめいてみせ、耳を覆った。

「警告しておかなくちゃな、ニンフ——お前は聴力を失う危険にさらされてる」キトリッジは私に言った。「この小柄なレディが最初のオーガズムに達するときは、お前は耳栓をしておいたほうがいいぞ。それと、俺なら寄宿舎ではやらないな、俺がお前ならな」とキトリッジは私に注意した。「寄宿舎全体に彼女の声が聞こえてしまうからなあ」そして彼は私たちから離れて、べつの、もっと暗い小道へ入っていった。キトリッジは運動選手《ジョック》の寄宿舎に、体育館に一番近い寄宿舎にいた。

エレイン・ハドリーが赤くなっていたかどうかは暗すぎて見えなかった。私は彼女の顔に軽く触れた、泣いているか確かめられる程度に。泣いてはいなかったが、頬は熱く、しかも彼女は私の手を払いのけた。「当分は誰にもオーガズムを味わわされることなんかありませんよーだ!」エレインはキトリッジの背後から叫んだ。

私たちは寄宿舎の中庭にいた。周囲を囲む寄宿舎の窓々の明かりが離れたところからきらめき、叫んだりはやしたてたりする声のコーラスが響いた——まるで姿の見えない百人の少年たちが彼女の声を聞いていたかのようだった。だがエレインは叫んだとき、ひどく興奮していた。キトリッジ(あるいは私以外の誰か)に彼女の言ったことがわかっただろうかと私は思った。エレインがパトカーのサイレンのような甲高さで叫んだ言葉は「オーブンはダニのおがくずであわわなことなんか知りませんよー」(あるいは似たようなデタラメでチンプンカンプンな類の言葉)みたいに聞こえたのだ。

だがキトリッジはエレインの言葉の意味を摑んでいた。彼の甘い皮肉に満ちた声が暗い中庭のどこかから私たちのところへ届いた。意地悪くもキトリッジはセクシーなファーディナンドとして暗闇から私の友エレインに呼びかけたのだ、彼女は（あのときは）あまりミランダの気分ではなかったのに。「あなたがもし未婚で／ほかに愛する人がいないなら／ナポリ王妃にお迎えしましょう」ファーディナンドはミランダに誓う――そしてキトリッジは、そう艶かしく呼びかけたのだった。寄宿舎の中庭は不気味に静かだった。フェイヴォリット・リヴァー学院の少年たちはキトリッジの言葉を耳にすると、畏怖の念でぼうっとして黙り込んでしまうのだ。「おやすみ、ニンフ！」キトリッジが叫ぶのが聞こえた。「おやすみ、ナポリ！」

こうして、エレイン・ハドリーと私にはあだ名がついた。キトリッジに命名されるのはいかがわしい名誉だったのかもしれないが、その呼び名はいつまでも消えない、心を苦しめるものだった。

「ふん」とエレインは言った。「もっとひどかったかもしれない――キトリッジはわたしをメイドとかヴァージン（どちらも娘の意）って呼ぶことだってできたんだから」

「ねえ、エレイン」と私は言った。「君は僕のたったひとりの真の友だ」

「汚らわしい奴隷」と彼女は私に言った。

まるで吠えるような鋭い言い方だった。寄宿舎の中庭には犬の吠え声のような残響が生じた。それはミランダがキャリバンに言うセリフだと、私たちは二人とも知っていた――シェークスピアは彼を「野蛮で奇形の奴隷」としているが、キャリバンは未完成の怪物なのだ。

プロスペローはキャリバンを叱りつける。「娘の操を／汚そうとしおって」

キャリバンはそれを否定しない。キャリバンはプロスペローとそれに彼の娘を憎んでいる（「ガマや甲虫やコウモリが、おめえにとっつくがいい！」）が、怪物はかつてミランダに劣情を抱き、島をちびキャリバン「だらけにして」やりたいと思う。キャリバンは明らかに男性だが、どの程度人間なのかとなると不確かだ。

道化のトリンキュローがキャリバンに最初に気づくとき、トリンキュローは言う。「なんだ、こりゃあ？　人間か魚か？　死んでるのか生きているのか？」

エレイン・ハドリーは冗談を言っていたのだ――ミランダがキャリバンに話しかけるようにして私に話しかけて、エレインはただふざけてみせたのだ――と私にはわかっていたのだが、私たちの寄舎に近づくにつれて、窓からの明かりで彼女の顔に涙が伝っているのが照らし出された。ほんの一、二分で、キトリッジによるファーディナンドとミランダのロマンスの真似事が効果を現していたのだ。エレインは泣いていた。「あなたはわたしの唯一の友だちよ！」彼女は泣きながら言った。

彼女が可哀相で、私は彼女の肩に腕を回した。これは、先刻叫んだりはやし立てたりしたあの姿の見えない少年たちからのさらなる叫びやはやし立てる声を引き起こした。この夜が私の見せかけの生活の始まりだったのを、私はわかっていただろうか？　あのフェイヴォリット・リヴァーの男の子たちにエレイン・ハドリーは私の恋人だという印象を与えていることを、私は意識していただろうか？　あの時でさえ、私は演技していたのだろうか？　意識してであろうがなかろうが、私はエレイン・ハドリーを自分の変装道具にしていた。しばらくのあいだ、私はリチャード・アボットとハリーお祖父ちゃんを騙すこととなる――ミスター・ハドリーと彼の不器量な妻マーサ、そして（長いあいだではないし、程度は少ないものの）私の母は言うまでもなく。

そう、母が変化していることには気づいていた。私が小さかった頃、母はとても優しくしてくれた。十代の私は、母がかつて愛していた小さな男の子はどうなってしまったのだろうと思ったものだ。私は初期の小説のひとつをこんな曲がりくねった長すぎる文章で始めさえした。「母によると、僕はフィクションを書くまえからフィクション作家だったそうで、母が言いたいのはつまり、僕は創作する、あるいは話をでっちあげるだけではなく、他の人々が通常好むもの――もちろん、母が言っているのは現実のことだ――よりもこの種の空想にふけったりまったくの想像の世界に浸ったりというほうを好む、ということだった」

「まったくの想像の世界に浸る」という母の評価は褒め言葉ではなかった。フィクションは母にとって軽薄なものだった。いや、軽薄よりなお悪かった。

あるクリスマス――数年ぶりにヴァーモントへ帰省したクリスマスだったと思う――ノートに走り書きしている私に母が訊ねた。「ビリー、今は何を書いているの？」

「小説だよ」と私は答えた。

「あら、ダディはきっと嬉しいでしょうね」母は、聴力を失い始めていた――製材機のせいで損なわれたのだろう――ハリーお祖父ちゃんにいきなりそう言った。

「俺が？　なんでビルが新しい小説を書いていると俺が嬉しくならなくちゃいかんのだ？　べつにこのまえのが気に入らなかったってわけじゃないんだぞ、ビル、なんてったって俺はあれをクソみたく確実に気に入ったんだからな！」ハリーお祖父ちゃんは急いで私に断言した。

「もちろん気に入ったでしょうよ」と母は祖父に言った。「小説っていうのは、つまりはべつの種類の女装でしょ？」

「ああ、まあその……」ハリーお祖父ちゃんは言いかけたが、そこで止めてしまった。ハリーは歳を取るにつれて、言おうとしたことを止めるようになった――ますます。

あの気持ちは私にもわかる。ティーンエイジャーになって、母が以前ほど私に優しくなくなったことに気づき始めたとき、私は言いたいことを言うのを止めるようになった。もはや言わなくなったのだ。

何年もあとで、フェイヴォリット・リヴァー学院を出てからずいぶんたって、私のニューハーフへの興味が一番強かった頃——つまり彼らとデートしていたということで、その一人になるということではない——私はある夜ドンナと食事しながらハリーお祖父ちゃんの女役としての舞台生活のことを彼女に話した。

「それって舞台の上だけだったの？」とドンナは訊ねた。

「僕の知るかぎりじゃね」と私は答えたが、彼女に嘘はつけない。ドンナについて幾つかある厄介なことのひとつが、相手が隠し事をしているのを必ず察知することだった。

亡くなった祖母の服を処分するようハリーお祖父ちゃんを説得することが誰にもできないのだと私がリチャードから最初に聞いたのは、ヴィクトリアお祖母ちゃんが死んで一年以上経った頃だった（製材工場では、もちろん、ハリー・マーシャルはクソみたく確実に、相変わらず製材業者らしい服装だった）。

結局私はハリーお祖父ちゃんが亡き妻の衣服を身に着けて夕べを過ごしていた——リヴァー・ストリートの自宅でこっそりとそうするだけであったとはいえ——ことをドンナに白状することとなった。ファーストシスターの高齢者のために祖父とニルス・ボルクマンが（何年もまえに）気前よく建てた介護付き居住施設へ移されてからのハリーの女装騒動の部分は伏せておいた。ハリーの女装に再三再四驚かされることに他の住人たちが苦情を言ったのだ（ハリーお祖父ちゃんはある日私にこんなふうに言うこととなる。「お前も気づいとるだろうが、がちがちに型にはまった連中とか無知な連中というのは、女装についてユーモアのセンスをぜんぜん持っとらんのだ」）。

幸いなことに、介護付き居住施設でどんなことが起こったかリチャード・アボットから聞かされたとき、ハリーお祖父ちゃんのリヴァー・ストリートの家はまだ売れていなかった。まだ市場に出されたままだったのだ。リチャードと私はすぐさまハリーを、ヴィクトリアお祖母ちゃんとあんなに長いあいだ暮らした家の、馴染んだ環境へと連れ戻した。ヴィクトリアお祖母ちゃんの服も祖父といっしょにリヴァー・ストリートの家に戻され、二十四時間体制でハリーお祖父ちゃんの面倒を見てもらうためにリチャードと私が雇った看護師はハリーがどうやら恒久的に女に変身してしまったことに異議は述べなかった。看護師にとって、ハリー・マーシャルの舞台における数々の女性役は懐かしい思い出だったのだ。

「ねえビリー、あなたは女装の虫に嚙まれたことはないの?」ある夜ドンナは私に訊ねた。

「あんまりないな」と私は答えた。

私が性転換症者《トランスセクシュアル》に感じる魅力はかなり限定されていた(申し訳ないが、私たちは「トランスジェンダー」とは言っていなかったのだ――八〇年代までは)。異性装者《トランスヴェスタイト》には決して惹かれなかったし、トランスセクシュアルはいわゆる「女性として通用する《パサブル》」レベル――私がいまだに発音面で苦労する数少ない形容詞のひとつ――でなくてはならなかった。さらに、胸は自然でなければならず――ホルモン投与は構わないが、外科的豊胸手術は駄目だ――そして、当然のことながら、私は小さな胸のほうが好きだった。

どのくらい女らしいかということはドンナには重要だった。彼女は背は高いが痩せていて――上腕ですらほっそりしていた――完璧に滑らかな肌だった(私はもっと毛深い女性をたくさん知っている)。いつも髪をセットしていた。彼女はとてもスタイリッシュだった。

ドンナは自分の手を気にしていた、といっても、ミス・フロストの手のように明らかに大きくて強そうに見えるわけではなかったが。ドンナは私と手を握り合うのが嫌いだった、私の手のほうが小さかったからだ。

彼女はシカゴ出身で、ニューヨーク暮らしを試していた――私たちが別れたあと、彼女はトロントへ移ったと聞いた――が、ヨーロッパこそ自分のような人間が住む場所だとドンナは思っていた。私の小説がヨーロッパのさまざまな言語に翻訳されたときには、彼女をブックツアーにいっしょに連れていったものだ。ヨーロッパのほうがトランスセクシュアルを受け入れてくれる――一般にヨーロッパのほうが性的許容度が高く、洗練されている――とドンナは言っていたが、ドンナにはほかの言葉を学ぶ自信がなかった。

彼女は大学を中退していた。大学生だった時期がちょうど彼女の言う「性的アイデンティティーの危機」と重なっていたからで、それに彼女は知的な面ではおよそ自信がなかった。これは馬鹿げていた。なにしろ彼女は四六時中本を読んでいたのだから――彼女はとても頭が良かった――だが、私たちが知性に食べ物を与えて育てる時期、とされているものがあるが、ドンナはそういう年月を女として生きるという難しい決断のおかげで失ってしまったと感じていた。

私が言葉を話せるドイツに二人でいたとき、ドンナはいちばん楽しそうだった――つまり、私たちがいっしょにあのドイツ語版のツアーで、ドイツだけではなくオーストリアやスイスのドイツ語圏へ行ったときだ。ドンナはチューリッヒがとても気に入った。ご多分に漏れず、彼女もチューリッヒは非常に裕福な都市だという印象を受けたようだ。彼女はウィーンも大好きになった――ウィーンで学生生活を送ったことがあったので、私はいまだに土地勘があった（多少は）。ドンナはなによりもハンブルクを喜んだ――彼女にとってハンブルクはもっともエレガントに見えるドイツの都市だったのだろう。

ハンブルクでは、版元はいつもフィーヤ・ヤーレスツァイテンに部屋をとってくれた。とてもエレガントなホテルで、ドンナがハンブルクを喜んだのはほとんどがこのホテルのせいなのだと思う。とはいえ、最悪だった一夜があり、そのあとドンナはもう二度とハンブルクを——というか、たぶん私といることを——楽しめなくなった。

始まりはどうということのなさそうなものだった。私をインタビューしたあるジャーナリストが、私たちをレーパーバーンのナイトクラブに招待してくれたのだ。私はレーパーバーンを知らなかったし、それがどんな種類のクラブなのかも知らなかったのだが、そのジャーナリスト（と彼の妻、あるいは恋人）は、いっしょにショーを見に行こうとドンナと私を誘ってくれたのだった。クラウス（Kで始まる）とクローディア（Cで始まる）というのが彼らの名前だった。私たちはいっしょにタクシーでそのクラブへ行った。

店内に入る際にバーにいる痩せぎすの男の子たちを見たときに、それがどんな場所なのか悟るべきだったのだ。トランスヴェスティーテン・キャバレー——ニューハーフ・ショーだ（バーの痩せぎすの男の子たちは出演者の恋人だったのではないか。ナンパするための場所ではなかったし、バーの男の子たちを除いてはゲイは目につかなかったから）。

それはセックスツアー客向けのショーだった——女装した男たちが異性愛者カップルを楽しませていた。男性だけのグループは笑いを求めてやってきた若い男たちだった。女性だけのグループはペニスを見に来ていた。出演者はコメディアンだった。自分が男であることをはっきり自覚していた。私の愛しいドンナの半分も女性としては通用しなかった。彼らは古いタイプの異性装者で、女性で通そうと本気で努力しているわけではなかった。入念に化粧し、装いも凝っていた。見栄えもよかったが、しかし彼らは女の格好をした見栄えのいい男だった。ドレスを着てカツラをかぶった彼らはとても女性的に見える男性だったが、誰の目もごまかせなかった——ごまかそうとしてさえいなかった。

クラウスとクローディアはドンナも彼らと同類であることに（彼女のほうが遥かに女性で通ったし、

比べものにならないほど努力もしていたが）、明らかにまったく気付いていなかった。

「知らなかったんだ」と私はドンナに言った。「本当に知らなかったんだ。悪かった」

ドンナは言葉が出なかった。性的アイデンティティーに関する難しい選択において、ヨーロッパはより洗練され、開けているので、ヨーロッパの人々は性的多様性には慣れっこになってしまい、すでにそれを茶化し始めているとは——これは七〇年代のことだった——ドンナには思いもよらなかったのだ。

出演者たちが自分たち自身を物笑いの種にしている様子は、自分を本当に女として受け入れるために非常な努力をせねばならなかったドンナには、とても耐えられないものだったに違いない。

ひどく背の高い異性装者が車を運転するふりをしていて、一方で彼女のデート相手——怯えた表情の彼女より小柄な男——が彼女にフェラチオを試みるという寸劇があった。小柄な男を怯えさせているのは、異性装者のペニスの大きさと、その巨大なペニスへの自分の不器用な心尽くしが異性装者の運転を妨げることだ。

もちろん、ドンナにはドイツ語はわからなかった。異性装者はひたすらしゃべり続け、自分がしてもらっているフェラチオがどれほど下手か息もつかずに批判した。確かに、私は笑わずにいられなかった。そしてドンナは私をぜったいに許せなかったのだと思う。

クラウスとクローディアは明らかに、私の恋人は典型的なアメリカ人だと思ったようだった。ドンナがショーを楽しんでいないのは、性的な事柄に関して堅苦しく慎み深いからだと思ったのだ。二人にはとても説明できなかった——その場では。

店を出るとき、ひどく動揺していたドンナはウェイトレスのひとりから話しかけられて飛び上がった。そのウェイトレスは背の高い異性装者だった。出演者としても通用しただろう。彼女はドンナに

（ドイツ語で）「あなた、とってもすてきねえ」と言ったのだ。褒め言葉ではあったが、その異性装者はドンナがトランスセクシュアルだと気づいているのが私にはわかった（当時は、ほとんど誰にも気づかれなかったのだ。ドンナはべつに宣伝してはいなかった。彼女の全努力は女でいることに傾注されていたのであって、うまく女になりおおせることではなかった）。

「彼女、なんて言ったの？」クラブを出ながら、ドンナは私に繰り返し訊ねた。七〇年代には、レーパーバーンは今日のような観光客が群がる場所ではなかった。セックスツアー客はもちろんいたが、通り自体はあの頃はもっとみすぼらしかった――タイムズ・スクエアもかつてはもっとみすぼらしくて、見物人であふれていたりしていなかったのと同じように。

「彼女は君を褒めたんだよ――彼女は君のこと『とてもすてき』だと思ったんだ。君は美人だってことだよ」と私はドンナに言った。

「『男としては』ってことでしょ――彼女、そう言いたかったんじゃないの？」ドンナは私に問いかけた。彼女は泣いていた。クラウスとクローディアはまだ気づいていなかった。「あたしはケチな女装趣味の男じゃないのよ！」とドンナは叫んだ。

「まずいことしたんなら申し訳ない」とクラウスがやや硬い口調で言った。「楽しいだろうと思ったんだ――気を悪くさせるつもりはなかったんだよ」私はただ首を振り続けた。今夜はもうどうしようもないとわかっていた。

「あのね――あたしにはあの架空の車を運転してた異性装者《トラニー》よりも大きなおちんちんがあるのよ！」ドンナはクラウスに言った。「見てみたい？」ドンナはクローディアに問いかけた。

「やめろよ」と私は彼女に言った――ドンナが慎み深くなどないことを私は知っていた。とんでもない！

「その人たちに話しなさいよ」と彼女は言った。

もちろん、私はすでに性的多様性に関する小説を幾つか書いていた――扱いの難しい、そしてときには紛らわしい性的アイデンティティーについて。クラウスは私の小説を読んでいた。彼は私にインタビューまでしていたというのに――彼とその妻（あるいは恋人）は私の相手が慎み深くないことくらい、わかっていそうなものだった。

「ドンナには確かに、あの車を運転する振りをしていたトラニーより大きなおちんちんがあるんだ」私はクラウスとクローディアに話した。「頼むから、彼女に見せろとは言わないでくれ――ここではやめてくれ」

「ここではやめてくれ？」ドンナは金切り声をあげた。

どうしてあんなことを言ってしまったのか、ほんとうにわからない。レーパーバーンでは車と歩行者両方の流れが絶え間ないために、ドンナがあの場でペニスを引っ張り出すんじゃないかと心配になったに違いない。べつの機会、あるいはべつの場所でならドンナは二人にペニスを見せるだろう（あるいは見せるはずだ）などというつもりでは――ホテルに帰って、ドンナに繰り返し言ったように――けっしてなかったのだ！　ふとそんなふうに言ってしまっただけだった。

「わたしはアマチュアの女装者じゃないわ」ドンナはすすり泣いた。「違う、違う――」

「もちろん、そんなことないよ」彼女にそう言っていると、クラウスとクローディアがこそこそ逃げていくのが目に映った。ドンナは私の両肩に手を置いていた。私を揺すぶっていたのだが、クラウスとクローディアにはドンナの大きな手がしっかり見えたことだろう（彼女は実際、あの架空の車のなかで下手なおフェラを施す相手の喉を詰まらせていたトラニーよりも大きな一物を持っていた）。

その夜、フィーヤ・ヤーレスツァイテンへ戻って、寝るまえに顔を洗うときも、ドンナはまだ泣いていた。私たちはウォークイン・クローゼットの明かりをつけっぱなしにして、クローゼットのドアを半開きにしておいた。暗闇のなかで浴室へ行くときのための常夜灯代わりだ。私は横になって、眠っているドンナを見つめていた。薄明かりのなかで、メイクなしのドンナの顔にはどこか男っぽさが漂っていた。眠っているときは女であろうとしていないせいだったのかもしれない。たぶん、顎と頬骨の輪郭にどこかそんなところがあったのだろう——鑿で彫ったようなところが。

あの夜、眠っているドンナを見つめながら、私はミセス・キトリッジを思い出していた。彼女の美しさにもどこか男っぽいところがあった——彼女にはどこかキトリッジ本人を思わせるところが、完全に男性的なところがあった。といっても、攻撃的な女性の場合、男に見えることもある——眠っているときでさえ。

私は眠りに落ち、目が覚めると、ウォークイン・クローゼットの扉は閉まっていた——半開きにしておいたのは覚えていた。ドンナはベッドの私の横にはいなかった。ウォークイン・クローゼットの、ドアの下から差す光のなかで、動く彼女の足が影になっていた。

彼女は裸で、ウォークイン・クローゼットの姿見に映る自分を見つめていた。いつものあれだと私にはわかった。

「君の乳房は完璧だよ」と私は彼女に言った。

「たいていの男はもっと大きいほうが好きよ」とドンナは答えた。「ビリー、あなたはあたしの知っているたいていの男たちみたいじゃないわ。あなたったら、なんと本物の女も好きなんだから、まったく」

「君のきれいな乳房を傷つけないでくれ——頼むから乳房はそのままにしておいてくれよ」と私は言った。

「あたしのおちんちんが大きいことはどうなのよ？　あなたは完全にトップよね、ビリー――それはぜったい変わらない、そうでしょ？」彼女は私に訊ねた。

「僕は君の大きいおちんちんが大好きだ」と私は答えた。

ドンナは肩をすくめた。問題は彼女の小さな胸だった。「アマチュア女装者とあたしみたいな人間の違いを知ってる？」ドンナは問いかけた。

私は答えを知っていた――彼女の答えはいつもこれなのだった「うん、知ってる――君は全力で自分の体を変えようとしている」

「あたしはアマチュアじゃないからね」ドンナは繰り返した。

「わかってる――だけど君の乳房は変えないでくれ。君の乳房は完璧だよ」私はそう言ってから、ベッドに戻った。

「ねえビリー、あなたのどこが問題かわかってる？」ドンナが訊ねた。私はすでにベッドに戻り、ウォークイン・クローゼットのドアの下から差す光に背を向けていた。この質問に対する彼女の答えも知っていたが、私は何も答えなかった。「あなたはほかの誰とも違うの、ビリー――それがあなたの問題点なのよ」とドンナは言った。


　女装と言えば、ドンナは私を、彼女の服を着てみようかという気にさせることはできなかった。彼女は時折、うわべはほとんど可能性のない話として手術を口にすることがあった――多くのトランスセクシュアルが惹きつけられる豊胸術だけではなく、もっと大掛かりな、性転換手術のことを。技術面から言うと、ドンナは――そしてそのほかの私を惹きつけたトランスセクシュアルは皆――いわゆる「手術前」だった（手術後のトランスセクシュアルはほんの二、三人しか知らない。私の知っているそうした人たちはとても勇敢だ。彼らといると圧倒されてしまう。彼らは自分自身を非常によく知っているのだ。ああまで自分自身を知っていると想像してみてほしい。自分がどういう人間かということにあんなふうに確信が持てると想像してみてほしい）。

　ドンナは言うのだった。「あなたはきっと思ったことがないのよね――つまりその、あたしみたいになりたいって」

「そのとおり」と私は正直に答えた。

「きっとあなたはこれまでずっと、自分のペニスをそのまま持っていたいと思ってきたんでしょ――たぶんあなたは本当にあれが好きなのよね」と彼女は言った。

「君のも好きだよ」と私は答えた――これまた正直に。

「わかってるわ」彼女はため息をついた。「ただ、あたし自身はいつもうんと好きってわけでもないのよねえ。でも、あなたのはいつも好きよ」ドンナは急いで付け足した。

　可哀相なトムならドンナを「複雑」すぎると思ったことだろうが、私は彼女をとても勇敢だと思った。

　自分がどんな人間かドンナがああまで確信していることに私は怖気づく思いだったが、それはまた、彼女について私が大好きなことのひとつでもあった――そのことと、そして彼女のペニスのキュートな右向き傾向、それは私に例の人物を思い出させた。

　結局のところ、キトリッジのペニスが私の目に触れるのは、フェイヴォリット・リヴァーの体育館のシャワーで彼を垣間見ることができた――いつもこっそりと――折だけだった。

　ドンナのペニスはもっとずっと目にすることが多かった。好きなだけ会っていたのに――最初の頃は――彼女に対して（そして他のトランスセクシュアルに対しても、といっても彼女のようなトランスセクシュアルだけだが）飽くなき渇望を抱くあまり、じゅうぶんドンナに会った、あるいは彼女を満喫できたとはどうしても思えなかった。結局のところ、彼女に飽きたから、あるいは自分は何者なのかということについてドンナが疑いを抱くようになった、または考えを変えたから終わりにしたわけではなかった。結局のところ、彼女が疑いを抱いたのは私に対してだった。関係を終わりにしたのはドンナで、彼女が私に疑念を抱くから私は自分を疑うようになったのだ。

　ドンナと会うのを止めた際に（もっと正確に言えば、彼女が会ってくれなくなった際に）私はトランスセクシュアルに対してそれまでより用心深くなった——もう彼らに欲望を抱かなくなったからではなかったし、そして私はいまでも彼らを非常に勇敢だと思っているのだが、トランスセクシュアル（とりわけドンナ）によって自分の両性愛指向《バイセクシュアリティー》のもっともややこしい側面を認めるよう、毎日のように強いられるからだった！　ドンナといると神経が疲れた。

「あたし、いつもは異性愛《ストレート》の男が好きなのよ」彼女は絶えず私に思い出させるのだった。「それにほかのトランスセクシュアルも好きだわ——あたしみたいな人だけじゃないわよ、知ってるでしょ」

「知ってるよ、ドンナ」と私は請けあう。

「そして、女好きのストレートの男とだって付き合える——なんと言っても、あたしは常に女として生きようとしているんだもの。あたしはペニスのある女ってだけのことなのよ！」彼女の声は高くなる。

「わかってる、わかってるよ」と私は言う。

「でもあなたはほかの男——ただの男——も好きなのよね、それに女も好きなんでしょ、ビリー」

「ああ好きだ——一部の女をね」と私は認める。「それにキュートな男も——キュートな男すべてではないよ」と私は念を押す。

「そうねえ、だけど――すべてがどんな意味だろうと知ったこっちゃないわ、ビリー」とドンナは言う。「あたしにとってこたえるのはね、あなたはあたしのどこが好きなのかわからないことなの、それに、あなたが好きじゃないのはあたしのどこなのかってことも」

「君について、好きじゃないところなんかないよ、ドンナ。僕は君のすべてが好きなんだ」私は彼女に保証する。

「そうねえ、だけど――もしあなたが、ストレートの男ならいつかそうなるように、あたしから女に乗り換えるのなら理解できるの。それとも、ゲイの男ならいつかそうなるように、男のところへ戻るのなら――そうね、それも理解できるわ」とドンナは言った。「だけど、あなたの問題はね、ビリー――そしてあたしにはこれがさっぱり理解できないんだけど――あなたがあたしから誰に、というか何に乗り換えるのかわからないってことなの」

「僕にもわからない」私は彼女に正直に告げる。

「そうねえ、だけどビリー――それが、あたしがあなたと別れる理由なの」とドンナは言った。

「君が恋しくて恋しくてたまらなくなるよ」私はそう告げた（これもまた真実だった）。

「あたしのなかではもうすでにあなたとのことは終わってるの、ビリー」としか、彼女は言わなかった。だがハンブルクでのあの夜までは、ドンナとはいっしょにやっていける見込みがあると私は思っていたのだ。


かつては、母ともいっしょにやっていける見込みがあると思っていた。友だちのままでいられる「見込み」以上のもの、ということだ。かつては何ものも私たち母子の仲を引き裂くことはできないと思っていた、ということだ。母は以前は私のほんの小さな怪我でも心配したものだった――咳やくしゃみがひとつ出ただけで私の命が危機に瀕しているんじゃないかと母は思った。母の私に対する心配にはどこか子供じみたところがあった。私が悪夢を見ると母も悪夢を見るのだと、母は言ったことがある。

子供の頃私は「熱夢」を見たものだと母から聞かされた。だとしたら、そういう夢は十代になっても記憶に残っていた。どういうものであろうと、それらは夢よりもリアルに思えた。そういう夢のうちのもっとも頻繁に見るものに何らかの現実性があったとしても、うんと時間が経つうちに記憶からは薄れてしまっていた。とまれ、ある夜のこと、私は病気だったのだが――じつは猩紅熱《しょうこうねつ》から回復しかけているところだった――リチャード・アボットが戦争のときの話を聞かせてくれていたらしかった。といっても、リチャードの戦争の話といえば、芝刈り機の事故のせいで兵役不適格となったことだけなのだ。これはリチャード・アボットの話ではなかった。私の父親の戦時中の話、というかそのひとつで、それをリチャードが私に話したなんてことはあろうはずがないのだ。

話（というか、その夢）はヴァージニア州ハンプトンで始まる――「出国地」ハンプトンローズは、私の父親、暗号ボーイがイタリアへ向かう輸送船に乗った場所だった。輸送船はリバティ船（第二次世界大戦中、アメリカで大量に建造された規格型輸送船の総称）だった。第七六〇爆撃飛行隊の地上人員は一月のすぐにも天候の崩れそうな暗い日にヴァージニアを出発した。囲われた港のなかにいるうちに、兵士たちは海上における最初の食事をした――ポークチョップだったと聞かされた（あるいはそう夢で見た）。私の父親の船団が公海に出ると、リバティ船は大西洋の冬の嵐に遭遇した。下士官兵は船首と船尾の船倉にいた。めいめいが寝棚に自分のヘルメットをぶら下げていた――ヘルメットはすぐに船酔いした兵士たちのゲロ容器となった。だが、かの軍曹は船酔いしなかった。彼はケープコッド育ちだと母から聞かされていた。少年時代から船乗りだったのだ――船酔いには免疫があった。

それで、我が暗号ボーイの父親は務めを果たす仕儀となった――船酔いした兵士たちのヘルメットを空けたのだ。船体中央部の甲板上に――船室の寝棚から苦労して上ったところに――巨大なヘッドがあった（夢のなかでさえ、私は話を遮って「ヘッド」とは何か訊かずにいられなかった。リチャードのような気がするもののリチャードのはずがないその人は、ヘッドというのは巨大な便所なのだと説明してくれた――船の端から端まで横切る便器の列だ）。

幾つものヘルメットを空ける苦行の最中、父は作業の手を止めて便器のひとつに座った。立って小便するのはとても無理だった。船は縦に横に揺れている――座るしかなかった。私の父親は便器に腰を下ろして両手で便座を摑んだ。海水が足首にはねかかり、靴やズボンを濡らした。便器の長い列の一番むこう端で、べつの兵士が便座につかまって座っていたが、この兵士のつかまりようは心許なかった。そのべつの兵士も船酔いしていないのが父には見て取れた。なんとその兵士は便座に片手だけでつかまって、本を読んでいたのだ。船が突然これまでより大きく縦揺れすると、その本の虫は摑んでいた手を離してしまった。兵士は並んだ便座の上を滑って――彼の尻はぴしゃぴしゃ音をたてた――便器の列の反対側にいた私の父と衝突した。

「ごめん――これを読むのを止められなくってさ！」と兵士は言った。すると船が別の方向に横揺れし、兵士はまた飛び出して便座の上を滑っていった。最後の便器まで滑ると、本を摑んでいられなくなったものか自分から離したのか、兵士は両手で便座を摑んだ。本は海水に流されていった。

「何を読んでいたんだい？」と暗号ボーイは訊ねた。

「『ボヴァリー夫人』！」と兵士は嵐のなかで叫んだ。

「どうなるか教えてやろうか」と軍曹は言った。

「頼むからやめてくれ！」本の虫は答えた。「自分で読みたいんだ！」

夢のなか、あるいは誰か（リチャード・アボットではない人物）が聞かせてくれている物語のなかで、私の父はその後航海のあいだこの兵士と二度と会うことはなかった。「かろうじて見えるジブラルタルを越えて」と夢で（あるいは誰かに）聞かされたのを覚えている、「船団は地中海に入った」。ある夜、シチリア島の沖で、船室の兵士たちは砕け散る物音と対空砲火の音で目が覚めた。船団はドイツ空軍の空襲にさらされていたのだ。その後、隣の護送船に爆弾が命中して乗員もろとも沈んだことを父は聞かされた。嵐のなかで『ボヴァリー夫人』を読んでいた兵士はと言えば、船団がターラントに上陸するまでに彼が私の父に自己紹介することはなかった。暗号ボーイの戦争物語は、姿を消した私の父親がトイレ滑り男と遭遇することがないまま続いて、終わった。

「数年後」と夢（あるいは語り手）は語った。私の父はハーヴァードでの学業を「終えようと」していた。父はＭＴＡ（メトロポリタン・トランスポーテーション・オーソリティー。大都市交通局）のボストンの地下鉄に乗っていた。チャールズ・ストリート駅で乗車してハーヴァード・スクエアへ戻ろうとしていたのだ。

ケンダル・スクエアで乗ってきた男が父をじろじろ見つめ始めた。見知らぬ男に関心を示されて、軍曹は「当惑した」。「どうも不自然な関心のように思えたんだ——何か暴力とか、少なくとも不愉快なことの前兆みたいでね」（この再々見る夢が他の夢より現実的に思えるのは語り口のせいだった。一人称の話者がいる夢——語り手のいる夢だったのだ）

地下鉄の男は席を移動し始めた。どんどん私の父親のほうへ近寄ってくる。互いに体が接触しそうなところまで来て、次の駅で停車するために地下鉄が速度を落としていたとき、その見知らぬ男は父のほうを向くと、言った。「やあ。僕はボヴァリーだよ。覚えてる？」すると地下鉄がセントラル・スクエアで停り、かの本の虫は下車し、軍曹はそのままハーヴァード・スクエアへと向かったのだった。

猩紅熱の発熱は一週間以内——普通は三日から五日以内で——で収まるという。この話をしてくれたのかとリチャード・アボットに訊いたときには、まず間違いなく発熱期は過ぎていたと思う——たぶん、発疹の出始めか、それとも喉が腫れていた時期だったか、それなら発疹が出る二、三日まえということになる。私の舌はずっとイチゴの色になっていたが、この何度も見るひどくはっきりした夢のことをリチャードに初めて話したときには、舌は肉のような黒ずんだ赤——どちらかというとラズベリーのような色——になっていて、発疹は消えかけていた。

「そんな話は知らないなあ、ビル」とリチャードは答えた。「その話は初めて聞いたよ」

「ふうん」

「なんだかハリーお祖父ちゃんの話って感じがするけど」とリチャードは言った。

だが、『ボヴァリー夫人』の話をしてくれたのかと祖父に訊ねると、ハリーお祖父ちゃんは「ああ、まあその」といつもの調子で始めて、咳払いしたり口ごもったりしながら質問の周りを堂々巡りしてみせた。いや、自分はそんな話は「ぜったいに聞かせていない」と祖父は答えた。そう、ハリーもその話を聞いてはいた——「俺の記憶が正しければ、また聞きでな」——だが、誰から聞いたのかは、都合のいいことに思い出せなかった。「もしかしたらボブ伯父さんだったかなあ——きっとお前に話したのはボブだったんじゃないか、ビル」それから祖父は私の額に手を当て、熱は下がったようだといった意味のことを呟いた。私の口のなかを覗き込んだ祖父はこう告げた。「舌は相変わらずひでぇなあ、でも発疹はちょびっと引いてきてるようだ」

「夢にしちゃあ、いやに現実的だったんだ——そもそもね」と私はハリーお祖父ちゃんに言った。

「ああ、まあその——想像するのがうまいと、ほら、おまえはそういうのがうまいだろ、ビル、つまりだな、ときには夢がまるで現実みたいに思えることがあるんだ」祖父は咳払いしたり口ごもったりしながら言った。

「ボブ伯父さんに訊いてみるよ」と私は言った。

ボブは始終私のポケットや靴の中に――あるいは枕の下に――スカッシュのボールを入れた。それはゲームだった。私はボールを見つけては返すのだ。「ああ、そのスカッシュボールをあちこち探していたんだよ、ビリー！」とボブは言う。「君が見つけてくれてほんとによかった」

「『ボヴァリー夫人』ってどんな話？」私はボブ伯父さんに訊ねた。猩紅熱の回復具合を見に来てくれた伯父に、私は自分の歯ブラシを立てておくコップ――ハリーお祖父ちゃんと共同で使っていた浴室に置いてある――のなかにあるのを見つけたスカッシュボールを返したのだった。

ヴィクトリアお祖母ちゃんならお祖父ちゃんと浴室を共同で使うくらいなら「死んだほうがまし」だと思うだろうとハリーは私に言ったが、私は気持ちよく祖父と浴室を共有していた。

「じつを言うと、『ボヴァリー夫人』は読んだことがないんだよ、ビリー」とボブ伯父さんは答えた。伯父は私の寝室の外の廊下に目をこらして、母（あるいは祖母とかミュリエル伯母さん）が話の聞こえる範囲にいないことを確かめた。誰もいなかったにもかかわらず、ボブは声を低めた。「あれは不倫の話じゃないかなあ、ビリー――不貞な妻のさ」きっと私がぽかんとした、まるでわかっていない顔をしたのだろう、ボブ伯父さんは慌ててこう言った。「『ボヴァリー夫人』がどんな話なのかリチャードに訊いてみるといいよ――文学はさ、ほら、リチャードの専門なんだから」

「小説なの？」と私は訊ねた。

「本当の話ではないんじゃないかな」とボブ伯父さんは答えた。「ともかくリチャードなら知ってるよ」

「それとも、ミス・フロストに訊いてもいいよね」私は言ってみた。

「ううん、そうだなあ――ただし僕がそうしろと言ったなんて言わないでくれよ」とボブ伯父さんは言った。

「僕の知ってる話があるんだけどね」私は話し始めた。「もしかして、伯父さんから聞いたのかも」

「あの、百もある便器に座りながら『ボヴァリー夫人』を読んでた男の話かい？」とボブは叫んだ。

「あの話は大好きだなあ！」

「僕も」と私は言った。「すごく面白いよね！」

「愉快この上ない！」ボブ伯父さんは断言した。「いや、僕はあの話を君に聞かせたことはないよ、ビリー――すくなくとも、君にあの話をした覚えはない」と伯父さんはすぐさま言った。

「ふうん」

「もしかしたら、君のお母さんが話したんじゃないか？」ボブ伯父さんは訊ねた。きっと私は疑わしげな表情になったのだろう、「たぶん違うだろうな」とボブは唐突に言った。

「繰り返し見る夢なんだけど、最初に誰かから聞いたはずなんだ」と私は話した。

「もしかしたらディナー・パーティーででも聞いたんじゃないかな――子供はもうベッドに入ってしまっただろうとか子供には聞こえないだろうとか大人が思っているのに子供が立ち聞きしてしまう、みたいにして」とボブ伯父さんは言った。私の母が便座物語の発信元だというよりは信憑性があったものの、ボブも私もさほど得心した顔ではなかった。「謎というものはすべて解決がつくわけじゃないんだよ、ビリー」と伯父さんは、こちらは自信ありげに言った。

　伯父が去ったすぐあとに、私はべつの、あるいは同じスカッシュボールが寝具の下にあるのを見つけた。

あの『ボヴァリー夫人』の、ずらりと並んだ便座の物語を話してくれたのが母でないことはよくわかっていたものの、無論母にも訊いてみた。「あの話が面白いだなんてこれっぽっちも思ったことないわ」と母は答えた。「わたしがあの話をあなたにしたりするわけないわよ、ビリー」

「ふうん」

「たぶんダディが話したんだわ——話さないでって言っておいたのに！」と母は言った。

「いや、お祖父ちゃんはぜったい話してないって」と私は告げた。

「きっとボブ伯父さんよ」と母。

「ボブ伯父さんは話した覚えはないって」と私は答えた。

「ボブは飲むから——あの人はすべてを覚えているわけじゃないからねぇ」と母は言った。「それに、あなたはこのところ熱を出していたでしょ」母は私に思い出させた。「熱に浮かされて夢を見ることがあるの、知ってるでしょ、ビリー」

「ともかく、僕は面白い話だと思ったんだ——便座を滑っていって、お尻でぴしゃぴしゃ音を立てたなんてさ！」と私は言った。

「わたしには、そんなのちっとも面白くないわ、ビリー」

「ふうん」

『ボヴァリー夫人』についてどう思うかリチャード・アボットに訊いてみたのは、猩紅熱から完全に回復したあとだった。「もっと年齢が上になってからのほうがちゃんと理解できるんじゃないかなあ、ビリー」とリチャードは答えた。

「どのくらいの歳になったら？」と私は問い返した（私は十四歳だったと思う——たぶん。まだ『大いなる遺産』を読んでまた読み返してはいなかったが、ミス・フロストによってすでに私の読書家人生は始まっていた――それは確かだ）。

「何歳で読むのがいいか、ミス・フロストに訊いてみようかな」と私は言ってみた。

「僕ならあの人に訊くのはちょっと待つな、ビル」リチャードは答えた。

「ちょっとってどのくらい？」と私は訊ねた。

なんでも知っていると私が思っていたリチャード・アボットは答えた。「さあ、はっきりとはわからない」

母がいつフェイヴォリット・リヴァー学院演劇部におけるリチャード・アボットの芝居のプロンプターになったのか正確にはわからないが、『テンペスト』のプロンプターを務めていることは強く意識していた。母はファーストシスター・プレイヤーズでも相変わらずプロンプターをやっていたので、ときどきスケジュールがかち合うことがあったが、プロンプターは稽古をちょこちょこ休むことができたし、上演――この町のアマチュア演劇クラブ及びフェイヴォリット・リヴァーの演劇部の公演――が重なることは決してなかった。

稽古で、キトリッジは私の母にセリフをつけてもらうためだけにわざと間違えた。「ありがとう、娘《メイド》さん」、新たに台本なしでやることになったとある稽古で、ファーディナンドはミランダに対してこう言い間違えた。

「違うわ、ジャック」と母は言った。「そこは『ありがとう、お嬢《ミストレス》さん』じゃなくちゃ、娘《メイド》さんじゃなくてね」

だがキトリッジはわざとやっていた――セリフをとちる振りをしていただけで、そうやって私の母を会話に引き込もうとしていたのだ。「すいません、ミセス・アボット――もう間違えませんから」

と彼は言う。そうしては、すぐその次の自分のセリフをとちるのだ。

「いいえ、お嬢さん《プレシャス・クリーチャー》」とファーディナンドはミランダに言うことになっているのだが、キトリッジは「いいえ、プレシャス・ミストレス」と言った。

「ここはそうじゃないわ、ジャック」と母は彼に言う。「ここは『いいえ、プレシャス・クリーチャー』よ――ミストレスじゃなく」

「僕はあなたに気に入られようと頑張りすぎてるのかもしれないなあ――僕はあなたに好かれたいのに、どうも好かれていないみたいですね、ミセス・アボット」とキトリッジは母に言った。彼は面白半分で母の気を引こうとしていて、母は顔を赤らめた。母さんは誘惑されやすいなあ、とつい自分が思ってしまうことに、私は狼狽えた。まるで自分の母親の知能にちょっと問題があるか、あるいはあまりに性的にうぶなのでお世辞を言われれば誰にでもなびいてしまうと思い込んでいるみたいではないか。

「あら、あなたのことは好きよ、ジャック――あなたを好きじゃないなんてことはぜったいないないわ！」と母は思わず口走り、エレイン（ミランダ役の）はそのあいだ怒りをたぎらせながら立っていた。キトリッジが私の母についてホットという言葉を使っているのをエレインは知っていたのだ。

「あなたがいるとどうも緊張しちゃうんです」とキトリッジは母に言ったが、緊張しているようには見えなかった。ますます自信たっぷりな様子だった。

「クソみたいなデタラメばっかり！」エレイン・ハドリーが陰気な声で言った。キトリッジは彼女の声の響きに身を縮め、母は平手打ちを食らったかのようにたじろいだ。

「エレイン、言葉に気をつけなさい」と母は言った。

「とにかく芝居を進めませんか？」とエレインは言った。

「おおナポリよ──待ちきれないんだね」キトリッジはこの上なく人懐っこい笑みを浮かべて、まずエレインに言い、ついで私の母に話しかけた。「エレインは手を握るシーンが待ちきれないんですよ」とキトリッジは言ったのだ。

実際、稽古していた場面──第三幕第一場──は、ファーディナンドとミランダが手を握り合って終わるのだ。今度はエレインが顔を赤らめる番だったが、その一時の支配権を完全に握っていたキトリッジは、ひどく真剣な眼差しをひたと私の母に据えていた。「質問があるんです、ミセス・アボット」彼はエレインもミランダも存在しないかのように──これまで存在したこともなかったかのように──話し始めた。「ファーディナンドが『幾人もの女性に／この目を惹きつけられてきましたし／彼女たちの舌が奏でるハーモニーに耳を傾け／とりこになることもたびたびでした』と言いますよね──ほら、あのセリフです──これはつまり、僕はこれまで数多くの女性と接しているということで、そして、あのう、性的経験が豊かだということをほのめかすべきなんじゃないでしょうか」

母はさっきよりもいっそう顔を赤らめた。

「まったくもう！」とエレイン・ハドリーが叫んだ。

そして私は──私はどこにいたんだっけ？　私はエアリエルだった──「大気の精」だ。私はファーディナンドとミランダが「退場」するのを待っていた──ト書きにあるように「別々に」。私はキャリバン、ステファノー（シェークスピアは彼を「酒飲みの賄い方」と述べている）、トリンキュローとともに待機していた。私たちは皆次のシーンに登場し、そこでは私は目には見えないのだ。自分の母親がキトリッジに巧妙に操られて顔を赤らめている状況下で、私は自分が透明人間のような気がした──というか、透明人間でいたかった。

「わたしはただのプロンプターよ」と母は慌ててキトリッジに言った。「それは演出家にする質問だわ――アボット先生にお訊きなさい」母の動揺ぶりはひと目でわかり、不意に、何年もまえ、私を妊娠していたかあるいはすでに身二つとなっていた頃の母の姿が見えた気がした――女ったらしの私の父親が他の誰かとキスしているところを目撃した頃の姿が。この話を聞かせてくれたときに母が他のという言葉をどんなふうに口にしたか、私は思い出した。キトリッジの意図的な言い間違えを直したときと同じ、投げやりな言い方だった（いったん『テンペスト』の本番となると、キトリッジは一度もセリフをとちらなかった――一言たりとも。そういえば今まで認めてはいなかったが、舞台の上のキトリッジはじつによかった）。

　自分の母親が簡単に心を乱される様――ティーンエイジャーからほんのちょっと性的な事柄をほのめかされただけで！――を眺めているのはつらかった。自分が嫌だった。自分が母親を恥ずかしく思っていることを自覚し、母を恥ずかしく思う気持ちは、絶えずミュリエルに見下されたり非難めいた陰口をたたかれたりしていることから生じているのだとわかっていたからだ。当然のことながら、傷を負っている母の心をやすやすと乱した――エレインと私の心も巧みに乱してしまった――キトリッジが憎かった。すると、母が助けを求めた。「リチャード！」と母は呼んだ。「ジャックが自分の役柄のことで質問があるって！」

「まったくもう」とエレインがまた言った――今回は小声で。ほとんど聞こえないくらいだったのだが、キトリッジは聞きつけた。

「辛抱しておくれ、いとしいナポリ」キトリッジはそう言いながら彼女の手を取った。ファーディナンドがミランダの手を取る――第三幕第一場の終わりで二人が別れるまえに――のとまったく同じようにその手を握りしめたが、エレインはもぎ離した。

「ファーディナンド、君の役柄がどうしたっていうんだい？」リチャード・アボットがキトリッジに訊ねた。

「これはなおさらクソね」とエレインが言った。

「そんな言葉は使わないで、エレイン！」私の母が言った。

「ミランダはちょっと新鮮な空気を吸ったほうがいいんじゃないかな」リチャードがエレインに声をかけた。「二、三回深呼吸してごらん、それに、自然と頭に浮かんでくる言葉はなんでも外へ出してしまったほうがいいかもしれない。一休みしなさい、エレイン——君も一休みするんだ、ビル」とリチャードは私に言った。「我らがミランダとエアリエルには役柄らしくしていてほしいからね」（私も心を乱されているのがリチャードにはわかったのだろう）

　舞台裏の奥の大道具部屋の外に荷積場があり、エレインと私はひんやりした夜気に包まれた荷積場へ出た。私はエレインの手を取ろうとした。最初彼女は手を引っ込めたが、キトリッジからもぎ離したときのような荒々しさはなかった。それから、荷積場へ出るドアがまだ開いたままだったのに、エレインはまた手を私に委ねた。彼女は私の肩に頭をもたせかけた。「可愛らしいカップルじゃないか？」キトリッジが誰かに、あるいはその場の全員に言うのが、ドアが閉まるまえに聞こえた。

「クソッタレ！」とエレイン・ハドリーは怒鳴った。「チンカスめ！」彼女は叫んだ。それから冷たい空気を貪り、しまいに彼女の呼吸はほぼ正常に戻り、私たちは劇場のなかへ引き返し、エレインのメガネがたちまち曇った。

「ファーディナンドはミランダに自分は性的経験が豊かだと言っているわけではない」とリチャードがキトリッジに説明していた。「これまで何度も女性に目を引かれてきたし、また強く印象づけられたことも多々あると、ファーディナンドは言っているんだ。彼はただ、これまで誰からもミランダほど強烈な印象を与えられたことはないと言っているだけだよ」

「これは印象の話なのよ、キトリッジ」エレインが言い放った。「セックスの話じゃないの」

「エアリエル、見えない姿で登場」——それが私のつぎのシーン（第三幕第二場）のト書きだった。だが私はとうに本当に見えない姿になっていた。私はなんとなくその場の全員に、エレイン・ハドリーは私の恋愛対象なのだという印象をうまうまと与えてしまったのだ。エレインの方はと言えば、それに協力してくれるつもりらしかった——たぶん彼女自身の自己防衛の意味合いもあったのだろう。だがキトリッジは私たちを見てにやにやしていた——あのいつものあざ笑うような傲慢な態度で。キトリッジには印象という言葉などさほどの意味を持たなかったのではないか。彼にとっては常に、すべてがセックス——実際の性行為——に関連していたのだと思う。そして、エレインと私が性的な意味で互いに関心を持っているとあの場の者たちが納得したとしても、おそらくキトリッジだけは納得できないままだったのではないか——少なくともそれが、彼の冷笑がエレインと私に与えた印象だった。

たぶんそのせいで、エレインはいきなりくるっと彼に背を向けると私にキスしたのだろう。彼女の唇はかろうじて私の唇をかすめただけだったが、ちゃんと（ほんの一瞬だったにせよ）接触はあった。束の間ではあったが私からもキスを返したように見えさえしたのではないかと思う。それだけのことだった。たいしたキスではなかった。彼女のメガネを曇らせることすらなかった。

エレインは私にこれっぽっちも性的な関心など持っていなかったと思うし、私があんなふうに彼女に関心を持っている振りをしていただけなのだということも、最初からわかっていたのではないか。私たちはとことんアマチュアの俳優だった——彼女の演じる清純なミランダと私の演じる大半は姿の見えないエアリエル——が、演技はしていたのだし、私たちの偽りには暗黙の共犯関係があった。結局のところ、二人とも隠すものがあったのだ。

第四章　エレインのブラ

今でも私には卑劣なキャリバン——ミランダを辱めようと企てたことをプロスペローに厳しく糾弾される化け物——をどう考えたらいいのかわからない。プロスペローはキャリバンについて最低限の責任しか引き受けていないように思える——「この悪魔の化け物めは／私の下僕と認めよう」

キトリッジのような自己中心的な人間にとっては、無論のこと『テンペスト』はファーディナンドのことだけを語っていた。これは愛の物語であり、そのなかでファーディナンドはミランダを求め、勝ち取るのだ。だがリチャード・アボットはこの芝居を「悲喜劇」と呼び、あのエレイン・ハドリーと私が芝居の稽古に明け暮れていた五九年秋の二（ほとんど三）ヶ月のあいだ、キトリッジが触れられるほど近くにいるというこの状況こそ悲喜劇だと私たちは感じていた——『テンペスト』ではミランダとエアリエルはハッピーエンドに終わるのだが。

自分は単なるプロンプターだと常に主張していた私の母には、ひとりひとりの演技者の時間を測るという妙に几帳面な習慣があった。母は安物のキッチンタイマーを使って、そして（自分の台本の余白に）、登場人物たちが実際に舞台上にいる時間のおよその割合を記していた。母の計算の有用性は私には疑問に思えたが、エレインも私もファーディナンドが舞台上にいるのは芝居全体の十七パーセントに過ぎないという事実を喜んだ。

「ミランダは？」とエレインは、競争心まんまんなキトリッジの耳に届くところで私の母に訊くのだった。

「二十七パーセント」と母は答える。

「僕は？」と私も訊ねる。

「エアリエルは全体の三十一パーセント舞台にいるわ」と母は教えてくれた。

この自尊心を傷つける情報をキトリッジは嘲笑った。「で、我らが比類なき演出家、プロスペロー——大げさに喧伝される魔力を持つ彼は？」キトリッジは皮肉っぽく訊ねた。

「大げさに喧伝される！」エレイン・ハドリーは轟くような声で繰り返した。

「プロスペローが舞台上にいるのはほぼ五十二パーセントね」母はキトリッジに答えた。

「ほぼ、ね」キトリッジはせせら笑うように繰り返した。

リチャードは私たちに『テンペスト』はシェークスピアの「さよなら芝居」で、かの詩人は如才なく劇場に別れを告げているのだと言っていたが、私には第五幕の必要性がわからなかった——とりわけ、プロスペローによって述べられる、付け足しのエピローグが。

『テンペスト』はファーディナンドとミランダに対するプロスペローの語りかけ——第四幕第一場の「もう余興は終わった」というあの語り——で終わるべきだったと私が思っていたのを見れば、作家（劇作家ではなかったが）になったのも多少わかるというものではないか。そしてプロスペローは、あの語り（それに芝居）を、かの素晴らしい「われわれ人間は／夢と同じもので織りなされている、そして短い一生は／眠りで締めくくられるのだ」というセリフで終えるべきだったのだ。プロスペローがあれ以上語る必要がどこにある？（もしかすると彼はちゃんとキャリバンに対して責任を感じ

ているのかもしれない）

ところがこうした考えをリチャードに話すと、「そうか、ビル――十七歳でシェークスピアを書き直そうだなんて、大いに期待してるよ！」と彼は答えた。リチャードから皮肉を言われることはなかったので、私は傷ついた。キトリッジは他人の痛みに敏感だった。

「おい、書き直し屋《リライター》！」とキトリッジは寄宿舎の中庭のむこう端から私に呼びかけた。ああ、そのあだ名は定着しなかった。キトリッジは二度とそれを口にせず、ニンフのほうを好んだのだ。私としてはリライターのほうがよかったのだが。少なくともその言葉は、私がそのうちなるであろう作家のタイプを正しく表していた。

いやしかし、キャリバンという役柄の話からそれてしまった。すっかり脱線してしまったが、私が将来なるであろう作家は、こういうタイプでもあるのだ。キャリバンは全体の二十五パーセント舞台上にいる（母の概算はセリフをしゃべるかどうかは一切考慮に入れず、登場人物が舞台上にいる時間だけが対象だった）。あれは私にとってまさに最初の『テンペスト』だったが、あの芝居をこれまで何度見てきても、キャリバンは私にとって常にひどく気になる登場人物なのだ。作家として、私は彼を「解明されざる」キャラクターと呼びたいところだ。プロスペローの無情な扱いから、プロスペローがキャリバンを許しがたいと考えていることがわかるが、果たしてシェークスピアは私たちに、あの化け物に対してどんな気持ちを抱かせたかったのだろう。おそらく同情――もしかしたら、いささかの罪悪感。

あの五九年の秋、リチャード・アボットがキャリバンをどう考えているのか、私にはぜんぜんわからなかった。リチャードがあの化け物の役をハリーお祖父ちゃんに振ったという事実からは、一貫しないメッセージが放たれていた。ハリーはなんであれ男性の役を演じたことはなかった。キャリバンは人間とは言えないという事実は、ハリーお祖父ちゃんの確固たる女役としての演技によっていっそう「解明されざる」状態となった。キャリバンは実際にミランダに欲情したのかもしれない――あの化け物が彼女を辱めようとしたことを私たちは承知している！――が、ハリー・マーシャルは、悪人役を振られたときでさえ、舞台上で無情になったことはまずなく、またまったくの男性になったこともなかった。

ことによるとリチャードはキャリバンがわかりにくい化け物であることを承知していたのかもしれない、そして、ハリーお祖父ちゃんならそのわかりにくさを増幅する手段を見つけるだろうと、リチャードにはわかっていたのだ。「お前の祖父さんって変だな」キトリッジはずばっと私にそう言った（キトリッジは祖父のことを「リア女王」と呼んだ）。

私でさえ、キャリバンを演じたハリーは完全に変だったと思う。ハリーお祖父ちゃんは性別の曖昧な演技をしたのだ――キャリバンを両性具有の魔女として演じたのだった。

カツラ（ハリーお祖父ちゃんは禿げていた）は男女どちらでも通用しそうなものだった。衣装は都会のエキセントリックなホームレスの女性が着ていそうなものだ――だらんとしたスエットパンツに大きすぎるトレーナー、どちらもカツラと同じく運動着のような灰色だ。性別がわからない姿の仕上げとして、ハリーは裸足の足の爪を娼婦のように塗っていた。片方の耳たぶには男っぽいずっしりしたラインストーンのイヤリング――娼婦よりは海賊とかプロレスラーに好まれそうな――をつけ、模造真珠のネックレス（模造装身具のいちばん安いもの）をトレーナーの上から掛けていた。

「正確には、キャリバンはなんなんですか？」キトリッジはリチャード・アボットに訊ねる。

「土と水だよ、キトリッジ――暴力と狡猾さだ」とリチャードは繰り返した。

「でも、その狡猾さの性別は？」とキトリッジは訊ねた。「キャリバンはレズビアンの化け物なんですか？　ミランダを辱めようとしたのは女なんですか、男なんですか？」

「性、性、性！」エレイン・ハドリーが甲高い声で叫んだ。「あなたの考えることって性のことだけね！」

「あの耳栓を忘れんなよ、ニンフ」キトリッジは私ににやっとしてみせた。

彼を見るたびにエレインと私の脳裏にはきまって彼の母親が浮かんだ、キトリッジのレスリングの試合で、座り心地の悪い観客席に足を完璧に組んで座っている姿が。ミセス・キトリッジは息子が強敵を手順どおり打ち負かす様子を、ポルノ映画でも見るようにして、だが自分ならもっとうまくやれるとわかっている老練な女の超然たる自信をもって眺めているかに思えた。「君の母親はおっぱいのある男だな」と私はキトリッジに言ってやりたかったが、無論そんな勇気はなかった。

キトリッジがなんと答えるだろうと推測するくらいしか、私にはできなかった。「僕の継母のことを言ってるのかい？」と彼は問い返してから、私の両腕両脚をへし折っていたことだろう。

寄宿舎棟の住まいで家族だけになったときに、私は母とリチャードに話してみた。「ハリーお祖父ちゃんのあれはどういうことなの？」と私は訊ねた。「エアリエルの性別が多様なのはわかってる——体の器官的なことというよりも衣装の問題だって言ったよね」と私はリチャードに言った。「うん、だから僕の衣装、僕の身に着けるもの——カツラ、タイツ——は、エアリエルの性が不定だということを示唆している。だけど、キャリバンは男性の化け物じゃないの？　ハリーお祖父ちゃんの演じるキャリバンって、まるで……」私は言葉を切った。自分の祖父を「リア女王」と呼ぶのはまっぴらだった。それはキトリッジがつけたあだ名だったからだ。「まるで、女性同性愛者《ダイク》みたいじゃない？」と私は言ったのだった。ダイクという言葉はフェイヴォリット・リヴァーで流行っていたのだ——ホモとかファグとかクイアとかいう言葉を倦むことなくやたら使いまくる生徒たち（キトリッジのような）のあいだで。

「ダディはダイクなんかじゃないわ！」母が噛みつくように言った。噛みつくような物言いは以前ならおよそ母らしくなく思えたものだ。今では母はますます、噛みつくような物言いをするときには私に噛みつくようになっていた。

「そうだなあ、ビル……」リチャード・アボットは言いかけて、それから言葉を切った。「そんなに怒ることないじゃないか、ジュエル」と彼は母に言った。リチャードは母の動揺に注意をそらされたのだ。「本当のところ僕が思うにね、ビル」とリチャードはまた話し始めた。「性別の問題はシェークスピアにとっては、僕たちが思うよりはずっとどうってことのないものだったんじゃないかな」

説得力のない答えだ、と私は思ったが、口には出さなかった。私はリチャードに失望しかけていたのだろうか、それともただ大人になりかけていただけだったのだろうか？

「それはあなたの質問に対する答えじゃなかったんじゃないの？」エレイン・ハドリーはそのあと、ハリーお祖父ちゃん演じるキャリバンの性的アイデンティティーのことで戸惑っているんだと打ち明けたときに、私にそう問いかけた。


面白いことに、エレインと私が二人だけでいるときには、ふつう手も握り合わないしそういった類のことは何もしなかったのに、人目のあるところに出ると、無意識に互いの手を取り、他人がいるあいだだけ接触を保っていた（それは私たちのあいだの別種の符丁だった、私たちが互いに「鴨はどうなるの？」と問いかけ合うのと同じような）。

しかし初めていっしょにファーストシスター公立図書館へ行ったとき、エレインと私は手を握り合わなかった。ミス・フロストが騙されてエレインと私が恋愛関係にあるなどと思うことは——一分たりとも――ないだろう、と私は感じたのだ。エレインと私はただ『テンペスト』のセリフを練習する適切な場所を探していただけだった。寄宿舎棟の両家の住まいは息が詰まりそうだし、人目がありすぎる――彼女か私の寝室にこもってドアを閉めてセリフの練習をしない限り。私たちの恋人同士の演技はうまくいきすぎていた。私の母とリチャードにしろ、ハドリー夫婦にしろ、私たちが二人でいっしょにいるときに寝室のドアを閉め切ったりしたら、大騒ぎしていたことだろう。

学院の図書館のイヤーブックの部屋は、ときどき教員が仕事していたし、閉めてしまえるドアもなかった。私たちの声は建物じゅうに聞こえてしまうだろう（エレインと私は、ファーストシスター公立図書館はもっとずっと小さいのだから隅々まで声が響いてしまうのではないかと不安だった！）。

「あのう僕たち、もしかしてここになるべく人目につかない部屋がないかと思ったんですが」私はミス・フロストに説明した。

「なるべく人目につかない」司書は繰り返した。

「外に声が聞こえないようなところが」とエレインが例の衝撃波音のような声で言った。「わたしたち『テンペスト』の読み合わせをしたいんですけど、ひとの迷惑になりたくないんです！」エレインは慌てて付け加えた――前述のエレインの初めてのオーガズムのために音の漏れない隠れ場所を探しているとミス・フロストに思われるといけないので。

ミス・フロストは私を見た。「あなたは図書館で読み合わせをしたいのね」彼女の口ぶりは、これは図書館で書きたいなどという以前の私の謎めいた望みにぴったりのパズルのピースじゃないかとでも言いたげだった。だがミス・フロストは私の目標――すなわち、作家になるという――を漏らしはしなかった（私はまだ親友のエレインに作品を書くという件を打ち明けてはいなかった。私の作家になりたいという願いも他の願いもいまだエレインには内緒のままだったのだ）。

「読み合わせはひそひそ声でするようにしますから」とエレインは異様なほど低い声――彼女にしては――で言った。

「あら、だめだめ――舞台でしゃべるのと同じように思う存分セリフを声に出さなくちゃ」とミス・フロストはエレインに言いながら、私の友だちの手を自分の遥かに大きな手で軽く叩いた。「あなたが叫んだって誰にも聞こえない場所があるわよ」その後わかったのだが、叫んでも聞こえない囲われた空間がファーストシスター公立図書館にあるということよりも、その部屋自体のほうが驚異的だった。

エレインと私はミス・フロストに地下へ案内されたが、そこは見たところ、古い図書館の暖房炉用の部屋のようだった。その建物はジョージ王朝様式の赤レンガ造りで、建物の当初の暖房は石炭だった。真っ黒になった石炭落としの名残がまだ採光窓からぶら下がっていた。だが大きくて不格好な石炭バーナーは横倒しにされて地下室の使っていない片隅へ寄せられていた。代わりに置かれているのはもっと現代的な石油暖房炉だった。石油燃焼式の炉の近くには真新しく見えるプロパンの温水ヒーターがあり、採光窓の近くに別室（ドアのある）が設えられていた。部屋の壁のひとつの、地下室の天井付近――石炭落としの残存物がたったひとつの窓から垂れ下がっている部分――には、長方形の切込みが入っていた。昔は、石炭落としが採光窓からその別室のなかまで繋がっていたのだ――かつての石炭置き場まで。そこは今では家具を備えた寝室と浴室になっていた。

昔風の真鍮のベッドがあって、刑務所の鉄格子並に頑丈そうな真鍮の柵でできたヘッドボードに、電気スタンドが取り付けられていた。部屋の一隅には小さな洗面台と鏡があり、べつの隅にはむき出しの状態で孤独な歩哨が立っていた――実際の衛兵ではなく、木の便座付きの便器だ。ベッドの横にはナイトテーブルがあり、そこにはきちんと重ねられた本とずんぐりした香りロウソクが一本あるのが目に入った（部屋にはシナモンのような香りが漂っていた。すぐ近くの暖房炉から発散する石油の臭いを消すためのロウソクだろうと私は思った）。

オープンワードローブもあって、エレインと私の目に幾つかの棚とハンガーが映った――最低限の一式と思われるミス・フロストの服が掛かっていた。紛れもなく、この小さな部屋――わたしの元石炭置き場、とミス・フロストは呼んでいた――の中心的存在はヴィクトリア朝風のたっぷりした浴槽で、配管が丸見えだった（部屋の床は塗装していない合板で、配線も丸見えだった）。

「雪嵐で、車にしろ徒歩にしろ家に帰るのは気が進まないときにね」とミス・フロストは言った――あたかもそれだけで、この居心地はいいものの極めて簡素な地下室の説明はすべてつくとでも言わんばかりに（エレインも私もミス・フロストがどこに住んでいるのか知らなかったが、町の図書館から徒歩圏内に違いないと思った）。

エレインは浴槽を見つめた。脚はライオンの鉤爪型で、蛇口はライオンの頭だった。私は刑務所の鉄格子のようなヘッドボードの真鍮のベッドを凝視していたと告白しよう。

「悪いけど、ベッドしか座るところはないわ」とミス・フロストは言った。「浴槽のなかで読み合わせをしたいっていうんならべつだけど」彼女は、エレインと私がベッドの上で何かするんじゃないか、あるいはいっしょに風呂に入るんじゃないか、などとは少しも心配していない様子だった。

ミス・フロストが本当に私たちを――彼女の急ごしらえの寝室、彼女の急場しのぎのもうひとつの家に――残してドアを閉めようとしたとき、エレイン・ハドリーが叫んだ。「この部屋は完璧！　助けてくれてありがとうございます、ミス・フロスト」

「どういたしまして、エレイン」とミス・フロストは答えた。「あなたとウィリアムはここなら大声で叫んだってだいじょうぶ、誰にも聞こえないって保証するわ」だがドアを閉めるまえに、ミス・フロストは私の顔を見てにこっとした。「読み合わせで何か手助けが必要なら——強調の仕方がわからなかったり、発音のことで困ったりしたら——わたしはいつものところにいるから」私の発音の問題にミス・フロストが気がついているとは知らなかった。実際のところ、彼女の前ではほとんどしゃべったことがなかったのに。

私は決まり悪くて何も言えなかったのだが、エレインはぐずぐずしていなかった。「そう言えば、ミス・フロスト、ビリーはね、エアリエルのセリフでは今のところ困る言葉はたったひとつで、わたしたち、それに取り組んでるんです」とエレインは言った。

「どんな言葉で困っているの、ウィリアム？」ミス・フロストはあのいつものおそろしく鋭い眼差しを私に向けて訊ねた（ありがたいことに、エアリエルのセリフには陰茎《ピーニスィーズ》という言葉は出てこなかった！）。

キャリバンがプロスペローを暴君と呼ぶと、エアリエル（見えない姿）が言う。「嘘をつけ」エアリエルは姿が見えないので、キャリバンはトリンキュローが自分を嘘つきと呼んだのだと思う。同じ場面で、エアリエルがステファノーに「嘘をつけ」と言うと、彼はトリンキュローが自分のことを嘘つきと呼んだと思う——ステファノーはトリンキュローを殴る。

「僕は『嘘をつけ《ザウ・ライエスト》』と二回言わなくちゃならないんです」私はライエストという言葉を正しく——二音節で——発音するよう気をつけながらミス・フロストに言った。

「彼、ときどき『リースト』って言っちゃうんです——イーストみたいに一音節で」エレインがミス・フロストに説明した。

「あらあら」司書はまあ大変とばかりちょっとの間目を閉じた。「わたしを見てごらんなさい、ウィリアム」とミス・フロストは言った。私は言われたとおりにした。今度ばかりは、彼女の顔を盗み見しなくてもいいのだ。「わたしに『最高《ファイネスト》』って言ってみて、ウィリアム」と彼女は言った。これは難しくなかった。ミス・フロストは私の我を忘れるほどのぼせ上がる対象のなかでも最高だった。「ファイネスト」と私はまっすぐ彼女を見つめたまま言った。

「あのね、ウィリアム——とにかく、ライエストはファイネストと韻を踏んでるってことを頭に置いておけばいいのよ」とミス・フロストは言った。

「ほら、言ってみてよ」エレインが私に命じた。

「ザウ・ライエスト」私は姿の見えないエアリエルが言うように言った。ファイネストという言葉と同じようにきちんと二音節で発音できた。

「あなたの抱える問題がどれもこんなふうに簡単に解決できるといいわねえ、ウィリアム」とミス・フロストは言った。「読み合わせって好きだわ」彼女はそうエレインに言いながら、ドアを閉めた。

ミス・フロストが「読み合わせ」という言い回しの意味まで知っていたことに、私は感心した。芝居をやったことがあるかとリチャードが訊いたとき、ミス・フロストはすぐさま「頭のなかでだけだけど。若かった頃には——四六時中」と答えた。それでも彼女は確かにファーストシスター・プレイヤーズで名優として名を上げたのだ。

「ミス・フロストこそイプセン劇の女性だ！」ニルスはそうリチャードに言ったものだが、彼女はそれほど多くの役は演じなかった——『ヘッダ・ガーブレル』『人形の家』『(ファッキン) 野鴨』の厳しい試練にさらされる女たち以外は。

こう言えばじゅうぶんだろう。それまで頭のなかでしか芝居をしたことはなかったもののイプセン劇の女たちの表現については天性の才を持っているように思える人間として、ミス・フロストは明らかに「読み合わせ」に伴うすべてに精通していたのだ——そしてエレイン・ハドリーと私にとってはこれ以上ない支えだった。

最初はどうもやりにくかった——ミス・フロストのベッドにエレインと身を落ち着けるのは。マットレスはただのクイーンサイズだったが、真鍮のベッド枠は高めだった。エレインと並んで座ると(ちょっとしゃちこばって)、私たちの足は床に届かなかった。だが、寝転んで腹ばいになると、互いの顔を見るのに身をよじらねばならない。ヘッドボード(あの刑務所の鉄格子のような真鍮レールの)に枕をもたせかけてやっと、体を横向きにして寝そべって顔を見合わせながらセリフを読み上げることができるようになった——互いの体のあいだに台本を広げてそれを見ながら。

「わたしたち、なんだか老夫婦って感じ」とエレインが言った。私もとうに同じことを考えていた。

ミス・フロストの雪嵐用の部屋で過ごした最初の夕べ、エレインは眠ってしまった。彼女が私より早く起きねばならないことを私は知っていた。エズラフォールズまでバスで行くためだ。彼女はいつも疲れていた。ミス・フロストがドアをノックすると、エレインはびくっとした。彼女は私の首に両腕を巻きつけ、ミス・フロストがあの小さな部屋に入ってきたときもまだぎゅっとしがみついていた。こんな艶かしい状況ではあったが、ミス・フロストは私たちがいちゃついていたとは思わなかったのではないか。エレインと私は明らかにネッキングしていたようには見えず、ミス・フロストは「もうそろそろ図書館を閉める時間なんだけど。シェークスピアだって家に帰って寝なくちゃならないわよ」と言っただけだった。

芝居にかかわったことのある人なら誰でも知っていることだが、緊張を強いられる幾多の稽古や果てしない暗記のあとは——つまり、自分のセリフが本当に入ってくると——シェークスピアにさえ終わりは来るのだ。私たちは『テンペスト』の上演を四回行った。私はどの回でもライエストをファイネストと同じように発音することができたが、初日の夜にはもう少しで「最高の胸《ファイネスト・ブレスト》」というところだった。観客のなかに見事な装いのキトリッジの母親を見かけたと思ったせいだった――結局、幕間にキトリッジから勘違いだと知らされることになったのだが。その女性は彼の母親ではなかったのだ。

「お前が僕の母親だと思ってる女はパリにいる」とキトリッジは尊大な口ぶりで告げた。

「ああ」

「きっとお前は、服に金をかけすぎのべつの中年女を見かけたんだろう」とキトリッジは言った。

「君のお母さんはすごく美人だね」と私は返した。心底そう思って、できるだけ愛想のいい口調で言ったのだ。

「お前の母親のほうがホットだ」キトリッジは淡々と言った。彼の言葉には皮肉は微塵も感じられなかったし、思わせぶりなところも少しもなかった。自分の母親（というか、自分の母親ではない女）はパリにいると言ったのと同じ事実に即した言い方だった。たちまち、キトリッジが使った意味でのホットという言葉はフェイ・ヴァリット・リヴァーで大流行りする。

そのあと、私はエレインから「何やってるのよ、ビリー――あいつと友だちになるつもり？」と言われることとなった。

エレインのミランダは素晴らしかったが、初日の夜は彼女の最高の演技とは言えなかった。プロンプターにセリフを教えてもらわねばならなかったのだ。多分、私のせいだ。

「良い子宮も悪い子を産みます」とミランダは父親に言う――プロスペローの弟アントニオについて。たぶん私は良い子宮という概念についてエレインにしゃべりすぎたのだ。私はエレインに、実の父親に関する自分の考えを話したのだ――自分の悪く思えるところはすべて暗号ボーイの、あの軍曹の遺伝子の（母親のではなく）せいにしてきたということを。あの頃、私はなおも母をこの世における良い子宮のひとつに数えていた。母は決まり悪くなるほど誘惑されやすい——エレインに母のことを説明するのに私はまさにこの言葉を使った——かもしれないが、メアリ・マーシャル・ディーンないしアボットは本質的にいかなる悪行とも無縁だった。母はもしかすると騙されやすいのかもしれない、ときどき頭の回転が悪い——馬鹿という言葉の代わりに私はエレインにこう言った——ことがあるかもしれないが、決して「悪い」人間ではなかった。

実を言えば、滑稽なことに私は子宮《ウームズ》（wombs）という言葉を発音できなかった——単数のウームでさえ。エレインと二人で、私がbの文字に手こずらされるのを笑ったものだ。

「それは発音しないbでしょ、ビリー！」エレインは叫ぶ。「そのbは発音しないの！」

本人の私にとってさえ滑稽だった。私が子宮《ウーム》（あるいは複数のウームズ）なんて言葉になんの用があるというのだ？

だが、きっとこのせいで初日の夜、エレインの頭には母親《マムズ》という言葉があったのだ——「良い母親《マムズ》も悪い子を産みます」、エレイン（ミランダ役の）は危うくそう言いかけた。マムズという言葉が出てきそうなのが聞こえたのだろう、彼女は「良い——」のすぐあとで自分を押しとどめた。それからどの役者も恐れるものが続いた。失敗の証拠となる沈黙だ。

「ウームズ」と私の母が囁いた。母はプロンプターらしい完璧な囁き声を発した——ほとんど聞き取れないのだ。

「ウームズ！」とエレイン・ハドリーは叫んだ。リチャード（プロスペロー役の）は飛び上がった。

「良い子宮も悪い子を産みます！」ミランダは役に戻って、過剰なほど力を込めて言った。こんなことはその後二度と起こらなかった。

当然のことながら、エレインはこれについてキトリッジから何か言われることとなった——初日の公演が終わってから。

「ウームズという言葉を練習したほうがよさそうだな、ナポリ」と彼はエレインに言った。「この言葉は君の神経を高ぶらせるのかもしれない。『女性は誰でも子宮《ウーム》を持っている——わたしだって子宮《ウーム》を持ってる。子宮《ウームズ》なんてどうってことない』って自分に言い聞かせてみたらいいよ。僕もいっしょに言ってみてもいいよ——それが役に立つならさ。ほら、僕が『ウーム』って言うと、君が『ウームズなんてどうってことない』って言うんだ、でなきゃ僕が『ウームズ』って言うと、君が『わたしにもあるわ！』とか——そういった感じで」

「ありがとう、キトリッジ」とエレインは答えた。「どうもご親切に」彼女は下唇を嚙んでいたが、彼への思いが募り、しかもそんな自分が嫌でたまらないときだけそうするのを私は知っていた（私もそういう気持ちには馴染みがあった）。

それから、芝居絡みでかくも密接な関係でいた数ヶ月のあと突然に、私たちのキトリッジとの接触は終わってしまった。エレインと私は意気消沈した。リチャードは私たちに、芝居のあと役者を襲うことがある産後鬱について話そうとした。「わたしたちが『テンペスト』を産んだわけじゃないわ」エレインは苛立たしげに言った。「シェークスピアが産んだのよ！」

私の気持ちを厳密に言えば、ミス・フロストの真鍮のベッドで読み合わせをした一時も恋しかったが、このことをエレインに打ち明けると、「どうして？　わたしたち、べつにいちゃついたりしたわけでもないのに」と言われた。

私は、そういうふうにではないにせよ、ますますエレインが好きになっていたが、友だちを元気づけようとあせっているときは、友だちに掛ける言葉には気をつけないといけない。

「君といちゃつきたいと思ってなかったってわけじゃないよ」と私は言ったのだ。

冬学期が始まった土曜の夜で、私たちはエレインの寝室にいた——ドアを開けて。これは一九六〇年の正月のことだったのではないか、私たちの年齢は変わっていなかったが。私はまだ十七で、エレインは十六だった。その日はフェイヴォリット・リヴァー学院の映画の夕べで、エレインの寝室の窓から、新しい玉ねぎ型の体育館のなかで映写機の光がちかちかするのが見えた。新体育館は——エレインと私が冬の週末によくキトリッジのレスリングを見物していた——古い体育館に附設されていた。その週末は、レスリングはなかった。レスラーたちは出払っていた、ここより南のどこか——たぶんマウントハーモンか、あるいはルーミス——で試合をしていたのだ。

チームのバスが戻ってきたら、エレインと私はその様子を五階の彼女の寝室の窓から眺められるだろう。冬の寒さのなか、窓がすべて閉まっていても、大声をあげる少年たちの喧騒は寄宿舎の中庭に響き渡る。レスラーも他の運動選手たちも用具一式をバスから新しい体育館へ運ぶ。ロッカーとシャワーがあるのだ。映画がまだ上映されていれば、運動選手の何人かはそのまま体育館で映画の最後の部分を観る。

だがその土曜の夜は西部劇が上映されていた。西部劇の初めを見ないで終わりを観るのは馬鹿だけだ——終わりはどれも同じなのだった（撃ち合いがあり、予想通りの報いが下る）。エレインと私はキトリッジがそのまま体育館で西部劇の終わりの部分を見るかどうか賭けをしていた——つまり、映画が終わるまえにレスリング部のバスが戻ってきたら、ということだ。

「キトリッジは馬鹿じゃないわ」とエレインは言っていた。「体育館でうだうだ馬《ホース》オペラの最後の十五分間を見たりしないわよ（エレインは西部劇を評価しておらず、『ホース・オペラ』と呼ぶのは優しい気持ちのときだけだった。『男のプロパガンダ』と呼ぶほうがずっと多かった）」

「キトリッジは運動選手《ジョック》だ——他のジョックたちといっしょに体育館でうだうだするさ」と私は言っ

た。「どんな映画かは問題じゃないんだ」

遠征のあと体育館でうだうだしないジョックたちは遠くまで行く必要はなかった。ジョックの寄宿舎はティリーと呼ばれていて、体育館に隣接したレンガ造りで五階建ての長方形の建物だった。どんな馬鹿げた理由があるのか、ジョックたちは体育館からティリーまで走ったり歩いたりして行くときはいつも、寄宿舎の中庭でわあわあはしゃいでいた。

ミスター・ハドリーとその不器量な妻マーサは外出していた。リチャードや私の母といっしょに出かけていたのだ――特にエズラフォールズで外国映画がかかっているときには、こんなふうによく連れ立って出かけた。エズラフォールズの映画館の看板には映画が字幕つきの場合は大文字で「SUBTITLES」と記される。これは字幕を読みたがらない（あるいは読めない）ヴァーモントの地元民に注意を促しているだけではなく、別種の警告をも意味していた――すなわち、外国映画には多くのヴァーモント地元民が慣れている以上の性的な内容がともすると含まれている、ということを。

母やリチャードやハドリー夫婦がそういった字幕付きの映画を観にエズラフォールズへ行くときには、エレインと私は通常誘われなかった。したがって、親たちがセックス映画を見に出かけているあいだ、エレインと私は二人だけになった――彼女の寝室か、もしくは私の寝室で、必ずドアは開けたままにして。

エレインはフェイヴォリット・リヴァーの体育館での映画の夕べには参加しなかった――西部劇ではないものが上映されているときでも。映画の夕べのときの学院の体育館の雰囲気はあまりに男子校っぽくて、エレインの気に入らなかったのだ。一定年齢の教員の娘たちには、あの若い男性ばかりの環境はあまり居心地のいいものではなかった。意図的な放屁や、それよりはるかにひどい無作法な仕草が見られた。エレインは、もしも学院の体育館における映画の夕べで外国のセックス映画が上映されたら、男子生徒のなかにはバスケのコートでシゴく者が出るだろうと推測してみせた。

エレインと私はたいていは、二人だけになったときには私の寝室よりも彼女の寝室を好んだ。寄宿舎棟の五階にあるハドリー家の住まいのほうが中庭がよく見渡せたのだ。リチャードと母の住まい、そして私の寝室は、三階にあった。私たちの住む寄宿舎棟はバンクロフト棟と呼ばれていて、遥か昔に死んでいるフェイヴォリット・リヴァーの名誉教授、老バンクロフトの胸像が一階の共有スペース——モク部屋、と呼ばれていた——にあった。バンクロフトは（というか、少なくとも彼の胸像は）禿げていて、眉毛はもじゃもじゃだった。

私はフェイヴォリット・リヴァー学院の歴史を学びつつあった。実物のバンクロフト教授の写真に遭遇したことがある。かつての彼は若い教員だったが、その写真——頭に髪がふさふさだった頃——を学院の図書館のあのずっと昔のイヤーブックのなかで見つけたのだ（他人の過去を推測するものではない。なんらかの証拠を見ない限り、その人の過去は未知のままなのだ）。

私といっしょにイヤーブックの部屋へ行っても、私を魅了する古いイヤーブックにエレインはほとんど関心を示さなかった。私は第一次世界大戦をなんとか少しずつ進んでいたが、エレイン・ハドリーは同時代のイヤーブックから見始めた。まだ在籍中の、あるいは最近卒業したばかりの少年たちの写真を見るのを彼女は好んだ。私たちの進み具合からすると、エレインと私の見積りでは、第二次大戦初期——あるいはあの戦争の直前かもしれない——の段階で同じイヤーブックにたどり着きそうだった。

「ほら、この人ハンサム」イヤーブックの写真のあちこちで気に入った少年を見つけるとエレインは言う。

「見せて」と私は応じる——ずっと彼女の忠実な友人ではあったものの、私はまだ自分をさらけ出してはいなかった（私たちの若い男性の好みはどこか似ていた）。

じつはエレインといちゃつきたかったのだ、みたいなことをよくもまあ言ったものだ。これは善意の嘘だったが、私はまた彼女をごまかそうともしていたのかもしれない。ドクター・ハーロウとドクター・グラウが「積極的に」治療しようとしていたかの同性愛的思慕に私が溺れていると、エレインがなんとなく感づくのではないかと心配だったのかもしれない。

最初、エレインは私の言葉を信じなかった。「なんて言った？」と彼女は問い返した。私たちは彼女のベッドの上でごろごろしていた――性的な雰囲気は一切なく。エレインのラジオでロック専門局の放送を聴きながら彼女の住まいである五階の窓から外をじっと眺めていた私たちは、退屈していた。チームのバスの帰校は私たちにはどうでもいいことだった。とはいえ、この「どうでもいいこと」は、キトリッジがまたぞろ自由に中庭をうろつきまわるということを意味するのではあったが。

エレインの部屋の窓辺にはダークブルーのシェードのついたスタンドがあった。スタンドのシェードはコーラの瓶ほどの厚みがあるガラス製だった。バンクロフト棟の五階の窓のダークブルーの光はエレインの寝室から差しているのを、キトリッジは知っていた。『テンペスト』を一緒にやって以来、キトリッジは時折エレインの寝室のあのブルーの光に向かってセレナーデを歌った。光は寄宿舎の中庭のどこからでも見えるのだ――ジョックの寄宿舎であるティリーからでも。イヤーブックの部屋で教員の写真を見たなかには、まだティリー教授は見当たらなかった。ティリーがフェイヴォリット・リヴァーの名誉教授なのだとしたら、ずっと昔――老バンクロフトが高笑いしていた時代――ではなくもっと現代に近い時点で教えていたに違いない。

キトリッジのたまさかのセレナーデがエレインにどれほどの意味を持っていたか、私は気づいていなかった。それは無論からかうような調子のもので――エレインの説明によると、「シェークスピア風の言い回し」だった。とはいえ、エレインがよくあのダークブルーのスタンドをつけたまま寝ているのを私は知っていた——そして、キトリッジがセレナーデを歌ってくれないと、彼女ががっかりすることも。

　エレイン・ハドリーのダークブルーの寝室で二人だけでぼんやりと待ちながらラジオのロックを聴いているという、この雰囲気のなかへ、私は、自分が彼女といちゃつくことを望んでいる、などという話を持ち出したのだった。べつに悪い考えだったわけではない。ただ、真実ではなかった。エレインの当初の反応がとても信じられないというものだったのは、驚くにあたらない。

「なんて言った？」と我が友人エレインは訊ねた。

「僕たちの友情にひびを入れるおそれがあるようなことはしたくないし、言いたくもないんだ」と私は答えた。

「わたしといちゃつきたいの？」とエレインは訊ねた。

「うん——ちょっとだけ」と私。

「ええっと……挿入はなしで、つまりそういうこと？」と彼女は訊いた。

「ええっと……うん、そういうこと」と私は答えた。エレインは私が挿入《ペネトレイション》という言葉にちょっと躓くことを知っていた。私が構音障害を起すことのある名詞のひとつだったのだが、すぐにそれを克服することとなった。

「言ってみなさいよ、ビリー」とエレインは命じた。

「ええっと……行くところまで行くこと」と私は言った。

「だけど、いちゃつくって、正確にはどういうことがしたいの？」と彼女は訊ねた。

私は彼女のベッドにうつ伏せになって、頭を枕の下に埋めた。これは彼女には我慢ならなかったに違いない、彼女は私の腰にまたがると、腰背部に座り込んだ。首筋の後ろに彼女の呼気が当たる。彼女は私の耳に鼻をすりつけた。「キスしたり？」と彼女は囁いた。「触ったり？」

「うん」私はくぐもった声で答えた。

エレインは私の頭から枕を引っぺがした。「どこに触るのよ？」と彼女は問いかけた。

「さあ」と私。

「ぜんぶは駄目よ」エレインは言った。

「しないよ！　ぜったいに」と私。

「おっぱいは触ってもいいわ」と彼女は言った。「どっちみち、わたしにはおっぱいなんかないし」

「いや、ちゃんとあるよ」と私は言った。彼女のその部分には何かがあったし、確かに彼女のおっぱいには触りたいと思っていた（じつを言うと、あらゆるおっぱいに触りたいと思っていた、とりわけ小さいやつには）。

エレインは私と並んでベッドに横になり、私は彼女の顔が見えるよう横向きになった。「わたしにそそられて固くなる？」と彼女は訊ねた。

「うん」私は嘘をついた。

「まったく――この部屋、いつもやたら暑いんだから！」彼女はとつぜん叫んで上体を起こした。外の気温が下がれば下がるほど、あの古い寄宿舎棟のなかは暑くなった――そして、上の階へ行くほどなおさら暑いのだった。就寝時、あるいは消灯後、学生たちはいつも窓をほんのわずかばかり開けてちょっと冷たい空気を入れるようにしていたが、古めかしいラジエーターはどんどん部屋の温度を上げ続けるのだ。

エレインは男物のワイシャツを着ていた――白のボタンダウンだが、彼女は襟のボタンを留めることはなく、それに上のボタンふたつはいつも掛けないままだった。今や彼女はそのシャツの裾をジーンズから引っ張り出していた。親指と人差し指でシャツをつまんで棒のような細い体から離し、胸に息を吹き込んで体を冷やした。

「もう勃ってる？」と彼女は私に訊いた。窓を少し開けると、彼女は私と並んでベッドに寝そべった。

「いや――きっと緊張しすぎてるんだ」と私は答えた。

「緊張なんかしないでよ。ただキスしたり触ったりするだけよ、いいわね？」エレインは言った。

「いいよ」と私。

　僅かにあいた窓からカミソリの刃のような冷たい風が吹き込むのを感じたときに、エレインが私にキスした。控えめに唇にちょっと触れるだけのものだったが、私同様彼女もつまらなく思ったに違いない――こう言ったのだから。「舌はオッケーよ。フレンチキスは構わないから」

　つぎのキスはもっとずっと味わい深かった――舌はすべてを変えてしまう。フレンチキスは弾みがつくのだ。エレインも私もどうすればいいのか慣れていなかった。気持ちを紛らわそうとしてのことだったのだろうが、私は気まぐれな父親が誰か他の人とキスしているのを母が目撃したことを思い返した。フレンチキスには気まぐれなところがある、と思ったのを覚えている。エレインも気を紛らわせる必要があったに違いない。彼女はキスから身をもぎ離すと、息を切らせながら言った。「エヴァリー・ブラザーズはもうたくさん！」ロックンロールの局から何が流れているのか私は気づいていなかったのだが、エレインは体を転がして私から離れ、ナイトテーブルに手を伸ばしてラジオを消した。「わたしたちの呼吸が聞こえるほうがいいもの」エレインはそう言って、また私の腕のなかへ転がりこんできた。

　そうだ、と私は思った――誰かとフレンチキスをしていると、呼吸の仕方ががらっと変わる。私は彼女の裾をたくしこまないままのシャツをまくり上げると、おそるおそる裸の腹に触った。彼女は私のその手を胸へと滑らせた――うんまあ、ともかくもブラの方へと――が、それは柔らかくて小さくて私の掌に楽々と収まった。

「これって……練習用ブラ？」と私は訊ねた。

「パッド入りブラよ」とエレインは答えた。「練習用かどうかは知らないけど」

「素敵な触り心地だ」と私は言った。嘘ではなかった。練習という言葉によって何かの引き金が引かれていたが、自分の手に収まっているものがなんなのか、はっきりとはわからなかった（つまり、この感触のどれだけが彼女の乳房なのかということだ――それともほとんどがブラなんだろうか？）。

二人の将来の関係を予告するかのように、エレインは私の心を読みとったに違いない、こう――いつものように大きなはっきりした声で――言ったのだから。「おっぱいよりは詰め物のほうが多いわよ、本当のところが知りたいならね、ビリー。ほら、見せたげる」と彼女は言った。上体を起こした彼女は、白いシャツのボタンを外し、するりと肩から落とした。

それは綺麗なブラで、白というより真珠色に近く、外そうと彼女が後ろへ手を回すと、ブラが伸びるように見えた。小さな先の尖った乳房がちらっとだけ見えたかと思うと、彼女はシャツをまた着込んでしまった。彼女の乳首はどの男の子のものよりも大きく、乳首の周りのあの黒ずんだ色の輪――乳輪《アリーアリー》、これまた発音できない複数形だ！――がほぼ乳房なのだった。だが、エレインがシャツのボタンを留めている一方で、私の関心を惹いたのは彼女のブラ――今やベッドの、私たちのあいだにある――だった。私はそれを手に取った。柔らかい、乳房の形をしたパッドが絹のような布地に縫い付けられている。自分でも驚いたことに、私はすぐさまそれを身に着けてみたくなった――ブラを着けたらどんな感じか知りたいと思ったのだ。だが、我が友エレインに隠していたあの他の望みについてと同様、この気持ちに対しても私は正直にはならなかった。

　普通ということからほんの僅か逸脱するだけで、彼女との築かれ始めている関係のなかで境界線が崩れていくのがわかった。いつものように、エレインは男物のシャツの上二つのボタンは留めないままだったが、このときはいちばん下のボタンも留めなかった。私の手はさっきより楽に、たくしこまれていない彼女のシャツの下へ潜り込んだ。掌に完全に包み込まれたのは、本物（どれほど小さかろうと）だった。

「ねえビリー、あなたのことはわからないけど」横になったままひとつの枕にいっしょに頭を載せて向き合ったとき、エレインは言った。「でもね、初めて男の子に胸を触られるのって、もっとずっとふしだらな感じなんじゃないかといつも想像してたの」

「ふしだら」と私は繰り返した。私は曖昧にごまかそうとしていたに違いない。

　私たちの治療可能な病についての、男子生徒たちに向けたドクター・ハーロウによる毎年の朝の講話のことを私は思い出していた。あの「ほかの男子あるいは成人男性に対する好ましからざる性的関心」がこの疑わしげな治療可能カテゴリーに当てはまるのだということを思い起こしていた。

　毎年のドクター・グラウ――「ヘル・ドクトル」グラウ、私たち男子生徒はフェイヴォリット・リヴァーの学校指定精神科医をそう呼んでいた――による朝の講話のことを私は心の底に押し込めていたに違いない。ドクター・グラウは私たち相手に毎年同じ馬鹿げた熱弁をふるった――私たちは皆発達停止の年頃にある、「凍りついている」とヘル・ドクトルは言うのだった、「琥珀のなかの虫のように」（私たち男子の怯えた表情を見れば、琥珀のなかの虫などというものを全員見たことがある――さらに言えばそれが何なのか知っている――わけではないということがわかった）。「君たちは多形倒錯の段階にある」とドクター・グラウはきっぱりと言った。「この段階においては、君たちが幼児的性指向を示すのはごく自然なことで、その場合、性器はまだ唯一の、あるいは主要な性的器官としては認識されていない（「だが、僕たちの性器についてのかくも明白な事実を認識できないなんてことがどうしてあり得るのだろう？」と私たち男子は驚いた）」「この段階では」とヘル・ドクトル・グラウは続けた。「性交は必ずしも性的活動のはっきりしたゴールではない（「じゃあどうして僕たちは絶えず性交のことを考えてるんだ？」と、僕たち男子は不安な気持ちで思った）」「君たちは前性器期リビドー固着を目下経験している」と老グラウは、あたかもこの言葉で幾分安心させるかのように私たちに告げた（彼は学院でドイツ語も教えていたが、同じく分かりにくい教え方だった）。「こういった固着については、私のところへ話しに来るように」老いたオーストリア人はいつもそう締めくくった（フェイヴォリット・リヴァーの私の知っている男子でそのような固着を抱いていると認める者はひとりもいなかった。私の知っているなかでは、なんであれドクター・グラウに話す者などひとりもいなかった！）。

　リチャード・アボットは、私や『テンペスト』のキャストにエアリエルの性は「多様な形を持つ――器官的にどうこうというよりはむしろ装いの問題だ」と話した。この言葉をもとに、リチャードはのちに私の演じる役の性は「不定」であると結論を下し、私は自分の（そしてエアリエルの）性的指向についていっそう混乱してしまった。

　だが、ドクター・グラウが朝会でくどくど（くどくど）まくし立てた「琥珀のなかの虫」という「多形倒錯の段階」とかいったたわごとと似たようなことを言いたいのかとリチャードに訊ねると、リチャードは何の関係もないときっぱり否定したのだった。

「グラウ爺さんの言うことなんて誰も耳を貸さないよ、ビル」とリチャードは言った。「君も気にするんじゃない」

賢い助言だ——だが、ドクター・グラウの言うことを気にかけないでいることはできるものの、私たち男子生徒は彼の話を聞かねばならなかった。そして、エレインと並んで横たわり、手は彼女の乳房に直に触れ、またも舌を絡ませ合いながら互いに対するつぎなる性愛行動はなんだろうとついつい想像していると、自分が勃起しかけていることに私は気づいた。

口と口を押し付け合ったままで、エレインはなんとか質問を発した。「もう勃ってきた？」確かに、勃ってきていたし、もうという言葉がうんと強かったことでエレインがじりじりしているのもわかっていたが、私はひどく混乱していて何が自分の勃起を引き起こしているのかよくわからなかった。

確かに、フレンチキスは刺激的だったし、それに（今でもなお）女性の乳房に直に触れれば無頓着ではいられない。しかし、思うに、私が勃起し始めたのはエレインのパッド入りのブラを身に着けることを想像してからなのだ。あのとき私は、ドクター・グラウが私たち男子生徒に警告した「幼児的性指向」を示してはいなかっただろうか？

だが、舌を絡め合うさなかに私がエレインに言ったのは、押し殺した声音の「うん！」だけだった。今回、エレインは身をもぎ離すときに、慌てていて私の下唇を嚙んだ。「あなた、ほんとにカチカチよ」エレインは真剣な面持ちで言った。

「うん、ほんとにそうだ」と私は認めた。自分の下唇を触って、血が出ていないか確かめた（私はあたりを見回して彼女のブラを探した）。

「わあやだ——わたし、そんなの見たくない！」とエレインは叫んだ。これまた私を性的に狼狽えさせた。勃起しているところを見せようかなんて言った覚えはないのに！　彼女に見られたくなんかなかった。じつのところ、彼女に見られたら恥ずかしかっただろう。たぶん彼女はがっかりするんじゃないか、あるいは笑う（それとも嘔吐する）んじゃないかと思ったのだ。

「触るだけならいいかも」エレインはさっきよりは配慮を見せて言った。「あなたのカチカチになったのに直にって意味じゃないわよ！」と彼女は慌てて付け加えた。「ちょっと触れるだけならいいかも――つまりその、服の上からね」

「そうだね――いいんじゃない？」私はできるだけ気軽な調子で答えたが、初体験でこんなふうにやたら駆け引きばかりって人は他にもいるんだろうかと（何年ものあいだ）思うこととなった。

　フェイヴォリット・リヴァー学院の男子生徒たちはジーンズの着用を許可されていなかった。ダンガリー、と当時私たちが呼んでいたそれは、上着とネクタイの着用が義務付けられている教室や食堂では許されていなかった。たいていの少年たちはカーキズボンか――冬のあいだは――フランネルかコーデュロイのズボンを穿いていた。この一月の土曜の夜、私はコーデュロイのゆったりしたズボンを身につけていた。なかで勃起しているときには具合のいいズボンだったが、私はジョッキー（下着メーカー）のブリーフも穿いていて、そちらはどんどん違和感が増していた。一九六〇年のヴァーモントで買える男性用下着はたぶんそれしかなかったのだろう――ジョッキーの白いブリーフしか（どうなのだろう。当時は、私の着るものはまだぜんぶ母が買っていた）。

　体育館でキトリッジの下着を見たことがあった――ブルーの綿のボクサーショーツ、ブルーのワイシャツの色だった。たぶんあのフランス人の母親がパリかニューヨークで買ってきたのだろう。「あの女、あいつの母親に間違いないわよ」とエレインは言っていた。「キトリッジ本人だっておかしくないもの、あの胸がなければね――あの女、そういうボクサーショーツはどこで売ってるのか知ってるんでしょうね」そしてキトリッジのブルーのボクサーショーツはプレスされていた。これはべつにキトリッジが気取っているわけではなく、学院の洗濯屋が何もかもプレスするからだ――ズボンやワイシャツだけでなく、下着や、それになんと靴下まで（このことはドクター・ハーロウとドクター・

グラウの助言に対するものとほぼ匹敵するくらいの嘲りを込めて話題にされていた)。

このような社会的背景があったものの、エレイン・ハドリー(あるいは彼女のブラ)によってもたらされた初めての勃起はぴったりしたジョッキーのブリーフのなかで硬度を増し、「刺激されて」カチカチになっているものへの血液の循環が阻害されそうになっていた。エレインは——私が思いもよらなかった積極性を発揮して——いきなり、私たち男子が自分のクソ忌々しい性的器官であると「まだ認識していない」とドクター・グラウが語ったまさにその性器に手を置いた! 自分の「唯一の、あるいは主要な性的器官」がどれであり、またどこにあるのかということについて私にはなんの疑問もなく、エレインにそれを摑まれたときにはたじろいだ。

「わあ……これ……やだ!」エレインは叫び、ちょっとの間、彼女の側の耳が聞こえなくなった。

「こんなのがあるってどんななんだか、想像がつかない!」

これまた性的に困惑させられた。エレインは、ペニスが自分のなかに入ったらどんな感じなのか想像できないと言いたかったのだろうか、それともエレインは、自分が男の子で自分のペニスを持っているとしたら、なんて想像することはできない、という意味で言ったのだろうか? 私は訊ねなかった。彼女が少なからぬ強さで握っていた手から睾丸を解放してくれたのでほっとしたのだが、エレインはペニスは離さず、私は彼女の乳房をまさぐり続けた。たとえ私たちがフレンチキスを止めた時点で再開していたとしても、前述の「弾みのついた勢い」がどういうところへ向かっていたかはわからないが、じつのところ、私たちはまたキスを始めたばかりだった——最初はおずおずと、舌先だけをくっつけ合って。私はエレインが目を閉じているのを観察して自分も目を閉じた。

かくして私は、エレイン・ハドリーの胸を触りながら、同じように好きにさせてくれているミス・フロストを愛撫しているつもりになることができるのを発見したのだ(ミス・フロストの胸はエレインよりも僅かに大きいだけだろう、と私はずっと想像していた)。目を閉じると、ペニスをぎゅっと握りしめているエレインの小さな手が、じつはミス・フロストのもっとずっと大きな手なのだと想像することさえできた――その場合、ミス・フロストは自分を抑えていたに違いない。そして、フレンチキスが活発になると――エレインも私もすぐに息を切らした――私の舌を押しているのはミス・フロストの長い舌なのだ、私たちはファーストシスター公立図書館の地下にある彼女の隠れ家の真鍮のベッドの上で絡み合っているのだと空想にふけった。

戻ってきた最初の遠征チームのバスの排気ガスが五階のエレインの部屋の僅かに開けてある窓に到達すると、ミス・フロストの元石炭置き場だった寝室の横にある石油暖房炉の臭いがするのだと思ってみた。目を開けるとき、ミス・フロストと顔をつき合わせるのを半ば期待していたのだが、そこには代わりに我が友エレイン・ハドリーの固く目を閉じた顔があった。

ずっとミス・フロストのことを想像しながら、私はエレインも空想にふけっているのかもしれないなどとは思いもしなかった。当然のことながら、彼女がなんとか私の口のなかで発した、彼女が呟いた名前は、「キトリッジ!」だった(エレインは戻ってきた遠征チームのバスの排気ガスを正しく認識していたのだ。あれはレスリング部のバスだろうかと彼女は考えていた、私がミス・フロストを思い描いていたあいだ、彼女はキトリッジを想像していたのだから)。

エレインの目は今や大きく見開かれていた。彼女同様、私もうしろめたい表情だったに違いない。私のペニスがどくんと脈打った。私が脈動を感じるとしたら、エレインにも感じられるはずだった。

「あなたの心臓が鼓動してるわ、ビリー」と彼女は言った。

「それは僕の心臓じゃないよ」と私は教えた。

「あら、そうよ――あなたの心臓がペニスで鼓動してるの」とエレインは言った。「男の子の心臓ってみんなあそこで鼓動するの？」

「他の男の子のことはなんとも言えないよ」と私は答えた。だが彼女はペニスを放し、体を転がして私から離れていた。

ディーゼルエンジンをかけたままで体育館に停っているバスは一台ではなかった。映写機のちらちらする光はまだバスケのコートで瞬いていて、戻ってきた運動選手《ジョック》たちの意味のない叫びや喚声が寄宿舎の中庭に響き渡っていた――レスリング部員もそのなかにいるのかもしれないし、いないのかもしれなかった。

エレインは今や窓の下枠に額をくっつけんばかりにしてベッドに横たわっていた。窓の隙間から入ってくる冷気でもっとも寒い場所だ。「あなたにキスして、あなたのペニスを握って、あなたにおっぱいを触られながら、わたしはキトリッジのことを考えていたの――あのろくでなしのことを」とエレインは言った。

「わかってる――いいんだ」私は答えた。彼女がどれほど忠実で誠実な友であるかはわかっていた、しかし――それでもなお――私はミス・フロストのことを思っていたのだと彼女に打ち明けることはできなかった。

「いや、よくないわ」エレインは泣いていた。

エレインはベッドの足元のほうで横向きになって窓を向き、私はその後ろに寝そべって胸を彼女の背中にくっつけていた。そんなふうにしていると彼女の首筋の後ろにキスできたし、それに（片方の手で）たくしこまれていないシャツの下の乳房を触ることもできた。ペニスの鼓動はまだどくんどくんと続いていた。彼女のジーンズを通して、私のコーデュロイのズボンを通して、エレインにペニスの脈動が感知できるとは思えなかった。いくら私が彼女に体を押し付け、彼女は小さな尻を私に向かって突き出しているとはいっても。

エレインは少年のように尻がなく、腰もとりたてて張り出してはいなかった。彼女は男物のダンガリーを穿いていて（男物のシャツに合わせて）、そして彼女の首筋や湿った髪にキスしながら、私は突然、エレインは実際匂いも男の子みたいだ、と思った。あれこれあって、彼女は汗をかいていたのだ。彼女は香水もつけず、どんな化粧もせず、口紅さえつけておらず、そして私はこうして彼女の男の子みたいな尻に自分自身を擦りつけていたのだった。

「まだ硬いままなのね？」と彼女は訊ねた。

「うん」彼女に擦りつけるのを止められないのが恥ずかしかったが、エレインは自分の尻を動かしていた。彼女も私に体を擦りつけていたのだ。

「いいのよ——そうしていても」とエレインは言った。

「いや、よくないよ」と私は答えたが、エレインの口調——ほんのちょっとまえに彼女が私に同じことを言ったときの——に込められていたような確かさは欠けていた（私が言いたかったのはもちろん、私もキトリッジのことを考えていたということだった）。

ミス・フロストは大柄な女性だ。肩幅が広いし、それに腰も幅がある。ミス・フロストは少年の尻を持ってはいなかった。幾ら想像を広げたところで、声を殺して泣いているエレイン・ハドリーに自分自身を擦りつけながらミス・フロストを思い描くのは無理だった。

「いや、ほんとに、いいのよ——わたしもこうしていたいんだもん」エレインが低くそう言ったときだった、中庭から呼びかけるキトリッジの声が私たち二人の耳に聞こえたのだ。

「我が麗しのナポリ——燃えているのは君のブルーの灯火なのかい？」とキトリッジは大声で言った。

エレインの体が強ばるのが感じられた。中庭では他の少年たちの声もした——ジョックの寄宿舎、ティリーのあたりで——が、キトリッジの声だけがはっきりと際立っていた。

「あいつは西部劇の終わりのほうなんか見ないって言ったでしょ——あのろくでなしは」とエレインは囁いた。

「おおナポリよ——君のブルーの灯火は僕のための目印なのかい？」とキトリッジは呼ばわった。

「ナポリ、君はまだ処女なのか、それとももう処女じゃないのかい？」彼は叫んだ（あるとき私は、キトリッジは骨の髄までシェークスピアまがい——一種のえせシェークスピア——なのだと悟ることとなる）。

エレインはすすり泣きながら手を伸ばしてダークブルーのシェードのついたスタンドを消した。また私に体を押し付けてきたとき、すすり泣きは大きくなっていた。彼女は私に体を擦り付けながら唸った。すすり泣きと唸りは奇妙に混じり合い、犬が夢を見ているときのくんくんいう声に似ていなくもなかった。

「あんなやつのこと、気にするなよ、エレイン——あんなくそったれ野郎」私は彼女の耳元で囁いた。

「しーっ！」と彼女は制した。「しゃべっちゃ駄目」押し殺したような泣き声の合間に、彼女は息を弾ませて言った。

「君なのか、ナポリ？」キトリッジが呼びかけた。「こんなに早く明かりを消すの？　ひとりで寝るのか、ああなんたること！」

私のワイシャツはコーデュロイのズボンから引っ張り出されていた。きっとひっきりなしに擦りつけていたせいだろう。シャツはブルーだった——キトリッジのボクサーショーツと同じ色だ、と私は思った。エレインはうめき始めた。「そのまま続けて！　もっと強く！」と彼女はうめいた。「そうよ！　そんなふうに——頼むから、止めないで！」彼女は大声で叫んだ。

開いた窓から入ってくるカミソリのように冷たい空気のなかに彼女の吐く息が見えた。ずいぶん長く思えるあいだ、私は彼女に体を擦りつけていたが、そのうち自分が言っていることに気がついた。「こんなふうに？」と私は彼女に問いかけ続けていたのだ。「こんなふうに？」（しゃべっちゃ駄目、とエレインは要求していたが、私たちの声は寄宿舎の中庭まで流れていた——戻ってきた遠征チームのバスがまだ荷物を下ろしていたティリーと体育館のところまで）

映写機のちかちかする光は消えていた。バスケットボール・コートの窓は暗くなっていた。西部劇は終わったのだ。撃ち合いの硝煙は散ってしまった——同様に、フェイヴォリット・リヴァーの男子生徒たちも散り散りに自分の寄宿舎へ戻ってしまったが、キトリッジはそうではなかった。

「止めろよ、ナポリ！」とキトリッジは叫んだ。「お前もそこにいるのか、ニンフ？」彼は私に呼びかけた。

エレインは長々と続く、オーガズムを思わせる叫びを上げ始めた。彼女はのちにこう述べる。「オーガズムっていうよりか、お産だわね、きっと——わたしは子供なんて産むつもりはないけど。赤ん坊の頭の大きさ、見たことある？」と彼女は私に問いかけた。

彼女の猫のような喚き声はキトリッジにはオーガズムのように聞こえたのかもしれない。エレインと私がまだベッドを整えていたときに、寄宿舎内の廊下に面したドアをノックする音が聞こえた。

「やだ、わたしのブラ、どこ？」エレインが訊ねた。寝具のなかに見つからなかったのだが、どっちにしろ身につける暇はなかっただろう（ドアのところへ行かねばならなかったから）。

「あいつだよ」と私は警告した。

「決まってるじゃない」と彼女は答えた。彼女は居間へ行った。玄関の姿見で自分の姿を確かめてから、ドアを開けた。

私はベッドの上で彼女のブラを見つけた。くしゃくしゃになったクレイジーキルトのなかに紛れ込んでいたのだが、私はそれをさっと自分のジョッキー・ブリーフのなかに詰め込んだ。勃起は完全に鎮まっていた。エレインの小さなブラは硬くなったモノよりゆったりとブリーフに収まった。

「君がなんともないか確かめたかったんだ」とキトリッジがエレインに言うのが聞こえた。「火事か何かが起きたのかと思ったよ」

「確かに火事だったけど、わたしはだいじょうぶよ」とエレインは答えていた。

私はエレインの寝室から出た。彼女はキトリッジを住まいに招き入れはしなかった。キトリッジは寄宿舎部分に面した玄関口に立っていた。バンクロフト棟の男子生徒が幾人か、廊下を足早に歩きながら玄関のなかを覗き込んだ。

「じゃあ、お前もここにいるんだな、ニンフ」とキトリッジは私に言った。

片側の頬に新しいマット傷がついているのが目に映ったが、マット傷があってもあの自信たっぷりな様子はいつもと同じだった。

「試合は勝ったんだろうね」と私は言った。

「そのとおりだ、ニンフ」彼は答えたが、目はずっとエレインに向けていた。彼女のシャツは白いので、布地越しに乳首が透けて見え、乳首の周りの黒ずんだ輪——あの発音不可能な乳輪《アリーアリー》——が白い肌の上のワインの染みのように見えた。

「これはちょっとまずいんじゃないか、ナポリ。君のブラはどこへ行ったんだ?」キトリッジは訊ねた。

エレインは私ににっこりしてみせた。「見つかった?」と彼女は私に問いかけた。

「それほど一生懸命探したわけじゃないんだ」私は嘘をついた。

「自分の評判ってものを考えてみるべきだね、ナポリ」キトリッジは彼女に言った。これは彼にしては新しい切り口で、私もエレインも虚を衝かれた。

「わたしの評判にはなんの問題もないわよ」エレインは身構えるように言った。

「彼女の評判も考えてやらないとな、ニンフ」とキトリッジは私に言った。「女の子は評判を元に戻すことはできないんだ——何を言ってるかわかるだろ」

「あなたがそんなにお堅いとは知らなかったわ」とエレインは彼に言ったが、評判という言葉——というか、そのことについてキトリッジが仄めかす何もかも——が本当に彼女の心をかき乱しているのが私にはわかった。

「僕はお堅い人間じゃないよ、ナポリ」彼はエレインに向かってにっこりしてみせた。それは女の子と二人っきりでいるときにその子に向ける類の笑顔だった。エレインが彼にやられるがままになっているのが私には見て取れた。

「ただの見せかけよ、キトリッジ！」と彼女は怒鳴った。「わたしはただお芝居してただけ——わたしたち二人ともね！」彼女は叫んだ。

「芝居には聞こえなかったけどなあ——どうもねえ」と彼は答えた。「どんな人間を演じるかについては、気をつけないとな、ニンフ」キトリッジは私にそう言いながらも、エレインと二人きりでいるかのように彼女を見つめ続けていた。

「悪いけど、キトリッジ、両親が帰ってくるまえにブラを見つけて着けとかないといけないから——あなたも帰って、ビリー」エレインはそう私に言ったが、キトリッジから目を離すことはなかった。二人のどちらも、私の方は見なかった。

　キトリッジと私が寄宿舎の五階の廊下へ出たときは、まだ十一時になっていなかった。廊下をぶらぶらしたり、自室の開け放ったドアからキトリッジを眺めたりしていたバンクロフト棟の男子生徒たちは、彼の姿に明らかに驚いていた。「また勝ったの？」と訊ねる子もいた。キトリッジはただ頷いた。

「レスリング・チームは負けたって聞いたけど」とべつの子が言った。

「僕はチームじゃない」とキトリッジは答えた。「自分の階級で勝つだけだよ」

階段吹き抜けを三階へ降りると、私はキトリッジにお休みを言った。寄宿舎の門限は——たとえ最上級生であっても土曜の夜は——十一時だった。

「リチャードとお前の母親はハドリー夫婦と一緒に出かけてるんだな」キトリッジは平板な口調で言った。

「うん、エズラフォールズで外国映画がかかってるんだ」と私は答えた。

「フランスとかイタリアとかスウェーデンでヤるってやつだな」キトリッジは言った。私は笑ったが、彼はべつにおどけるつもりはなかった。「あのなあ、ニンフ——お前はフランスにいるわけでも、イタリアにいるわけでも、スウェーデンにいるわけでもないんだ。お前がヤってる、それともヤってないあの女の子には、もっと気をつけてやらなくちゃだめだぞ」

そのとき私は、もしかしてキトリッジは心底、本人の言うエレインの「評判」を案じているのだろうかと思ったが、キトリッジについては本当のところは決してわからないのだ。自分の言ったことを彼がどういう方向へ持っていくつもりなのか読み取れないことが多かった。

「僕はエレインを傷つけるようなことはぜったいしない」私は言った。

「なあニンフ」と彼は言った。「セックスすることによっても、セックスしないことによっても相手を傷つけられるんだぞ」

「それは言えてると思うけど」私は慎重に答えた。

「お前の母親は裸で寝るのか、それとも何か着るのか?」話題を突然変えてなどいないような顔で、キトリッジは訊ねた。

「何か着てる」私は答えた。

「ふん、お前の母親らしいな」と彼は言った。「どっちにしろ、たいていの母親はそうだけど」彼は付け足した。

「もうほとんど十一時だぞ」私は注意した。「門限に遅れたくはないだろ」

「エレインは裸で寝るのか?」キトリッジは訊ねた。

もちろん私は、エレインを傷つけるようなことは一切したくないから、キトリッジのような人間に彼女が裸で寝るかどうか教えるわけにはいかない、と答えるべきだったのだが、じつのところ、エレインが裸で寝るのかどうか私は知らなかった。キトリッジにこんなことを言ってもまるで不可解だろうと思いながら、私は言った。「僕といるときはエレインは寝てないから」

これに対してキトリッジはただこう言っただけだった。「お前ってやつは謎だな、違うか、ニンフ? 今はお前のことはわからないが、いつか突き止めてやるからな——ぜったいに」

「門限に遅れるぞ」と私は言った。

「保健室に行くさ——このマット傷を診てもらわないと」彼は頰を指した。私に言わせればたいしたマット傷ではなかったが、キトリッジは言った。「保健室の週末の看護師がなかなかなんだ——マット傷は彼女に会う口実だよ。土曜の夜は保健室で過ごすにはもってこいの夜だからな」

そんな挑発的なことを言いながら、彼は立ち去った——キトリッジはそういうやつだった。彼がなおも私がどんな人間か突き止めようとしているのだとしたら、私はまだ彼という人間を突き止めていなかった。フェイヴォリット・リヴァーの保健室には本当に「週末の看護師」がいたのだろうか？　キトリッジは年上の女と付き合ったりしていたのだろうか？　それとも、エレインと私がやったように演技していたのだろうか？　ただの見せかけだったのだろうか？

　母とリチャードが映画から帰ってきたのは、私が三階の住まいに戻ってまだそれほどたたない、ほんの二、三分後のことだった。私はかろうじてエレインのパッド入りブラを自分のジョッキー・ブリーフから引っ張り出すことができた（ブラを枕の下に入れるやいなや、エレインから電話がかかってきた）。

「あなた、わたしのブラ持ってるでしょ？」彼女は訊ねた。

「鴨はどうなるの？」私は問いかけたが、彼女はそんな雰囲気ではなかった。

「わたしのブラ持ってるの、ビリー？」

「うん」と私は答えた。「とっさの衝動ってやつでさ」

「いいのよ」と彼女は言った。「あなたに持っててもらいたいの」彼女が裸で寝るのかとキトリッジに訊ねられたことは言わずにおいた。

　それからリチャードと母が帰ってきたので、外国映画はどうだったかと訊ねた。「最悪だった！」と母は答えた。

「母さんがそんなにお堅いとは思わなかったなあ」私は言った。

「ほどほどにしといてくれよ、ビル」とリチャードが言った。

「わたしはお堅くなんかないわ！」母が私に言った。母はひどく心を乱されている様子だった。私は冗談を言ったのだ。エレインがキトリッジに言うのが耳に入ったというだけの言葉だったのに。

「どんな映画か知らなかったんだ、ジュエル」リチャードは母に言った。「悪かったよ」

「その格好!」と母は私に言った。「起き抜けのベッドよりくしゃくしゃじゃないの。ビリーにあの話をしてやってちょうだい、リチャード」

　母は夫婦の寝室へ入るとドアを閉めてしまった。「なんの話?」と私はリチャードに訊ねた。

「エレインには慎重に接しなくてはいけないということについてだよ、ビル」リチャードは答えた。

「彼女は君より年下だ――君はちゃんと彼女を守ってあげなくちゃならないということだよ」とリチャードは言った。

「コンドームのことを言ってるの?」私は問い返した。「あれはエズラフォールズでしか買えないし、それにあのクソッタレの薬剤師は子供にはコンドームを売ってくれないんだ」

「『クソッタレ』なんて言うんじゃないよ、ビル」リチャードはたしなめた。「少なくとも、君の母さんのいるところではね。コンドームが欲しいの? 僕が買ってきてあげよう」

「エレインにはなんの危険もないよ」私は言った。

「僕たちが帰ってきたときにバンクロフト棟から出て行ったのはキトリッジだったのかな?」リチャードは訊ねた。

「さあ」と私は答えた。「そうだったの?」

「君は今……一生の要となる年頃なんだよ、ビル」とリチャードは告げた。「僕たちはとにかく君に、エレインと慎重に接してほしいんだ」

「僕はちゃんと彼女に慎重に接しているよ」私は答えた。

「キトリッジは彼女から遠ざけておいたほうがいいな」とリチャードは言った。

「そんなこと、どうやればできるの?」私は訊いた。

「そうだなあ、ビル……」リチャードが言いかけたときに、母が寝室から出てきた。母の着ているものを見たらキトリッジはがっかりしただろうと思ったのを覚えている――ぜんぜんセクシーじゃないフランネルのパジャマだ。

「あなたたち、まだセックスの話をしてるのね？」母はリチャードと私に言った。母は怒っていた。

「あなたたちが何を話していたかぐらい、わかるわよ。あのね、笑い事じゃないのよ」

「僕たちは笑ってなんかいないよ、ジュエル」リチャードは母に話をしようとしたが、母はあとを続けさせなかった。

「自分をちゃんと抑えておくのよ、ビリー！」母は私に言った。「エレインとのことは時間をかけてね。それと、ジャック・キトリッジには気をつけるようあの子に言っておいて――彼には気をつけたほうがいいわ！　あのキトリッジって子、女を誘惑したがるだけじゃなく――女を服従させたがるタイプよ！」と母は言った。

「ジュエル、ジュエル――もう止めようよ」リチャード・アボットがなだめた。

「あなたはすべてを知ってるわけじゃないのよ、リチャード」母は彼にそう言った。

「確かにね」リチャードは認めた。

「わたしはキトリッジみたいな男の子を知ってるの」母はそれをリチャードにではなく、私に向かって言った――それでも、母は顔を赤らめた。

母が私に腹を立てるのは、私のなかにあの女たらしの父親の面影を見ているせいじゃないかという思いが脳裏をよぎった――たぶん、私はますます父親に似てきているのだ（私にはどうしようもないことなのに！）。

私は、枕の下で待っているエレインのブラのことを思い出した――「器官的なことと言うよりも衣装の問題」とリチャードはエアリエルの性別について言ったっけ（あの小さなパッド入りブラが「衣装」という言葉に当てはまらないとしたら、何が当てはまるというのだ？）。

「外国映画はどんな話だったの？」私はリチャードに訊ねた。

「あなたには好ましくないテーマよ」母が言った。「この子には言わなくていいわ、リチャード」と母。

「悪いな、ビル」リチャードはおずおずと言った。

「シェークスピアならどんなものに対しても尻込みしなかっただろうね、きっと」私はそうリチャードに言いながらも、じっと母を見つめ続けた。母は私の方を見ようとしなかった。母は寝室へ戻ってドアを閉めた。

私が唯一の真の友であるエレイン・ハドリーに対して決して率直ではなかったとしたら、母のことを思えばよかった。キトリッジへののぼせをリチャードに話すことができなかったり、ミス・フロストに好きだと打ち明けられないとしたら、そういう率直さに欠ける性格がどこから来ているのかということについて、私には確信があった（疑いもなく母からだが、ことによるとあの女ったらしの父親からということもあり得る。たった今ふと思ったのだが、たぶん両方からなのだろう）。

「お休み、リチャード――大好きだよ」私は継父に言った。彼はさっと私の額にキスした。

「お休み、ビル――僕も君が大好きだよ」とリチャードは言った。彼は「すまなかったな」的微笑を浮かべていた。私は本当に彼が大好きだったが、同時に彼に対する失望感とも戦っていた。

そしてまた、ひどく疲れてもいた。十七で、そして自分が誰かわからないでいるというのはなかなか疲れることなのだ、それにエレインのブラが私をベッドへ呼びつけていた。

第五章　エズメラルダと別れる

なぜ人はエピローグを書くのか――なぜ『テンペスト』には第五幕があるのか、そしてなぜあの劇のエピローグ（プロスペローによって語られる）が至極ぴったりしているのか、ということは言うまでもなく――を理解するためには、たぶん、自分の世界を変えることが、そっくり丸ごと変えることが必要なのかもしれない。『テンペスト』に対してあの青くさい批判をしたとき、私の世界は変わってはいなかった。

「私の魔法は消えました」とプロスペローはエピローグを述べ始める――キトリッジの会話の始め方と似ていなくもない、何気ない無邪気なそぶりで。

　エレインと私が演技を続け、キトリッジのレスリングを見ながら手を握り合うようなことまでしていたあの一九六〇年の冬には、マーサ・ハドリーが初めて正式に私の構音障害の推定原因（複数の場合も）と取り組もうとしたという出来事があった。正式にという言葉を使ったのは、私は予約をとってミセス・ハドリーと会い、しかも会う場所は彼女のオフィスだったからだ――オフィスは学院の音楽棟にあった。

　十七歳だった私は、まだ精神分析医にかかったことはなかった。たとえ私がヘル・ドクトル・グラウと話したいという気になったとしても、きっと我が敬愛する継父リチャード・アボットに説得されて止めていたことだろう。それに、私がミセス・ハドリーとの面会予約をきちんと守っていたあの同じ冬、老グラウは世を去った。フェイヴォリット・リヴァー学院は結局もっと若い（当世風かという点では同じだったかもしれないが）学校指定精神科医を代わりに据えるのだが、それは来年度の秋学期になってからのことだった。

さらに、マーサ・ハドリーの面接を受けていたあいだは、私には精神分析医はまったく必要なかった。私には発音できないたくさんの言葉を探り、私の発音間違いの理由（複数かもしれない）について広範囲にわたる熟考を重ねるなかで、熟練した発声と声楽の教師であるミセス・ハドリーは私の最初の精神分析医となったのだ。

接触が密になって、なぜ自分が彼女に惹かれる——不器量なのにもかかわらず——のか以前よりわかってきた。マーサ・ハドリーの不器量さは男性的なのだ。彼女は唇は薄いが口は大きく、歯も大きい。顎はキトリッジの顎のように突き出しているが、長い首は対照的に女っぽい。ミス・フロストのように肩は広くて手も大きい。ミセス・ハドリーの髪はミス・フロストよりも長くて、それをあっさりとポニーテールにしていた。彼女の平らな胸を見るといつも私はエレインの大きすぎる乳首とその周りの黒ずんだ輪——乳輪、それは私には母娘的なものに思われた——を思い出した。だが、エレインと違って、ミセス・ハドリーは非常に強そうに見えた。そういうところを自分がどれほど好きか、私にはわかってきていた。

乳輪《アリーアラ》とその複数形アリーアリーが、私がつまずく発音の長いリストに加えられたとき、マーサ・ハドリーは私に訊ねた。「それがどういうものであるかということが問題なの？」

「そうかもしれません」と私は答えた。「幸い、毎日使うような言葉じゃありませんから」

「だけど図書館《ライブラリー》とか複数形のライブラリーズ、それにもちろん陰茎《ピーニス》は――」とミセス・ハドリーは話し始めた。

「複数形のほうが問題なんです」私は彼女に思い出させた。

「ピーニスィーズなんてあまり使わないんじゃないかしら――つまり陰茎の複数形はってことよ、ビリー」とマーサ・ハドリーは答えた。

「毎日使うわけじゃありませんけどね」と私は述べた。ピーニスィーズという言葉を口にする機会はほとんどないという意味だった――ピーニスィーズのことを毎日考えているわけではないと言ったのではない、実際考えていたのだから。そして――たぶんエレインやリチャード・アボットやハリーお祖父ちゃんに話していなかったせいだろう、それにおそらくミス・フロストに打ち明ける勇気がなかったせいだろう――私はミセス・ハドリーにすべてを話したのだ（まあその、ほとんどすべてを）。

まずキトリッジへの思慕から始めた。「あなたもエレインも！」とマーサ・ハドリーは言った（エレインはなんとそのことを母親に率直に打ち明けていたのだ！）。

私はミセス・ハドリーに、キトリッジと出会うまえからほかのレスリング選手たちに同性愛的に惹かれていたこと、そして――フェイヴォリット・リヴァー学院の図書館で古いイヤーブックを熟読するなかで――レスリング部の写真にはとりわけ目がなく、それに引き換え演劇部の写真には束の間の興味を持つだけであることを話した（「なるほど」とミセス・ハドリーは言った）。

私は彼女に、リチャード・アボットに対する多少消えかけている思いのことまで話した。彼が私の継父になるまえが一番強かったのだ（「あらあら――それはきっとやりにくかったでしょうねえ！」とマーサ・ハドリーは叫んだ）。

だが、ミス・フロストへの愛を告白する段になると、私は言葉を止めた。目から涙が溢れた。「なんなの、ビリー？　話してごらんなさい」とミセス・ハドリーは言った。彼女は自分の大きな力強い両手で私の両手を包んだ。彼女の長い首、喉は、たぶん彼女の唯一美しい部分だろう。さしたる証拠もないまま、マーサ・ハドリーの小さな乳房はエレインのような感じなのではないかと私は憶測を巡らした。

ミセス・ハドリーのオフィスにあるのは、ピアノとピアノ用長椅子、古いソファ（私たちはいつもこれに座った）、机と背もたれのまっすぐな椅子だけだった。三階のオフィスの窓からの眺めはぱっとしなかった——幹のねじ曲がった二本の楓の古木、木々のやや水平な枝に積もった雪、灰白色の雲が縞模様になった空。ミスター・ハドリーの写真（ミセス・ハドリーの机の上の）もぱっとしなかった。

ミスター・ハドリー——名前のほうは、知っていたのだとしてもとうに忘れてしまった——は寄宿学校の生活には向いていないように思えた。ミスター・ハドリー——むさくるしくて、ひげがぽつぽつ生えている——はやがてフェイヴォリット・リヴァーのキャンパスでより活動的な存在となり、歴史教育の専門知識をベトナム戦争についての議論（それはのちに抗議活動となる）に注ぐこととなった。ミスター・ハドリーのことよりは遥かに忘れがたいのが、マーサ・ハドリーのオフィスで告白した日のことで、あのとき私はミセス・ハドリーの喉に注意のありったけを集中していたのだった。

「わたしにどんなことを話そうと、ぜったいにこのオフィスから外には持ち出しませんからね、ビリー——約束するわ」と彼女は言ってくれた。

音楽棟のどこかで、生徒がひとりピアノの練習をしていた——たいした腕じゃないな、と私は思ったが、もしかすると二人の生徒がべつべつに二台のピアノを弾いていたのかもしれない。「母の通販カタログを見るんです」と私はミセス・ハドリーに告白した。「練習用ブラのモデルのなかにあなたの姿を想像します」私は話した。「自慰《マスタベイト》するんです」と私は打ち明けた——ちょっと発音しにくい幾つかの動詞のひとつだが、今回はだいじょうぶだった。

「あら、ビリー、それはべつに犯罪行為じゃないのよ！」マーサ・ハドリーは嬉しそうに言った。「ただね、わたしのことを想像するっていうのは驚きだし——わたしはちっとも美人じゃないし——それに、練習用《トレーニング》ブラって言葉をあなたがとても楽に発音できるのもちょっと驚き。どうもはっきりしたパターンはないみたいねえ」どんどん増えていく私には難しい単語のリストを振りながら、彼女は言った。

「あなたの何に惹かれるのか、わからないんです」私は打ち明けた。

「あなたと同じ年頃の女の子についてはどうなの？」ミセス・ハドリーは訊ねた。私は首を振った。

「エレインも駄目？」と彼女は問いかけた。私はためらったが、マーサ・ハドリーは私の両肩にあの力強い手を置いた。ソファの上で、彼女は私と向き合った。「いいのよ、ビリー——エレインは、あなたがあの子にそんなふうな関心を抱いているとは思ってないわ。それに、これは完全にここだけの話なのよ、そうだったでしょ？」私の目にはまた涙が溢れた。ミセス・ハドリーは私の頭を自分の硬い胸に引き寄せた。「ビリー、ビリー——あなたは何も悪いことはしていないのよ！」と彼女は叫んだ。

オフィスのドアをノックしたのが誰であれ、悪いという言葉を確実に耳にしたはずだ。「どうぞ！」ミセス・ハドリーは大声で言ったが、その甲高い声音に、エレインの人をその場に凍りつかせる声がどこから来たのか、私は悟った。

やってきたのはアトキンスだった——負け犬でとおっている生徒だったが、音楽を勉強しているのは知らなかった。もしかするとアトキンスは発声の問題を抱えているのかもしれない。ひょっとして、発音できない単語があるとか。「またあとで来ます」アトキンスはマーサ・ハドリーにそう言ったが、私から目をそらそうとしなかった、あるいは彼女の顔を見られなかったのか——どちらかだった。どんな馬鹿でも私が泣いていたことに気づいただろう。

「三十分後に戻っていらっしゃい」ミセス・ハドリーはアトキンスに命じた。

「はい、でも時計持ってないんです」彼は相変わらず私を見つめながら答えた。

「わたしのを持って行きなさい」と彼女は言った。自分がどうして彼女に惹かれるのかわかったのは、彼女が腕時計を外してアトキンスに渡したときだった。マーサ・ハドリーは男性的に見えるだけではなかった——彼女は何をするにも男のように支配的だったのだ。彼女が性的な面でも支配的なのは——自分の望むことを誰にでも強要し、彼女がさせたがることに抵抗するのは難しいだろうということは——想像に難くなかった。だが、どうしてそれが私の心を惹きつけるのだろう？（当然のことながら、こうした思いをミセス・ハドリーへの部分的告白に含めるつもりはなかった）

アトキンスは黙って時計を見つめていた。彼はとことん負け犬のお馬鹿で、時計も読めないのだろうかと私は思った。

「三十分後にね」マーサ・ハドリーは念を押した。

「この数字、ローマ数字なんですね」アトキンスは元気のない声で言った。

「とにかく分針を見ていなさい。三十分まで数えるの。それから戻っていらっしゃい」とミセス・ハドリーは言った。アトキンスはまだ時計を見つめながら歩み去った。彼はオフィスのドアを開けっ放しにしていた。ミセス・ハドリーはソファから立ち上がるとドアを閉めた。「ビリー、ビリー」彼女は私の方を向いた。「あなたはそういう気持ちになったって構わないのよ——いいのよ」

「リチャードに話してみようかって考えたんです」と私は言った。

答えた。
「それはいい考えね。リチャードには何を話してもだいじょうぶ――きっとね」マーサ・ハドリーは
「だけど、母にはちょっと」と私。
「あなたのお母さん、メアリね。わたしの大事な友だちのメアリ……」ミセス・ハドリーは話し始め、
そして言葉を切った。「駄目よ、お母さんには――まだ話しちゃいけないわ」と彼女は言った。
「どうして？」私は訊ねた。理由はわかっていると思ったが、ミセス・ハドリーの口からそれを聞き
たかったのだ。「母が多少傷を負っているからですか？」と私は問いかけた。「それとも、母が僕に腹
を立てているみたいだからかな――どうしてだかわからないけど」
「傷を負っているっていうのがどういうことかわからないけど」とマーサ・ハドリーは答えた。「あ
なたのお母さんは確かにあなたに腹を立てているみたいね――わたしにも理由はわからないけれど。
わたしがおもに考えていたのは、お母さんがすぐに動揺してしまうってことよ――ある分野の、ある
種の話題になると」
「どんな分野？」と私は訊ねた。「どんな話題なんですか？」
「お母さんは、ある種の性的な事柄に動揺してしまうの」とミセス・ハドリーは言った。「あのねビ
リー、お母さんがあなたには隠していることがあるの」
「へえ」
「ニューイングランド流の秘密ってやつはどうも苦手だわ！」ミセス・ハドリーは突然叫んだ。彼女
は手首の、腕時計をしていた部分を見て、それからそんな自分を笑った。「アトキンスはローマ数字
をなんとか読んでるのかしらねえ」と彼女は言い、私たちは二人して笑った。「あのね、エレインに
も話していいのよ」とマーサ・ハドリーは言った。「エレインには何を話してもいいわ、ビリー。そ

れに、あの子はもう知ってるでしょうし」

私もそう思ったが、口には出さなかった。私は母がすぐに動揺してしまうということを考えていた。ドクター・グラウが生きているあいだに相談しなかったことを後悔していた――同性愛は治療可能であるという彼の理論にもっと精通しておくためにだけでも（その後、そういった犬のクソよりアホくさい懲戒的理論にさらにさらされることとなったときに、あまり腹が立たなくなっていたかもしれない）。

「お話しできて、本当に助かりました」と私はミセス・ハドリーに言った。彼女はオフィスのドアから離れて私を通してくれた。手を握られるとか肩に手を置かれるとか、あるいはまた頭を彼女の硬い胸に引き寄せられたりするのではないかと不安だった、そうしたら自分を抑えられなくて彼女に抱きついてしまうだろう――あるいは、つま先立ちにならねばならなかっただろうが、キスしてしまうだろう、と。だが、マーサ・ハドリーは私に手を触れなかった。ただ脇に立っていた。

「あなたの発声にはどこも悪いところはないわ、ビリー――舌には身体上の問題は何もないし、口蓋にもね」と彼女は言った。一番最初の面接のとき、彼女に口中を見られたのを私は忘れていた。舌で口蓋に触ってみてくれと彼女は言い、そしてガーゼで私の舌先をつまんでおいて――べつのガーゼで――口腔底をあちこちつつき、どうやらそこにない何かを探っていたらしかった（決まり悪いことに、彼女に口中をいじくられた私は勃起してしまった――老グラウが「幼児的性指向」と呼んでいたものの更なる証だ）。

「死んだ人を中傷するつもりはないけど」とミセス・ハドリーは去りかけた私に言った。「ねえビリー、亡くなったドクター・グラウも、生き残っている医療分野では唯一の教員――つまりドクター・ハーロウ――も二人とも低能だってことをわかっておいてほしいの」

人だわ」

「リチャードもそう言ってます」と私は答えた。

「リチャードの言うことは聞いておきなさい」とミセス・ハドリーは言った。「あの人はとてもいい人だわ」

何年もたってから、こんなふうに思うこととなる。こぢんまりした、一流とはいえない寄宿学校には、大人の社会を暗示するものがいろいろとあった――大人の社会を若者にとってもっと理解できる、我慢できるものにしようと努めるじつに感性豊かで思いやりのある大人もいれば、一方でまた、頑なな正しさを振りかざす時代遅れの人間（ドクター・グラウやドクター・ハーロウ）や彼らの同類及びその世代が産みだした飽くことなき頑固なホモ嫌いたちがいたのだ。

「ドクター・グラウは本当はなんで死んだんですか？」私はミセス・ハドリーに訊ねた。

私たち男子生徒が聞かされた話――朝会で、ドクター・ハーロウが話してくれた――は、グラウは冬の夜に中庭で足を滑らせて転んだというものだった。小道は凍っていた。老いたオーストリア人は頭を打ったに違いない。ヘル・ドクトル・グラウはじつは凍死したのだ、とはドクター・ハーロウは言わなかった――ドクター・ハーロウが使ったのは「低体温症」という言葉だったと思う。

厨房で働いていた男の子たちが、朝、遺体を見つけた。彼らのひとりによると、グラウの顔は雪のように白かったということで、もうひとりは私たちに、老いたオーストリア人の目は開いていたと語ったが、三人目の男の子は死んだ男の目は閉じていたと言った。ドクター・グラウのチロリアンハット（脂ぎった感じのキジの羽根の付いた）は遺体からちょっと離れたところで見つかったという点では厨房の男の子たちの意見は一致していた。

「グラウは酔っていたの」とマーサ・ハドリーは語った。「寄宿舎のひとつで教員のディナー・パーティーがあってね。グラウはたぶん実際に滑って転んだんじゃないかしら――頭を打ったのかもしれない、でもね、確かに酔ってたの。雪のなかで一晩中意識を失ってたのよ！ 凍死したの」

ドクター・グラウは、フェイヴォリット・リヴァーの少なからぬ数の教員同様、近くでスキーができるから学院の仕事に応募したのだったが、老グラウは何年もスキーをしていなかった。ドクター・グラウはひどく太っていた。まだスキーはちゃんとうまくできると彼は言っていたが、転倒すると起き上がれない——まずスキー板を外さないことには——ということは認めていた（グラウがスロープで転倒し、留め具を外そうともがきながら「幼児的性指向」と英語とドイツ語で叫ぶ様を想像したものだ）。

フェイヴォリット・リヴァーでは、私は必須の語学はドイツ語を選んだが、学院にはほかに三人のドイツ語教師がいるのを確かめてからのことだった。ヘル・ドクトル・グラウに教わるのはまっぴらだった。ほかのドイツ語教師たちもオーストリア人だった——うち二人はスキーヤー。私が好きだったフロイライン・バウアーだけがスキーをしなかった。

ミセス・ハドリーのオフィスを去りながら、私は突然フロイライン・バウアーに言われたことを思い出した。ドイツ語では、文法的な間違いはたくさんやらかすし、語順となるとひきつけを起こしそうになるのだが、私の発音は完璧なのだ。私が発音できないドイツ語の単語はない。それなのに、この情報をマーサ・ハドリーに告げると、彼女はほとんど関心を示さなかった——まったくではなかったとはいえ。「心理的なものよ、ビリー。発声することができるという意味においては、あなたは何でも言えるわ。でもある言葉を、それが何かを誘発するから口にしたくないとか、あるいは——」

私は彼女の言葉を遮った。「性的なことを誘発するってわけですね」と私は言った。

「たぶん」ミセス・ハドリーは肩をすくめた。彼女は私の構音障害の性的な部分についてはほとんど関心がないように見え、まるで、性に関する考察（どんな種類のものも）は彼女にとって、私のドイツ語の発音が極めて優れていることと同様興味の湧かないものの範疇に入るのだとでも言いたげだった。当然のことながら、私はオーストリア訛りだった。

「お母さんがあなたに腹を立てているのと同じくらい、あなたもお母さんに腹を立てているんじゃないかしら」とマーサ・ハドリーは言った。「ときどきね、ビリー、あなたは腹が立ちすぎてしゃべれないんじゃないかと思うことがあるの」

「ああ」

　誰かが階段を上ってくる足音が聞こえた。それはアトキンスで、相変わらずミセス・ハドリーの時計を見つめていた。階段でつまずかなかったのは驚きだと思った。「まだ三十分経ってないです」とアトキンスは申告した。

「僕はもう帰るから――入っていいよ」と僕は言ったが、アトキンスは階段の、三階まであと一段のところで立ち止まっていた。私は彼の横を通って階段を下りた。

　階段の吹き抜けは広かった。一階に近づいていた頃だと思う、ミセス・ハドリーが「さあ、お入りなさい」と言うのが聞こえた。

「でも、まだ三十分経っていません、まだ……」アトキンスは思っていることを全部言わなかった(あるいは言えなかった)。

「まだなんなの?」マーサ・ハドリーが訊ねるのが聞こえた。階段で立ち止まってしまったのを覚えている。「言えるはずよ」と彼女は優しく言った。「あなたはタイを付けているわよね――タイって言えるでしょ?」

「まだ……タイ」アトキンスはなんとかそう言った。

「今度はムーって言うの――何か美味しいものを食べるときみたいに」とミセス・ハドリーは言った。

「できません！」アトキンスは思わず叫んだ。

「さあ、お入りなさい」ミセス・ハドリーはまた言った。

「まだ時《タイ》―間《ムー》が！」アトキンスは四苦八苦しながら言った。

「それでいいわ――ともかく、ずっとましよ。さあ、もう入ってちょうだい」マーサ・ハドリーは彼に言い、私はそのまま階段を下りて、音楽棟の外に出たが、その間、歌の一部分も聞こえたし、合唱も聞こえたし、二階の一角からは弦楽器の音色も聞こえ、それに（一階では）べつのピアノの練習も進行中だった。だが私はひたすらアトキンスがどれほど負け犬でお馬鹿かということばかり考えていた――あいつ、タイムって言葉が言えないんだ！　なんて馬鹿なんだ！


　グラウの死んだ中庭を半分ほど横切ったときだった、同性愛に対する嫌悪は自分が考えていることとまるで同じじゃないかと私は思い至ったのだ。私はピーニスィーズという言葉が発音できない、それなのにこうしてタイムと言えない男の子にすっかり優越感を感じている。

　この先ずっと、マーサ・ハドリーのような人をもっと見つけてはそういう人たちに囲まれているようにしなくては、でも私を嫌い、悪し様に言う――あるいは私に身体的危害すら加えようとする――人たちも必ずいるんだろうなあと思ったのを覚えている。この思いは、ドクター・グラウの命を奪った冬の空気と同じくらい身を引き締めてくれた。思いやりのある発声及び声楽教師との一度の面接から吸収することは、たくさんあった――このことや、それにミセス・ハドリーが支配的な性格であるという心をかき乱す発見、そして、彼女の支配力に関係した何かに私が性的に惹かれるということ。というか、彼女の支配力に関したことで、私を惹きつけないものがあるだろうか？　（このとき初めて、もしかしたら私はミセス・ハドリーといっしょにいたいのではなく、彼女のようになりたい――つまり、性的に――のかもしれない、という考えが心に浮かんだのだった）

おそらくマーサ・ハドリーは時代に先んじたヒッピーだったのだろう。ヒッピーという言葉は一九六〇年には使われていなかった。あの頃はゲイという言葉もほとんど耳にしなかった。フェイヴォリット・リヴァー学院という集団のなかではあまり使われない言葉だった。たぶん「ゲイ」というのはフェイヴォリット・リヴァーにとってはあまりに友好的すぎる言葉だったのだろう――少なくとも、あのホモ嫌いの少年たちにとってはあまりに中立的すぎる言葉だったのだ。もちろん「ゲイ」が何を意味するか私はちゃんと知っていた――ただ、私の暮らす限られた範囲のなかではあまり口にされなかったというだけだ――が、性的に未熟だった私は、近寄りがたく思えるゲイのセックスという世界において「支配的」「服従的」ということが何を意味するのかほとんど考えてみようとはしなかった。

あれからまだそれほど経っていない、私がラリー――私が同棲しようとした男女のなかで、一番長く続いたのがラリーだった――と暮らしていた頃、彼は、ウィーンの怪しげな場所だったゲイのコーヒーハウスで彼に引っ掛けられた私が、そのときの彼のやり方にどれほど「ショックを受けた」か、誰彼なく話しては私をからかうのを楽しんでいた。

これは大学三年で海外へ行ったときのことだ。大学で二年間ドイツ語を学んで――フェイヴォリット・リヴァー学院でこの言語を勉強したのは言うまでもなく――ドイツ語圏の国で一年暮らす準備はできていた。この大学での二年間をニューヨーク市で暮らしたことで、あの一九六三年から六四年にかけてのウィーンで過ごした一学年、かの地のコーヒーハウスがいかにアングラっぽいかということについて心づもりができていたとも言えるし、できていなかったとも言える。当時、ニューヨークのゲイバーは閉鎖されていた。六四年にはニューヨーク万国博覧会があり、観光客のために市を浄化しようというのが市長の腹づもりだった。ジュリアスというニューヨークのバーが一軒、ずっと店を開けていた――ほかにもあったかもしれない――が、ジュリアスでさえ、バーの男たちは互いに手を触れることを許されていなかった。

当時ウィーンはニューヨークよりもアングラ度が高かったと言っているわけではない。状況は似たようなものだった。だが、ラリーに引っ掛けられたあの店では、男同士の接触が多少見られた――許可されていようとなかろうと。とにかく覚えているところでは、私にショックを与えたのはウィーンではなくラリーだった。

「麗しのビル、君はトップなのか、それともボトムなの?」とラリーは私に訊ねた(私はショックを受けたが、質問のせいではなかった)。

「トップです」私はためらうことなく答えた。

「なんと!」とラリーは、心底驚いて、あるいは驚いた振りをして言った。ラリーの場合、見分けのつかないことが多いのだ。「君はボトムみたいに見えるけどなあ」と彼は言い、しばし言葉を切ったあとで――あまり長いあいだ黙っているので、誰かほかの人を自分の家へ誘うのだろうと私は思った――付け加えた。「さあ、ビル、ここを出よう」

私は確かにショックを受けたが、それは私が大学生で、ラリーが私の教授だったからにほかならない。大学はウィーンのインスティトゥート・フューア・オイロペーイッシェ・シュトゥーディエン(ヨーロッパ研究所)――学生はダス・インスティトゥートと呼んでいた。学生はあちこちから来たアメリカ人だったが、教員は寄せ集めだった。アメリカ人もいたし(ラリーはなかでもダントツで名を知られていた)、風変わりで素晴らしいイギリス人もひとりいたし、ウィーン大学の教授陣であるオーストリア人もたくさんいた。

当時、ヨーロッパ研究所はドクトル・カール・ルエーガー広場とシュトゥーベンリングに近いヴォルツァイレ通りの端にあった。ダス・インスティトゥートが大学から遠いと学生たちは文句を言った。学生たちの多く（ドイツ語が得意な者）はウィーン大学で追加のコースをとっていたのだ。私はそうではなかった。さらにコースを取りたいとは思わなかった。私がニューヨークの大学に進学したのはニューヨークで暮らしたかったからだ。私はウィーンで暮らすためにウィーンへ海外留学していた。大学から近いとか遠いとかはどうでもよかった。

私のドイツ語のレベルはヴァイブルク小路のなかなかいいレストラン――ケルントナー通りのオペラ座と反対側の端近く――で雇ってもらうにはじゅうぶんだった。店の名はツーファル（偶然）といって、仕事にありつけたのは、ニューヨークでウェイターとして働いていたことと、ウィーンに着いて間もなく、ツーファルで唯一英語がしゃべれるウェイターが首になったことを知ったおかげだった。私はその話をドロテーア小路――グラーベン通りの脇道のひとつ――にあるあの怪しげなゲイのコーヒーハウスで聞いたのだった。カフェ・ケーフィヒという名前だった――「コーヒー籠《ケイジ》」。日中はおもに学生のたまり場のように見えた。女の子もいた――じつのところ、日中に、ある女の子から、ツーファルのウェイターが首になったと聞いたのだ。だが暗くなると、もっと年かさの男たちがカフェ・ケーフィヒに姿を見せ、女の子はひとりもいなくなる。そんなわけで、私は夜ラリーに出くわし、彼はいきなりトップかボトムかという質問を放ったのだった。

あのインスティトゥートでの最初の秋学期、私はラリーの学生ではなかった。彼はソフォクレスの劇について講義していた。ラリーは詩人で、私は小説家になりたかった――演劇はもういいと思っていたし、詩は書いていなかった。だがラリーが評判の高い書き手であることは知っていたので、創作のコースをやることを――六四年の冬か春の学期に――考えてみてはもらえないだろうかと頼んだのだ。

「おいおい――創作クラスはごめんだ！」とラリーは答えた。「わかってる――言わないでくれ。そのうち、そこらじゅうで創作を教えるようになるぞ！」

「僕はただ、ほかの書き手に自分の書いたものを見てもらうことができたら、と思っただけです」と私は彼に言った。「僕は詩人じゃありません」私はそう認めた。「僕は小説書きです。関心がないとおっしゃるならけっこうです」私は歩み去ろうとした――傷ついたふうを装おうとしながら――が、彼は止めた。

「待て、待て――若き小説家君、君の名前は？」とラリーは訊ねた。「僕は小説も読むよ」と彼は言った。

私は彼に名前を告げた――「ビル」と言ったのだ、ウィリアムという名前はミス・フロストのものだったから（私は自分の小説をウィリアム・アボット名で出版することになるのだが、ほかの誰にもウィリアムとは呼ばせていない）。

「あのね、ビル――そのことは考えさせてくれ」とラリーは言った。それから私は彼がゲイであることを知り、そのほか彼が考えていたあらゆることを知るのだが、彼の学生になるのは一九六四年の一月になってからで、彼はその冬学期、インスティトゥートで創作コースを教えることとなったのだった。

ラリーはすでに著名な詩人だった――同僚や学生にとってはローレンス・アプトンだったが、ゲイ仲間（それにファンのご婦人方）からはラリーと呼ばれていた。その頃までには、私は数人の年長の男と付き合ったことがあり――同棲したことはなかったが、恋人同士だった――トップかボトムかということになったら自分がどちらなのかは承知していた。

ラリーのトップかボトムかという質問があまりにあからさまだからショックを受けたのではなかっ

た。初めて彼の講義を取った学生でさえ、ローレンス・アプトンが粗野な態度をとることがあるのでも悪名高い、評判のスノッブであることを知っていた。あくまで、名高い著述家である自分の大学の先生に口説かれたということ——そのことにショックを受けたのだ。だがラリーはこの話を決してそんなふうには語らず、そういう彼に反論することはできなかった。

ラリーによると、トップかボトムかなどと訊ねはしなかったというのだ。「なあビル君、六〇年代には、『トップ』とか『ボトム』とか言わなかったんだ——『ピッチャー』『キャッチャー』って言ってたんだ、もっとも、無論君たちヴァーモントの人間には予知能力があって」とラリーは言った。「あるいは僕たちよりずっと先に進んでいて、それほど進歩していない僕たちがまだピッチャーかキャッチャーかなんて質問で止まっているあいだに、すでに『プラス、それともマイナス？』なんて訊いていて、それがすぐにトップかそれともボトムかって質問になっていたのかもしれないがね。ただ、六〇年代はそうじゃなかったぞ、ビル君。ウィーンで、僕が君を引っ掛けたとき、僕は君にピッチャーかキャッチャーかって訊いたんだよ」

そして、私から友人たち——たいていは彼の友人で、ウィーンでもそのあとニューヨークへ帰ってからも、ラリーの友人たちは大半が私より年上だった——の方へと向き直って、ラリーは言うのだ。「ビルは小説を書くんだが、一人称のスタイルで書いていて、すべてを打ち明けます調なんだな。じつのところ彼の小説は限りなく自伝に近い感じなんだ」

それからまた私の方を向いて——二人きりでいるかのように、私だけを見て——ラリーは言う。「それなのに君は時代とそぐわないことを主張するんだね、ビル——六〇年代だと、トップ、ボトムという言葉は年代的に合わないよ」

これがラリーという人間だった。こういう話し方をするのだ——彼はいつも正しいのだった。たいしたことでなければ異を唱えないということを私は学んだ。「はい、教授」と言っておくのだ。というのも、彼が間違っている、間違いなくトップ、ボトムという言葉を使った、などと言おうものなら、ラリーは私がヴァーモント出身であることについてべつの冷やかしネタを持ち出すか、あるいは最初からずっと彼にはキャッチャーに見えたのに自分はピッチャーであると私が言ったということについてべらべらしゃべっていたことだろう（キャッチャーに見えると誰もが思うんじゃないか？　ラリーはいつも友人たちに問いかけるのだった）。

詩人ローレンス・アプトンは、本人がなんと言おうと大半のゲイの男はボトムだ――あるいは、自分はトップだと言っている私のような人間も結局はボトムになる――と基本的に信じている、あの年配のゲイの世代に属していた。ラリーと私はウィーンで出会ったので、私たちの最初の「デート」で正確にはどういう言葉が発せられたのかということについての永続的な意見の不一致は、六〇年代に多くのヨーロッパ人が感じていて、今でもなお感じていること――すなわち、私たちアメリカ人はトップかボトムかということにまったくもって大騒ぎしすぎる――によってさらにぼやかされてしまった。アメリカ人はこういう区別にあまりにこだわりすぎだ、まるでどのゲイも必ずどちらかだ――今日、若い、自信過剰なタイプが私に向かって言うように――とでも言わんばかりじゃないかと、ヨーロッパの人間はずっと思ってきたのだ。

ラリー――彼はまさにボトムだった――は、自分がいかに誤解されているかということについて、苛立ってみせたり、かまととぶってみせたりすることがあった。「僕のほうが君よりこなせる幅が広いんだぞ！」彼は涙ながらにそう言ったことがある。「君は女も好きだって言うかもしれない、あるいはそんなふりをする、だけどな、僕たちの関係で、僕がまるっきり融通が利かないってわけじゃないんだ！」

ニューヨークでは、私たちがもう一緒に暮らしてはいないもののまだデートしていた七〇年代後半までは――ラリーは七〇年代を「喜びに満ちた乱交の時代」と呼んでいた――他人の性的役割を確実に知ることができるのはあのあまりにあからさまなレザー・バー（同性愛者が革の衣類を身につけることが多いためこう呼ばれる）だけで、そこでは左の後ろポケットにハンカチが入っていたらトップ、右の後ろポケットにハンカチが入っていたらボトムだということを意味していた。青いハンカチは性行為《ファッキング》、赤いハンカチは拳による性行為《フィスト・ファッキング》――まあ、もうどうでもいいことだが。鍵をどこに留めておくかというまったく鬱陶しい合図もあった――ジーンズの右のベルト通しか、ベルトのバックルの左側か。ニューヨークで、鍵をどこに留めておくか私はまるで無頓着だった。そしていつも合図に注目するトップに言い寄られていたが、私はトップだったのだ！（あれにはイライラさせられることがあった）

同性愛者解放運動からほぼ十年経った七〇年代後半でさえ、年長のゲイたち――私より年長というだけでなく、ラリーよりも年長の――はトップかボトムかを公にすることに不満を述べたものだ（「どうして君たちは秘密をすべてなくしてしまいたがるんだ？　秘密というのはセックスの刺激的な部分じゃないのか？」）。

私はゲイの男の子らしく、というか、他のゲイの男の子や大人の男たちに振り返って見られるようなふうでありたかった。だが女の子や大人の女性たちに私のことを気にしてもらいたい――彼らにも振り返って見てほしい――とも思っていた。男性的なところを見せつけるような部分を自分の容姿のなかに保持していたいと思っていた（「今夜はトップらしく見せようとしてるの？」とラリーに訊ねられたことがある。そう、おそらく私はそうしようとしていたのだ）。

『テンペスト』の稽古をしていたとき、エアリエルの性別は「不定」だとリチャードが言ったのを私は思い出した。天使の性も不定だと彼は言ったのだった。

「演出家の好みでということですか？」エアリエルの不定性についてキトリッジはリチャードにそう訊ねた。

私は性的に不定に見られようと、エアリエルの明らかにされない性の何かを捉えようとしていたのだと思う。自分が小柄だが見栄えがいいことを私は承知していた。それになろうと思えば姿の見えない存在になれた――エアリエルのように、私は「大気の精」になることができた。両性的《バイセクシュアル》に見せる方法はひとつもなかったが、それこそ私が求めていた容姿だった。

ラリーは彼の言う「両性具有《アンドロジニー》という空想的概念」を持っていると私を揶揄《からか》うのを楽しんでいた。彼の世代にとって、いわゆる解放されたゲイはもはやシシー（女々しい男子）であってはならなかったのではないだろうか。ラリーは私がシシーのように見える（そしてそういう服装をしている）と思っていたのだ――それでたぶん彼には私がトップではなくボトムのように見えたのだろう。

だが、自分はほぼ普通の男だと私は思っていた。「普通」というのは、レザーの衣類ともくだらないハンカチの合図とも無縁だったというだけのことだ。ニューヨークでは――七〇年代を通じて、大半の都市でそうだったように――通りで相手を見つけることが多かった。当時も、そして今も、私は両性具有的《アンドロジナス》なファッションを好んだ――アンドロジナスもアンドロジニーも発音するのに問題はなかった。

「君は綺麗な男の子だ、ビル」ラリーはよく私にそう言った。「だがな、いつまでもうんと細いままでいられるとは思うなよ。カミソリの刃みたいな格好ができるとか、女装さえできるなんて思うんじゃないぞ。君が逆らっている男らしさのルールに本当になんらかの影響を及ぼすことができるなんてさ。本物の男のあり方を変えることは君にはできないし、そういう男になることもできないんだ！」

「はい、教授」私の答えはいつもそれだけだった。

素晴らしい七〇年代、誰かを引っ掛けたり、あるいは自分が引っ掛けられたとき、いつも私の手が相手の男の尻を摑むあの瞬間がやってきた。相手がファックしてもらいたがっているときには呻きながら身をよじり始める——私がマジックスポットを捉えたことを教えようとして。だが相手がトップだとわかると、超高速のシックスナインで手を打ってその夜はそれでお開きということになるのだった。ときには、超手荒なシックスナインになることもあった（ラリーのいう「男らしさのルール」のほうが優勢だったのかもしれない。私の「両性具有という空想的概念」はそれほどでもなかったのかも）。

結局私がラリーのもとを去ることになったのは、彼の手に負えない嫉妬のせいだった。いくらあの頃の私のように若くても、愛の代用としての我慢強い敬意にも限界があったのだ。私が誰か他の男と一緒だったのではないかと思うと、ラリーは私の尻の穴に触ろうとした——湿っていないか、あるいは少なくともつるつるしていないか確かめるためだ。「僕はトップなんだよ、忘れたの？」と私は言う。「代わりに僕のコックのにおいを嗅ぐべきだよ」だがラリーの嫉妬は異常なくらい非論理的だった。僕のことはじゅうぶんわかっていたのに、誰か他の男となら僕はボトムになることもできると本気で信じていたのだ。

ウィーンでラリーと会ったとき、彼は彼の地で自身もオペラを勉強していた——オペラが目的で来ていたのだ。オペラは、私がウィーンを選んだ理由のひとつでもあった。結局のところ、ミス・フロストのおかげで私は十九世紀の小説に傾倒していた。私の愛するオペラは、十九世紀の小説だったのだ！

ローレンス・アプトンは定評のある詩人だったが、常々オペラの台本を書きたいと思っていた（「なにしろさ、ビル、僕は韻の踏み方を知っているからね」）。ラリーはゲイのオペラを書きたいという望みを持っていた。詩人としての彼は自分にひどく厳しかった。もしかすると、オペラの台本ならもっとリラックスして書けると思っていたのかもしれない。ゲイのオペラを書きたいとは思っていたのかもしれないが、ローレンス・アプトンはゲイの詩をおおっぴらに書いたことはなかった——このことに私は、少なからずむかついたものだ。

ラリーのオペラでは、とあるシニカルな女王——ラリーに非常に似ている人物——が語り手だ。語り手は不満を歌い上げる——故意に馬鹿げたものになっていて、どんなふうに韻を踏むかは忘れてしまった。「兵卒ばかりで大将がいない」と語り手は嘆く。「チキン（受身役のゲイ）ばかりで雄鶏がいない」確かに、至極リラックスしたものだった。

ボトムの合唱団が登場し——当然のことながら大勢のボトムの——そして滑稽なくらいずっと少ない数のトップの合唱団も。ラリーがオペラを続けていたら、中くらいの人数の熊男《ベア》の合唱団も付け加えていたかもしれないが、ベア・ムーヴメントが始まったのは八〇年代半ばになってからのことだった——くっきり整った、端正で身だしなみの良い、ジムで鍛えた体にタマの毛を剃った男たちに反逆する、意識してだらしない格好をしたあの大柄で毛むくじゃらの男たち（あのベアたちは、当初は非常に斬新だった）。

言うまでもないことだが、ラリーの台本がオペラになることはなかった。オペラ台本作者としての彼のキャリアは進行途中で断念された。ラリーは詩人としてのみ記憶されることとなるのだが、私は彼のゲイ・オペラの着想を覚えている——それに私がまだうんと若かった頃のあのシュターツオーパー、広大なウィーン国立歌劇場での幾多の夜のことも。

私のような小説家志望の若者にとっては貴重な教訓だった。偉大な人間、優れた詩人が失敗するのを見るのは。鍛錬によって身に付いたものから踏み出そうとするときには慎重であらねばならないのだ——ラリーと初めていい仲になった頃、ものを書くというのはそうした鍛錬なのだということを私はまだ学んでいるところだった。オペラはきらびやかな形態のストーリーテリングかもしれないが、オペラの台本作家もまたそれなりのルールに従っている。よい作品は「弛緩《リラックス》」してはいないのだ。

ラリーの名誉のために言っておくが、オペラ台本作家としての自分の失敗を最初に認めたのは彼本人だった。それもまた貴重な教訓だった。「自分の水準を下げるようなことになったときはな、ビル、形態のせいにしたら駄目だぞ。オペラが悪いわけじゃない。僕はこの失敗の被害者じゃないんだ、ビル——僕が犯人なんだよ」

恋人から学べることは多いが——大抵の場合——友だちのほうが関係が長く続くし、学べることもさらに多い（少なくとも、私はそうだった）。我が友エレインの母親であるマーサ・ハドリーのほうがローレンス・アプトンが実際に及ぼしたよりも大きな影響を私に及ぼしていると言うことさえできよう。

じつのところ、一九六〇年の冬に私が三年生だった——そして純朴なヴァーモントの少年だった——フェイヴォリット・リヴァー学院で、のちにラリーが（あるいは私のゲイ友だちや恋人たちの誰彼が）使うような意味でトップやボトムという言葉が使われるのを聞いたことは一度もなかったが、誰かとセックスするまえから、私には自分がトップだとわかっていたのだ。

マーサ・ハドリーに部分的告白をし、マーサ・ハドリーの明らかな支配性に強い印象を受けながらも戸惑いを覚えたあの日、自分は絶えず他の少年や男とファックしたくなるが、必ずペニスを相手のボトムに挿入してでなくてはならないと、はっきり悟ったのだ。他の少年や男のペニスで貫かれたいとは決して思わないと（口なら、いい——尻の穴は、ごめんだ）。

キトリッジに情欲を抱きながらも、私は自分についてここまではわかっていた。彼をファックしたいと思うし、彼のペニスを口に含みたいとは思うが、彼にファックされたいとは思わなかった。キトリッジという人間がわかっているのに、私はまるでどうかしていたのではないか。もしもキトリッジがゲイとしての関係を受け入れる可能性があるとしても、彼がどういう立場をとるかは痛いほどはっきりしていたのだから。もしもキトリッジがゲイだったら、彼はどう見てもトップだった。

ご覧のように私は、大学三年のときのウィーンで過ごした留学生活へと飛ぶにあたって、ラリーの話でもってあの私の将来における幕間を語り始めることを選んだ。あのウィーンにおける幕間は私の初めての本物のガールフレンドであるエズメラルダ・ソレアの話から始めるべきではなかったかと思われるかもしれない。なんといっても私はウィーンに着いて（一九六三年九月）すぐエズメラルダに出会ったのだし、ラリーの創作の生徒になる——そしてそれからほどなくラリーの愛人となる——まえの数ヶ月をエズメラルダと暮らしていたのだから。

だが、エズメラルダの話をするのを先延ばしにした理由は自分で承知しているつもりだ。今日ではティーンエイジャーのうちに「カミングアウト」するのが非常に簡単になったと、私の世代のゲイの男はよく口にする。私が言いたいのはこういうことだ。あの当時、それは決して簡単ではなかった。

私の場合、自分が他の少年や男に性的な憧れを抱くことを恥じていた。そんな感情と戦ってきたのだ。「正常」になろうとする必死の努力のなかでミス・フロストやミセス・ハドリーに惹かれる気持ちを、私が誇張しすぎているのではないかと思われるかもしれない。本当は女性に惹かれていなかったのではないかなどという考えを抱かれるかもしれない。だが、私は惹かれていた——今も女性に惹かれる。私は——無論とりわけフェイヴォリット・リヴァー学院においては、なにしろ男子校だったのだから——他の少年や男性に惹かれる気持ちを押し殺さざるを得なかったというだけのことだ。

トムとヨーロッパへ行ったあの夏のあと、フェイヴォリット・リヴァーを卒業してその後ひとりで暮らすようになり——ニューヨークの大学に進学して——私はついに自分の同性愛者《ホモセクシュアル》としての側面を認めることができるようになった（そう、トムについてはこれからもっと話すつもりだ。ただ、トムのことはひどくややこしいのだ）。そしてトムのあと、私は何人もの男性と関係を持った。十九歳、そして二十歳のとき——六三年の三月、ウィーンのヨーロッパ研究所で学ぶことが許可されたとわかるちょっとまえに私は二十一になった——私はすでに「カミングアウト」していた。ウィーンに行ったとき、私はすでにニューヨークで二年間、ゲイの若者として暮らしていたのだ。

もう女性に惹かれなかったというわけではない。ちゃんと惹かれていた。だが、女性に惹かれる気持ちに屈してしまうのは、かつてそうであった抑圧されたゲイの少年に戻ることのような気がしたのだ。当時のゲイ仲間や愛人たち全員が、両性愛者《バイセクシュアル》を名乗る男は本当は片足をクローゼットに突っ込んだままのゲイに過ぎないのだと信じていたのは言うまでもなく（私自身——十九歳と二十歳のときの私、それに二十一歳になったばかりの私——のなかにもまたそう信じている部分があったように思う）。

それでも私は自分がバイセクシュアルであるのがわかっていた——自分がキトリッジに惹かれていること、しかもどんなふうに惹かれるのか正確にわかっていたのと同じくらいはっきりと。だが十代の後半から二十代初めにかけて、私は女性に惹かれる気持ちを抑えていた——かつて他の少年や男性に対する欲望を抑えていたのと同じように。あんなに若い頃でさえ、バイセクシュアルの男は信用されないのだということを私は感づいていたに違いない。ことによるとこの先もそうなのかもしれないが、当時は確かに信頼されなかったのだ。

女性に惹かれるのを恥ずかしいと思ったことはなかったが、いったんゲイの恋人を持つようになると——それに、ニューヨークではどんどんゲイの友人が増えた——女性に惹かれることで他のゲイたちから不信や疑念を抱かれ、あるいは恐れられさえするということをたちまち悟ったのだ。だから私はそういう気持ちを押さえ込み、口にしないようにした。ただ、多くの女たちに目は向けた（あの六一年の夏、ヨーロッパで——トムと旅行していたとき——目を向けているのを可哀相なトムに気づかれたことがあった）。

私たちは小さなグループだった。つまり、一九六三年から六四年にかけての一年、ウィーンのインスティトゥート・フューア・オイロペーイッシェ・シュトゥーディエンで学ぶことを許可されたアメリカ人学生は、という意味だ。私たちはニューヨーク港でクルーズ船に乗り込み、大西洋を渡った——トムと二年前の夏にしたように。その年度のインスティトゥートの学生のなかにはゲイあるいはカミングアウトした者はいない——あるいはそういう意味で自分の関心を惹く者はいない——と、私はさっさと結論を下した。

私たちは西ヨーロッパをバスで横断してウィーンへ向かった——二週間のせわしない、トムと私がひと夏かけて行ったよりも遥かに教育的な観光だった。仲間である学部留学の学生たちとは初対面だった。幾人かとは友人になった——異性愛者《ストレート》の男の子や女の子、というか、私にはそう見えた。二、三人の女の子のことは考えてみたが、ウィーンへ着きもしないうちに、グループが少人数すぎると思うようになった。実際、インスティトゥートの女の子の誰かと寝るのは賢いことではなかっただろう。それに、アメリカに残してきたガールフレンドに忠実であろうと「努めている」のだという作り話をし始めていた。仲間のインスティトゥートの学生たちのあいだでは、私はストレートで、どうやら自分の殻に閉じこもりがちなところがあるようだというイメージが定着していた。

ヴァイブルク小路にあるツーファルで唯一の英語を話すウェイターという職にありついたとき、ヨーロッパ研究所との距離をおいた関係は完全なものとなった――仲間の学生たちが食事するレストランとしては高すぎたのだ。ドクトル・カール・ルエーガー広場で授業に出るのを除いては、私は外国で暮らす若い作家というわくわくする経験――すなわち、ひとりになれる時間を見つけるというあのもっとも必要な訓練を続けることができた。

エズメラルダと出会ったのは偶然だった。私はオペラ座で彼女に目を留めた。これは彼女の体格（背が高く肩幅の広い少女ないし女性に私は惹かれる）と、それに彼女がノートを取っていたせいだった。彼女は国立歌劇場の客席の後ろに立ってすごい勢いで走り書きしていた。エズメラルダを見かけた最初の夜、私は彼女を批評家と勘違いした。私より三歳年上なだけ（エズメラルダは六三年のあの秋、二十四歳だった）だったのだが、彼女はそれより上に見えた。

彼女を見かけることが続き――彼女はいつも後ろに立っていた――もし批評家ならせめて座席はあるだろうと私は気づいた。だが彼女は私や他の学生たちと同じく後ろに立っていた。当時、学生ならば、後ろに立っていても構わなかったのだ。学生の場合は、オペラの立ち見は無料だった。

国立歌劇場はケルントナー通りとリンク通りの交わるところに位置していた。このオペラハウスはツーファルから徒歩で十分かからなかった。国立歌劇場で公演があるときは、ツーファルはディナーを二度供した。オペラのまえに早めの夕食を出し、その後、オペラのあとにはもっと贅沢なディナーを提供していた。たいていの夜はそうだったのだが、二度ともウェイターを務めるときには、私は第一幕が始まってからオペラ座に行き、終幕が終わる前に出ていた。

ある夜、幕間でエズメラルダが話しかけてきた。ひどくがっかりだったのだが私はアメリカ人に見えたに違いない、彼女は英語で話しかけてきた。

「いったいどういうことなの？」とエズメラルダは私に訊ねた。「いつも遅く来て、そしていつも早くに出るじゃない！」（彼女は明らかにアメリカ人だった。結局オハイオ出身だとわかった）

「仕事があるんだ——ウェイターなんだよ」と私は答えた。「君はどうなの？　どうしていつもノートを取ってるわけ？　物書きになるつもり？　僕はそのつもりなんだけど」と僕は明かした。

「わたしはただの代役よ——ソプラノ歌手になろうと頑張ってるの」とエズメラルダは答えた。「あなたは物書きになるつもりなのね」彼女はゆっくりと繰り返した（私はたちまち彼女に惹かれた）。

ある夜、ツーファルで遅番ではなかったときに、私はオペラの幕が降りるまでいて、エズメラルダを家まで歩いて送っていこうと申し出た。

「でもわたし、『家』になんか帰りたくない——自分の住んでるところが好きじゃないの。あまりいないようにしてるの」とエズメラルダは言った。

「ああ」

私もウィーンで住んでいたところが好きではなかった——私もあまりそこにはいないようにしていた。だが夜はたいていヴァイブルク小路のレストランで働いていたので、私はまだウィーンで夜行くようなところをあまり知らなかった。

私はエズメラルダをドロテーア小路のゲイの集まるコーヒーハウスへ連れて行った。そこは国立歌劇場に近く、私は日中しか行ったことがなかった。日中はおもに学生が来ているのだ——女の子もいた。夜のカフェ・ケーフィヒの客が男ばかり、ゲイばかりであることは知らなかった。

エズメラルダと私が私の失敗を悟るにはほとんど時間がかからなかった。「日中はこんなじゃないんだ」店を出ながら、私は彼女に言った（その夜ラリーが店にいなかったのはありがたかった、私はもうすでにインスティトゥートで創作を教えないのかと彼に持ちかけていたのだから。ラリーはまだどう決めたか話してくれてはいなかった）。

エズメラルダはカフェ・ケーフィヒへ連れていったことで私を笑った――「わたしたちの初めてのデートなのに！」グラーベン通りをコールマルクト通りへ向かって歩きながら、彼女は叫んだ。コールマルクト沿いにコーヒーハウスがあった。入ったことはなかったが、高そうだった。

「家の近くに知ってる店があるわ」とエズメラルダが言った。「あそこへ行って、それから家まで歩いて送ってくれたらいいわ」

二人とも驚いたことに、私たちは同じ地区に住んでいた――リンク通りを横切って最初の区画のむこう、カールス教会の近くだ。アルゲンティーニアー通りとシュヴィント小路の角にカフェバーがあった――ウィーンでよくあるタイプだ。コーヒーハウス兼バーだった。僕の近所の店でもあるんだ、と腰を下ろしながら私はエズメラルダに話した（私はよくそこで書いていた）。

そんなふうにして、私たちは満足とは言えない自分たちの住環境について話し始めた。結局、私たちは二人ともシュヴィント小路の同じ建物に住んでいることがわかった。エズメラルダの住まいのほうが私のよりもまともだった。彼女は寝室と自分の浴室、それに小さなキッチンのある部屋だったが、玄関は女家主と共有だった。ほぼ毎晩、エズメラルダは「家」に帰ると女家主の居間を通らねばならず、そこにはあの非難がましい老女が気難しい小さな犬とともにソファに腰を落ち着けているのだった（彼らはいつもテレビを見ていた）。

エズメラルダの寝室にはテレビの低い音が四六時中聞こえてきて、そんななかで彼女は古い蓄音機でオペラ（たいていはドイツ語の）を聴くのだった。レコードはそっとかけるようにと指示されていたが、「そっと」というのはオペラにはそぐわなかった。オペラを女家主のテレビの音をかき消すのにじゅうぶんなほどには大きくし、そしてエズメラルダはうんとうんと注意してドイツ語に耳を傾けながら、歌を口ずさむのだった——これまたそっと。ドイツ語の発音を向上させる必要があるのだと、彼女は言った。

私は自分のドイツ語文法と語順を向上させる必要があり——語彙は言うまでもなく——私の脳裏にはたちまちエズメラルダと互いに助け合う情景が浮かんだ。発音はドイツ語に関して唯一私のほうがエズメラルダよりも優っている分野だった。

ツーファルの給仕スタッフたちは私に覚悟を決めさせようとしていた。秋が過ぎたら——冬が来て、観光客がいなくなったら——英語を話す客など一人も来ない夜もあろう。冬が来るまえにドイツ語を向上させておいたほうがいい、と彼らは警告した。オーストリア人は外国人に優しくはなかった。ウィーンでは、アウスレンダー（外国人）という言葉は決していいふうには口にされなかった。ウィーンの人々には根っから外国人嫌いなところがあったのだ。

そのアルゲンティーニアー通りのカフェバーで、私は自分の住環境をエズメラルダに説明し始めた——ドイツ語で。お互いにドイツ語でしゃべろうと、すでに二人で決めていた。

エズメラルダはスペイン風の名前を持っていた——エズメラルダはスペイン語で「エメラルド」を意味する——が、スペイン語はしゃべれなかった。彼女の母親はイタリア人で、エズメラルダはイタリア語はしゃべれた（そして歌えた）のだが、オペラ歌手になりたいのなら、ドイツ語の発音を向上させなければならないのだった。彼女がソプラノの代役だというのは、国立歌劇場では冗談みたいなものなのだと彼女は言った——彼女は自分のことをソプラノの「順番待ち」と呼んだ。彼女がウィーンで舞台に立たせてもらえるとしたらそれは正規のソプラノ——「先発の」ソプラノ、とエズメラルダは呼んだ——が死んだときだけだろう（あるいはオペラがイタリア語だった場合か）。

これを完全に文法的に正しいドイツ語で話してくれたとはいえ、彼女の発音にはクリーヴランドっぽいところが強く感じられた。クリーヴランドの小学校の音楽教師が、エズメラルダが歌えることを発見してくれたのだ。彼女は奨学金をもらってオーバリン音楽院へ進んだ。エズメラルダの学部海外留学はミラノだった。彼女はスカラ座で学生インターンとなり、イタリア・オペラに惚れ込んだのだった。

だが、ドイツ語は口のなかで木屑のように感じられるのだとエズメラルダは語った。彼女の父親は彼女と母親を捨てた。アルゼンチンへ行き、そこでべつの女と出会ったのだ。父親がアルゼンチンでいい仲になった女はナチの子孫だったに違いないとエズメラルダは断定していた。

「でなきゃわたしが発音をこなせないことの説明がつかないでしょ？」とエズメラルダは問いかけた。「いやっていうほどドイツ語を勉強してきたのに！」

私は今でもエズメラルダと自分を結びつけた絆のことを考える。どちらも父親は姿をくらましていて、シュヴィント小路の同じ建物に住んでいて、そしてアルゲンティーニアー通りのカフェバーでこんなことをあれこれ二人でしゃべっていたのだ――どちらも不完全なドイツ語で。ウングラウプリッヒ！（信じられない！）

インスティトゥートの学生たちの住まいはウィーンじゅうに散らばっていた。寝室は個室でも浴室は共同というのが普通だった。驚くほど多くの学生が、下宿の女家主は寡婦でキッチンは使えなかった。私は下宿の女家主が寡婦で、寝室は個室で、浴室は寡婦の離婚した娘とその五歳の息子ジークフリートと共同だった。キッチンは絶えず誰かが使っていてめちゃめちゃだったが、私はそこで自分のコーヒーを淹れることが許可されていて、冷蔵庫にビールも入れていた。

寡婦である私の下宿の女家主はいつも泣いていた。昼夜を問わずほつれたタオル地のバスローブ姿で足を引きずって歩き回った。離婚した娘は胸の大きな親分タイプの女だった。彼女のせいではないのだが、どうも横柄な伯母のミュリエルを思い出してしまった。五歳のジークフリートは陰険な悪魔のような目で私を睨んだ。この子は毎日朝食に半熟卵を食べた――殻ごと。

ジークフリートがそうするのを初めて見たとき、私はすぐさま自分の部屋へ行って英独辞典を調べた(「卵の殻」をドイツ語でなんというか知らなかったのだ)。五歳の息子が殻を食べたことをジークフリートの母親に知らせると、母親は肩をすくめて、卵だけより体にいいかもしれないと言った。朝、私が自分のコーヒーを淹れながら幼いジークフリートが半熟卵を殻ごと食べるのを眺めるとき、バツイチ女はたいてい、ぶかぶかの男物のパジャマ――たぶん別れた夫のものだろう――をだらしなく着込んでいた。いつもかなりの数のボタンが留めないままで、それにジークフリートの母親にはぼりぼり体を掻くという嘆かわしい癖があった。

共同で使っていた浴室で妙だったのがドアに覗き穴があることで、ホテルの部屋のドアならよくあるが、浴室のドアとなると普通ではなかった。浴室を出る人が――たぶん半分裸かあるいはタオルを体に巻いて――廊下に誰もいないか(言い換えれば、そこに誰かいるか)確かめられるように浴室のドアに覗き穴が設けられたのかと私は推測した。だがどうして? たとえ人目がなくとも、いったい誰が廊下を裸で歩き回りたい、あるいはそうする必要があるというのだろう?

この謎は浴室の覗き穴のシリンダーが逆向きにできる造りになっているという興味深い事実によっていっそう深まった。シリンダーがしょっちゅう逆向きになっていることを私は発見した。逆向きのほうが普通なのだ――廊下から浴室を覗き込んで、なかに誰がいて、何をしているのか、はっきり見ることができたのだ!

いいかい、そんなことを誰かにドイツ語で説明してみるといい、自分のドイツ語がどのくらい上手いかあるいは下手かわかるだろう。だが、そんなことをすべて、私は最初のデートのときにエズメラルダになんとか——ドイツ語で——話してのけたのだ。

「なんとまあ！」話の途中でエズメラルダは言った、英語で。彼女の肌は牛乳たっぷりのコーヒーの色で、上唇にはごくうっすらとひげが生えていた。髪は漆黒で、こげ茶の目はほとんど黒だった。手は私の手より大きかった——背も私より少し高かった——が、胸は（私がほっとしたことには）「普通」で、それは私にとっては彼女の体の他の部分よりも「目に見えて小さい」ということだった。

いいだろう——話そうじゃないか。本物のガールフレンドを初めて持つことを私がためらっていたのだとしたら、理由の一部は自分が肛門性交を好むことを発見していたからだった（私はそれがたいそう好きだった！）。たぶん、膣性交とはどんなものなのだろうと不安に思う気持ちが私のなかにあったのだろう。

トムとヨーロッパを旅行したあの夏——私が女の子や女性の方を見たというだけで、可哀相なトムはひどく不安な、切迫した気分になった——少なからぬ憤怒を込めてこう言ったのを覚えている。「おいおいトム——僕がどれだけアナル・セックスが好きか気がついてないのか？　ヴァギナとセックスするのってどんなだと僕が想像してると思う？　たぶん、舞踏室とセックスするようなもんだよ！」

もちろん、ヴァギナという言葉を聞くと可哀相なトムは浴室へ駆け込むのだった——そしてえずくのが聞こえてくる。だが、ほんの冗談だったのに、その舞踏室という言葉はいつまでも残った。頭から締め出すことができなかった。もしかしてヴァギナとセックスするのが本当に舞踏室とセックスするみたいだったら？　それでも私は標準より大柄な女性に惹かれ続けた。

エズメラルダと私のあいだに立ちはだかっている障害は、私たちの理想的とは言い難い住環境だけではなかった。私たちは気を遣いながら互いの部屋を訪ね合っていた。

「逆向きの覗き穴のある浴室のドアのことはだいじょうぶだけど」とエズメラルダは言った。「あの子にはどうもゾッとしちゃうの」彼女はジークフリートのことを「卵殻食い《エッグシェル・イーター》」と呼んだ。だが、エズメラルダとの関係が進展していくにつれ、ジークフリート自体が彼女をゾッとさせるわけではないことが明らかになってくる。

逆向きの覗き穴のある浴室のドアよりも遥かにエズメラルダにとって気がかりだったのは、彼女が子供に関して抱いていたより大きな問題だった。自分が子供を持つのを恐れていたのだ。当時多くの若い娘がそうだったように、エズメラルダは妊娠することを異常に恐れていた――じゅうぶんな理由があってのことだ。

もしエズメラルダが妊娠したら、オペラ歌手になるという望みはそこでお終いになってしまうだろう。「主婦兼ソプラノ歌手になる気なんかないもの」というのが彼女の言い方だった。ヨーロッパには中絶手術を受けることができる国もあることを私たちは二人とも知っていた（オーストリアは違う、カトリック国なのだから）。だが、たいていのところでは、中絶は受けられなかった――というか、安全ではなく、違法だった。私たちはそれも知っていた。おまけに、エズメラルダのイタリア人の母親はがちがちのカトリックだった。たとえ処置が可能で安全かつ合法であっても、エズメラルダは中絶を受けることに恐れを抱いたことだろう。

「わたしを腹ボテから守れるコンドームは存在しないの」とエズメラルダは言った。「めちゃくちゃ妊娠しやすいのよ」

「どうしてわかるの？」と私は訊ねた。

「妊娠しそうだって感じるの、いつもね――とにかくわかるのよ」と彼女は答えた。

「へえ」

私たちは慎み深く彼女のベッドに座っていた。妊娠の恐怖は私には乗り越え難い障害のように思えた。それをどちらの部屋で試みるかということについては、二人で決めていた。同棲するとしたら、エズメラルダの小さな住まいだ。私の泣いてばかりいる寡婦の家主はインスティトゥートに苦情を申し立てていた。私は浴室のドアの覗き穴を逆向きにしたと糾弾されていたのだ！　そんな逸脱行為は犯していないという私の主張をダス・インスティトゥートは受け入れてくれたが、私は立ち退かねばならなかった。

「ぜったいあのエッグシェル・イーターの仕業よ」とエズメラルダは言っていた。私は反論しなかったが、チビのジークフリートならあの馬鹿げた覗き穴に手を届かせるだけでもスツールか椅子の上に立たねばならなかっただろう。私はきっとあのボタンを留めていないバツイチ女だと思っていた。

エズメラルダの家主は余分な家賃が入ることを喜んだ。あんな小さなキッチンしかないエズメラルダの住まいで二人住めるとは、たぶん家主は思っていなかったことだろうが、エズメラルダと私は料理はしなかった——いつも外食していた。

エズメラルダは私が移ってきてから女家主の性格が良くなったと言った。老婦人はエズメラルダが恋人と同棲することには眉をひそめたとしても、余分な家賃収入に不興が和らいだらしかった。あの気難しい犬でさえ私を受け入れてくれた。

エズメラルダと私が手を触れることもなく彼女のベッドに座っていた同じその夜に、私たちは老婦人に、居間へ招き入れられていた。老婦人は自分と犬が見ていたテレビのアメリカ映画をいっしょに見せようと思ったのだ。エズメラルダも私もまだカルチャー・ショック状態だった。ゲーリー・クーパーがドイツ語をしゃべるのを耳にすることから回復するのは簡単ではなかったのだ。『真昼の決闘』を吹き替えるだなんて、よくそんなことができるよね？」と私は言い続けた。

テレビの低い物音がエズメラルダの部屋にいる私たちのところまで響いてきた。テックス・リッターが「ドゥ・ノット・フォーセイク・ミー」を歌っていた。

「少なくとも、テックス・リッターは吹き替えになってないわね」とエズメラルダが言ったとき、私は――おそるおそる――彼女の完璧な胸を触った。「あのねえ、ビリー」彼女は私に触らせておきながら言った（彼女がこれをまえにも言ったことがあるのが私にはわかった。過去において、この言葉はボーイフレンドに対するストッパーだったのだ。今回は違ったが）。

彼女に手渡されて初めて私はコンドームに気づいた――それはまだ艶のあるアルミ包装のままだった。「これを着けてね、ビリー――その忌々しいやつは破けちゃうかもしれないけど、そのほうが清潔だから」

「わかった」私はコンドームを受け取りながら答えた。

「だけど、あのね――これは言いにくいんだけど、ビリー――していいのはアナルだけよ。わたしがさせてあげられる性行為はそれだけ――アナル」と彼女は繰り返したが、今度は恥ずかしそうな小声だった。「あなたには妥協だってことはわかってる、でも、とにかくそういうことなの。アナルか、でなきゃ何もなし」とエズメラルダは言った。

「ああ」

「あなたがそんなの嫌だって言うんなら、それはそれでいいのよ、ビリー」と彼女は言った。

あんまりあれこれ言わないほうがいいな、と私は考えていた。彼女の提案は私にとって「妥協」などではなかった――私は肛門性交が大好きだったのだ！　ボーイフレンド・ストッパーである「アナルか、でなきゃ何もなし」について――私は反対にほっとしていた。忌まわしい舞踏室体験はまたも延期されたのだ！　用心しなければならないことはわかっていた――あまり乗り気に見えないようにしなくては。

私がこう言ったとき、それはまったく嘘というわけではなかった。「僕、ちょっと緊張しちゃうな――初めてなんだ」（確かに、私は「女性とは」とは付け加えなかった――確かに、確かに！）

エズメラルダは蓄音機のスイッチを入れた。彼女はドニゼッティの歌劇『ランメルモールのルチア』のあの有名な六一年録音のレコード――狂乱のソプラノはジョーン・サザーランド――をかけた（そして私には、今夜のエズメラルダはドイツ語の発音を向上させることに集中するつもりはないのだということがわかった）。ドニゼッティは確かにテックス・リッターよりもロマンチックなバックグラウンドミュージックだった。

かくして私はわくわくしながら初めての女の子との体験に乗り出したのだった――性行為は「アナルか、でなきゃ何もなし」という、私にはぜんぜん妥協ではない妥協へと。でなきゃ何もなしの部分は厳密に正しいわけではなかった。私たちはオーラルセックスもたっぷりとすることになるのだから。私はオーラルセックスは怖くなかったし、エズメラルダは大好きだった――歌わされちゃうの、と彼女は言った。

こうして私は制限付きでヴァギナを知った。舞踏室（あるいは舞踏室ではない）部分だけは保留になっていた――そしてその部分については、私は待つことに満足して、喜んでさえいた。長いあいだあそこについて不安をもって思い巡らしてきた者にしては、私は非常に興味をそそられ魅力的だと思えるやり方でヴァギナを知ることができた。私はエズメラルダとのセックスを心から愛していたし、それに彼女のことも愛していた。

セックスのあとで、半分寝ぼけて、あるいは女性といるのを忘れて、彼女のヴァギナに触ってしまうことがあった――驚いたようにさっと手を引っ込めることになるのだが（私はエズメラルダのペニスに手を伸ばしていたのだ)。

「可哀相なビリー」エズメラルダは束の間の接触を誤解して言う。私が彼女のヴァギナに挿入したがっている、拒否されていることのすべてに対して痛いほどの疼きを感じていると思っていたのだ。

「僕は『可哀相なビリー』じゃないよ——僕は幸せなビリーだ、完全に満足しているビリーだよ」私はいつも彼女にそう言った。

「あなたってほんとにいい人ね」とエズメラルダは答える。私がどれだけ満足しているか彼女はまったく知らなかったし、私が手を伸ばして彼女のヴァギナを触るとき——眠りながらときどき、あるいは眠っていなくとも無意識で——エズメラルダは私が何に手を伸ばしているのかまるでわかっていなかった。それは彼女の持っていないもので、私はそれが恋しかったに違いない。


ツーファルのデア・オーバーケルナー(ボーイ長)は歳より老けて見える厳しい顔つきの青年だった。彼は片目をなくして眼帯をつけていた。まだ三十になっていなかったが、眼帯のせいかはたまた片目をなくしているせいか、もっとずっと年長の男のような重々しさがあった。彼の名前はカールといい、目を失った話は決してしなかった——他のウェイターたちから聞いたのだ。第二次大戦の終わり頃、カールは十歳だったが、幾人かのソ連兵が自分の母親を強姦するのを見て止めようとしたのだ。ひとりのソ連兵が少年をライフルで殴り、その一撃でカールは片目の視力を失ったのだった。

その、学部留学した年の晩秋——そろそろ十一月も終わる頃だった——エズメラルダは国立歌劇場の三部構成の舞台で主役のソプラノを務める初めてのチャンスを与えられた。彼女が予測していたように、それはイタリア・オペラで——ヴェルディの『マクベス』——自分の番が来るのを辛抱強く待っていた(本当のところ、自分の番が来ることはないんじゃないかと彼女は思っていたのだ)エズメラルダは、その秋のほとんどのあいだ（実際のところ、私たちが同棲していたあいだはずっと）、マクベス夫人役のソプラノの代役となっていたのだ。

「ヴィエーニ・タッフレッタ！（来たれ、急いで）」エズメラルダが寝ながら歌うのを聞いたことがある——魔女たちとの最初の邂逅のことを記した夫の手紙をマクベス夫人が読む場面だ。

私はカールに、レストランの最初の夕食の勤務を早めに切り上げ、オペラのあとの回に遅れて入る許可を求めた。ガールフレンドが金曜の夜にマクベス夫人役をやるのだと言って。

「お前にガールフレンドがいたのか——あの代役はほんとにお前のガールフレンドなんだな、そうなのか？」カールは訊ねた。

「はい、そうです、カール」と私は答えた。

「そう聞いて嬉しいよ、ビル——それと矛盾する話もあったからね」カールは片方だけの目をじっと私に注いだ。

「エズメラルダは僕のガールフレンドで、彼女はこの金曜にマクベス夫人のパートを歌うんです」と私はボーイ長に説明した。

「それは千載一遇のチャンスだな、ビル——彼女に失敗させるなよ」とカールは言った。

「とにかく最初のところを見逃したくないんです——そして最後までいてやりたいんです、カール」と私は話した。

「そりゃそうだろう、そうだろう。金曜なのはわかってる、だけどそれほど忙しくないしな。暖かい時期は終わった。観光客は木の葉と同じく散っていってる。うちの店で英語の話せるウェイターが本当に必要なのはこの週末が最後かもしれないが、しかし、君なしでもなんとかやっていけるさ、ビル」とカールは答えた。彼には味方をしてくれているときでさえこちらを不愉快にさせるようなところがあった。カールは私に地獄の精霊に呼びかけるマクベス夫人を思い出させた。

「オル・トゥッティ・ソルジェーテ（みんな立ち上がれ）」眠っているエズメラルダがこう歌うのも聴いたことがあった。ぞっとするような感じで、私のドイツ語にはなんの役にもたたなかった。

「ファタル・ミーア・ドンナ！（宿命的な妻よ）」マクベス夫人は弱腰の夫に言う。彼女はマクベスがダンカンを殺すのに使った短剣を取り、眠っている従者たちに血をなすりつける。私はエズメラルダがマクベスを尻に敷く様を見るのが待ちきれなかった！　そしてこれらすべては第一幕で起こるのだ。当然のことながら、私は遅れたくなかった——魔女のシーンを一分たりとも見逃すのは嫌だった。

「ほんとに嬉しいよ、ビル。つまりその、君にガールフレンドがいることがね——あの大柄なソプラノ歌手がガールフレンドだってことだけじゃなく、どんなガールフレンドにしろ、いるってことがね。これで噂もなくなるだろう」とカールは言った。

「誰が噂してるんですか、カール？」私は訊ねた。

「他のウェイターたちとか、スーシェフのひとりとか——噂話がどんなもんだかわかるだろ、ビル」

「ああ」

　本当のところ、ツーファルの厨房の誰かが私がゲイではないという証拠を必要としていたというなら、それはおそらくカールだろう。私がゲイだという噂が流れていたのなら、ぜったいに流していたのはカールだと思う。

　私はエズメラルダが眠っているときは目を離さなかった。マクベス夫人は第四幕で夜毎夢遊病に冒される姿を見せるとしても——手にまだ血がこびりついていると嘆く——エズメラルダは眠ったまま歩きまわることは決してなかった。彼女はぐっすり眠り、横たわったまま（ほとんど毎晩のように）「ウーナ・マッキア（染みが）」と歌った。

金曜の夜に休みをとる主役のソプラノは声帯に、歌手によくあるポリープができたのだった。これはオペラ歌手には珍しいことではないのだが、ゲルダ・ミューレの小さなポリープには多大な関心が払われた（ポリープを外科的に取り除くべきか否か?）。

エズメラルダはゲルダ・ミューレを崇拝していた。彼女の声は朗々としてしかも無理がなく、素晴らしく広い音域にわたっていた。ゲルダ・ミューレは低音のソから高音のドへと目眩のするような飛翔を力強く、それでいて苦もなくやってのけることができた。彼女のソプラノはワーグナーを歌うにじゅうぶんなほど広やかで重みがあったが、ミューレはまた十九世紀初頭のイタリア・スタイルで必要とされる素早い走句や複雑なトリルという敏捷性もこなす。だがエズメラルダによると、ゲルダ・ミューレは自分のポリープのこととなると辟易するような人間になるのだった。

「彼女、ポリープに人生を支配されちゃってるの──私たちみんなの人生が支配されかかってるの」とエズメラルダは言った。彼女はソプラノ歌手ゲルダ・ミューレを崇拝していたのに、あの女──あの「ポリープ」と今ではエズメラルダは呼んでいた──ゲルダ・ミューレを憎むようになっていた。

金曜の夜、ポリープは彼女の声帯に居座っていた。エズメラルダは彼女の言う国立歌劇場における「最初のスタート」を切ることに胸を高鳴らせていた。だがエズメラルダはゲルダ・ミューレのポリープに対してはそっけなかった。クリーヴランドで、エズメラルダは副鼻腔の手術に耐えた経験があった──歌手志望者にとっては危険な手術だ。十代の頃、エズメラルダは慢性的な鼻づまりだったのだ。自分のドイツ語のしつこいアメリカ訛りはあの副鼻腔の手術のせいなのだろうかと彼女は思うことがあった。声帯ポリープにあれほど大騒ぎするゲルダ・ミューレに、エズメラルダはまったく同情を寄せてはいなかった。

ソプラノ歌手を恋人に持つことについての厨房スタッフや給仕スタッフの冗談を私は無視するよう

になった。カール以外は――彼はからかうなんてことはしなかった――皆が私をこのことでからかった。

「さぞけたたましいこともあるだろうなあ」ツーファルのシェフがこう言い、厨房は笑いに包まれた。

無論、エズメラルダがオーガズムに達するのはオーラルセックスしているときだけだなどということは彼らには言わなかった。本人に言わせるとエズメラルダのオーガズムは「なかなか華々しい」ものらしいが、私は音から防護されていた。エズメラルダの太腿が両耳に押し付けられているのだ。本当に何も聞こえなかった。

「わあ、今高音のミのフラットが出たみたい――しかもそれをほんとに維持できたのよ！」いつもより長いオーガズムのあとで、エズメラルダは言ったが、私の両耳は温かく汗ばんで、彼女の太腿で頭をぎゅっと挟まれていたので何も聞こえていなかった。

　十一月のあの金曜日のウィーンがどんな天気だったか、忘れてしまった。シュヴィント小路の私たちの小さな住まいを出るとき、彼女がJFKのシンボルバッジを身につけていたことしか覚えていない。それは幸運のおまじないなのだと、彼女は言っていた。一九六〇年、オハイオ州におけるケネディの選挙運動でボランティアとして活動したことを彼女はとても誇りに思っていた。オハイオが僅差で共和党のものとなったとき、エズメラルダは腹わたを煮えくり返らせたのだった（オハイオはニクソンに投票した）。

　私はエズメラルダほど政治に関心はなかった。一九六三年の私は、自分は作家への道に没頭していて政治活動に関わる暇はないと思っていた。そのことについてエズメラルダにひどく高慢ちきな物言いをしたことがある。作家になるに際して二股かけるようなことをするつもりはない、と彼女に言ったのだ――政治参加というのは、若者が芸術的試みで失敗することに備える方便だ、みたいなたわ言を吐いたのだ。

「ねえビリー、それはつまり、わたしがあなたより政治に関わっているから、あなたが作家になりたいと思っているほどにはソプラノ歌手になることに頓着していないって言いたいわけ？」エズメラルダは問いかけた。

「もちろん、そんなこと言ってやしないよ！」私は答えた。

彼女に話すべきだったのに話す勇気がなかったのは、自分がバイセクシュアルであるということだった。私を政治参加から遠ざけていたのは書くことではなかった。つまり一九六三年には、私に関わることができる政治といえば自分の両性愛指向だけだったのだ。本当なのだ。二十一のときには、性的に不定であるということにはたくさんの政治が関わってくるのだ。

そうは言うものの、この十一月の金曜日、そんなふうに政治に関わっている彼女は、ソプラノ歌手になることについて二股かけている――あるいはオペラ歌手として失敗することに備えている――と私は思っている、というような印象をエズメラルダに与えたことを、私はすぐに後悔することとなったのだった。

ツーファルの早めの夕食の時間、客のなかにはカールや私が予期していたよりもたくさんのアメリカ人がいた。他の外国人旅行客はいなかった――ともかく英語を話す国の人は――が、定年を過ぎたアメリカ人のカップルが何組かいたし、産科婦人科学会のためにウィーンへ来たのだと私に語った産科医と婦人科医からなる十人のグループ（全員がアメリカ人）がひとテーブルあった。

医者たちは気前良くチップをはずんでくれた。産科医と婦人科医が観るには良いオペラを選ばれましたね、と彼らに言ったからだった。『マクベス』のなかには（第三幕）魔女たちが血まみれの子供を呼び出すシーンがあるのだと彼らに説明した——子供はマクベスに、「女が産んだもの」にマクベスは倒せないという有名なセリフを投げつける（もちろん、マクベスは騙されている。マクベスを殺すマクダフは、自分は帝王切開で生まれてきたと告げるのだ）。

「おそらく唯一の帝王切開を扱ったオペラではないでしょうか」と私は産婦人科テーブルの十人に言ったのだ。

カールが皆に、今夜マクベス夫人のパートを歌うソプラノ歌手は私のガールフレンドなのだと話していたので、私は早めの夕食の客のあいだでけっこう人気者になっていた。そしてカールはちゃんと約束を守って、第一幕が始まるのにじゅうぶん間に合うようレストランを出ることを許してくれた。

だが、何かが変だった。

観客が身を落ち着けようとしていないという妙な印象を私は受けた——とりわけ、無骨なアメリカ人たちが。ひと組のカップルは離婚寸前のように見えた。妻はすすり泣いていて、夫が何を言おうが宥めることができないらしかった。これがどの金曜日の夜か、読者の皆さんの多くが気付いていることだろう——これは一九六三年十一月二十二日のことだったのだ。ケネディ大統領がダラスで狙撃されたのは、中部標準時で午後十二時三十分だった。ウィーンの私はテキサス時間より七時間進んでいて、そして『マクベス』は——私が驚いたことに——時間通り始まらなかった。国立歌劇場はいつも時間通りに始まるのだとエズメラルダは言っていたが、この夜は違った。

私には知る由もなかったが、観客のあいだにそんな気配が感じられたのと同じく、舞台裏でも動揺が起きていた。離婚しかけていると私が思ったアメリカ人夫婦はすでに去っていた。二人とも慰めようのない状態だった。今や他にも嘆き悲しんでいるらしいアメリカ人の姿があった。私は突然幾つもの空席に気づいた。可哀相なエズメラルダ！　彼女の初舞台なのに、満席じゃないなんて（ＪＦＫはダラス時間で午後一時に死亡する――ウィーンでは午後八時だ）。

とにかく頑として幕は開かず、あのスコットランドの荒野が出てこないので、私はエズメラルダのことが心配になってきた。舞台負けだろうか？　声が出なくなったとか？　一晩休むつもりだったゲルダ・ミューレの気が変わった？　（プログラムには、一九六三年十一月二十二日金曜日のマクベス夫人はエズメラルダ・ソレアであることを記した紙片が挿入されていた。私はすでにこの紙片を額に入れようと決めていた。その年のクリスマスにエズメラルダにプレゼントするつもりだったのだ）観客のあいだではさらに何人ものいまいましいアメリカ人たちがしゃべっていた――立ち去ろうとしている者たちもさらにいて、なかには泣いている者もいた。アメリカ人というのは文化的に貧しく、社会性のない阿呆であるか、でなければ揃いも揃って無教養な俗物だ！　と私は断定した。

やっと幕が開き、そこには魔女がいた。マクベスとバンクォが現れると――後者はすぐに幽霊になることを私は知っていた――このマクベスはエズメラルダの夫としてはあまりに年をとりすぎているし太りすぎだ、と私は思った（たとえオペラのなかであっても）。

いよいよそのつぎの第一幕のシーンで、「来たれ、急いで！」と歌ったのが私のエズメラルダではなかったときの驚きは想像して貰えるだろう。地獄の精霊に手を貸してくれと呼びかけた（「みんな目を覚ませ」）のもエズメラルダではなかった。舞台にいるのはゲルダ・ミューレと彼女のポリープだった。ツーファルの早めの夕食の席にいた英語を話す客たち――あの十人の産科医と婦人科医も含めて――がどれほど驚いたかは想像するしかない。彼らはきっとこう思っていたことだろう。まさか、このオバサン然としたどっしりしたソプラノ歌手があの若いハンサムなウェイターのガールフレンドだなんて？

マクベス夫人が眠っている従者たちに短剣の血をなすりつけると、私の脳裏には舞台裏で殺されているエズメラルダの姿が浮かんだ——あるいは、それに劣らない惨事が彼女の身に起こったのでは。第二幕の終わり頃には、観客の半分が泣いているように見えた。バンクォの暗殺の知らせが観客の涙を誘っているのだろうか、それとも晩餐のテーブルに現れたバンクォの亡霊のせい？　第二幕の終わり近く、マクベスがバンクォの亡霊を二度目に見る頃には、ウィーン国立歌劇場でケネディ大統領が暗殺されたのを知らない人間は私ただひとりだったかもしれない。私は幕間になってようやく、何が起こったか知ることとなったのだ。

幕間のあとも、私はもう一度魔女——それにマクベスに、「女が産んだもの」にマクベスは倒せないと告げるあの恐ろしい血まみれの子供——を見ようと留まっていた。私は第四幕の半ばまでそのままでいた、夢中歩行のシーンを見たかったのだ——ゲルダ・ミューレと彼女のポリープは「ここにまだ染みが」を歌った（マクベス夫人の手にまだついている血のことだ）。エズメラルダが楽屋から出てきて、国立歌劇場の客席の後ろに忠実に立っている私や他の学生たちに加わるんじゃないかとたぶん私は思っていたのだろうが——第四幕の頃には——空席があまりに多いので周囲の学生たちは大半が座る場所を見つけてしまった。

楽屋に音声なしでテレビが置いてあることも、エズメラルダがそれに釘付けになっていることも、私は知らなかった。のちに彼女から、ＪＦＫに何が起こったか知るには音声は必要なかったと聞かされた。

私は終幕である第四幕の終わりまでは待たなかった。シェークスピアの言う「バーナムの森がダンシネインに来る」のを見る必要はなかったし、マクダフがマクベスに帝王切開で生まれたことを告げるのを聞く必要もなかった。私は顔に涙を伝わせている人々——その大半がアメリカ人ではなかった——を追い越しながら混み合ったケルントナー通りをヴァイブルク小路へ向かって走った。

ツーファルの厨房では、厨房スタッフも給仕スタッフも全員がテレビを見ていた。白黒の小さなテレビがあったのだ。エズメラルダが見たに違いないものと同じ音声なしのダラスでの狙撃シーンを私は目にした。

「遅れなかったんだな。早いじゃないか」とカールが言った。「ガールフレンドがしくじったのか?」

「彼女じゃなかったんです――ゲルダ・ミューレでした」と私は告げた。

「ブレーデ・クー!」カールは叫んだ。「馬鹿な雌牛め!」(ゲルダ・ミューレにうんざりしたウィーンのオペラファンたちは、エズメラルダがポリープと呼び始めるよりもまえに彼女を馬鹿な雌牛と呼ぶようになっていた)

「エズメラルダはきっとショックのあまり歌えなかったんでしょう――きっと楽屋でおかしくなっちゃったんです」と私はカールに言った。「彼女、ケネディのファンだったんです」

「なら彼女はやっぱりしくじったんだ」とカールは言った。「その結果と暮らすのは、お前もさぞ大変だろうなあ」

英語を話す客がもうぼつぼつ来てるぞ、とカールは私に注意した――もちろん、オペラファンではないだろう。

「また産科医と婦人科医だ」カールはやれやれという顔をした(この世には赤ん坊が多すぎると彼は思っていた。「人口過剰は一番の問題なんだ」とカールはいつも言っていた)。「それにホモのテーブルがひとつ」とカールは告げた。「店に来たばかりなんだが、もう酔ってる。間違いなくフルーツだな。お前の国ではそう呼ぶんだろう?」

「それも呼び方のひとつです」と私は片目のボーイ長に答えた。

産婦人科テーブルを見つけるのは難しくなかった。全部で十二人――男性八人に女性四人、全員医者だ。ケネディ大統領が殺されたところなのだから、皆さん、『マクベス』の帝王切開シーンを見逃しましたね、などと話しかけるのは得策ではないだろうと私は思った。

ゲイ――あるいはカールの言い方によるなら「フルーツ」――のテーブルの方は男が四人で、全員酔っていた。そのうちのひとりは高名なアメリカの詩人でインスティトゥートで教鞭をとっているローレンス・アプトンだった。

「君がここで働いているのは知らなかったな、若き小説家君」とラリーは言った。「ビルだったね？」

「そうです」と私は答えた。

「おいおいビル――ひどい顔をしてるじゃないか。ケネディかね、それとも何か他のことがあったのかい？」ラリーは訊ねた。

「今夜は『マクベス』を観たんですが――」と僕は話し始めた。

「ああ、今夜はソプラノの代役が出演するって聞いたな――僕はやめておいたんだ」ラリーが口を挟んだ。

「はい、そうなんです――代役が出演するはずでした」と私は言った。「でも、彼女はアメリカ人で――きっとケネディのことでショックが大きすぎたんでしょうね。彼女、出てこなかったんです――いつもどおり、ゲルダ・ミューレでした」

「ゲルダは素晴らしい」とラリーは言った。「きっといい舞台だっただろう」

「僕にとってはそうじゃないんです」と私は話した。「ソプラノの代役は僕のガールフレンドで――僕はマクベス夫人役の彼女が見られるのを期待していたんです。彼女が寝ながら歌うのをこれまで聴いていたんです」私はテーブルの酔っ払ったゲイたちに向かって語った。「彼女の名前はエズメラルダ・ソレアといいます」私はフルーツたちに告げた。「いつかそのうち、ひょっとしたら皆さん全員が彼女のことを知るようになるかもしれません」

「君にはガールフレンドがいるんだ」ラリーが言った――のちに私がトップだと告げたときと同じ、意味ありげな疑念をにじませて。

「エズメラルダ・ソレア」と私は繰り返した。「彼女、きっとショックが大きすぎて歌えなかったんです」

「気の毒に」とラリーは言った。「代役に、それほど頻繁に機会が訪れるとは思えないからねえ」

「そうですね」私は答えた。

「君の創作コースの話、今も考えているんだ」ラリーは言った。「可能性から排除してはいないからね、ビル」

カールはエズメラルダがマクベス夫人のパートを歌わなかったことの「結果と暮らす」のはさぞ大変だろうと言ったが――ローレンス・アプトンと仲間のゲイたちを見ていて――私は不意に、エズメラルダと暮らすことのべつの、あまり芳しくない結果を予見した。

あの金曜の夜のヴェルディの『マクベス』公演のあとでツーファルに来た英語をしゃべるオペラファンは多くはなかった。あの十一月にウィーンにいたアメリカ人同胞のほとんどは、JFK暗殺事件によって深夜のディナーに対する欲求をなくしてしまったのだろう。産婦人科テーブルはむっつり沈んでいた。彼らは早々に立ち去った。ラリーたちフルーツだけが遅くまで残った。

カールは私に帰るよう勧めた。「ガールフレンドを探しに行けよ――彼女、あんまりいい状態じゃないだろうからな」片目のウェイターはそう言った。だが、エズメラルダはオペラの仲間と一緒にいるか、シュヴィント小路にある私たちの狭い住まいにすでに帰っているかどちらかだろうと私は思っていた。私がどこで働いているかエズメラルダは知っている。私に会いたければ、どこへ来ればいいかはわかっているのだ。

「フルーツどもはいつまでも帰らないぞ——ここで死ぬことにしたんだ」とカールは言い続けた。

「お前、あのハンサムなやつ——おしゃべり屋——を知ってるみたいだな」カールは付け加えた。

ローレンス・アプトンがどういう人物なのか私は説明し、インスティトゥートで教えているが私の先生ではないのだと話した。

「ガールフレンドのところへ帰ってやれ、ビル」カールは言い続けた。

だが私はエズメラルダの女家主のアパートの居間にあるあのテレビで、もうさんざん繰り返されているJFK暗殺の報道を見るのかと思うとぞっとした。脳裏に浮かぶあの気難しい犬の姿が私をツーファルに足留めしていた。店では、厨房の小さな白黒テレビをじっと見ていられたのだ。

「アメリカ文化の死だ」ラリーが他の三人のフルーツにしゃべっていた。「合衆国に書物の文化があるってわけではないが、ケネディは僕たちに物書きの文化を持つというなにがしかの希望を与えてくれたからね。フロストを見ろよ——あの就任式の詩。あれは悪くなかった。ケネディには少なくとも審美眼はあった。この先いつになったら審美眼さえも兼ね備えた大統領を持てるだろうな？」

わかっている、わかっている——ラリーという人間を紹介するには、これはあまり読者の心に訴えるやり方ではない。だが、あの男の素晴らしいのは、その場の他の人間の「気持ち」なんてことは考慮に入れず、真実をしゃべるということなのだ。

殺された我らが大統領を悼む思いで一杯の——あるいは、押し寄せる愛国心の波に叩かれながら異国の岸辺で遭難している気分の——人間がラリーの言葉を小耳に挟んでいたかもしれない。ラリーは気にしなかった。自分が真実だと思えば、彼はそれを口にした。この大胆さのせいで私の感じるラリーの魅力が損なわれるということはなかった。

だが、ラリーの話の途中で、エズメラルダがレストランに入ってきた。歌うまえはぜったい食べられないんだと彼女から聞かされていたので、彼女が食事していないのはわかっていた。そして彼女はすでに白ワインを幾らか飲んでいた——胃が空のときには好ましくないことだ。エズメラルダはまず、泣きながらバーに座った。カールが素早く彼女を厨房へ案内し、そこで彼女は小さなテレビの前のスツールに腰を下ろした。カールは彼女に白ワインを一杯与えてから、彼女が厨房にいると私に告げた。私はエズメラルダがバーにいるところを見ていなかった、赤ワインをまた一本、ラリーのテーブルのために開けていたのだ。

「お前のガールフレンドが来てるぞ、ビル——家に連れて帰れ」とカールが言った。「彼女は厨房にいる」ラリーのドイツ語はそこそこだった。彼はカールの言葉を理解した。

「おいビル、君のソプラノ代役か?」ラリーは私に問いかけた。「僕たちと一緒に座ってもらってくれよ——僕たちで元気づけてあげるからさ!」と彼は言った(どうかなあと私は思った。アメリカ文化の死なんて話がエズメラルダを元気づけたりしないのは確かだった)。

だが、ああいうことになってしまった——私たちがレストランを出ようとしていたとき、ラリーがエズメラルダに目を留めたのだ。

「フルーツは任せておけ」とカールは言った。「チップは分けよう。あの子を家に連れて帰ってやれ、ビル」

「このままテレビを見てたら吐いちゃいそう」厨房でエズメラルダは言った。彼女はスツールの上でちょっとぐらぐらしているように見えた。たぶんどっちにしろ吐くだろうと私は思った——白ワインのせいだ。リンク通りを横切ってシュヴィント小路まで、よろよろ歩いていくことになるだろうが、歩くことで彼女の気分がよくなってくれることを私は願った。

「めったにない美人のマクベス夫人だな」エズメラルダをレストランから連れ出そうとしていると、そう言うラリーの声が聞こえた。「あの創作コースのことはまだ考えてるよ、若き小説家君！」エズメラルダと立ち去っていく私に、ラリーは呼びかけた。

「やっぱり吐いちゃう」とエズメラルダは言っていた。

私たちがシュヴィント小路に着いたときには夜も更けていた。エズメラルダはカールス・プラッツを横切っているときに吐いたが、アパートに着いたときには気分がましになってきたと言った。女家主と気難しい犬は寝てしまっていた。居間は暗く、テレビは消えていた――というか、あのテレビも含めて何もかもがＪＦＫ同様死んでいた。

「ヴェルディは駄目よ」蓄音機のところで決めかねている私を見て、エズメラルダは言った。

私はジョーン・サザーランドの、誰もが彼女の「持ち役」だというものをかけた。エズメラルダがどれほど『ランメルモールのルチア』が好きか知っていたので、それを低くかけたのだ。

「あなたの素晴らしい夜になるわよ、ビリー――わたしにとってもね。わたしだってヴァギナ・セックスはしたことがないんだもの。妊娠したってかまやしない。代役が失敗したら、それまで――そこで終わりよ」とエズメラルダは言った。彼女は歯を磨き、顔を洗ったが、まだちょっと酔っていたと思う。

「馬鹿なこと言うなよ」と私は答えた。「妊娠したらやっぱり大変だ。君にはこれからもうんと機会があるさ、エズメラルダ」

「ねえ――わたしのヴァギナでしてみたいの、してみたくないの？」エズメラルダは訊ねた。「わたしはヴァギナでしてみたいわ、ビリー――あなたに頼んでるのよ、まったくもう！　ヴァギナだとどんな気分なのか知りたいの！」

「ああ」

もちろん、私はコンドームを使った。彼女にそうしろと言われたら、二つ着けていたことだろう(彼女は間違いなくまだちょっと酔っていた――疑いなく)。

そういうことになってしまったのだ。私たちの大統領が死んだ夜、私は初めて膣性交をした――いたく、いたく気に入った。エズメラルダがけたたましいオーガズムに達したのはルチアの狂乱シーンのあいだだったと思う。正直言って、あの高音のミのフラットを出したのがジョーン・サザーランドだったのかそれともエズメラルダだったのか、私には決してわからないだろう。今回、私の耳は彼女の太腿で防御されてはいなかった。女家主の犬が吠えるのはそれでもなんとか聞こえたが、耳が鳴っていた。

「ぶったまげ!」とエズメラルダが言うのが聞こえた。「びっくり仰天だったわ!」

私自身もびっくり(それにほっと)した。それがいたく、いたく気に入っただけではなかった――大好きになったのだ! 肛門性交と同じくらいよかった(あるいはもっとよかった)かって? なんというか、またべつだった。私はいつも如才なく――訊かれたときには――肛門性交も膣性交も「同じく」大好きだと答えている。ヴァギナに対する私の不安は、根も葉もないものだったのだ。

だが、ああ、私はエズメラルダの「ぶったまげ!」と「びっくり仰天だったわ!」に反応するのがちょっと遅かった。どれほど大好きになったか考えていたのだが、それを口に出さなかったのだ。

「ねえビリー?」エズメラルダは訊ねた。「あなたはどうだった? よかった?」

確かに、作家だけがこの問題を抱えているわけではないのだが、作家というのはいたく、いたくこの問題を抱えている。私たちにとって、いわゆる思考の連なりというのは、口にはしなくとも、止めようがないのだ。

私は答えた。「間違いなく舞踏室みたいじゃない」可哀相なエズメラルダはあんな一日を過ごしたことに加えて、私にこんなことを言われたのだった。

「何じゃないって？」と彼女は問うた。

「ああ、ただのヴァーモント言葉だよ！」私は慌てて言った。「べつに意味はないんだ。『舞踏室みたいじゃない』っていうのがどういうことなのかさえ、よく知らないんだ――ちょっと訳しにくいなあ」

「どうして否定的なことを言うの？」とエズメラルダは問いただした。「なんとか『じゃない』って否定でしょ――『舞踏室みたいじゃない』だなんて、すごくがっかりしたみたいに聞こえるわよ、ビリー」

「違う、違う――僕はがっかりなんかしてないよ。僕は君のヴァギナが大好きになったんだ！」と私は叫んだ。気難しい犬がまた吠えた。ルチアはまた同じことを繰り返していた――始めに戻っていたのだ、彼女がまだお人好しだが動揺しやすい若い花嫁だったときに。

「わたしは『舞踏室みたいじゃない』――なんだか、わたしはただの体育館とか、キッチンとか、そんなもんみたい」とエズメラルダは言っていた。それから涙が溢れた――ケネディのための涙、先発ソプラノになれるチャンスのための涙、認められなかったヴァギナのための涙――涙がどっさり。

「間違いなく舞踏室みたいじゃない」なんて言葉は取り消すことはできない。とにかく、最初の膣性交のあとで言うべき言葉ではないのだ。もちろん、私はまたエズメラルダの政治姿勢について――ソプラノ歌手になることに対する注力の欠如について――本人に言ったことも取り消すことができなかった。

私たちはそのクリスマスも、そして新年もずっと一緒に暮らすのだが、ダメージ――不信――が芽生え始めていた。ある夜、私は寝ているあいだに何か口走ったに違いない。朝になるとエズメラルダが訊ねた。「あのツーファルにいた、けっこうハンサムな年配の男の人——ほら、あの最悪の夜よ。あの人が言ってた創作コースってなんのこと？　どうしてビリーのこと『若き小説家君』なんて呼んだの？　あなたのこと知ってるの？　あなたはあの人を知ってるの？」

　ああ、まあその——簡単には答えられなかった。そして、またべつの夜——六四年のあの一月、仕事を上がってから——私はケルントナー通りを横切り、ドロテーア小路をカフェ・ケーフィヒへ向かった。夜更けの客がどんな客かはちゃんと承知していた。全員男性で、全員ゲイだ。

「おや、作家君じゃないか」とラリーは言ったかもしれない、それともたぶん、ただ「ビル、だったね？」と問いかけたのだったか（私が頼んだ創作コースをやることに決めたと彼が言ったのはこの夜だったのではないか、ともかく、彼の授業を初めて二度ほど受けるまえのことだ）。

　あの夜カフェ・ケーフィヒで——彼が私に手を出すのは、このあとほどなくのことだった——ラリーはこう訊いたかもしれない。「今夜はソプラノの代役はいないのか？　あのかわいい、かわいい子はどこなんだ？　並のマクベス夫人ではないよな、ビル——そうだろう？」

「はい、彼女は並じゃありません」私はもごもご答えたかもしれない。私たちは話をしただけだった。あの夜は何も起こらなかった。

　じつは、その同じ夜のもっとあとになってから、エズメラルダとベッドにいたときに、彼女が重要な質問をしたのだった。「あなたのドイツ語のアクセント——完璧にオーストリア人そのままなのよね、それでまいっちゃうの。あなたのドイツ語自体はそれほどでもないのに、しゃべるとなるとまるで本物なのよね。あなたのそのドイツ語、どこから来てるの、ビリー——これまで訊かなかったなんて、信じられない！」

私たちはセックスしたところだった。まあ、それほど目を見張るようなものではなかった――女家主の犬は吠えなかったし、私の耳ががんがんすることもなかった――だが、私たちはヴァギナ・セックスをし、そして二人ともそれが大好きだった。「わたしたちもうアナルはなしよ、ビリー――わたしはもうあれは卒業したの」とエズメラルダは言っていた。

無論、自分がアナル・セックスを卒業していないのは承知していた。自分がエズメラルダのヴァギナを大好きなだけではないということもわかっていた。自分がヴァギナを「卒業する」ことも決してないだろうという振り払いようのない思いも、私はすでに受け入れていた。もちろん、私を虜にしたのはエズメラルダのヴァギナだけではなかった。彼女にペニスがないのは、本人のせいではなかった。「あなたのそのドイツ語、どこから来てるの」という質問に、私としては責任を負わせよう。あの質問のせいで、欲望というのはどこから「来ている」のだろうと私は考え始めたのだ。それは暗い、曲がりくねった道だ。そしてあの夜、エズメラルダとは別れることになるだろうと私は思ったのだった。

第六章　私の手元にあるエレインの写真

フェイヴォリット・リヴァー学院三年のとき、私はドイツ語Ⅲのクラスにいた。あの冬老グラウが死んだあと、ドイツ語Ⅲのフロイライン・バウアーのクラスは、ドクター・グラウの生徒の一部を受け入れた――キトリッジもそのなかにいた。このグループは習熟度が不足していた。ヘル・ドクトル・グラウの教え方はわかりにくかったのだ。フェイヴォリット・リヴァーでは三年間同じ語学を履修するというのが卒業の要件だった。キトリッジが四年でドイツ語Ⅲを取っていたということは、前年度にドイツ語で落第したか、あるいは最初はべつの外国語を学んでいたのに、なんらかの理由でドイツ語に切り替えたかどちらかだということだった。

「君のお母さんはフランス人じゃなかったっけ？」私は彼に訊いた（彼は家ではフランス語をしゃべっているのだろうと私は想像していた）。

「僕の母親ってことになってる人物の望むことをやるのはうんざりなんでね」とキトリッジは答えた。

「お前はまだそんなことないのか、ニンフ？」

キトリッジは圧倒されるほど頭がいいので、彼がドイツ語では出来の悪い生徒だということに私は驚いた。彼が怠け者だという発見にはそれほど驚かなかった。彼はなんでも楽々とこなすタイプの人間だったが、自分はその才能に相応しい人間だと証明するようなことはほとんどやらなかった。外国語を学ぶには、意欲的に暗記することと辛抱強く繰り返すことが要求される。キトリッジが芝居のセリフを覚えることができたということは、自分を磨くこうした類の能力はあるということだった――舞台の上では、彼は準備万端整った役者だった。だが彼には外国語を学ぶのに必要な自制心が不足していた――とりわけドイツ語については。冠詞――「あのいまいましい、デル、ディー、ダス、デン、デム、クソっ！」とキトリッジは腹立ち紛れに言っていた――は彼の忍耐力を超えていた。

あの、キトリッジが本来なら卒業するはずだった年、私はキトリッジの宿題の手伝いを承知することで、彼の最終評価の足を引っ張ることとなった。キトリッジが毎日の宿題は事実上私の訳を丸写ししたところで、教室での試験にはなんの役にも立たない、試験のときは自分で書かねばならないのだから。私はぜったいにキトリッジにドイツ語Ⅲを落としてほしくなかった。私もまた四年になる年に彼が四年をもう一度やることになった際のさまざまな影響が頭に浮かんだのだ。だが、彼に手助けを頼まれて嫌だと言うのは難しかった。

「あいつに嫌だと言うのは難しい、以上」エレインはのちにそう言ったものだ。二人が付き合っているのを知らなかったのは私が愚かだったのだ。

あの冬の学期には、リチャード・アボットが「春のシェークスピア」と呼んでいた――彼が秋学期に演出していたシェークスピア劇と区別して――芝居のオーディションがあった。フェイヴォリット・リヴァーで、リチャードは私たち男子生徒にときには冬学期にもシェークスピアをやらせることがあった。

こんなことは言いたくないが、キトリッジが演劇部に加わったせいで、私たちの学校演劇の人気が急に高まった――すべてシェークスピア劇だったにもかかわらず――のではないかと思う。朝会で

『十二夜』の配役表をリチャードが読み上げたときには、常ならぬ関心の高さが感じられた。配役表はその後学院の食堂に掲示され、生徒たちは配役表をじっくり眺めようと、本当に列をつくって並んだのだった。

イリリアの公爵オーシーノは私たちの先生で演出家でもあるリチャード・アボット。公爵役のリチャードは、これについては私の母にセリフを教えてもらう必要などまったくない、あのお馴染みの大仰な「音楽が恋の糧であるなら、つづけてくれ」という言葉で『十二夜』を始める。

オーシーノはまず私の不満の多い伯母ミュリエル演じる伯爵令嬢オリヴィアへの愛を語る。オリヴィアは公爵をはねつけ、公爵は（時間を無駄にせず）さっさとヴァイオラと恋に落ち、こんな具合にオーシーノはやたら愛を表明してばかりいる人物として描かれる――「たぶん、それぞれの女性に対してよりも恋に恋しているんだろうな」とリチャード・アボットは評した。

オリヴィアはオーシーノの恋人となることを拒むので、ミュリエルはきっと伯爵令嬢の役を気楽に引き受けられたに違いないと私はいつも思っていた。リチャードは相変わらずミュリエルにとって、いささか主役級人材でありすぎた。伯母はハンサムな義弟の前ではどうも完全にくつろいだ気分にはなれなかったのだ。

エレインは、あとでシザーリオに変装するヴァイオラ役になった。リチャードはヴァイオラがシザーリオとなるために男装せねばならないことを見込んだのだろう、とエレインはすぐさま言った――「ヴァイオラは胸がぺちゃんこでなくちゃならないのよ、だって芝居の大半は男でいるんだから」というのがエレインの言い方だった。

じつのところ、オーシーノとヴァイオラが最後には恋仲になるのが私にはちょっと気色が悪かった――リチャードはどう見てもエレインより年上なのだから――が、エレインは気にしていないようだった。彼女はそれについて、「あの頃女の子は今より若い年齢で結婚したんじゃないの」と言っただけだった（ちょっとでも考える頭があれば、エレインにはすでに年上の恋人が現実にいたことに、私は気づいていそうなものじゃないか！）。

私はセバスチャン役になった――ヴァイオラの双子の兄だ。「お前たち二人にはうってつけだな」キトリッジはエレインと私に見下したような口調で言った。「お前たちはもう、誰が見たって兄妹みたいになってるもんな」（あの時私は気づかなかった。彼女と私が互いにそうした関心を抱いてはいないことを、エレインはキトリッジに話していたに違いない）

どうも横道にそれてしまったようだ。オリヴィア役のミュリエルは初めはエレイン（シザーリオに変装した）に惚れ込み、その後私、セバスチャンに恋する――そう、これは前述した不信云々の試金石だった。私としては、ミュリエルと恋に落ちるなんて想像もできなかった――そこで伯母のオペラ歌手のような胸をひたすら見つめていた。このセバスチャンはただの一度もあのオリヴィアと目を合わせたことはなかった――セバスチャンが「これが夢なら、そのまま眠らせておいてくれ！」と叫ぶときでさえも。

あるいは、支配者然としたところはミュリエルにぴったりなオリヴィアが、こう強い調子で言うときも。「わたしの言うとおりにしてちょうだい！」

セバスチャン役の私は、バカバカしいほど私の目線にぴったりの位置にある伯母ミュリエルの胸をまっすぐ見つめながら、恋に夢中の風情で答える。「そうしますとも、マダム」

「いいかビル、よく覚えておけ」ハリーお祖父ちゃんは私に言った。「『十二夜』はクソみたく間違いなく喜劇なんだぞ」

私の背がもうちょっと高くなり、もうちょっと年齢が上になると、ミュリエルは私が胸を見つめることに異議を唱えるようになる。だがあののちほどやることになる芝居は喜劇ではなかったし、今になって初めて気づいたのだが、私たちが『十二夜』のオリヴィアとセバスチャンの役だったとき、おそらくミュリエルには私が彼女の胸を見つめているのが目に入っていなかったのではないか、胸で遮られていたのだから！（当時の私の身長を考えると、ミュリエルの視線は本人の胸で遮られていたはずだ）

ミュリエル伯母さんの夫、我が敬愛する伯父ボブは、『十二夜』の喜劇的要素をじゅうぶん理解していた。リチャードがボブ伯父さんを、オリヴィアの親戚にして——あの芝居での彼のもっとも印象的な幾つかの場面において——無作法な酔っ払いであるサー・トービー・ベルチ役にしたときには、ボブの飲酒はミュリエルにとって非常な重荷なのだという事実がからかわれているように思えた。だがボブは私に好かれているのと同じくらいフェイヴォリット・リヴァーの生徒たちからも好かれていた——なんといっても彼は学院の寛大すぎる入学審査係だったのだ。ボブは生徒たちに好かれているのを大したことじゃないと思っていた（「そりゃあ、みんな僕のことを好きになるさ、ビリー。僕に会ったのは入学審査の面接のときで、僕がみんなを入れてやったんだからさ！」）。

ボブはラケットスポーツであるテニスとスカッシュのコーチもしていた——だから、スカッシュボールなのだ。スカッシュのコートは体育館の地階にあり、地下なので湿っぽかった。スカッシュコートのどれかがビール臭いと、少年たちはボブ・コーチがプレイしていたに違いないと言った——まえの晩の酒を汗にして発散させながら。

ミュリエル伯母さんもヴィクトリアお祖母ちゃんも、ボブをサー・トービー・ベルチ役に据えるのはボブの飲酒を「奨励」することだとハリーお祖父ちゃんに文句を言った。ボブが飲むたびに可哀相なミュリエルが被る耐え難い苦痛を「ないがしろにした」責めをリチャード・アボットは負わされることとなったのだ。だが、ミュリエルと祖母はハリーお祖父ちゃんにリチャードの悪口を言ういっぽうで、リチャード自身に向かっては不満など一言も言わなかったのではないか。

なんといってもリチャード・アボットは、私の傷を負っている母を救うべく「折よく」（ヴィクトリアお祖母ちゃんの決まり文句を使うなら）現れてくれたのだ。二人はこの救助のことを、他の誰にもそんなことはできなかっただろう、みたいに話した。母のことはもはや、ヴィクトリアお祖母ちゃんとミュリエル伯母さんが責任を負うべきであるとは見なされていなかった。リチャードが現れて二人から母を引き取ってくれたのだから。

少なくとも、私は伯母と祖母からつぎのような印象を強く与えられていた――リチャードは悪いことをするはずがない、あるいは、リチャードが悪いことをしたとヴィクトリアお祖母ちゃんとミュリエル伯母さんが思った場合は、ハリーお祖父ちゃんがそれをリチャードに伝えてくれるはずだといわんばかりにお祖父ちゃんに話す。従姉のジェリーと私はそうした話をあれこれ小耳に挟んでいた。リチャードと私の母がその場にいないと、非難がましい祖母とおせっかい焼きな伯母はひっきりなしに二人のことを話すからだ。祖母と伯母は相変わらず二人のことを、おどけたふうにではあるものの「新婚さん」と呼んでいるんじゃないかと私には思えた、母とリチャードが結婚して二十年経っていてでさえ！　成長するにつれて彼らが皆――ヴィクトリアお祖母ちゃんとミュリエル伯母さんだけでなく、ハリーお祖父ちゃんとリチャード・アボットも――母を感情の起伏が激しい子供のように扱っているのが私にはわかるようになった（無意識のうちに自分に害を与えるようなことをする危険がある子供を相手にするように、皆母の周りを忍び足で歩いた）。

ハリーお祖父ちゃんは決してリチャード・アボットを批判することはなかった。リチャードが私の母を救ったということについてはハリーは同意したかもしれないが、賢いハリーお祖父ちゃんには、リチャードはまず第一にヴィクトリアお祖母ちゃんとミュリエル伯母さんから――彼のつぎに現れて誘惑されやすい母をのぼせ上がらせてしまったかもしれない男からというよりも――母を救ったのだとわかっていたのではないだろうか。

とはいえ、この不幸な『十二夜』の上演については、ハリーお祖父ちゃんでさえ配役に疑問を持っていた。ハリーはオリヴィアの侍女のマライア役だった。ハリーお祖父ちゃんも私もマライアはもっとずっと若いはずだと思っていたのだが、ハリーの役に対する一番の問題点は、自分がサー・トービー・ベルチに嫁すことになるという点だった。

「うんと年下の義理の息子と婚約することになるとは、なんてことだ」冬のとある日曜の夜、私がハリーお祖父ちゃん、ヴィクトリアお祖母ちゃんといっしょに夕食を食べていたとき、お祖父ちゃんは悲しげにそう言った。

「あのね、よく覚えておいてよね、お祖父ちゃん、『十二夜』はクソみたく間違いなく喜劇なんだよ」私は祖父に思い出させた。

「ありがたいことに、舞台の上だけのことだからな」ハリーは言った。

「またいつもの舞台の上だけでやるあれね」ヴィクトリアお祖母ちゃんがぴしゃっと言った。「ときどき思うんだけど、あなたったらだんだん変になってるわよ、ハロルド」

「抑えて、抑えて、ヴィッキー」ハリーお祖父ちゃんは私にウインクしながら厳かな調子で言った。

たぶん、あのせいでミセス・ハドリーに話したことを祖父に話そうと決心したのかもしれない――やや薄らいだリチャードへの思慕、深まる一方のキトリッジに惹かれる気持ち、練習用ブラ・モデルとしてのマーサ・ハドリーというあり得ない趣向による自慰のことまでも、だがミス・フロストに対する口にしていない愛のことは除いて（なおも除いて）。

「お前は本当に優しい子だ、ビル——これはもちろん、お前が他人に思いやりを持ってるってことだ、そしてお前は他人の気持ちを傷つけまいとものすごく気を遣う。これは見上げたことだ、じつに見上げたことだ」とハリーお祖父ちゃんは言った。「だがな、お前は自分の気持ちを傷つけられないよう気をつけないといかんぞ。惹かれるのが安全でない相手もいるからな」

「他の男の子は駄目だってこと？」私は訊いた。

「他の男の子の一部は駄目だってことだよ。そうだ。特別な男の子でないとな——安全に本音を打ち明ける相手としては。お前を傷つける男の子もいるからな」ハリーお祖父ちゃんは言った。

「キトリッジはたぶんそうだね」私は言ってみた。

「そうだろうな。うん」とハリーは答えた。祖父はため息をついた。「ここじゃないほうがいいかもしれんぞ、ビル——この学校じゃないほうがいいかも、今じゃないほうがいいかもしれん。この、他の男の子とか大人の男に惹かれるってやつは、もうちょっと待ったほうがいいかもしれんぞ」

「いつまで待つの、それにどこならいいの？」私は訊ねた。

「ああ、まあその……」ハリーお祖父ちゃんは言いかけたが、止めた。「あのミス・フロストはお前が読むべき本を見つけてくれるのがなかなか上手かったんじゃないかな」ハリーお祖父ちゃんはまた話し始めた。「きっと読んだらいい本を何か推薦してくれるんじゃないか——他の男の子とか大人の男に惹かれるってテーマのさ、それに、惹かれる気持ちを行動に移すとしたらいつ、どこでそうできるだろうか、とかいうことについての。あのな、俺自身はそんな本を読んだことはないけどな、ビル、きっとそんな物語があるはずだ。そういう本があるのは聞いてるし、たぶんミス・フロストなら知ってるんじゃないかな」

私は思わずその場で、ミス・フロストも私の混乱した思慕の対象のひとりなんだと打ち明けそうになったが、何かに押し止められて言わなかった。ことによると、いろいろな相手に惹かれているなかで彼女に対する思いが一番強かったせいで、口に出せなかったのかもしれない。「だけどミス・フロストに頼むとしてもどう切り出せばいいんだろう」私はハリーお祖父ちゃんに言った。「どう持ち出せばいいのかわからないよ――ほら、そういうテーマに関する本があるかどうかって話の前にさ」

「お前は俺に話したことをミス・フロストにもちゃんと話せるさ、ビル」ハリーお祖父ちゃんは言った。「彼女なら同情的だろうって気がするな」お祖父ちゃんは私の額にキスしてから抱きしめた――祖父の顔には私に対する愛情と気遣いが表れていた。私の脳裏には突然これまで何度も見てきた姿の祖父が浮かんだ――ほとんどいつも女だった舞台の上での姿だ。祖父の同情的という言葉の口調が遠い昔の記憶を呼び起こしたのだ。すべて私の想像だという可能性はあるが、どちらかといえば事実だったのだと思う。

さあ、私は何歳だったのだろうか――せいぜいで十か十一だろう。リチャード・アボットが現れるずっとまえのことだ。私はビリー・ディーンで、シングルである私の母には求婚者はいなかった。だがメアリ・マーシャル・ディーンはすでにファーストシスター・プレイヤーズの長年にわたるプロンプターで、そして、私が何歳だったにしろ、それに無邪気そのものだったにもかかわらず、ずっと以前から舞台裏にいることを許されていた。私はそこで好きにしていて構わなかった――役者の邪魔をしないようにしていれば、そして静かにしていれば（「舞台裏はおしゃべりするところじゃないのよ、ビリー」母にこう言われたのを覚えている。「ここは見たり聞いたりする場所なの」）。

何にせよ書くまえにはまず何かに気づく必要があると言ったのは確かイギリスの詩人――オーデン？――だったと思う（正直なところ、私はこれをローレンス・アプトンから聞いた。オーデンだったのではないかと思うのは、ラリーがオーデンを愛読していたからだ）。

誰が言ったのかはべつにどうでもいい――これは明らかに真実なのだ。何にせよ書くまえにはまず何かに気づく必要があるのだ。私の子供時代のあの部分――この町のアマチュア演劇クラブの小さな劇場の舞台裏で過ごした時間――は、私が作家となるに際しての気づく段階だったのだ。私が気づいたことの、一番最初ではないにせよそのひとつが、祖父がファーストシスター・プレイヤーズの芝居でじつに多くの女性の役を演じていることを皆が皆素晴らしいとか面白いとか思っているわけではないということだった。

私は舞台裏でただ見たり聞いたりしているのが大好きだった。さまざまな推移も好きだった――たとえば、役者が全員台本を持たなくなり、母がプロンプター役を始めてくれと言われるあの瞬間だ。すると、アマチュアのあいだにさえも魔法の一時が訪れ、役者たちが完全に役柄の人物に思える。何度も稽古に加わってきたが、芝居が突然現実のように見えるあの束の間の幻影を、私は覚えている。それでもなお、ドレスリハーサルになると、まるで初めてだと思えるようなことを必ず見聞きするのだ。最後に、初演の夜となると、初めてその芝居を観客とともに見聞きするのだという興奮があるのだった。

子供ではあったが、初演の夜は自分も役者と同じくらい緊張していたのを覚えている。舞台裏の私の隠れ場所からは役者たちがなかなかよく見えた（一部分だけではあったが）。観客のほうはもっとよく見えた――もっとも、前の二列か三列に座っている人の顔しか見えなかったが（プロンプターである母がどこに位置を占めているかによって、舞台右側の前から数列だったり左側の前から数列だったりした）。

私はそういう観客の顔を横からというよりはやや正面から眺めていたが、観客のほうは舞台の役者を見つめていた。決して私のほうは見なかった。じつを言うと、これは一種の盗み見だった――観客、というかそのほんの一部をスパイしているような気がしたのだ。館内照明は暗かったが、前の二、三列の座席は舞台上の何らかの明かりで照らされていた。当然のことながら、芝居の進行によって観客の人々を照らす明かりは変化したが、私にはほとんどいつも彼らの顔が見え、表情を読み取ることができた。

なぜ私がこうしたヴァーモント州ファーストシスターのひどく無防備な芝居愛好家たちを「スパイ」しているような気分になったかというと、劇場の観客席に座って舞台の役者に注意を奪われていると、自分が誰かに見られているなどとは思いもよらないものなのだ。だが私は彼らを観察していた。その表情には、彼らが考え感じていることすべてが現れていた。初演の夜の頃になると、私は芝居をそらで覚えていた。なんといっても、稽古のほとんどに加わっていたのだから。その頃になると、私にとっては舞台の上で役者がやっていることよりも観客の反応のほうがずっと興味深かった。

初演の夜は毎回——ハリーお祖父ちゃんがどの女を、どんな種類の女を演じていようと——女性役のハリー・マーシャルに対する観客の反応を観察するのがひどく面白かった。

近所の食品雑貨店主、愛嬌のあるミスター・ポッジョがいた。彼はハリーお祖父ちゃんと同じく禿げていたが、気の毒なくらいの近視だった——彼はいつも最前列の客で、最前列にいてさえ目を細めるのだった。ハリーお祖父ちゃんが舞台に登場したとたん、ミスター・ポッジョは押し殺した笑いに身を震わせる。彼の頬を涙が伝い、口を開けて隙間だらけの歯並びを見せて笑うその顔から私は目をそらさねばならなかった、さもないと吹き出していただろうから。

ミセス・ポッジョのほうは妙なことにハリーお祖父ちゃんの女役をあまり楽しんでいなかった。お祖父ちゃんを目にするとまず、顔をしかめて下唇を噛んだ。女を演じるハリーお祖父ちゃんを見て夫がとても楽しそうなのも、気に入らないようだった。

そして、ミスター・リプトンがいた――ラルフ・リプトン、木挽《こびき》だ。彼はハリーお祖父ちゃんの製材工場でメインののこ刃を操作していた。メインののこ刃の操作係というのは、工場でも高度な技術を要する（そして危険な）仕事だった。ラルフ・リプトンは左手の親指と人差し指の第二関節から先を失っていた。私はその事故の話を何度も聞いていた。ハリーお祖父ちゃんも共同経営者であるニルス・ボルクマンも、その血しぶきの飛び散る話をするのが好きだったのだ。

ハリーお祖父ちゃんとミスター・リプトンは友だちだと私はいつも思っていた――二人は間違いなく、職場の仲間という以上だった。それなのに、ラルフは女を演じるハリーお祖父ちゃんが好きではなかった。舞台の上で女性を演じるハリーお祖父ちゃんを見るといつも、腹立たしげな、非難がましい表情になるのだ。ミスター・リプトンの奥さん――まったくの無表情――は、やたら批判的な夫の隣りに、あたかも女を演じるハリー・マーシャルという概念そのものによって脳に損傷を負わされたかのような顔で座っていた。

ラルフ・リプトンはパイプに新しいタバコを器用に詰めた。そうしながらも、決して厳しい視線を舞台からそらすことはないのだ。最初私は、ミスター・リプトンは幕間で吸うためにパイプにタバコを詰めているのだと思った――彼はいつも切り落とされた左の人差し指の根元を使ってタバコを火皿にぎゅっと押し込む――が、そのあとで、リプトン夫妻が幕間のあとそれっきり戻ってこないことに気づいた。目にするものに嫌悪感を抱いて早めに退出するという敬虔な目的のために彼らは劇場へやってくるのだった。

ラルフ・リプトンは一番前か二番目の列に座らないと聞こえないのだとハリーお祖父ちゃんは話してくれた。製材工場のメインののこ刃はひどく甲高い音を立てるので、のこぎりのせいで耳が聞こえなくなったのだ。だが木挽には耳が聞こえないこと以上に問題があるのを私は自分の目で確かめたのだった。

集まった観客のなかにはほかの顔もいろいろあった――あの最前列の座席には常連がたくさん座っていた――そして、そのほとんどについて、私は名前も職業も知らなかったが、女を演じるハリーお祖父ちゃんに対する頑固な嫌悪感に気づくのは簡単（たとえ子供でも）だった。公平を期しておこう。ハリー・マーシャルが女としてキスすると――つまり、彼が舞台で他の男にキスすると――観客の大半は笑ったり拍手喝采したりする。だが私は敵意を示す顔を見つけてしまうのだった――必ず何人かはいたのだ。私は人々が身をすくめるのを、あるいは腹立たしげに顔をそむけるのを目にした。女を演じるハリーお祖父ちゃんがキスする光景に、さも嫌そうに目を細めるのを見た。

ハリー・マーシャルはあらゆる種類の女を演じた――繰り返し自分の両手を嚙む頭のおかしい女性にもなったし、祭壇で捨てられてすすり泣く花嫁にもなったし、恋人につぎつぎ毒を盛る連続殺人犯（ヘアスタイリスト）にもなったし、足の悪い婦人警官にもなった。私の祖父は劇場が大好きで、私は演技する祖父を見るのが大好きだったが、おそらくヴァーモント州ファーストシスターには想像力がかなり貧弱な人たちがいたのだろう。彼らは製材業者としてのハリー・マーシャルを知っていた――女としての彼は受け入れられなかったのだ。

じつのところ、私は露骨な腹立ちや非難以上のものをこの町の住民の顔に見た――嘲笑以上のものを、意地の悪さよりひどいものを。そういった顔の幾つかに、私は憎しみを見たのだ。

そんな顔の一つの名前を、私はフェイヴォリット・リヴァー学院の生徒となった最初の朝会で彼を見て、初めて知ることとなった。それはドクター・ハーロウ、私たちの校医だった――私たち男子生徒に話しかけるときには、いつもやたら親切でおだてるような態度だった彼だ。ドクター・ハーロウの顔に浮かんでいたのはハリー・マーシャルが女を演じるのが大好きなのは病気だという確信だった。

ドクター・ハーロウの表情にはハリーお祖父ちゃんの女装は治療可能だという頑なな信念があった。かくして私は、彼が誰だか知らないうちからドクター・ハーロウを恐れ、嫌っていたのだ。

　そして舞台裏にいる子供だった頃でさえ、私はいつもこう思っていた。なんだよ！　わからないの？　これは演技なんだよ！　だが、観客のなかのそういった厳しい目つきの顔は、そんなものを受け入れてはいなかった。そういった顔は言っていた。「こんな演技をしてはならない。あんな演技をしてはならない」

　子供の頃の私は、舞台裏の人から見えない自分の位置から観客のなかのそういった顔に目にしたものが怖かった。彼らの表情の一部を、私は決して忘れなかった。十七になり、少年や大人の男にのぼせ上がることや、練習用ブラのモデルとなったマーサ・ハドリーという架空の設定につじつまの合わない魅力を感じてしまうことを祖父に話しながら、私はなおもファーストシスター・プレイヤーズの観客のなかのああいう顔に見たものが怖かったのだ。

　私はハリーお祖父ちゃんに、この町の住人の一部がお祖父ちゃんを見つめている様子を観察していたことを話した。「あれが演技だってことなんかどうでもいいみたいだった」と私は話した。「あの人たち、とにかく自分はああいうのが嫌いだって思ってたんだ。あの人たち、お祖父ちゃんを憎んでた――ラルフ・リプトンと奥さん、ミセス・ポッジョだってね、ドクター・ハーロウは間違いなく。あの人たち、女のふりをしてるお祖父ちゃんを憎んでた」

「俺の意見を知りたいか、ビル？」ハリーお祖父ちゃんは問いかけた。「俺はこう言うね。やりたい演技をやればいいんだ」すると私の目には涙が浮かんだ。私は自分の身を心配していたからだ――子供の頃、舞台裏でハリーお祖父ちゃんの身を心配していたのと同じように。

「僕、エレイン・ハドリーのブラを盗んだんだ、自分で身に着けてみたかったから！」私は思わず言ってしまった。

「ああ、まあその――誰にでも弱点はあるってやつだよ、ビル。俺ならそんなこと心配しないね」とハリーお祖父ちゃんは言った。

不思議なほどほっとした――私のことで祖父がショックを受けなかったのを見て。ハリー・マーシャルは、かつて私が祖父の心配をしたように、私の身の安全を心配しているだけだった。

「リチャードから聞いたか？」ハリーお祖父ちゃんは突然そう訊ねた。「阿呆どもが『十二夜』を上演禁止にしたことがあるんだ――つまりだな、何年にもわたって、完全な低能どもがシェークスピアの『十二夜』を本当に上演禁止にしてきたんだ、何度もな！」

「どうして？」私は訊ねた。「そんなのどうかしてるよ！　あれは喜劇だよ、恋愛喜劇なんだ！　いったいどんな理由であの芝居を上演禁止になんかできるのさ？」私は叫んだ。

「ああ、まあその――これはただの推測だが」とハリーお祖父ちゃんは言った。「セバスチャンの双子の妹ヴァイオラ――彼女は兄にそっくりだ。そういう話だよな？　だから皆がセバスチャンをヴァイオラと間違える――ヴァイオラが男装して、シザーリオと名乗って行動するようになってからな。わからんか、ビル？　ヴァイオラは異性装者じゃないか！　そのせいでシェークスピアはまずいことになったんだ！　お前の話からすると、因習でガチガチの人間や無知な人間は異性装者についてまったくユーモアのセンスはないってことに、お前は気づいているんじゃないかな」

「うん、気づいてるよ」私は答えた。

だが、私がつきまとわれることになるのは、自分が気づかなかったことなのだった。プロンプターの目線で最前列の観客の顔を眺めていた、舞台裏のあの年月、私はプロンプター本人を見るのを怠っていた。自分の父親が女として舞台に出ているのを見たり聴いたりしている母の表情に目を留めたことは一度もなかったのだ。

あの冬の日曜の夜、ハリーお祖父ちゃんとちょっとしゃべったあとでバンクロフト棟へ歩いて戻りながら、『十二夜』でハリーがマライアを演じているときに母の顔を観察しようと私は誓ったのだった。

舞台裏にいる母をスパイして、その表情を観察できる機会があるのはわかっていた――セバスチャンは舞台に出ていなくてマライアは出ているときだ。母のきれいな顔にどんなものを見ることになるのか怖かった。母が笑うとは思えなかった。

私は最初から『十二夜』に悪い予感がしていた。キトリッジはレスリングのチームメートたちを焚きつけてオーディションを受けに来させた。リチャードはそのなかの四人に彼の言う「ちょっとした端役」を与えた。

だがマルヴォーリオは端役ではなかった。レスリング部のヘビー級で仏頂面の不平屋がオリヴィアの執事役となった――横柄な偽善者で、騙されてオリヴィアに求められていると思い込むのだ。本当のところ、自分は万年被害者だと思っているヘビー級のマッデンは、いい配役だったと思う。マッデンは「最後で決着症候群」に悩まされているんだとキトリッジはエレインと私に話した。

当時、レスリングの対抗戦はすべて一番軽い体重別階級から始まった。ヘビー級は最後だ。試合の点差がほとんどない場合は、ヘビー級でどちらが勝つかにかかってくる――マッデンはたいてい負けた。彼はいかにも不当な扱いを受けている人間のように見えた。あのマルヴォーリオは完璧だった。彼は気が触れたとして牢に入れられ、自分の運命に抗議する――「私ほど不当な目に遭わされた者はいません」とマルヴォーリオ役のマッデンは愚痴るのだ。

「役柄らしくなろうと思ったらなあ、マッデン」とキトリッジが不運なチームメートに言うのを聞いたことがある。「ヘビー級がどれほど不当な目に遭わされてるかを思ってみればいいんだ」「だけど、ヘビー級は実際不当な目に遭わされてるんだ！」とマッデンは抗議した。

「お前は素晴らしいマルヴォーリオになれるぞ。ぜったいだ」キトリッジは彼に言った――いつもの、見下すような口調で。

もうひとりのレスラー――計量のたびに体重調整に骨を折るライト級のひとり――はサー・トービーの仲間サー・アンドリュー・エイギュチーク役になった。デラコートという名のその少年は幽霊のように細かった。彼はよく減量による脱水症状で口の渇きに悩んでいた。彼は紙コップの水で口を漱《すす》いでいた――もうひとつのコップに水を吐くのだ。「コップを間違えるなよ、デラコート」とキトリッジは言っていた（「ツー・カップス」キトリッジが彼をこう呼ぶのを聞いたことがあった）。

デラコートが空腹のあまり卒倒するのを見ても私たちは驚かなかっただろう。食堂で彼を見かけることはめったになかった。かれはしょっちゅう指で髪を梳《す》いては抜けてこないのを確かめていた。

「髪が抜けるのは飢餓の兆候だからね」デラコートは私たちに重々しく言った。

「良識を失うのも兆候のひとつだけど」エレインは彼にそう言ったが、デラコートの脳裏には刻まれなかった。

「どうしてデラコートは階級を上げないの？」私はキトリッジに訊ねた。

「ボコボコにされるからさ」とキトリッジは答えた。

「ああ」

他の二人のレスラーは船長の役になった。船長の片方はさほど重要ではなかった――難破した船の船長、ヴァイオラに力を貸す船長だ。この役をやったレスラーの名前は思い出せない。もうひとりの船長はセバスチャンの友人アントニオだ、リチャードがキトリッジをアントニオ役にするのではないかと最初のうちは不安だった。勇敢で向う見ずなタイプなのだ。セバスチャンとアントニオの友情には正真正銘の愛情がこもっていて、その愛情がどんなふうに表現されるのか気がかりだったのだ——つまり、キトリッジがアントニオになった場合。

だがリチャードは私の不安を察したか、あるいはキトリッジがアントニオ役ではもったいないと思ったものか。おそらくリチャードは最初からキトリッジにもっといい役を考えていたのだろう。

リチャードがアントニオ役に選んだレスラーはハンサムな男でウィーロックという名前だった。アントニオの向こう見ずなところも、ウィーロックは表現できた。

「ウィーロックはそれ以外ほとんど表現できないからな」キトリッジはチームメートのことをそう言った。キトリッジがレスリングのチームメートたちに対して自分のほうが上だと思っているらしいことに私は驚いた。それまで、自分が上だと彼が感じるのはエレインや私のような相手に対してだけだと思っていたのだ。キトリッジを見くびっていたと私は悟った。彼は誰にたいしても自分が上だと思っていたのだ。

リチャードはキトリッジを道化のフェステ役にした——非常に利口な道化で、ちょっと残酷なところがある。シェークスピア作品の他の道化同様、フェステは賢く秀でていた(シェークスピアの道化がしばしば同じ舞台に立つ紳士淑女方よりも賢いのはよく知られていることだ。『十二夜』の道化はそうした賢い道化だった)。じつのところ、私の見た『十二夜』のほとんどで、フェステは舞台の人気を掠め取っていた——キトリッジは確かにそうだった。一九六〇年のあの早春、キトリッジは舞台の人気以上のものを掠め取っていた。

あの夜、ハリーお祖父ちゃんと話したあとで中庭を横切りながら、五階のエレインの寝室の窓のあのブルーの明かりは――キトリッジが言ったとおり――「目印」なのだと、私は気づいているべきだったのだ。キトリッジは正しかった。あのブルーのシェードのスタンドは彼のために輝いていたのだ。

エレインの寝室の窓のあのブルーの灯火は老グラウが見た最後の光――横たわって凍えながら、ほんのかすかに――だったのではないかと私はかつて想像したものだった（ありそうもない考えだ、たぶん。ドクター・グラウは頭を打っていた。彼は雪のなかで気絶したのだ。老グラウはおそらく光なんかまったく見なかっただろう、ほんのかすかにでさえ）。

だが、キトリッジはあのブルーの光に何を見たのだろう――あの目印は彼に何をしろとけしかけたのだろう？「わたしが彼をけしかけたの、ビリー」エレインはのちにそう言うのだが、あのときは話してくれなかった。彼女が彼とセックスしているだなんて、私はまったく知らなかったのだ。

そしてその間ずっと、我が善き継父リチャード・アボットは私にコンドームを持ってきてくれていた――「念のためにね、ビル」リチャードはまたもコンドームを一ダース私に与えながらそう言った。使い道はなかったものの、私は得意な気分でしまっておき、ときどき、装着して自慰をした。

もちろん、私は一ダース（あるいはもっと）のコンドームをエレインに与えるべきだったのだ。なんとか勇気を奮い起こしてそっくりキトリッジにだって与えていただろう、知ってさえいたら！

妊娠に気づいたとき、エレインは私に話さなかった。あれは春学期のことで、『十二夜』の上演まであとほんの数週間だった。私たちは台本なしでやるようになってしばらく経っていて、稽古は進歩していた。ボブ伯父さん（サー・トービー・ベルチ役）は「自分がおりこうさんだからって、ほかの人間も楽しんじゃいかんというのか？」と言うたびに私たちを大笑いさせていた。

そしてキトリッジは力強い歌声を持っていた――彼は本当にいい歌い手だった。道化のフェステがサー・トービーとサー・アンドリュー・エイギュチークに向かって歌う歌――「おお我が恋人よ、何処へ行く?」の歌――はそう、あれは甘いが哀愁を帯びた感じの歌だ。「いつまでも若くいられるわけじゃなし」という言葉で終わる。キトリッジがあの歌をあんなふうに見事に歌うのを聞いているのはつらかった、とはいえ、その声音――役柄であるフェステの声にしろ、キトリッジ本人の声にしろ――にかすかに冷笑が滲んでいるのは明らかだった(エレインが妊娠したことを知ったとき、私はあの歌の歌詞の中程の一節を思い出すこととなった。「旅の終わりは愛のめぐりあい」)。

エレインとキトリッジが「めぐりあい」を五階の彼女の部屋で行っていたのは間違いなかった。ハドリー夫妻は相変わらずリチャードや私の母と連れ立ってエズラフォールズへ映画を観にいっていた。セックス映画の範疇には入らない字幕付きの外国映画が何本かあったのを覚えている。その年ヴァーモントではジャック・タチの映画がかかっていた――『ぼくの伯父さん』だったか、それともたぶん前作の『ぼくの伯父さんの休暇』だったか?――そして私は母とリチャード、それにハドリー夫妻と一緒にエズラフォールズへ行った。

エレインは来たがらなかった。彼女は家に残った。「セックス映画じゃないのよ、エレイン」私の母親は彼女に請け合った。「フランス映画だけど、喜劇なの――とても軽い映画よ」

「軽い気分じゃないの――喜劇って気分じゃないんです」エレインはそう答えた。彼女はすでに『十二夜』の稽古で吐いていたのだが、それがつわりだとは誰も気づかなかったのだ。

たぶんあのときにエレインはキトリッジに妊娠してしまったと告げたのかもしれない――彼女の家族と私の家族がエズラフォールズで字幕付きのジャック・タチの映画を観ていたときに。

妊娠に気づいたエレインは、しまいに母親に告げた。マーサ・ハドリーかミスター・ハドリーのどちらかがリチャードと私の母に話したに違いない。私がベッドにいたとき――もちろん、エレインのブラをつけて――母が私の部屋へ不意に乱入してきた。「やめろ、ジュエル――さあ落ち着いて」リチャードがそう言うのが聞こえたが、母はすでに部屋の照明のスイッチを押していた。私はベッドに上体を起こし、存在しない乳房を隠すかのようにエレインのブラを掲げていた。

「何やってるの！」母は叫んだ。「エレインは妊娠してるのよ！」

「僕じゃないよ」私は答えた。母は私に平手打ちを食わせた。

「もちろん、あなたじゃないわ――あなたじゃないのはわかってるわ、ビリー！」と母は言った。

「でも、どうしてあなたじゃないの――どうして違うのよ？」母は叫んだ。母はすすり泣きながら部屋を出ていき、リチャードが入ってきた。

「きっとキトリッジだ」私はリチャードに言った。

「うんビル――もちろん、キトリッジだよ」リチャードは答えた。彼は私のベッドの端に腰を下ろし、なんとかブラを無視しようとした。「お母さんを許してあげてくれ――動揺してるんだ」と彼は言った。

私は答えなかった。ミセス・ハドリーに言われたことを考えていたのだ――あの「ある種の性的な事柄」に母が動揺してしまうという話だ（「あのねビリー、お母さんがあなたには隠していることがあるの」とマーサ・ハドリーは言ったのだ）。

「エレインはしばらく遠くへ行くことになるだろう」リチャード・アボットは言った。

「遠くってどこ？」私は訊ねたが、リチャードは知らないか、あるいは教えたくないらしかった。彼はただ首を振っただけだった。

「本当に残念だと思うよ、ビル――何もかも残念だと思う」リチャードは言った。私はちょうど十八になったばかりだった。

そのときだった、自分がもうリチャードに思慕の念を抱いていないことに気づいたのは――ほんのこれっぽっちも。自分がリチャード・アボットを大好きだったのはわかっていた――今でもやっぱり大好きだ――だが、あの夜、自分が好きじゃない部分が彼にはあることに私は気づいたのだ。ある意味では、彼は弱かった――私の母に振り回されるがままになっていた。母が私に何を隠していたにせよ、リチャードもまたそれを私に隠しているのだと、あのときわかったのだ。

これは多くのティーンエイジャーが経験することだ――以前は無条件で大好きだった大人に対して腹立たしさや不信に満ちた気持ちになるということは。あのときの私よりも幼い時点で経験するティーンエイジャーもいるが、母とリチャードをばっさり切り捨てたとき、私は十八になりたてだった。ハリーお祖父ちゃんのことはいっそう信頼していたし、ボブ伯父さんのことは相変わらず大好きだった。だがリチャード・アボットと母は、ミュリエル伯母さんとヴィクトリアお祖母ちゃんのいる――彼らの場合は、無視すべき、あるいは避けるべき、あら探しや陰険に人を傷つける物言いといった区域――あの疑わしい区域にはまりこんでしまったのだ。リチャードと母の場合は、私が忌避したのは二人の秘密主義だった。

ハドリー夫妻はといえば、彼らはエレインを段階的に「遠くへ」やった。ミセス・キトリッジとハドリー夫妻のあいだにどんなやりとりがあったのかは推測するしかない――大人たちのあいだの取り決めが子供たちに説明されることはあまりない――が、キトリッジの母親がエレインをヨーロッパに連れて行くことにハドリー夫妻は同意した。もちろん、エレインは中絶を望んでいたはずだ。マーサ・ハドリーとミスター・ハドリーもきっとそれが一番いいと同意したのだろう。それは間違いなくミセス・キトリッジが望んだことでもあった。フランス人の彼女はヨーロッパのどこへ行けばいいか知っていたのではないか。キトリッジの母親である彼女は、それ以前にも望まない妊娠を経験していたのかもしれない。

キトリッジのような男の子はまえにも女の子を妊娠させているのではないかと、あの頃私は思っていた――彼なら簡単だったはずだ。だが私はまた、ミセス・キトリッジ自身も窮地を脱しなければならないことがあったのかもしれない――つまり、若かった頃に――などということも考えていた。どうしてそんなことを思いついたのか、説明するのは難しい。『十二夜』の稽古で、ある会話を立ち聞きしたことがあった。キトリッジと彼のチームメートのデラコートが何か話しているところへ行き合わせたのだ――あの口を漱いでは吐くデラコートだ。二人は口論しているような口調だった。デラコートはキトリッジを恐れているように見えたが、誰もがそうだった。

「いや、そんなつもりで言ったんじゃない――僕はただ、僕が今まで会った母親のなかじゃ一番美人の母親だって言っただけだ。君のお母さんは一番の美人だ――僕が言ったのはそれだけだよ」デラコートは不安げにそう言い、それから口を漱いで水を吐いた。

「彼女が誰かの母親ならば、ってことだろ」とキトリッジは言った。「彼女ってあんまり母親らしく見えないだろ？　自分から厄介な目に遭いたがってるようなタイプに見えるよ――そんなふうに見えるのが彼女なんだ」

「君のお母さんがどんなふうに見えるか、なんて言ってないよ」デラコートは言い張った。「僕はただ、一番美人だって言っただけだ。母親という母親のなかで一番美人だよ！」

「母親じゃないから母親みたいに見えないのかもしれないぞ」とキトリッジは言った。デラコートは怯えきって何も言えないような顔だった。彼はただ、二つの紙コップを握りしめて漱いでは吐くという動作を続けていた。

ミセス・キトリッジ自身が窮地を脱しなければならないことがあったのかもしれないという私の考

えは、キトリッジから来ていた。彼がこう言ったのだ、「自分から厄介な目に遭いたがってるようなタイプに見える」と。

　おそらく、ミセス・キトリッジはエレインが窮地を脱する手助けをする以上のことを考えていたことだろう。彼女とハドリー夫妻との取り決めのおかげでたぶんキトリッジはそのまま学校にいられたのだ。フェイヴォリット・リヴァー学院で放校の理由として挙げられるなかには「道徳的退廃」もあった。最上級生が教員の子供――思い出してほしい、エレインはまだ十八になっていなかった、法的に成人と見なされる年齢に達していなかったのだ――を妊娠させるというのは、私には確実に卑劣な、または邪悪な、または恥ずべき行為に思えたのだが、キトリッジは学校に留まった。

「君はキトリッジの母親と旅行するんだね――二人だけで？」私はエレインに訊ねた。

「もちろん、二人だけよ、ビリー――他に誰が一緒に来る必要あるの？」とエレインは応じた。

「ヨーロッパのどこ？」私は訊いた。

　エレインは肩をすくめた。回数は少なくなったものの、彼女は相変わらず吐いていた。「場所がどうだっていうのよ、ビリー？　ジャクリーンが知ってるどこかよ」

「君、あの人のことジャクリーンって呼んでるの？」

「ジャクリーンって呼んでくれって言われたの――ミセス・キトリッジじゃなく」

「ああ」

　リチャードはローラ・ゴードンをヴァイオラ役にした。ローラは今ではエズラフォールズの高校の四年になっていた。私の従姉のジェリーによると、ローラは「おさせ」なのだった――私が確かめたわけではないのだが、ジェリーはそういったことには事情通らしかった（ジェリーは今では大学生になり、ついにエズラフォールズから解放されていた）。

ローラ・ゴードンの胸があまりに発達しすぎていて『野鴨』のヘドヴィク役になるのが無理だったのだとしたら、ヴァイオラ役にも不適格だったはずだ、なんとか男に変装しなければならないのだから（ローラだと伸縮包帯で巻いて膨らみを平らにする必要があるだろうし、たとえそうしても平らにするのは無理だろう）。だがリチャードは、ローラがすぐさまセリフを覚えられるのを知っていた。私と双子みたいにはちっとも見えないとはいえ、彼女はそう悪いヴァイオラではないだろうとわかっていたのだ。芝居は続いた。エレインは公演には来られないこととなるが。彼女はヨーロッパに留まっていたのだ——静養しているのだろう、と推測するしかなかった。

道化の歌で『十二夜』は終わる。フェステは舞台にただひとりで立つ。「だって毎日雨降りなんだから」とキトリッジは四回歌った。

「可哀相な子だ」キトリッジはエレインについてそんなふうに私に言った。「運が悪いよなあ——彼女の初体験だったのにさ」以前にもあったが、私は言葉が出なかった。

キトリッジのドイツ語の宿題がさらにひどくなっているのかそれともましになっているのか、私は気に留めなかった。自分の父親が舞台で女を演じるのを眺める母の表情に注目することさえしなかった。エレインのことですっかり動揺してしまい、プロンプターを観察するという計画など忘れてしまったのだ。

ハドリー夫妻がエレインを「段階的に」遠くへやったと言うのは、ヨーロッパへの旅——あの旅の明白な理由は言うまでもなく——は始まりにすぎなかったという意味だ。

ハドリー夫妻は、男子校の寄宿舎棟にある住まいはエレインが高校生活を終える場所としてはよろしくないと決断を下した。彼らは娘を女子だけの寄宿学校へ入れるつもりだったが、それは秋になってからだった。一九六〇年のあの春はエレインにとっては削除された時間で、彼女は二年生をもう一度やり直さねばならないのだった。

世間的にはエレインは「神経衰弱」に陥ったということになっていたが、ヴァーモント州ファーストシスターのような小さな町では、高校生の年齢の女の子が学校をやめたときは、どんなことが起きたのか皆が承知していた。フェイヴォリット・リヴァー学院でもエレインに何が起きたか全員が知っていた。アトキンスでさえわかっていた。エレインがミセス・キトリッジとともにヨーロッパに降り立ってさほど経たない頃、私は音楽棟のミセス・ハドリーのオフィスから出てきた。マーサ・ハドリーは私が中絶《アボーション》という言葉を楽に発音できることに狼狽したのだった。彼女は予定より二十分も早く私を退出させ、そして私は階段吹き抜けの一階と二階のあいだでアトキンスと出会ったのだ。彼の心に過ぎる思いが見て取れた——彼がミセス・ハドリーと約束していた時間はまだ来ていない、という思いだが、あきらかに時間《タイム》という言葉に苦労するせいで口にできなかったのだ。代わりに彼はこう言った。「どんな衰弱だったんだ？　エレインは何に対して神経を尖らせなくちゃならないんだ？」

「知ってるんだろ」と私は答えた。アトキンスは不安そうな、野生動物のような顔をしていたが、眩いほど青い目で、女の子のように滑らかな肌だった。彼は私と同じ三年生だったが、もっと年下に見えた——まだひげを剃っていなかった。

「彼女、妊娠したんだよね？　キトリッジだったんだろ？　皆そう言ってるし、あいつは否定しないしね」とアトキンスは言った。「エレインはほんとにいい子だった——ともかく、いつも僕に何か優しいことを言ってくれたんだ」彼は付け加えた。

「エレインはほんとに優しい子だよ」と私は答えた。

「だけど、彼女、キトリッジの母親と何してるんだ？　君、キトリッジのお母さん見たことある？　お母さんって感じじゃないんだ。昔の映画スターみたいだよね、じつは魔女とかドラゴンなんだ、みたいな！」アトキンスはずばっと言った。

「君が何言ってるのかわかんないよ」私は答えた。

「あれほど美しかった女の人っていうのは、受け入れられないんじゃないかなあ、その――」とアトキンスは言葉を途切らせた。

「時間《タイム》が経っていくのを？」私は推測してやった。

「そう！」彼は叫んだ。「ミセス・キトリッジみたいな女の人って若い女の子が嫌いなんだ。キトリッジから聞いたんだけどね」アトキンスは付け加えた。「お父さんはお母さんを捨ててもっと若い女に乗り換えたんだって――もっと美人だったわけじゃなく、ただ若かっただけらしいよ」

「ああ」

「キトリッジの母親と一緒に旅行するなんて、僕には想像がつかないな！」アトキンスは大声で言った。「エレインには自分の部屋があるのかな？」と彼は訊ねた。

「さあ」と私は答えた。エレインがミセス・キトリッジと同じ部屋で寝起きするなんて、考えてみたことがなかった。考えただけでぞっとした。もしかして彼女がキトリッジの母親でなかったら、あるいは誰の母親でもなかったら？　だが、ミセス・キトリッジはキトリッジの母親に違いなかった。あの二人が、血が繋がっていないわけがなかった。

　アトキンスは少しずつ移動して私の横を通り過ぎ、階段を上がっていこうとしていた。私は一、二歩階段を下りかけていた。もう話は終わったと思っていた。突然、アトキンスが言った。「ここにいる皆が僕たちみたいな人間のことをわかってくれるわけじゃないけど、エレインはわかってくれてた――ミセス・ハドリーもわかってくれてる」

「うん」私はそれしか言わずに、階段を下り続けた。僕たちみたいな人間というのはどういう意味だったのかということについて、私はあえてあまりじっくり考えないようにしたが、アトキンスが私たちの構音障害のことだけ言っていたのでないことは確かだと思った。アトキンスは私に言い寄ったのだろうか？　中庭を横切りながら、私は思いめぐらした。あれは私みたいな男の子からの初めての口説きだったのだろうか？

空は明るさを増していた――午後になってもそれほどすぐに暗くなることはなかった――が、ヨーロッパではもう日暮れを過ぎているだろうと、私は思った。エレインはそろそろベッドに入るのだろう、自分専用の部屋にしろ、そうじゃないにしろ。今ではまた、暖かくもなってきていた――ヴァーモント州の春はたいしたものではなかった――だが、『十二夜』の稽古に行こうと中庭を横切りながら、私は身震いした。自分のセリフを、セバスチャンが言うことを思い出すべきだったのだが、幕が降りるまえに道化が歌うあの歌しか頭に浮かばなかった――フェステの歌、キトリッジが歌う歌だ（「だって毎日雨降りなんだから」）。

ちょうどそのとき、雨が降り始め、エレインの人生は永遠に変わってしまったのだと私は思った、私のほうは相変わらず演技しているだけだったのに。

エレインが送ってきてくれた写真を私はとってある。たいしていい写真ではなく、白黒の、あるいはカラーのただのスナップだ。幾つもの机の上に置かれてきたので――しばしば、しかも長年のあいだ、陽光を浴びて――写真はひどく色あせているが、もちろん状況を思い出すにはなんの問題もない。ただ、あのミセス・キトリッジとヨーロッパへ行ったときの写真も何枚か、エレインが送ってくれていたらよかったのに、と思うのだが、あんなときに誰が写真を撮るだろう？　キトリッジのファッションモデルのような母親の写真を撮っているエレインなんて、想像ができない――何をしているところを撮るのだ？　歯を磨いているところ、ベッドで本を読んでいるところ、服を着ている、あるいは脱いでいるところ？　そして、エレインがどんなことをしているところなら、ミセス・キトリッジのなかに写真芸術家魂を呼び覚ましたというのだろう？　膝をついて便器に吐いているところ？　彼女の部屋――あるいは彼女がキトリッジの母親と一緒に寝泊りする部屋――の準備ができていなくて、どこかのホテルのロビーで吐き気を催しながら待っているところ？

ミセス・キトリッジの想像力を虜にするシャッターチャンスがそれほどあったとは思えない。医院――それとも病院？――を訪れる情景は駄目だし、ぞっとしないが事務的な手術そのものはもちろん駄目だ（エレインは妊娠初期だった。手術は普通の子宮内膜掻爬術だったに違いない――あの、例の掻き出すやつだ）。

エレインはのちに、中絶手術のあと、彼女がまだ痛み止めを飲んでいた頃――ミセス・キトリッジがナプキンの血の量を定期的に調べて出血が「正常」であることを確かめていた頃――キトリッジの母親はエレインの額に手を当てて熱がないか確かめ、それからミセス・キトリッジはエレインにあのとんでもない話を聞かせたのだと私に語ることとなる。

そういった話のなかの、エレインが記憶している、あるいは聞いたと信じている事柄は、痛み止めが生み出したものだったのかもしれないと私は以前思っていた。「痛み止めはそんなに強いものじゃなかったし、一日か二日しか飲まなかったのよ」とエレインはいつも言った。「それほどの痛みじゃなかったの、ビリー」

「でも、君はワインを飲んでたんじゃないのか？　ミセス・キトリッジが好きなだけ赤ワインを飲ませてくれたって言ったじゃないか」私はエレインに思い出させる。「鎮痛剤とアルコールはぜったい一緒に飲んじゃいけないんだよ」

「赤ワインはせいぜい一、二杯だけだったもの、ビリー」とエレインはいつも答えた。「ジャクリーンが話す一言一言ちゃんとわかってたわよ。ああいう話が本当のことであれ、ジャクリーンがわたしに嘘ついていたんであれね——それに、人の母たるものが、どうしてそんなことで嘘つくのよ？」

確かに、「人の母たるもの」が自分のたったひとりの子供のことで話をでっちあげる——少なくとも、あんな類の話をでっちあげる——とは思えないが、私はキトリッジのことも彼の母親のこともさほど道徳的だとは思わない。ミセス・キトリッジがエレインに聞かせた話について私が何を信じようと信じまいと、エレインは一言残らず信じているようだった。

ミセス・キトリッジによると、彼女のたったひとりの子供は病気がちの男の子だった。ぜんぜん自分に自信が持てず、他の子たち、とりわけ男の子たちからいじめられていた。これは本当に想像し難かったのだが、さらに信じ難かったのが、キトリッジがかつて女の子に怖気づいていた、という話だった。彼はどうやらあまりに内気すぎて、女の子に話しかけようとすると言葉がつかえてしまい、女の子たちにからかわれたり無視されたりしていたというのだ。

七年生のとき、キトリッジは学校へ行かなくてすむよう仮病をつかっていた——パリでもニューヨークでも「とても難しい進学校」に通っていたのだ、とミセス・キトリッジはエレインに説明した——そして八年生になったとたん、彼はクラスの男子とも女子ともしゃべらなくなってしまった。

「それでわたしはあの子を誘惑したの——他にあまり選択肢はなかったの」ミセス・キトリッジはエレインに話した。「可哀相な子——あの子はどこかでちょっと自信をつけなきゃならなかったのよ！」

「たっぷり自信をつけたみたいですね」エレインが思い切ってキトリッジの母親にそう言うと、相手はただ肩をすくめただけだった。

ミセス・キトリッジは無関心そうな肩のすくめ方をした。生まれつきだろうか、それとも——夫が彼女を捨てて彼女より若い、だが議論の余地なく彼女ほど魅力的ではない女に走ったあとで――どんな種類の拒絶に対しても本能的な無関心を表すようになったのだろうか。

ミセス・キトリッジはエレインに、息子が「したがるだけ」一緒に寝てやったのだが、そのうちキトリッジは熱の入らない様子やセックスに注意散漫な様子を示すようになったのだと平然と語った。「日々興味を失っていくのは仕方のないことでしょ」キトリッジの母親はエレインに言った。「あの子、飽き飽きすることであれだけの自信を身につけたわけじゃないのよ――嘘じゃないわ」

ミセス・キトリッジは、息子の行いの弁明となることをエレインに話しているつもりでいたのだろうか？　話しているあいだじゅう、ミセス・キトリッジはエレインのナプキンの血が「正常」かどうか調べたり、エレインの額に手を当てて熱が出ていないか確かめたりといったことを続けたのだ。

二人が一緒にヨーロッパへ行ったときの写真はない――ただエレインからなんとか聞き出した（何年もかけて）話と、それに、大事な友だちがキトリッジの子供を中絶し、その後キトリッジの母親に付き添われて静養していたときのことについて否応なく思い浮かべてしまうものがあるだけだ。ミセス・キトリッジが自分の息子を、息子が多少の自信を持てるようにするため誘惑したのだとしたら、それが原因で、自分の母親は幾分母親らしさに欠ける（あるいはもしかしたら過剰）とキトリッジはあれほど強く思っているのではないか？

「キトリッジはどのくらいのあいだ、母親とセックスしていたの？」私はエレインに訊ねた。

「その八年生の一年、彼が十三歳、十四歳のとき」とエレインは答えた。「それにたぶんフェイヴォリット・リヴァーに入ってからも三、四回――そういうことが終わったのは彼が十五のときだったんじゃないかしら」

「どうして終わったの？」私はエレインに訊ねた――そんなことがあったと完全に信じていたわけで

はないが！

もしかしたら、エレインの無関心そうな肩のすくめ方はミセス・キトリッジから学んだものだったのかもしれない。

「キトリッジの性格を考えると、飽きたんじゃないかと思うわ」エレインはそう答えたのだった。彼女はノースフィールドで二年生となるために——一九六〇年の秋学期——荷造りしていて、私たちはバンクロフト棟の彼女の部屋にいた。八月の終わりだったと思う。部屋のなかは暑かった。ダークブルーのシェードのスタンドは没個性的な、オフィスのデスクスタンドのような色付きではないものに変わっていて、エレインは髪を短く切っていた——ほとんど男の子の髪くらいに。

遠くへ行く過程で、彼女は意識的にどんどん男っぽい外観になっていったとはいえ、自分はレズビアンになるつもりはないとエレインは言っていた。レズも試してみたと言ってはいたが。エレインはミセス・キトリッジと「試した」のだろうか？　もしもエレインが同性に惹かれることがあったなら、ミセス・キトリッジならそれをどう終わらせてしまったか想像がついたが、エレインはそれについてははっきり語らなかった。我が親友は不適切な男に惹かれる宿命なのではないかと私は思うのだが、エレインはそれについてもはっきり語ったことはない。「長続きする相手じゃないってだけのことよ」というのが彼女の言い方だった。

写真はと言えば。エレインが送ってくれた、ノースフィールドで三年過ごしたあいだの写真が手元にある。白黒あるいはカラーの、まるっきりの素人が撮ったスナップだが、ぱっと見の印象ほど芸術性がないわけではない。

まずは、木造三階建ての建物のポーチにエレインが立っている写真だ。彼女はそこの一員であるようには見えない――たぶん訪れただけなのだろう。写真の裏には、建物の名前と建築年――ムーア・コテージ、一八九九年――とともに、エレインの几帳面な筆跡でこういう希望が表明されている。こ、こがわたしの寄宿舎だといいのに（どうやらそうではなかったようだ――そうなることもなかったらしい）。

ムーア・コテージの一階には白く塗った木の下見板が張られていたが、二階と三階は白塗りの木のこけら板だった――あたかも、時間が経過しただけでなくいつまでも決めかねていたことを示すかのように。おそらく、この優柔不断さはムーア・コテージの用途と関係があるのだろう。ここは長年にわたって女子の寄宿舎として使われ――のちには、訪れる親のためのゲストハウスとなるのだ。建物の広がった外観からすると、たぶん寝室が一ダースかそれ以上――きっと浴室はそれよりずっと少ないだろう――それに共有スペースが隣接した広いキッチンがあるのではないか。

生徒たちは（彼らがそこで暮らしていたあいだは）長いあいだ少ない浴室で間に合わせるのに慣れていたのに、親が訪れるようになるとより気持ちよくすごせるよう浴室が増設されたのかもしれない。エレインが立っているポーチ――彼女は柄にもなく自信なさげに見える――には矛盾したところがある。生徒たちがポーチにどんな用があるというのだろう？　ノースフィールドもそうだが、良い学校では生徒たちは忙しすぎてポーチに出てはいられない、そこはもっと暇のある人間に向いている――訪問客のような。

ムーア・コテージのポーチに立つ写真の彼女は――あれはエレインがノースフィールドから送ってくれた一番最初の写真の一枚だった――もしかしたら訪問客のような気分だったのではないか。ポーチを見下ろす一階の部屋部屋の窓のひとつに人影があるのが興味をそそる。服や髪の長さ――顔は陰に隠れているか、あるいは窓のぼんやりした反射光で見えなくなっている――では年頃のはっきりしない女性だ。

新しい学校、といってもじつのところ非常に古い学校なのだが、そこからエレインが送ってくれた初期の写真のなかにはまた、ドワイト・L・ムーディー（大衆伝道者）の生家の写真もあった。我らが創設者の生家、幽霊が出ると言われている、とエレインはこの写真の裏に書いていたが、生家の二階の小さな窓に見えているのはD・L自身の幽霊であるはずがない。これは女性の横顔だ――若くもなければ年をとってもいないが、間違いなく美しい――表情はわからない。微笑んでいるエレインは写真の最前部にいる。あの二階の窓の方を指差しているようだ（たぶん、あの女の子はエレインの友だちだったのだろう、というか、最初私はそう思った）。

それから、公会堂、一八九四年――小さな丘の上というラベルの貼られた写真がある。おそらくエレインは「小さな」という言葉をヴァーモントの基準で使ったのだろう（謎の女性が意識的に撮されているように見える写真の、これが最初のものだった。この写真を見てから、私はあの女性の姿を探すようになったのだ）。公会堂は赤レンガの建物で、アーチ型の窓と戸口があり、城サイズの塔が二つある。片方の塔の影が横切っている芝生で、エレインが堂々とした木の幹の近くに立っている。木の後ろから突き出している――塔の影のなかではなく、陽光のなかへ――のは、女性のすらっとした脚だった。エレインのほうへ向けられている足は、黒っぽい実用的な靴を履いていた。ハイソックスはきちんとむき出しの膝まで引き上げられていて、その上ではグレイの長目のスカートが太腿のなかほどまでたくし上げられていた。

「あのべつの女の子、それとも女の人は誰？」私はエレインに訊ねた。

「誰のことを言ってるのよ」エレインは言った。「女の子かそれとも女の人って、何？」

「写真だよ。いつも誰かもうひとり写真に写ってるじゃないか」と私は言った。「ねえ、教えてくれよ。誰なんだ——君の友だちかな、それとも先生？」

　イースト・ホールの写真では、あの女性の顔はひどく小さく——そして一部スカーフで隠されている——上階の窓のなかだ。エレインは言わなかったが、イースト・ホールは明らかに寄宿舎だった。非常階段を見ればわかった。

　ストーン・ホールの写真には、あの緑銅色の時計塔と非常に背の高い窓が写っていた。暖かな光がなかまで差し込んでいたに違いない、マサチューセッツ西部の授業のある月には滅多にないあの曇っていない日には。エレインは写真の向こう側にややぎこちなく位置を占めている。カメラのほうを向いているのだが、ほぼ完全に誰かと背中合わせになって立っているのだ。エレインの左手に指が二、三本余分なのがわかる。彼女の腰の右側を抱きしめているのは三番目の手だ。

　学校の礼拝堂、と呼ぶのだろうが、その写真がある——あの鋳鉄をはめ込んだ大きな木の扉のあるどっしりしたカテドラルだ。女性のむき出しの腕が重そうに見えるドアをエレインのために閉まらないよう支えていて、エレインは腕——手首にはブレスレット、小指と人差し指にリング——に気づいていないようだが、あるいはたぶんエレインは女性がそこにいようがいまいがどうでもいいのかもしれない。チャペルに刻まれたラテン語が読める。ANNO DOMINI MDCCCCVIII エレインはこれを写真の裏側で翻訳している。キリスト紀元一九〇八（わたしが結婚式を挙げたい場所、もしもわたしが絶望のあまり結婚しちゃう場合にはね——そうなったら、とにかくわたしを撃って、と彼女は付け足していた）。

　私が一番気に入っているのはマーガレット・オリヴィア・ホール、ノースフィールドの音楽棟の写真だろう。エレインがどれほど歌うのが好きか、知っていたからだ——歌うというのは彼女の大きな声に元から向いていた（「歌うのは大好きでしまいに泣いてしまうの、それからもっと歌うの」と彼女は書いてよこしたことがあった)。

音楽棟の上階の窓のあいだには作曲家の名前が彫られていた。その名前を私は覚えている。パレストリーナ、バッハ、ヘンデル、ベートーベン、ワーグナー、グルック、モーツァルト、ロッシーニ。vのように彫られたグルック(Gluck)のuの上の窓には頭のない女性が見えていて——胴体の部分だけ——ブラしか着けていなかった。建物にもたれているエレインと違い、窓のなかの頭のない女性はひどく目立つ胸だった——大きな胸だ。

「彼女、誰なの?」私はエレインに、何度も何度も訊いた。

まだ知らない人にとっては、作曲家の名前が彫られている音楽棟は、ノースフィールドという学校がいかに洗練された雰囲気のところか正しく示してくれるものだった。フェイヴォリット・リヴァー学院など及びもつかない学校だったのだ。エズラフォールズの公立高校でエレインが慣れ親しんでいた世界からの飛躍的な上昇だった。

ニューイングランドの私立進学校の大半は当時男女別学だった。男子校の多くが教員の娘に奨学金を支給していた。女の子たちは全寮制女子高へ入ることができ、地域の公立高校でさまようことはないのだった(公平を期すために言っておく。ヴァーモントの公立校のすべてがエズラフォールズの学校ほど程度が低いわけではなかった)。

ハドリー夫妻がエレインをノースフィールドに送った——当初は自費で——ことを受けて、フェイヴォリット・リヴァーは当然のことをした。払ったのと同額の金を教員の娘たちに支給したのだ。私はがさつな従姉のジェリーからこれを際限なく聞かされることとなる——つまり、この方針変更は彼女をエズラフォールズの公立高校から救うには遅すぎたというのだ。まえにも言ったように、エレインがミセス・キトリッジとヨーロッパへ行ったあの同じ春には、ジェリーは大学生だった。「わたしも二、三年まえに抜け目なく妊娠してればよかったかもね――その運のいい相手の男にフランス人の母親がいるんならさ」とジェリーは言った(こんなことを言うティーンエイジャーのミュリエルが、私には苦もなく想像できた――とはいえ、『十二夜』で伯母の胸をずっと見つめ続けたあとでは、ティーンエイジャーのミュリエル伯母さんを想像するなんてぞっとしたが)。

エレインがノースフィールドから送ってくれた他の写真――全部とってある――の説明もできるが、同じことの繰り返しになるだけだろう。ノースフィールドのキャンパスにおけるエレインとあの印象的なさまざまな建物の写真には、必ず、べつの女性の部分的で不完全な姿があった。

「彼女、誰なの？　誰のことを言ってるのか君にはわかってるだろ――彼女はいつもいるじゃないか、エレイン」私は繰り返し問いかけた。「隠しだてするなよ」

「隠しだてなんかしてないわ、ビリー――あなたが隠しだてがどうとか言うとはねえ。言い逃れするとか物事を率直に言わないって意味で言ってるんならね。何が言いたいかわかるでしょ」とエレインは言う。

「わかった、わかった――つまり、彼女が誰なのか推測しろ、そういうこと？　じゃあ君は、君に対してあまり率直でなかった僕に仕返ししてるんだ――当たってる？」と私は親友に訊ねた。

エレインと私は同棲を試みることになるが、それは何年ものち、私たち双方が人生でじゅうぶん失望を味わったあとのことだ。これはうまくはいかないのだが――それほど長く続かない――私たちはあまりにいい友だちだったので試さないではいられなかったのだ。この冒険に乗り出したときには、私たちは恋人よりも友人のほうが大事だということが――とりわけ、友情はふつう恋愛よりも長続きするという事実が――わかる年にもなっていた(一般化はしないほうがいいが、エレインと私の場合はあきらかにそうだった）。

　私たちはサンフランシスコのポスト・ストリートの八階にあるみすぼらしい住まいで暮らしていた——ユニオン・スクエアに近い、ポスト・ストリートとテイラー、メイソン・ストリートのあいだの区域だ。エレインと私にはそれぞれ執筆用の部屋があった。寝室は広くてゆったりしていた——ギアリー・ストリートの屋根が見渡せて、それにアダージョ・ホテルの垂直看板が見えた。夜になると、「ホテル」の部分のネオンは暗いままで——切れていたのだろう——「アダージョ」のところだけが光った。不眠症だった私はベッドから出ては窓辺に行き、血のように赤い「アダージョ」というネオンサインを見つめた。

　ある夜、ベッドに戻ったときにうっかりエレインを起こしてしまい、私は彼女にア、ダ、ー、ジ、ョ、という言葉のことを訊ねた。イタリア語だというのは知っていた。エズメラルダが口にするのを聞いたことがあっただけでなく、彼女のメモに記されているのも見ていたのだ。オペラや他の音楽の世界に踏み込んだことのある私は——ウィーンで、エズメラルダ並びにラリーとともに——その言葉が音楽で使われるのを知っていた。エレインなら意味を知っているだろうと思ったのだ。母親同様、エレインはとても音楽好きだった（ノースフィールドは彼女にはぴったりだった——音楽教育のレベルが高かったのだ）。

「なんて意味なの？」あのみすぼらしいポスト・ストリートのアパートで、いっしょに目を開けたまま横たわりながら、私はエレインに訊ねた。

「アダージョっていうのは、ゆっくり、優しく、穏やかにってことよ」とエレインは答えた。

「ああ」

　私たちの性の営みについて言うならこの言葉が一番いいだろうし、私たちはそうすべく努力もした

——同棲についてと同じく、うまくはいかなかったが、努力はしたのだ。「アダージョ」、とセックスしようとするとき、私たちは言った。あるいは、そのあと、眠ろうとしているときに。私たちは今でも使っている。サンフランシスコを離れるときもそう言ったし、今では手紙やメールの結びに使っている。私たちにとってはこの言葉が、愛の意味するものなのではないか——アダージョだけが（ゆっくり、優しく、穏やかに）。ともかく、友だちには効果的なのだ。

「で、本当のところ彼女は誰だったの——あのどの写真にも写ってた女の人はさ？」アダージョ・ホテルの壊れたネオンサインが見えるゆったりした寝室で、私はエレインに訊ねることとなる。

「あのね、ビリー——彼女、いまだにわたしの面倒を見てくれてるの。いつもどこか近くにいて、手を当ててわたしの体温を確かめたり、わたしのナプキンの血を調べて相変わらず出血が『正常』かどうか確かめてくれるの。ちなみに、ずっと『正常』だったんだけど、それでも彼女は調べるの——わたしのことはいつまでも面倒を見るし、いつまでも気遣ってるってことを私に知らせておきたいと、彼女は思ってた」とエレインは答えた。

　私は横になったまま、それについて思いめぐらした——窓の外の明かりはユニオン・スクエアのぼんやりした光と、あの縦長の、「ホテル」が光らず「アダージョ」が血のように赤い壊れたネオンサインだけだった。

「君の言ってるのはつまり、ミセス・キトリッジがいまだに——」

「ビリー！」エレインは私を遮った。「あの恐るべき女ほど親密になった人はいないの。この先二度と誰かとあれほど親しくなることはないわ」

「キトリッジは？」と私は訊ねたが、もっと分別を働かせるべきだった——あれだけの年月が経っていたのだから。

「キトリッジなんてクソくらえ！」とエレインは叫んだ。「わたしに印を刻んだのはあいつの母親なのよ！　わたしがぜったいに忘れられないのは彼女なの！」

「どう親密なの？　印を刻むってどんなふうに？」私は訊ねたが、彼女は泣き出し、自分はただ彼女を抱きしめて――ゆっくり、優しく、穏やかに――何も言わずにいるべきなのだと私は思った。あの中絶についてはすでに質問していた。これはあのことではなかった。彼女はもう一度中絶していたのだ、あのヨーロッパで受けたもののあとに。

「べつの手段のことを考えたら、そんなに悪くもないわよ」自分の受けた中絶について彼女が言ったのはそれだけだった。ミセス・キトリッジがどう彼女に印を刻んだにせよ、それはこのことではなかった。そして、エレインがレズビアンになるのを「試して」みたのだとしても――つまり、ミセス・キトリッジを相手に――エレインはそれについては曖昧にしたまま墓に入るだろう。

　手元にあるエレインの写真によって、私はキトリッジの母親のことやエレインが彼女とどんなふうに「親し」かったのか想像することができた。あの写真の女性（あるいは女性たち）の影や体の一部は、私が初めて、そしてただ一度だけミセス・キトリッジをこの目で見たレスリングの試合のときの記憶よりも鮮明だ。「あの恐るべき女」については、我が友エレインに及ぼした影響を考えると一番よくわかる――不適切な相手への根強い思慕のことを考えると自分自身が一番よくわかるように、自分の秘密を大好きな人たちに長いあいだ隠していたことによって私という人間が形作られたように。

第七章　私の恐ろしい天使たち

望まない妊娠が怖いもの知らずの女の子が落ち込む可能性のある「深淵」だったとしたら——深淵というのは母が使った言葉だが、母はきっとその言葉をまずあのむかつくミュリエルから聞いたのだ——私のような男の子の深淵はきっと同性愛行為に溺れることだったに違いない。そのような愛には狂気が潜んでいる。自分のもっとも恐るべき想像を実行に移しながら、私は確実に欲望という宇宙の底なしの穴へ降下していくのだ。とまあ、フェイヴォリット・リヴァー学院最終学年の秋、そう信じていた私は、もう一度ファーストシスター公立図書館へ足を運んだ——今回は自分を救うために、と私は思っていた。私は十八だったが、性に関する不安は数え切れないほどだった。自己嫌悪はとてつもなかった。

もしも読者の皆さんが私と同じように一九六〇年の秋の寄宿制男子校にいたならば、まったくの孤独を感じたことだろう——誰も信用できない、とりわけ同い年の他の男子たちは——そして自分が嫌でたまらないのだ。私はいつも孤独だったが、孤独感よりも自己嫌悪のほうがひどかった。

エレインがノースフィールドで新しい生活を始めたために、私はいっそう学院の図書館のイヤーブックの部屋で過ごすことが多くなった。母やリチャードにどこに行くのかと訊かれると、私はいつもこう答えた。「図書館へ行ってくる」どの図書館かは言わなかった。そして、エレインに邪魔されることがなくなったので——彼女は、より最近のイヤーブックで見つけた魅力的な男の子たちを私に見せたいという思いを抑えられなかったのだ——私は猛烈な勢いで遠い過去から卒業年度を遡っていった。第一次大戦は後にした。想像していたスケジュールよりもずっと先に進んでいた。このペースでイヤーブックを見ていけば、六一年の春よりかなりまえに現在に、そして私自身がフェイヴォリット・リヴァーを卒業するのに追いつきそうだった。

じつのところ、自分の年度まであとほんの三十年しかなかった。学院の図書館を出てミス・フロストのところへ行ってみようと決心した、同じ九月の夕方、私は三一年度のイヤーブックを熟読し始めていた。レスリング部のある男子の文字通り息を呑むような写真に、私はイヤーブックをばたんと閉じてしまったのだった。私は思った。とにかくキトリッジのことや彼のような男の子たちのことを想い続けていてはだめだ。ああいう感情に負けてはならない、さもないと破滅だ。

一体正確には何が私の破滅を押しとどめていたのだろう？　マーサ・ハドリーを通販カタログの練習用ブラのモデルにした想像の姿はもはや効き目がなかった。胸の小さな若い女の子たちのなかでも一番胸の膨らんでいない子にミセス・ハドリーの不器量な顔をくっつけた、想像力を最大限に駆使した入れ替えを使ってすら、ますます自慰が難しくなっていた。キトリッジ（と彼のような男の子たち）を押しとどめていたのは、ひとえにミス・フロストに対する燃えるような性的夢想だった。

フェイヴォリット・リヴァー学院のイヤーブックは「梟《ジ・アウル》」と呼ばれていた（「なぜそう呼ばれているのか知っている人はたぶん皆死んでるだろう」なぜなのかと私が訊くと、リチャード・アボットはそう答えた）。私は三一年度のアウルを脇へ押しやった。ノートやドイツ語の宿題を重ね——アウル以外はぜんぶ本を入れるカバンに突っ込んだ。

必修ではなかったが、私はドイツ語Ⅳをとっていた。キトリッジが単位を落としたものの再履修するしかなくとっているドイツ語Ⅲを、相変わらず手伝ってやっていた。もうドイツ語Ⅲをいっしょにとっているわけではないので、手伝うのも多少気楽だった。つまるところ、私がやっていたのはキトリッジに時間をちょっと節約してやるだけのことだった。ドイツ語Ⅲで難物だったのはゲーテとリルケの入門編だった。ドイツ語Ⅳではさらに扱われていた。キトリッジがあるフレーズで行き詰まると、私はさっと簡単に訳して時間を節約してやるのだ。キトリッジにとって、同じゲーテやリルケにまたもまごつかされるというのはじつに頭にくることだったが、正直なところ、今私たちのあいだで交わされるメモや忙しない一言は、以前の会話と較べると私にはずっと気楽だった。私はできるだけ彼と同席しないように努めていた。

　そのために、私はその秋のシェークスピア劇への参加をやめた――リチャードは繰り返し落胆を表明したが。リチャードはキトリッジを『リア王』のエドガー役にしていた。さらに、私をリア王の道化役にというリチャードの配役には予想外の瑕疵があった。キトリッジが「英雄の役」――エドガーはのちに「哀れなトム」に変装するので、キトリッジはつまるところ「二役」を与えられたのだということは言うまでもなく――になったから、芝居には出たくないのだとミセス・ハドリーに告げると、マーサ・ハドリーは私が自分のセリフにどのくらい綿密に目を通しているか知りたがった。私が発音できない言葉の数が増えていたことを思うと、道化役がなんらかの語彙問題をもたらすことを私は予見していたのだろうか？　ミセス・ハドリーは、私の構音障害が芝居を抜ける口実になるとほのめかしていたのだろうか？

「何が言いたいんですか？」私は彼女に問うた。「僕が『掏摸《カットパース》』とか『愛妾《コーティザン》』に対処できないと思ってるんですか、それとも、『股袋《コッドピース》』に動揺してしまうんじゃないかと心配なんですか――コッドピースが包むあのナンタラカンタラのせいで？　それとも、あのナンタラカンタラって言葉自体、僕には発音できないせいで？」

「むきにならないで、ビリー」とマーサ・ハドリーは言った。

「それとも、『恥知らずな売女』という組み合わせが僕をつまずかせるかもしれないと？」僕は問いかけた。「それとももしかしたら『とさか帽《コクスコウム》』——単数か、複数か、それとも両方とも！」

「落ち着いてちょうだい、ビリー」とマーサ・ハドリーは言った。「あなたもわたしもキトリッジにはむかついてるのよ」

「キトリッジは『十二夜』で最後のセリフをしゃべった！」私は叫んだ。「そしてリチャードはまたあいつに最後のセリフをやるんだ！　僕たちはキトリッジが言うのを聞いてなくちゃならない。『私たちはこの不幸な時代の重みに耐えていかねばなりますまい／感じるままを話しましょう、言うべき言葉ではなくて』ってね」

「最年長の方ほど最も苦しまれました」とエドガー役のキトリッジは続ける。

『リア王』の物語では——グロスター伯が盲目になるのは言うまでもなく（リチャードは自身がグロスターを演じることにした）、リアがどうなるか考えると——これは確かに真実だ。だが、エドガーが「若い我々は／あれほど苦しむことも、あれほど長く生きることもないでしょう」と言明して芝居を締めくくるとなると——さてさて、これが普遍的に真実であるのかどうか、私にはわからない。

　私はエドガーとキトリッジの区別がつかなくなってこの偉大な戯曲の締めくくりの金言に異議を唱えているのだろうか？　未来の世代が苦しむことになる、あるいはならないと、誰に（たとえシェークスピアといえども）わかるのだろうか？

「リチャードは芝居にとって一番いいことをしているのよ、ビリー」とマーサ・ハドリーは言った。

「リチャードはキトリッジにエレインを誘惑した褒美を与えているわけじゃないわ」しかし私にはどうもそんなふうに思えたのだ。どうしてキトリッジに、あとのほうでは哀れなトムに変装するエドガーのようないい役を与えるんだ？　『十二夜』であんなことが起きたあとで、なぜリチャードはそもそも『リア王』でキトリッジに役を与えなくちゃならないんだ？　私は芝居を抜けたかった――リアの道化になるかどうかは問題ではなかった。

「キトリッジの傍には寄りたくないんだってリチャードに言えばいいじゃない、ビリー」ミセス・ハドリーはそう言った。「リチャードはわかってくれるわよ」

　リチャードの傍にも寄りたくないのだとは、マーサ・ハドリーには言えなかった。それに、今回の『リア王』の公演で、自分の父親が女役で舞台に立っているのを見つめる母の表情を観察したところで、なんの意味があるだろう？　ハリーお祖父ちゃんはリアの長女、ゴネリルの役なのだ。ゴネリルはじつに忌まわしい娘だ、誰がゴネリルを演じていようと、母は最大限の反感を込めて見つめるに決まっているではないか？（ミュリエル伯母さんはリアのもうひとりの恐るべき娘リーガンだ。母は姉のミュリエルのことも睨みつけるだろうと私は思った）

『リア王』と関わりたくないと思ったのは、キトリッジのことだけが原因ではなかった。主役級となると力不足のボブ伯父さんをとても見ていられなかったのだ、というのも、気のいいボブ――スカッシュボール・ボブとキトリッジは呼んでいた――はリア王役を振られていたのだ。ボブに悲劇的なところが欠けているのは明白に思えた、リチャード・アボットにはそうでなかったにしても。もしかしたらリチャードはボブを気の毒に思っていて、それで彼に悲劇性を見出したのかもしれない、なにしろボブは（悲劇的なことに）ミュリエルと結婚していたのだから。

　まるでそぐわなかったのはボブの体だった――それともあの頭？　ボブの体は大きく、運動選手らしくがっしりしていた。体と較べると彼の頭は小さすぎて、ありえないほど丸く見えた——馬鹿でかい両肩のあいだに埋もれるスカッシュボールだ。ボブ伯父さんはリア王にしてはあまりに人が良すぎるし、あまりに頑健そうに見えた。

芝居の比較的早い段階で（第一幕第四場）リア役のボブは怒鳴る。「わしが誰か教えてくれる者はおるか？」

リアの道化が王にどう答えるか、誰が忘れられようか？　だが、私は忘れたのだ。自分にセリフがあることすら忘れた。『わしが誰か教えてくれる者はおるか』、ビル？」リチャード・アボットが私に声をかけた。

「お前のセリフだぞ、ニンフ」キトリッジが私に小声で言った。「あれには、お前はちょっと苦労するかもしれないって思ってたんだ」私が道化のセリフを見つけるあいだ、皆が待っていた。最初、私は発音の問題に気づきさえしなかった。この言葉を発音するのが難しくなったのはごく最近のことで、自分でも気づいていなかったし、マーサ・ハドリーも気づいていなかった。だがキトリッジは明らかにこの言葉が構音障害を引き起こす可能性のあることを察知していたのだ。「お前がそのセリフをしゃべるのを聞かせてもらおうじゃないか、ニンフ」とキトリッジは言った。「ともかく、しゃべろうと努力するのを聞かせてもらおう」

「わしが誰か教えてくれる者はおるか？」とリアが訊ねる。

道化は答える。「リアの影《シャドウ》だよ」

一体いつからシャドウという言葉が発音面で私を悩ませるようになどなったのだろう？　エレインがミセス・キトリッジとのヨーロッパの旅から帰ってきて以来だ。あのときのエレインは影《シャドウ》同様実体がないように見えた——少なくとも、以前の彼女と比べたら。エレインがヨーロッパから戻って、そして彼女の一足ごとに見慣れない影《シャドウ》がまといついて見えるようになってからのことだ——ミセス・キトリッジ自身との、ぼんやりとはしているものの極めて高度な類似性をもつ影《シャドウ》が。エレインがノースフィールドへとまた去ってしまい、私はつきまとう影《シャドウ》——おそらく、ここにはいない我が親友の、不安をかきたてる、晴らすべき恨みを持つ影《シャドウ》——とともに取り残されてからだ。

「リアの……シェド」と私は言った。

「小屋《シェド》だとさ！」キトリッジが大声を上げた。

「もう一度言ってごらん、ビル」リチャードが言った。

「言えません」私は答えた。

「新しい道化が必要なんじゃないかな」キトリッジが提案した。

「そういうことを判断するのは僕だよ、キトリッジ」リチャードが応じた。

「もしくは僕」と私は言った。

「ああ、まあその——」ハリーお祖父ちゃんが言いかけたが、ボブ伯父さんが遮った。

「思うんだがね、リチャード、ビリーは『リアの影《リフレクション》だ』とか、あるいはいっそ『リアの幻《ゴースト》だ』なら言えるんじゃないか——道化の言わんとするところ、仄めかしているものに合致すると君が判断するならね」とボブ伯父さんは提案した。

「それじゃ、シェークスピアじゃなくなる」とキトリッジが言った。

「セリフは『リアのシャドウだよ』なのよ、ビリー」プロンプターである私の母が言った。「あなたがそう言えようが、言えまいがね」

「おいおい、ジュエル——」とリチャードが言いかけたが、私は遮った。

「リアはちゃんとした道化を持つべきです——なんでも言える道化をね」と私はリチャード・アボッ

トに言った。その場を去りながら、自分はフェイヴォリット・リヴァーの生徒としての最後の芝居稽古の場から歩み去っているのだと私は思った――おそらく、私の最後のシェークスピア劇だ（結局のところ、『リア王』は俳優としては私の最後のシェークスピア劇となった）。

リチャードがコーディリア役にした教員の娘については私はまったく面識がなかったし、以後もそのままで、名前は思い出せない。「発育不十分な女の子だが記憶力はピカイチ」と彼女についてハリーお祖父ちゃんは言っていた。

「今も将来的にも美人じゃないわね」不運なコーディリアについて伯母のミュリエルは、『リア王』において、こんなコーディリアなら誰も結婚しなかっただろう――たとえ彼女が生きていたとしても――とにおわせながら、そう言っただけだった。

リアの道化はデラコートが演じることになる。デラコートはレスリング選手なので、その役が空いていることをキトリッジから教えられて知ったのだろう。キトリッジからあとで聞かされるのだが、秋のシェークスピア劇はレスリングのシーズンが始まるまでに稽古も上演も済むので、デラコートはいつもほど減量に伴うあれこれでひどい状態ではなかったのだ。とはいえ、キトリッジによると体重別階級を重くしたらボコボコにされてしまうだろうという件のライト級選手は、脱水症状ではないときでも――というか、もしかするとデラコートはオフシーズンのときでさえ減量の夢を見ていたのだろう――なおも口の渇きに苦しんでいた。したがってデラコートは絶えず紙コップの水で口を漱いでいた。そしていつもべつの紙コップに水を吐き出していた。もしデラコートが今でも生きていたら、きっと相変わらず指で髪を梳いていることだろう。だがデラコートは、他の多くの人たちとともに死んでしまった。この先で、私はデラコートの死に遭遇することとなるのだ。

デラコートはリアの道化として、うまいことを言う。「見せかけ以上のものを持ち／知ってる以下しか口にせず／持ってる以下のものしか貸さず」良い助言だが、これはリアの道化を救うことにはならないし、デラコートを救うこともなかった。

キトリッジのデラコートへの振る舞いは奇妙だった。デラコートに対して愛情がこもっていると同時に苛立った態度だったりするのだ。まるでデラコートは幼友だちで、でもキトリッジの期待を裏切ったやつ――キトリッジが望んでいた、あるいは期待していたようには「結局ならなかった」人間――なのだとでもいうような感じだった。

キトリッジはデラコートの漱いでは吐く習慣を異様に気に入っていた。キトリッジはリチャードに、リアの道化に漱いでは吐くを繰り返させたら舞台が面白くなるかもしれないとさえ提案した。

「それじゃシェークスピアじゃなくなる」とハリーお祖父ちゃんが言った。

「わたしは漱いで吐いて、なんて指示はしてないわよ、リチャード」と母は言った。

「デラコート、その漱いで吐いては舞台裏でやってもらえないかな」リチャードは強迫観念にとらわれたライト級選手に言った。

「ただの思いつきですよ」キトリッジは素っ気なく肩をすくめてみせた。「シャドウという言葉が言える道化がいるだけでじゅうぶんですからね」

私に対しては、キトリッジはもっと深慮に満ちた言い方をした。「こういうふうに考えてみろよ、ニンフ――語彙に制約がありながらも活動している役者なんてもんはない。だけど、これは建設的な発見だぞ、こんな若いうちに自分の限界に気づくことができるなんてさ」とキトリッジはきっぱりと言った。「ほんとに運がいい――これでお前は自分がぜったい俳優にはなれないってわかったんだからさ」

「だけど、こういうのは職業選択とは違うよ」私は、かつてミス・フロストに言われた――初めて彼女に作家になりたいのだと話したときに——とおりのことを言った。

「そりゃあ違うだろうね、ニンフ——自分でなんとか努力してやってみたいとか思うんなら、そういうもんじゃない」

「ああ」

「それになあニンフ、お前は賢明にも、もうひとつの選択についてもはっきりさせるんじゃないか——つまり、職業云々のまえにさ」とキトリッジは言った。私は何も言わなかった。ただ待っていた。キトリッジのことはわかりすぎるほどわかっていたから、私を陥れようとしているときには察しがついたのだ。「お前の性的嗜好という問題があるだろ」とキトリッジは続けた。

「僕の性的嗜好は完全にはっきりしてるよ」と私は彼に言った——自分自身に驚いたのだが、演技していたにもかかわらず構音障害の気配はなかったのだ。

「どうかなあ、ニンフ」キトリッジはレスラーらしい首筋の幅広い筋肉を故意にか無意識にかぴくぴくさせながら言った。「性的嗜好の分野では、お前は発展途上に見えるけどな」


「あら、あなただったの！」私を見たミス・フロストは快活に言った。驚いた口調だった。「あなたの友だちかと思ったの。ここに来ていたのよ——出て行ったところ。また戻ってきたんだと思ったたわ」

「誰ですか？」私は訊ねた（もちろん、脳裏に浮かんでいたのはキトリッジだった——友だちというわけではないが）。

「トムよ」ミス・フロストは答えた。「トムはついさっきまでここにいたの。どうしてここへ来るのかよくわからないんだけど。いつも学院の図書館で見つからなかったっていう本のことを訊くんだけど、それが学校にあるのをわたしはちゃんと知ってるのよ。ともかく、あの子が探している本はぜったいここにはないの。もしかしたらあの子、あなたを探しに来てるのかも」

「トム、なんていうんですか？」と私は訊ねた。トムという知り合いはいないはずだった。

「アトキンス――そういう苗字じゃない？」とミス・フロストは問い返した。「わたしはトムって名前で呼んでるんだけど」

「僕はアトキンスって呼んでます」と私は言った。

「ねえウィリアム、あのおぞましい学校の苗字文化ったら、いったいいつまで続くのかしら！」ミス・フロストは言った。

「ひそひそ声で話さなくていいんですか？」私はひそひそ声で言った。

なんといっても、私たちは図書館にいたのだ。ミス・フロストが大声でしゃべることに当惑しながらも、彼女がフェイヴォリット・リヴァー学院を「おぞましい学校」と言うのを聞いて私は嬉しかった。私も密かにそう思っていたのだが、リチャード・アボットとボブ伯父さんに対する忠誠心から、教員のガキである私は、ぜったいそう口にすることはなかった。

「ここには他に誰もいないのよ、ウィリアム」ミス・フロストはひそひそ声で言った。「わたしたち、好きなだけ大きな声でしゃべっていいの」

「ああ」

「あなたきっと、書くためにきたんでしょ」ミス・フロストは大声で言った。

「いいえ、どんな本を読んだらいいか教えてもらいに来たんです」と私は答えた。

「テーマはやっぱり不適切な相手に対する思慕なの、ウィリアム？」

「いや、ものすごく不適切です」私はひそひそ声で言った。

彼女は私のほうへぐっと身を屈めた。相変わらず私よりずっと背が高いので、自分が成長していないような気がした。「この問題についてはひそひそ声でもいいのよ、あなたがそうしたいならね」と彼女はひそひそ声で言った。

「ジャック・キトリッジは知ってますか?」私は訊ねた。

「誰もがキトリッジを知ってるわ」ミス・フロストはなんの感情も込めずに答えた。彼女がキトリッジのことをどう思っているのかは判別できなかった。

「僕はキトリッジに片思いしてるんです、でもそんな気持ちにならないようにしようとしてます」と私は話した。「そういうことを扱った小説、ありますか?」

ミス・フロストは私の肩に両手を置いた。私が震えているのがわかったはずだ。「ああウィリアム——もっと困ったことだってあるのよ」と彼女は言った。「ええ、まさにあなたが読むべき本があるわ」彼女はささやき声で言った。

「アトキンスがどうしてここに来るのか知ってる」私は思わず言ってしまった。「僕を探しに来てるんじゃない——あいつ、きっとあなたにのぼせてるんだ!」

「どうしてあの子がそんな?」ミス・フロストは訊ねた。

「そんなふうにならないわけないでしょ? どんな男の子だってあなたにのぼせないわけがないでしょ?」私は彼女に問いかけた。

「あら、ここしばらくは誰からものぼせられてないわよ」と彼女は答えた。「でも、すてきなお世辞ね——そんなふうに言ってもらって嬉しいわ、ウィリアム」

「僕はあなたにものぼせてるんです」私は言った。「ずっとなんです。それに、キトリッジへの思いより強いんです」

「あら大変、それはぜったい間違ってるわ！」ミス・フロストはきっぱりと言った。「ジャック・キトリッジにのぼせるより困ったことがあるって言わなかった？　聞いてちょうだい、ウィリアム。キトリッジにのぼせるほうが安全なのよ！」

「どうすればあなたよりキトリッジのほうが安全だなんてことになるんですか？」私は叫んだ。自分がまた震えだしたのがわかった。今回は、大きな手を私の両肩に置くと、ミス・フロストは自分の広い胸に私を抱き寄せた。私はこらえきれずにすすり泣きを始めた。

　泣いている自分が嫌でたまらないのに、止められなかった。ドクター・ハーロウはさらにまたべつの厭わしい朝会で、男子が度を越えて泣くのは私たちが用心せねばならない同性愛的傾向であると語ったことがあった（もちろん、自分で制御できないことに対してどう用心すればいいのか、あの能なしは教えてはくれなかった！）。それに、母がミュリエルにこう言うのを立ち聞きしてしまったことがあった。「ほんとうのところ、ビリーが女の子みたいに泣くと、どうすればいいのかわからないわ！」

　そんなわけで私は、ファーストシスター公立図書館で、ミス・フロストのたくましい腕に抱かれて女の子みたいに泣いていた――彼女に対してジャック・キトリッジへの思いより強くのぼせているのだと告白したばかりの状態で。彼女には、私がひどく女々しく思えたことだろう！

「可愛い子、あなたはわたしのこと、本当に知っているわけじゃないのよ」とミス・フロストは言っていた。「わたしが誰だかあなたは知らない――あなたはわたしについて一番基本的なこと《ファースト・シング》も知らない、そうでしょ、ウィリアム？　知らないんでしょ？」

「僕が何を知らないって？」私は泣きながら言った。「あなたの名前《ファースト・ネーム》は知りません」と私は認めた。私はまだすすり泣きしていた。彼女の背中を抱きしめていたが、彼女が抱きしめてくれるほど強くではなかった。彼女の力がどれほど強いか感じられ、それに——またも——その力強さと乳房の小ささが驚くほど対照的に思えた。彼女の乳房の柔らかさも感じられた。その小さな柔らかい胸は、広い肩や筋肉質の腕とおよそちぐはぐに思えた。

「名前のことを言ってるんじゃないわ、ウィリアム——名前なんてたいしたことじゃない」とミス・フロストは言った。「わたしが言ってるのは、あなたはわたしを知らないってことよ」

「だけど、あなたの名前はなんていうんですか？」私は訊ねた。

ミス・フロストのため息には芝居がかったところがあった——ほとんど押しやるようにして私を抱擁から自由にした仕草には、演技的な誇張があった。

「わたしはミス・フロストでいるためにたくさんのものを危険にさらしているのよ、ウィリアム」と彼女は言った。「ミスって敬称を、偶然手に入れたわけじゃないの」

自分につけられた名前が嫌いだということなら私にはわかった、私にもウィリアム・フランシス・ディーン・ジュニアでいるのが嫌だった経験があったのだから。「自分の名前が嫌いなんですか？」私は訊ねた。

「それから始めてもいいわね」彼女は面白がっている様子で答えた。「女の子にアルバータなんて名前、つける？」

「カナダの州の名前みたいな？」私は問い返した。ミス・フロストがアルバータという名前だなんて、想像できなかった！

「州にしたらましな名前よ」とミス・フロストは言った。「皆わたしのことをアルって呼んでたの」

「アル」と私は繰り返した。

「どうしてミスが好きか、わかるでしょ」彼女は笑った。

「僕はあなたのことならなんでも好きです」と私は言った。

「慌てないのよ、ウィリアム」とミス・フロストは言った。「不適切な相手にのぼせるときは焦っちゃいけないわ」

　当然のことながら、なぜ彼女が自分は私にとって「不適切」だと考えるのか私にはわからなかった――それに彼女はいったいなぜキトリッジに対してのぼせるほうが安全だなんて思えるんだ？　ミス・フロストはきっと私たちの年の差のことを警告するつもりだっただけに違いないと私は思い込んでいた。十八歳の少年と四十代の女性というのは彼女にとってタブーなのかもしれない、と。自分はかろうじてではあるが法的に成人だと私は考えていた。それに、ミス・フロストが私の伯母ミュリエルの年齢くらいだというのが本当だとしても、彼女は四十二か四十三のはずだと私は踏んでいた。

「同じ年齢の女の子たちには関心を持てないんです」私はミス・フロストに言った。「僕はどうも、年上の女性に惹かれるみたいなんです」

「可愛い子」彼女はまた言った。「わたしの年は関係ないの――わたしが何かってことなのよ。ねえウィリアム、わたしが本当は何なのか、あなたは知らないでしょ？」

　その実存的な響きのある質問だけではややこしさが足りないとでもいわんばかりに、アトキンスがこともあろうにこの瞬間に図書館の薄暗いロビーへ入ってきて、ぎょっとした顔になった（あとで彼から聞いたのだが、物言わぬ警備員のようにロビーにひっそり掛かっている鏡に映った自分の姿に怯えたのだった）。

「あら、あなただったのね、トム」ミス・フロストは驚いてはいない顔で言った。

「ほらね？　言ったでしょ？」アトキンスが鏡のなかの自分を恐ろしげに凝視し続けているあいだに、私はミス・フロストに問いかけた。

「あなたはだんぜん間違っているわよ」ミス・フロストは微笑みながら言った。

「キトリッジが君を探してるよ、ビル」アトキンスが言った。「僕、イヤーブックの部屋へ行ったんだけど、君は出たとこだって言われた」

「イヤーブックの部屋」、ミス・フロストは繰り返した。驚いた口調だった。私は彼女のほうを見た。その顔には見慣れない懸念が浮かんでいた。

「ビルはフェイヴォリット・リヴァー・イヤーブックを過去から現在へと研究してるんです」アトキンスはミス・フロストに話した。「エレインから聞いたんだ」アトキンスは私に説明した。

「おいおいアトキンス――なんだか君、僕のことを研究してるみたいじゃないか」と私は言った。

「キトリッジが君と話したがってるんだぞ」アトキンスがむっとした顔で言った。

「いつから君はキトリッジのメッセンジャー・ボーイになったんだ？」私は訊いた。

「一晩でこれだけ嫌がらせを言われたらたくさんだ！」アトキンスはほっそりした両手を挙げながら大げさに叫んだ。「キトリッジに侮辱されるのはいいよ――あいつは誰のことでも侮辱するんだから。だけど君に侮辱されるのは、ビル――いや、これはとにかくあんまりだよ！」

　腹を立てているのを見せびらかすようにしてファーストシスター公立図書館を出ていこうとしながら、アトキンスはまたもロビーのあの威嚇的な鏡と遭遇し、そこで立ち止まるや捨てぜりふを吐いた。

「僕は君の影《シャドウ》じゃないよ、ビル――キトリッジだよ」とアトキンスは言った。

「キトリッジなんかクソくらえ」という私の言葉を聞かないうちに彼は立ち去っていた。

「そんな言葉遣いをするもんじゃないわ、ウィリアム」ミス・フロストは長い指を私の唇に押し当てた。「なんといっても、わたしたちはクソいまいましい図書館にいるんだから」

　彼女のことを考える際に、クソいまいましいなんて言葉はおよそ私の脳裏には浮かばなかった――

ミス・フロストがアルバータだなんて似つかわしく思えないのと同じように——が、顔を見ると彼女は微笑んでいた。私をからかっていただけだったのだ。彼女の長い指が今度は私の頬をさっと撫でた。

「あのシャドウって言葉の話はなんだか気になるわね、ウィリアム」と彼女は言った。「あれってもしかして、あなたが『リア王』から想定外の退場をする原因になった発音しづらい言葉なのかしら？」

「そうです」と私は答えた。「あなたの耳にも入ったみたいですね。こんなに小さな町だと、何もかもみんなの耳に入るんだ！」

「みんなってわけでもないかもしれないけれど——何もかもってこともないかもしれないわ、ウィリアム」とミス・フロストは言った。「たとえばね、何もかもあなたの耳に入ってるわけじゃないように思えるんだけど——わたしについて、ってことだけど」

ヴィクトリアお祖母ちゃんがミス・フロストを好きじゃないのを私は知っていたが、理由は知らなかった。ミュリエル伯母さんはミス・フロストのブラの選択について含むところがあるのを私は知っていたが、ミス・フロストのことならなんでも好きだと言ったところなのに、どうして練習用ブラの問題を持ち出せようか？

「僕の祖母が」と私は言いかけた。「それに僕の伯母のミュリエルが——」

だがミス・フロストはまた長い指で私の唇に軽く触れた。「しーっ、ウィリアム」と彼女は囁いた。「あのご婦人方がわたしのことをどう思っているか聞く必要はないわ。わたしは、あなたのあの古いイヤーブックの部屋でのプロジェクトのことをもっと聞きたいの」

「ああ、あれはプロジェクトなんかじゃないんです」と私は答えた。「ただ、レスリング部の写真を見るだけなんです、おもに——それと、演劇部の公演のときの写真を」

「そうなの？」ミス・フロストはちょっと上の空で言った。どうして私は彼女が演技しているように——したりしなかったりと、いわば断続的に——感じたのだろう？　リチャード・アボットが彼女に舞台に立ったことはあるか——芝居をしたことはあるかと訊いたときに彼女が答えた、あれはいったいなんだったのだろう？

「頭のなかでだけだけど」彼女はあだっぽいと言っていいような風情で答えたのだった。「若かった頃には——四六時中」

「それで、あの古いイヤーブックの何年のを見ているの、ウィリアム——どの卒業年度？」ミス・フロストは次いで訊ねた。

「一九三一年です」私は答えた。彼女の指は私の唇からそれた。彼女は私のシャツの襟に触れた、男の子のボタンダウンシャツには彼女の心を揺さぶるもの——たぶん、センチメンタルな愛着——があるのだとでも言いたげに。

「とても近いわ」とミス・フロストは言った。

「近いって、何に？」私は訊ねた。

「とにかく近いの」と彼女は答えた。「わたしたち、もうあまり時間がないわ」

「図書館を閉める時間ってことですか？」と私は訊ねたが、ミス・フロストはにこっとしただけだった。それから、その件についてもっと考えてみるかのように、彼女は腕時計に目を走らせた。

「そうね、今夜はちょっと早く閉めたって、べつに問題ないわよね？」彼女はいきなりそう言った。

「そうですよね——もちろん」と私は答えた。「僕たちしかいないんだし。アトキンスはもう戻ってこないんじゃないかな」

「可哀相なトム」とミス・フロストは言った。「あの子、わたしにのぼせてるんじゃないのよ、ウィリアム――トム・アトキンスはあなたにのぼせてるの！」

彼女がそういった途端、それが真実であることを私は悟った。「可哀相なトム」、おそらく私がミス・フロストにのぼせているのに気づいていたであろうアトキンスのことを、私はそう思うようになった。彼はきっとミス・フロストに嫉妬していたに違いない。

「可哀相なトムはね、わたしを見張ってるのよ、それにあなたのことも」ミス・フロストは言った。

「で、キトリッジはあなたに何を話したいのかしら？」彼女は突然そう訊ねた。

「ああ、なんでもないです――ドイツ語のことですよ。キトリッジのドイツ語を手助けしてやってるんです」私は説明した。

「トム・アトキンスはあなたにとって、ジャック・キトリッジより安全な選択よ、ウィリアム」ミス・フロストは言った。これも真実だと私は思ったが、アトキンスに魅力は感じなかった――自分を崇拝してくれる相手に時間とともに多少の魅力を感じるようになることはあるが（だが、そういうのはまずうまく行くことはない、でしょう？）。

だが、アトキンスにはどうも魅力を感じない――私はどの男の子にでも惹かれるわけではない、じつのところ、ごく少数の男の子だけなのだ――とミス・フロストに話し始めると、なんと今度は、彼女は唇を私の唇に押し当てた。私にただキスしたのだ。かなり断固としたキスで、やや積極的だった。たった一度だけ強引な一突きがあった、彼女の温かい舌が素早く一度。信じてほしい。私はもうすぐ七十になる。これまで長いあいだキスしてきたが、このときのキスはどんな男の握手よりも自信に満ちていた。

「わかってる、わかってるわ」彼女は私の唇にむかって呟いた。「わたしたち、ほとんど時間がないのよ――可哀相なトムのことは話さないでおきましょう」

「ああ」

私は彼女についてロビーへ行き、彼女が気にしている「時間」は図書館を閉める時間に関係したことだとばかり相変わらず思っていたのだが、ミス・フロストはこう言った。「四年生の門限は今でも十時なんでしょうね、ウィリアム——土曜の夜を除いては。土曜はきっと今でも十一時なのよね。あのおぞましい学校では何も変わらない、そうでしょ？」

ミス・フロストがなんとフェイヴォリット・リヴァー学院の門限まで知っている——しかもそれが正確だったことは言うまでもなく——ことに、私は感心した。

彼女が図書館のドアの鍵を掛け、外の照明を消すのを私は見守った。ロビーの薄暗い照明はそのままにしておいて、彼女は図書館の主要部をあちこち移動しながら他の明かりを消していった。彼女に助言——私がキトリッジに片思いしていて、でも「そんな気持ちにならないようにしようとしている」ことについての本の件で——を求めたことなどすっかり忘れていた私に、ミス・フロストは薄い小説を手渡した。たまたま一番最近読んだ物語である『リア王』よりも四十五ページほど長いだけだった。

それは『ジョヴァンニの部屋』というジェームズ・ボールドウィンの小説だった——ミス・フロストが図書館主要部の明かりをぜんぶ消してしまっていたので、タイトルはやっとなんとか読み取れたのだ。光は薄暗いロビーのものだけで——ミス・フロストと地下へ降りる階段のところに行く足元がかろうじて見える程度だった。

図書館のロビーから私たちを追いかけてくる僅かばかりの光——それに、暖房炉用の部屋の一部を仕切ったミス・フロストの小部屋へと私たちを手招きする、前方の鈍い光——だけで照らされた暗い階段の上で、私は突然、自信に満ちた司書の助言を求めたい小説がもうひとつあるのを思い出した。

アルという名前が唇に上ったが、口にする勇気は出なかった。代わりにこう言った。「ねえミス・フロスト、『ボヴァリー夫人』について何か教えてもらえませんか？　僕が気に入ると思いますか？」

「あなたがもっと大人になったらね、ウィリアム、きっと大好きになると思うわ」

「そんなことをリチャードにも言われました、それにボブ伯父さんにも」と私は言った。

「あなたのボブ伯父さんが『ボヴァリー夫人』を読んでる——まさかミュリエルのボブじゃないわよね！」ミス・フロストが叫んだ。

「ボブは読んでいません——どんなことについての話か僕に聞かせてくれてただけで」私は説明した。

「その小説を読んでいない人にはそれがどんなことについての話なのか本当のところはわからないのよ、ウィリアム」

「ああ」

「待たなくちゃ駄目よ、ウィリアム」ミス・フロストは言った。「『ボヴァリー夫人』を読むのはね、ロマンチックな期待や望みが砕け散って、この先の恋愛関係は期待はずれの——悲惨でさえある——結果に終わるだろうと思う、そんなときよ」

「そんなときまで読むのは待ちます」と私は言った。

　彼女の寝室と浴室——元の石炭置き場——は、古めかしい真鍮のベッドのヘッドボードの柵に取り付けられた電気スタンドだけで照らされていた。ミス・フロストはナイトテーブルの上のシナモンの香りのするロウソクに火を点け、スタンドを消した。ロウソクの光のなかで、彼女は私に服を脱ぐように言った。「ぜんぶってことよ、ウィリアム——ソックスも忘れないでね」

　私は彼女に背中を向けて言われたとおりにし、一方彼女はちょっと「プライヴァシー」を尊重してちょうだいね、と言った。彼女は木の便座の便器をそそくさと使い——彼女がおしっこして流す音を聞いたと思う——そして、あの水の流れる音からして、彼女は小さな洗面台で手早く顔を洗って歯を磨いたのだと思う。

　私は彼女の真鍮のベッドに裸で横たわった。ちらちら揺らめくロウソクの光のなかで、私はあの『ジョヴァンニの部屋』が一九五六年に刊行されているのを読み取った。添付された図書カードから、この小説を借りたファーストシスター公立図書館の利用者はたったひとりなのがわかり——四年間で——ミスター・ボールドウィンの唯一の読者はじつはミス・フロストだったのではないかと私は思った。最初の二段落を読み終わらないうちにミス・フロストが言った。「今は読まないで、ウィリアム。とても悲しいし、それにきっとあなたは動揺するわ」

「動揺するって、どんなふうに？」私は訊ねた。彼女が服をクローゼットに掛けている物音が聞こえた。裸の彼女を想像すると気持ちが乱れたが、私は読み続けた。

「キトリッジにのぼせないようにしようと努力するなんてことはありえないのよ、ウィリアム——『しないようにしよう』なんて無理なの」とミス・フロストは言った。

　そのときだった、二段落目の最後から二番目の文章に押し止められたのは。私は本を閉じて目も閉じた。

「読むのはやめなさいって言ったでしょ？」とミス・フロストが言った。

　その文章はこんなふうに始まっていた。「僕のむかいには女の子が座っていて、どうして僕が手を出そうとしないんだろうと訝ったりするのだろう」——私はそこで読むのをやめ、果たして読み続けられるだろうかと思ったのだった。

「その小説はあなたのお母さんには見せないほうがいいわね」とミス・フロストは続けた。「それに、キトリッジへの思いをリチャードに話す覚悟が決まっていないのなら——そうね、わたしならあなたが何を読んでいるかリチャードにも知らせないでおくわね」私の背後で、彼女がベッドに身を横たえる気配がした。彼女のむきだしの肌が背中に触れたが、彼女は服をぜんぶ脱いでいるわけではなかった。彼女は大きな手で私のペニスを優しく握った。

「シャドっていう魚がいるの」ミス・フロストは言った。

「シャド？」私は問い返した。ペニスが硬くなってきていた。

「そう――そういう名前なの」ミス・フロストは答えた。「卵を産むために上流へ遡るのよ。シャドの魚卵《ロウ》は珍味なの。ロウってなんだか知ってるわよね？」彼女は訊ねた。

「卵、でしょう？」

「そう、生まれるまえの卵――メスの魚から卵を取り出すんだけど、これが大好物って人もいるのよ」ミス・フロストは説明してくれた。

「ああ」

「『シャド・ロウ』って言ってごらんなさい、ウィリアム」

「シャド・ロウ」と私は言った。

「その口を抜かして言ってみて」彼女は命じた。

「シャドウ」何も考えずに私は言った。自分のペニスと彼女の手とにほとんどの注意を奪われていたのだ。

「リアの影《シャドウ》と同じでしょ？」と彼女。

「リアのシャドウ」私は言った。「どっちみち、あの芝居には出たくないんです」私は言った。

「だけど、少なくともあなたはリアのシャド・ロウとは言わなかったわ」ミス・フロストは言った。

「リアのシャドウ」私は繰り返した。

「それで、わたしが手に握っているこれは何？」

「僕のpenith《ピーニス》」私は答えた。

「そのpenith《ピーニス》はぜったいに変えたくないわ、ウィリアム」とミス・フロストは言った。「あなたはその言葉をどんなファッキンなふうにでも好きなように発音すればいいと思うから」

次に起こったことは到達不可能な世界への扉を開けてくれることとなった。ミス・フロストがしてくれたことは比類ないものだったのだ。彼女はいきなり私を引き寄せた――私は仰向けになった――そして私の口にキスした。彼女はブラを着けていた――エレインのもののようなパッド入りではなく、私が予期していたよりもほんの少しだけカップの大きいシースルーのものだった。布地は薄く、エレインの柔らかいコットンのブラよりもずっと艶やかで、そして――母の通販カタログのより実用的な下着と較べると――ミス・フロストのブラは練習用ブラの範疇に入るものではなかった。もっとセクシーで垢抜けていた。ミス・フロストはまたペチコートも着けていた、女性がスカートの下に穿く体にぴったりしたもので――これはベージュだった――私の腰にまたがって座り込んだときには、このペチコートを太ももの半ばより上までたくしあげたようだった。彼女の重みとぎゅっと抱きしめられているせいとで、私はベッドに押し付けられた。

私は片手で彼女の小さな柔らかい乳房を摑んだ。もう片方の手で彼女に、ペチコートの下に触ろうとしたが、ミス・フロストは言った。「駄目よ、ウィリアム。そこは触らないでちょうだい」彼女は私のさまよう手を取ると、もう一方の乳房にぎゅっと押し当てた。

彼女がペチコートの下へ導いたのは私のペニスだった。私は誰にも挿入したことがなく、あの素晴らしいことこの上ない摩擦の抵抗を感じたとき、当然のことながらそれは挿入だと感じられた。滑らかな感触があり――痛みはまったくなく、それなのに私のペニスはこれほど強く締め付けられたことはないのだった――そして射精の瞬間、私は彼女の小さくて柔らかい乳房にむかって叫び声をあげた。顔を彼女の胸に、そして艶やかなブラに押し付けられて私はびっくりした。ミス・フロストがいつ私にキスするのを止めたのか覚えがなかったのだ（彼女は「駄目よ、ウィリアム。そこは触らないでちょうだい」と言った。どう考えたって、キスしながら同時に私に話しかけていたはずはない）。

彼女に言いたいこと、訊きたいことはあまりにもたくさんあったのだが、ミス・フロストは話をしたい気分ではなさそうだった。おそらくまたあの奇妙な「もうあまり時間がない」という束縛を感じているのだろう、とまあ私は自分を納得させた。

彼女は私のために風呂の用意をしてくれた。彼女が残りの衣類も脱いで大きなバスタブにいっしょに入ってくれるのではないかと期待していたのだが、そうはしなかった。彼女は、ライオンの鉤爪型の脚とライオンの頭の蛇口のついたバスタブの横に膝をつくと、私を優しく洗ってくれた――ペニスにはとりわけ優しかった（彼女はpenith《ピーニス》という言葉を使って愛情を込めてそいつのことを語りさえして、二人で笑った）。

だがミス・フロストは絶えず腕時計を確かめていた。「門限に遅れると外出禁止をくらうことになるわ、ウィリアム。門限を早くされちゃうこともあるでしょ。閉館時間後にファーストシスター公立図書館へ来られなくなる――そんなの嫌でしょ？」

彼女の腕時計を見ると、九時半にもなっていなかった。バンクロフト棟まで歩いてほんの数分だ、私はそれをミス・フロストに指摘した。

「あら、キトリッジとばったり出会ってドイツ語のことで話したりするかもしれないわ――そんなのわからないでしょ、ウィリアム」としか彼女は言わなかった。

湿った、滑らかな感触には気付いていたのだが、ペニスに触れると――バスタブに入るまえに――

指に仄かに匂いがついた。おそらくミス・フロストはある種の潤滑剤を使ったのだろうと私は想像した――何年も経ってから、アーモンドとかアボカドのオイルで作ったリキッドソープを初めて嗅いだときに思い出すことになる類の匂いだった。だが、それがなんだったのであろうと、風呂で洗い流されてしまった。

「今日はあの古いイヤーブックの部屋へ寄り道しちゃ駄目よ、ウィリアム――今夜は駄目」とミス・フロストは言った。彼女は、初めて学校へ行く子供を扱うようにして私が服を着るのを手伝ってくれた。指先に練り歯磨きを塗ってそれを私の口に突っ込むことまでした。「洗面台で口を漱いでいらっしゃい」彼女は命じた。「外へは出られるわね――わたしが出るときにまた戸締りしておくから」それから彼女はキスしてくれた――長い、いつまでも続くキスだったので、私は両手を彼女の尻に置いた。

ミス・フロストはさっとその手を捕まえると、ぴったりした膝丈のペチコートから離して乳房に押し付けた。どうやら(明確にそう感じたのだが)私の両手はそこにあるべきだと彼女は思っているようだった。あるいはたぶん、私の両手は彼女のウエストより下にあってはならないと思っていたのだろう――私は彼女の「あそこ」に触れるべきではない、触れてはならないと。

暗い地下の階段を図書館のロビーの微かな明かりのほうへ上っていきながら、私はずっと以前の朝会での馬鹿げた訓戒を思い出していた――交流している女子校との週末のダンスの際の、あのいつもうんざりなドクター・ハーロウの警告だ。「相手のウエストから下に触れてはならない」我らが比類なき校医は言ったのだった。「そうすれば君たちも、それに君たちの相手も、より幸せでいられる!」

だが、そんなことあるもんか、と私が考えていると、ミス・フロストの声がした――私はまだ階段にいたのだ。「まっすぐ帰りなさい、ウィリアム――そして、またすぐ会いに来てね!」

僕たち、ほとんど時間がないんだからね！　私は彼女にそう叫び返しそうになった――あとになって、そしていつまでも思い出すことになる予感のひとつだ。あのときは、彼女がなんと言うか確かめるためだけにそう言ってみようとしていたのだと思っていたのだが。どんな理由にせよ、私たちにはほとんど時間がないと思っているらしいのはミス・フロストだったのだから。

外に出た私は、ふと可哀相なアトキンスのことを思い出した――可哀相なトム。彼に意地の悪い態度を取ったことをすまなく思ったが、彼がミス・フロストにのぼせているのかもしれないと考えたりしたことを思うと、我ながら可笑しかった。あの二人が一緒にいるところを想像すると愉快だった――構音障害のあるアトキンス、タイムという言葉がまるで発音できない彼と、その言葉を一分おきに口にするミス・フロスト！

薄暗いロビーの鏡の前を通り過ぎると、自分の姿がかろうじて見えたが――星の輝く九月の夜だった――なんだか自分がぐっと大人びて見えるように思えた（ミス・フロストとの体験まえより、ということだ）。とはいえ、リヴァー・ストリートをフェイヴォリット・リヴァーのキャンパスへと向かいながら、鏡に映った自分の表情には初めてセックスしたところだということを窺わせるものはなかったと、私は思い返していた。

そしてその思いには、心を落ち着かなくさせ、かき乱すものがつきまとっていた――つまり、私は不意に、もしかしたら自分はセックスしていないのではないかと思ったのだ（実際のセックスはしていないのでは――実際に挿入したわけではないのでは、という意味だ）。それから思った。自分の青春時代でもっとも愉悦に満ちた夜に、よくもまあそんなことを考えられるものだ。

私はまだ、実際のセックス（つまり実際に挿入すること）がなくてもこの上ない性の喜び――今日に至るまで比肩するもののない喜び――を得ることは可能なのだということなどまったく知らなかった。

だが、私に何がわかるだろう？　私はたったの十八だった。あの夜、本用のカバンにジェームズ・ボールドウィンの『ジョヴァンニの部屋』を入れた私のさまざまな不適切な相手への思慕は、始まったばかりだったのだ。

バンクロフト棟の共有スペースは、他の棟の共有スペース同様モク部屋と呼ばれていた。タバコを吸う四年生は自習時間をそこで過ごすことを許されていた。喫煙癖を持たない四年生の多くがそれを、逃すにはあまりに惜しい特権と考え、彼らまでわざわざそこで自習時間を過ごしていた。

あの怖いもの知らずの時代には、誰も副流煙の危険について警告してはくれなかった——ましてや、我らが能なしの校医は。朝会で喫煙の害について語られたことなどただの一度も思い出せない！　ドクター・ハーロウは男子が度を越えて泣くことの治療に時間も才能も注ぎ込んでいた——私たちの年齢の若者の同性愛的傾向には治療法があるという医師としての固い信念のもと。

門限より十五分早かった。バンクロフト棟のモク部屋の見慣れた青灰色のもやのなかに入っていくと、キトリッジが近づいて声を掛けてきた。あれはどんなレスリングの技だったのかは知らない。あとになって、私はその技をデラコート——ちなみに、彼のリアの道化は悪くなかったらしい——に説明してみようとした。漱いで吐くの合間に、デラコートは言った。「アームバーみたいだな。キトリッジはアームバーで誰でもやっつけるんだ」

そのレスリングの技がなんという名前であるにせよ、痛くはなかった。私はただ彼から逃れることはできないと思っただけだったし、逃げようともしなかった。正直言って、キトリッジにそんなふうにぎゅっと抱きすくめられるのは強烈な感覚だった、ミス・フロストに抱きすくめられたすぐあとに。

「おい、ニンフ」とキトリッジは言った。「どこへ行ってたんだ?」

「図書館だよ」と私は答えた。

「しばらくまえに図書館を出たって聞いたぞ」とキトリッジ。

「べつの図書館へ行ったんだ」私は説明した。公立の図書館があるんだ、町の図書館が」

「お前みたいな忙しいやつには図書館ひとつじゃ不足みたいだな、ニンフ。ヘル・シュタイナーが明日テストをやるんだとさ——ゲーテよりはリルケが出るんじゃないかと思うんだけど、お前はどう思う?」

私はドイツ語Ⅱでヘル・シュタイナーのクラスだった——彼はスキーをやるオーストリア人のひとりだった。彼は悪い教師でも悪い男でもなかったが、ひどくありきたりだった。キトリッジの言うとおり、テストはゲーテよりもたぶんリルケが出るだろう。シュタイナーはリルケが好きだった。でも好きじゃない者がいるか? ヘル・シュタイナーはまた、もったいぶった言葉が好きだった。ゲーテもそうだ。キトリッジがドイツ語でうまくいかないのは、いつも憶測でやっているからだった。外国語は憶測ではいけない、とりわけドイツ語のような厳密な言葉は。知っているか知らないかのどちらかなのだ。

「ゲーテの大げさな言葉を覚えておかなくちゃ、キトリッジ。テストがぜんぶリルケってことはないよ」と私は言った。

「シュタイナーの好きなリルケのフレーズはどれも長いやつなんだ」キトリッジは愚痴った。「覚えるのが大変なんだよ」

「リルケの短いフレーズもあるよ。誰もが好きなやつだ——シュタイナーだけじゃなく」私は忠告した。「『Musik: Atem der Statuen』」

「くそっ！」キトリッジは叫んだ。「それは知ってる——なんだったっけ？」

「音楽：塑像の吐息」私は訳してやったが、アームバーのことを考えていた。もしこれがレスリングの技なのならば。このままずっと押さえ込んでおいてくれるといいのにと思っていた。「それにこんなのもある『Du, fast noch Kind』——これは知ってる？」

「子供時代についてのクソだ！」キトリッジは叫んだ。「ファッキン・リルケはとうとう子供時代を乗り越えられなかった、みたいな？」

「『ほとんどまだ子供であるおまえ』——保証する、これはテストに出るぞ、キトリッジ」

「それに『reine Übersteigung』！　あの『純粋な超昇』とかいうたわ言！」キトリッジは叫びながら私をいっそう強く押さえつけた。「これもきっと出るぞ！」

「リルケなら、子供時代のやつは間違いないんじゃないか——あれは出るぞ」私は注意した。

「『Lange Nachmittage der Kindheit』」キトリッジは私の耳元で歌った。「『あの長い幼年時代の午後』俺がこれを知ってるなんて、感心しないのか、ニンフ？」

「それが君の心配する長いフレーズだって言うんなら、これを忘れちゃいけないな。『Weder Kindheit noch Zukunft werden weniger——幼時も未来も減じはせぬ』これは覚えてるか？」私は訊ねた。

「ファック！」キトリッジは叫んだ。「それはゲーテだと思ってたよ！」

「これは子供時代のことだ、だろ？　リルケだよ」と私は言った。Dass ich dich fassen möcht——お前を抱きしめることさえできたなら！　と私は考えていた（これはゲーテだった）。だが、「Schöpfungskraft」としか口には出さなかった。

「ダブル・ファック！」キトリッジは応じた。「知ってるぞ、それはゲーテだ」

「でも、『ダブル・ファック』って意味じゃないけどね」彼があのアームバーで何をやっていたのかは知らないが、痛みが生じ始めていた。「これは『創造力』とかそんな意味だよ」私がそう言うと、痛みは止まった。私はほとんどそれを楽しんでいたのだ。「きっと『Stossgebet』は知らないだろ——きみは去年落としてるからな」私は彼に思い出させた。アームバーに痛みが戻ってきた。なかなかいい気分だった。

「お前今日はびくともしないじゃないか、なあ、ニンフ？　きっと図書館二つで自信がついたんだな」とキトリッジは言った。

「デラコートは『リアのシャドウ』を——それに他のものもぜんぶ——ちゃんとやってるか？」私は訊ねた。

　彼はアームバーを緩めた。ほとんど私をなだめようと抱いているように思えた。「ファッキン『Stossgebet』ってなんだよ、ニンフ？」彼は訊ねた。

「絶叫的な祈り（射精の意味もあり）」と私は教えた。

「トリプル・ファック」彼は柄にもなく諦めたように言った。「ファッキン・ゲーテ」

「君は去年『überschlechter』でも苦労してたよね——シュタイナーが姑息にも形容詞を投入するとさ。僕はただ君の手助けをしようとしてるだけだよ」と私は言った。

　キトリッジはアームバーから私を解放した。「それは知ってると思うな——『非常に悪い』って意味だろ？」と彼は訊ねた（おわかりだろうが、私たちが必ずしもレスリングをしていたわけではなかった——それに、必ずしもおしゃべりしていたわけでもなかった——この間ずっと、バンクロフト棟のモク部屋の住人たちはすっかり心を奪われていた。キトリッジはどんな集団のなかでも人目を引いたし、ここでは私も——少なくとも彼といることで注目を集めているらしかった）。

「『Demut』に騙されないように、いいね？」私は彼に言った。「短い言葉だけど、でもやっぱりゲーテなんだ」

「それは知ってるよ、ニンフ」キトリッジは笑顔で答えた。『謙遜』だ、そうだろ?」

「そうだ」彼がこの言葉を知っていたことに私は驚いた、たとえ英語であっても。「覚えておくんだな。訓戒とかことわざみたいに聞こえたら、それはたぶんゲーテだ」と私は教えた。

『老齢は礼儀正しい紳士である』――そういう類のたわ言ってことだな」さらに驚いたことには、キトリッジはドイツ語でなんと言うか知っていて、暗唱してみせた。「『Das Alter ist ein höflich' Mann』」

「リルケみたいに聞こえるけどゲーテっていうのもあるよ」と私は注意した。

「あのファッキン・キスについてのやつだな」キトリッジは言った。「ドイツ語で言ってみろよ、ニンフ」彼は私に命じた。

「Der Kuss, der letzte, grausam süss」、彼に言ってみせながら、私はミス・フロストの臆面もないキスを思い出していた。キトリッジにキスすることも思い描かずにはいられなかった。私はまた震え始めた。

「キス、最後のキス、酷くも甘やかに」とキトリッジが翻訳した。

「そのとおり、あるいは『一番最後のキス』と言ってもいいかな、そのほうがいいならね」と私は教えた。それから、「『Die Leidenschaft bringt Leiden!』」と、一語一語を胸に刻みながら言った。

「ファッキン・ゲーテ!」キトリッジは叫んだ。彼がこれを知らないのが見て取れた――憶測もできないらしかった。

「情熱は苦しみをもたらす」私は翻訳してやった。

「ああ、そうだ」と彼は言った。「たくさんの苦しみを」

「君たち」喫煙者のひとりが言った。「もう門限だぞ」

「四倍《クワドループル》ファック」キトリッジは言った。彼は寄宿舎の中庭をティリーに向かって全速力で走っていけるし、それに——もし遅れても——キトリッジは必ずや見事な言い訳を思いつくだろうと私にはわかっていた。

「『Ein jeder Engel ist schrecklich』」モク部屋を出ていこうとしているキトリッジに私は言った。

「リルケだな？」と彼は問いかけた。

「そう、リルケだ。有名なやつだよ」私は答えた。「すべての天使は恐ろしい」

その言葉にキトリッジはモク部屋の出入り口で立ち止まった。彼は私の顔を見てから走っていった。その表情に私はぎくっとした。完全な理解とまったくの軽蔑を、ともに彼のハンサムな顔に見たと思ったからだ。まるで突然キトリッジに私のすべてを知られてしまったような気分だった——私がどういう人間で、何を隠しているかだけではなく、私の将来に待っているものまですべてを（我が不穏なる将来《ツークンフト》、リルケならそう呼んだことだろう）。

「お前は特別な男だ、そうだろ、ニンフ？」キトリッジは即座にそう訊ねた。だが彼は答えは期待せずにそのまま走っていった。ただ、走りながらこう私に声をかけた。「お前の天使はひとり残らずファッキンどいつも恐ろしくなるだろうよ！」

リルケの「すべての天使」はそういう意味ではないと知ってはいるが、私はキトリッジやミス・フロスト、それにもしかしたら可哀相なトム・アトキンスのことを考えていたのだ——そして、私の将来にこの他どんな人間が現れるか、誰にわかっただろう？——私の恐ろしい天使たちとして。

それに、『ボヴァリー夫人』を読むのは待ちなさいと助言してくれたときにミス・フロストが言ったあれはなんだったのだ？　もしかしてミス・フロストとジャック・キトリッジを始めとする私の恐ろしい天使たち（私の「この先の恋愛関係」とミス・フロストは言ったのだった）が、すべて、これまた彼女が言ったように「期待はずれの——悲惨でさえある——結果」に終わることになったら？

「どうしたんだ、ビル？」寄宿舎棟の住まいに帰り着くと、リチャード・アボットに訊ねられた（母はもうベッドに入っていた。少なくとも二人の寝室のドアは、そうなっていることが多いのだが、閉じられていた）。「幽霊でも見たような顔してるじゃないか！」とリチャードは言った。

「幽霊じゃない」私は答えた。「僕の未来を見ただけだよ、たぶんね」私は彼をこの不可解な言葉といっしょにほうっておくことにした。まっすぐ自分の部屋に行って、ドアを閉めた。

　エレインのパッドつきのブラが、いつもの場所にあった――枕の下だ。私は横になって長いあいだそれを見つめたが、そこには私の未来は――あるいは私の恐ろしい天使たちは――ほとんど認められなかった。

第八章　ビッグ・アル

「僕がまず嫌いなのはキトリッジの残酷なところだ」私はあの秋、エレインへの手紙にそう書いた。

「それは遺伝的なものね」彼女はそう返事を寄越した。もちろん、ミセス・キトリッジに関するエレインの優れた知識に異論を唱えることなどできなかった。エレインと「あの恐るべき女」は非常に親密な間柄になっていたので、エレインは母から息子に受け継がれる遺伝子について断言できたのだ。

「彼女は母親じゃないってキトリッジはいつまでも否定するかもしれないけれど、ねえビリー、言っておくけど、彼女、あのファッカーがひげを剃るようになるまで母乳を与えてたようなタイプの母親なのよ！」

「なるほど」と私はエレインに書き送った。「だけど、残酷さが遺伝的なものだって、どうしてそんなに確信が持てるの？」

「キスについてじゃどうかな？」とエレインは返事を寄越した。「あの二人のキスの仕方って同じなのよ、ビリー。キスってぜったい遺伝だわ」

　キトリッジについてのエレインの遺伝学的論説は、自分は作家になるつもりなのだという知らせと同じ手紙に記されていた。あのもっとも神聖な野心の分野でも、エレインは私が彼女に対するよりもずっと私に対して率直だった。私はここで長いあいだ望んできたミス・フロストとの冒険に乗り出していたというのに、いまだそのことをエレインに打ち明けてはいなかったのだ！

当然のことながら、私は誰にも打ち明けていなかった。私はまた、『ジョヴァンニの部屋』を読み進めるのを我慢していたのだが、そのうち、自分がまたミス・フロストに会いたい――できるだけ早く――と思っていることに気づき、ジェームズ・ボールドウィンの作品についてミス・フロストと意見を交わす準備が出来ていない状態でファーストシスター公立図書館へ顔を出すわけにはいかないと思った。かくして私は猛然とあの小説を読み進め始めた――じつのところ、さほど先へは進まないうちに、べつの一文に不意に足留めされてしまった。今度のは第二章の出だしのすぐあとで、私は丸一日そこから先を読むことができなかった。

「今の私には彼に抱いた軽蔑の念に自身に対する自己卑下も含まれていたのがわかるのだ」と私は読んだ。たちまち脳裏にキトリッジが浮かんだ――彼に対する私の嫌悪感は彼に惹かれる自分自身への嫌悪感と完全に絡み合っていた。ジェームズ・ボールドウィンの文章はいささか本当すぎて私には手に負えない気がしたが、すぐ次の夜になんとかまた読んでみた。

まだ第二章を終えないうちに、あの「いつものナイフの刃のようにほっそりした、タイトなズボンを穿いた男の子たち」という表現が出てきて、私は心のなかで後ずさりした。私はすぐにそういう男の子たちを真似するようになり、彼らと付き合おうとするだろう、そして、自分の将来には「ナイフの刃のような男の子たち」が数多く存在するだろうという思いが、私を怯えさせた。

それから、そんな恐れにもかかわらず、私は突然小説の半ばあたりにいて、読むのを止められなくなっていた。男性の恋人への語り手の憎しみが彼に対する愛情と同じくらい強く、「同じ根から養分を得ている」というあの部分でさえ、あるいは、ジョヴァンニがともかくも常に魅力的だと描写されながら、一方ではまた同時に彼の口臭に語り手は「嘔吐したく」なるというあの部分でさえ――私はああいった一節が本当に嫌でたまらなかったが、それは自分自身のなかにあるそういう感情を私がひどく嫌悪し、恐れていたからにほかならなかった。

そうだ、他の少年や大人の男たちにこうした心をかき乱す魅力を感じることで、私もまたボールドウィンの言う「公序良俗の恐ろしい鞭」に怯えていたが、女とのセックスに対する語り手の反応を描いた部分に、私は遥かに怯えた――「私は彼女の乳房に途方もなく怖気づき、彼女のなかに入ると、二度と生きて出られないのではないかという気がしはじめた」

どうして私はそうならなかったのだろう？　と私は考えた。ミス・フロストの胸が小さかったからに過ぎないのだろうか？　もし彼女の胸が大きかったら、私は「怖気づいて」いたのだろうか――あんなに驚くほど欲情するのではなく？　そして、またも、あのどこからか湧いてくる思いが。本当に彼女のなかに「入った」のだろうか？　もしそうでなかったとしたら、そしてつぎはちゃんと彼女のなかに入ったなら、そのあとで嫌悪感を感じるのだろうか――あれほど完全な満足感を味わう代わりに？

わかっておいてもらいたいのだが、『ジョヴァンニの部屋』を読むまで、私は小説を読んで衝撃を受けたことがなかった。そして私はすでに（十八にして）多くの小説を読んでいたのだ――その多くは素晴らしいものだった。ジェームズ・ボールドウィンは素晴らしい作品を書き、そして私に衝撃を与えたのだ――とりわけジョヴァンニが恋人にこう叫ぶ部分が。「ジョヴァンニのせいで臭くなるからジョヴァンニと別れたいんだ。ジョヴァンニは愛の臭いにおいを恐れないからジョヴァンニを蔑みたいんだ」あの「愛の臭いにおい」というフレーズに私は衝撃を受け、自分がひどくうぶに思えた。男の子や男とのセックスはどんなにおいがしそうだと私は思っていたのだろう？　ボールドウィンは実際に糞のにおいのことを言っているのだろうか、だって、男とか男の子とファックしたらコックにつくにおいはそれなんじゃないか？

これを読んで私はひどく動揺した。この作品について誰かと話がしたくて、起こして話そうとリチャードのところへ行きそうになった。

だがミス・フロストに言われたことを思い出した。私は、キトリッジへの思慕についてリチャード・アボットに話す心の準備ができていなかった。私はそのままベッドにいた。いつものようにエレインのブラを着けて、『ジョヴァンニの部屋』をひたすら読み続けた――夜中まで。

ミス・フロストが用意してくれた風呂から出るまえに自分のペニスに触ったあと、指に香水のような匂いがついていたのを私は思い出した。あのアーモンドオイルかアボカドオイルみたいな香りは糞のにおいとはまったく似ていなかった。だが、もちろん、ミス・フロストは女性だ。それに彼女に挿入したのだとしても、彼女のあの部分に挿入したわけでないのは確かなのだから！

私がシャドウという言葉を征服したことに、ミセス・ハドリーはそれ相応に感心してくれたが、マーサ・ハドリーにミス・フロストのことを話すわけにはいかなかった（あるいは話したくなかった）ので、自分にとって発音しにくい言葉のひとつをどうやって征服したか説明するのは多少難しかった。

「『シャド－ロウ』の口を抜かして言ってみようなんてことをどうやって思いついたの、ビリー？」

「ああ、まあその……」私は言いかけて、言葉を切った――ハリーお祖父ちゃんがやるように。

「シャド－ロウ・テクニック（とマーサ・ハドリーは名づけた）」をどうすれば私の他の構音障害に応用できるかということについては、ミセス・ハドリーにも、そして私にも謎だった。

当然のことながら、ミセス・ハドリーのオフィスを出ると――またも音楽棟の階段で――私はアトキンスと出くわした。

「ああ、君か、トム」と私はできるだけさりげなく言った。

「じゃあ、『トム』になったんだね？」アトキンスは問いかけた。

「このおぞましい学校の苗字文化にはうんざりしてるんでね——君は？」私は訊ねた。

「そう言われてみたらね」アトキンスは苦々しげに言った。可哀相なトムがファーストシスター公立図書館で口論したことでまだ腹を立てているのが見てとれた。

「あのさ、このまえの夜はすまなかった」と私は言った。「ただでさえキトリッジに嫌な思いをさせられているのに、君のことあいつの『メッセンジャー・ボーイ』だなんて言って、それを上塗りするつもりなんかなかったんだ。謝るよ」

　アトキンスはよく今にも泣き出しそうな顔をすることがある。ドクター・ハーロウが、あの我らが校医の言う「男子が度を越えて泣く」ことのがたがた震える見本を私たちの前に召喚したいと思ったならば、朝会でパチンと指を鳴らして、トム・アトキンスにわっと泣いてみてくれと言えば済んだだろう、と私は思った。

「なんか、君とミス・フロストの邪魔をしちゃったみたいだったね」アトキンスは探るような顔で言った。

「ミス・フロストとは文学のことでいろいろ話してるんだ」私は説明した。「どんな本を読んだらいいか教えてもらってるんだよ。どんなことに興味を持ってるか話すと、何か小説を貸してくれるんだ」

「このまえの晩はどんな小説を貸してくれたの？」トムは訊ねた。「君はどんなことに興味を持ってるの、ビル？」

「不適切な相手に対する思慕」と私はアトキンスに言った。初めて誰かと性的関係を持つことでたちまち自分が大胆になったのは驚きだった。これまで口にするのをためらっていたことを言う勇気が湧いてきた気が――言わずにはいられない気すら――したのだ。トム・アトキンスのような臆病な相手にだけではなく、ジャック・キトリッジのような強力な宿敵でありまた禁断の恋の対象でもある相手にまでも。

当然のことながら、キトリッジに対してはドイツ語で勇敢になるほうがずっと楽だった。キトリッジに私の真の感情や実際に考えていることを言えるまでに「大胆になった」気はしなかった。キトリッジに対して「不適切な相手に対する思慕」なんてことはとても言えなかっただろう、たとえドイツ語であっても（ゲーテやリルケが書いたことだというふりでもしない限り）。

アトキンスが何か言おうと骨折っているのがわかった――たぶん、今何時だろう、とか何か、タイムという言葉が入っていることだ。だが、私は間違っていた。可哀相なトムが言えずにいたのは「思慕《クラッシズ》」という言葉だったのだ。

アトキンスは出し抜けに言った。「不適切な相手に対する鵞口瘡《スラッシズ》――僕もそのテーマに興味ある！」

「僕は『クラッシズ』って言ったんだぞ、トム」

「その言葉、言えないんだ」とアトキンスは認めた。「だけど、そのテーマにはすごく興味がある。そうだ、ミス・フロストがそのテーマについてどんな小説を貸してくれたのか知らないけど、読み終わったら僕に貸してもらえないかなあ。僕も小説を読むのは好きだしさ」

「ジェームズ・ボールドウィンの書いた小説なんだ」私はアトキンスに説明した。

「黒人を好きになる話？」アトキンスは訊ねた。

「いや。どうしてそう思ったんだ、トム？」

「ジェームズ・ボールドウィンは黒人だよね、ビル？　それとも僕が考えてるのはべつのボールドウィンかなあ？」

ジェームズ・ボールドウィンはもちろん黒人だったが、私はそれを知らなかった。彼の他の本は一冊も読んだことがなかった。彼については聞いたことがなかったのだ。それに『ジョヴァンニの部屋』は図書館の本だった――それで、本にはカヴァーがなかった。私はジェームズ・ボールドウィンの著者写真を見ていなかったのだ。

「べつの男を好きになる男の話なんだ」と私はトムに静かに告げた。

「うん」アトキンスは小声で答えた。「そうだろうなと思ってた、君が最初に『不適切な相手』って言ったときにね」

「僕が読み終わったら君にも読ませるよ」と私は言った。もちろん私は『ジョヴァンニの部屋』を読み終わっていたのだが、アトキンスに読ませてやるまえに、もう一度読んで、ミス・フロストとあの本について話したかったのだ。もっとも、語り手が黒人であるという記述は一切なかったのは確かだった――それに、哀れなジョヴァンニはイタリア人だし。

じつのところ、小説の終わり近く、語り手が鏡に映る自分を眺めているときのあのセリフを覚えてさえいた――「私の体は生気がなく、白くて干からびている」だが私はともかく『ジョヴァンニの部屋』をすぐに読み返したかった。あの本はそれほど深甚な影響を私に及ぼしていたのだ。『大いなる遺産』以来初めて読み返したいと思った小説だった。

七十に近くなった今、読み返してもなお大好きでいられる小説はほとんどない――ティーンエイジャーのときに初めて読んで大好きになった小説のうちで、という意味だ――が、最近『大いなる遺産』と『ジョヴァンニの部屋』を読み返したところ、これまで同様この二つの小説を素晴らしいと思った。

　ああ、確かに、ディケンズには長々と続きすぎる部分はあるが、だからどうだというのだ？　それにボールドウィンの時代のパリの異性装者たちがどんな人たちだったというのだ――いや、彼らはおそらくそこまで女性として通用するような異性装者ではなかったのだろう。『ジョヴァンニの部屋』の語り手は彼らが好きではない。「彼らが誰かと寝た、なんてことがどうも信じられなかった。女を欲しがっている男ならきっと本物と寝るだろうし、男を欲しがっている男ならきっと彼らのひとりを相手にしたいなどと思ったりはしないだろうから」とボールドウィンは書いていた。

　うむ、ミスター・ボールドウィンは今日出会うことのできるようなほぼ女性として通用するトランスセクシュアルに会ったことがなかったのではないかと私は思っている。彼はドンナを、乳房があって顔にひげなど跡形もないいわゆるニューハーフ――完全に女性だと納得させられるタイプ――を知らなかったのだ。私が話しているようなタイプのトランスセクシュアルには男っぽいところなどこれっぽっちもないと断言できるだろう、彼女の両脚のあいだの完全に機能するあのペニスをのぞいては！

　ミスター・ボールドウィンは乳房とそれにコックがある愛人を持ちたいなどと思わなかったのではないか、とも私は考えている。だが、信じてもらいたい、私はあの時代の異性装者――「レ・フォル（狂女）」と彼は呼んでいた――に惹かれなかったからといってジェームズ・ボールドウィンを責めるつもりはないのだ。

　私が言いたいのはこういうことだ。レ・フォルはそっとしておこう。彼らをそのままにしておこうではないか。彼らを裁いてはいけない。あなたは彼らより優っているわけではないのだ――彼らを批判してはならない。

つい最近『ジョヴァンニの部屋』を再読して、この小説が記憶どおり完璧なものであることがわかっただけでなく、十八のときには読み飛ばしていた、あるいは読んでいながら気づいていなかったことも発見した。つまり、ボールドウィンが「あいにく人間は自分の親を創りだすことができないのと同様、自分を繋ぎ留める係船柱も、恋人も、友だちも、創りだすことなどできはしないのだ」と書いている部分だ。

そうだ、そのとおりだ。当然のことながら、十八のときには私はまだ絶え間なく自分自身を創りだしているところだった。性的なことだけを言っているのではない。それに自分が「係船柱」を必要としていることに気づいていなかった――何本必要なのか、あるいは誰が私の係船柱になるのかということは言うまでもなく。

可哀相なトム・アトキンスは係船柱をなにがなんでも必要としていた。不適切な相手に対する思慕《クラッシズ》（あるいは鵞口瘡《スラッシズ》！）というテーマについてアトキンスと意見を交わしながら、あるいは意見を交わそうと努めながら、それははっきりとわかった。一時、私たちは音楽棟の階段に立ち止まったままもう進めないのではないか、私たちのあいだの会話らしきものは永遠にぐずぐず続くのではないかという気がした。

「ねえビル、君の構音障害で何か大きな進展はあった？」アトキンスはぎこちなく訊ねた。

「じつはひとつだけあるんだ」と私は答えた。「どうやらシャドウという言葉を克服できたみたいなんだよ」

「そりゃあよかったね」アトキンスは真摯な口調でそう言った。「僕はどれも駄目だ――ともかく、今のところはね」

「同情するよ、トム」と私は言った。「きっと大変だろうね、しょっちゅう使う言葉で手こずるのは。

タイムって言葉みたいなさ」

「うん、あの言葉は大変だな」アトキンスは認めた。「君が一番手こずるのはどんな言葉？」

「あのナニを表す言葉だよ」と私は答えた。「ほら――チンチン、チンポコ、ちんこ、チン棒、魔羅、さお、肉棒、男根」と私は言った。

「君、penisって言えないの？」アトキンスが小声で訊ねた。

「penithになっちゃうんだ」私は答えた。

「まあでも、少なくともなんのことかはわかるよ、ビル」アトキンスは励ますように言った。

「君にはタイムって言葉よりひどいの、ある？」私は訊ねた。

「君のペニスの女性版」アトキンスは答えた。「言おうと思っただけで駄目なんだ――言おうとすると死にそうになる」

「『ヴァギナ』のこと、トム？」

アトキンスは猛烈な勢いで頷いた。頷くのをやめない様子から、可哀相なトムはあの「今にも泣き出しそう」な状態なんだと私は思ったのだが、ミセス・ハドリーのおかげで彼は泣かずにすんだ――束の間だけのことだったが。

「トム・アトキンス！」マーサ・ハドリーが階段吹き抜けの上から呼びかけた。「あなたの声が聞こえてるけど、約束の時間に遅れてるわよ！　待ってますからね！」

アトキンスは反射的に階段を駆け上がり始めた。彼は肩ごしに私にむかって、親しげだがなんとなく決まり悪そうな一瞥をくれた。彼が階段を上がり続けながらミセス・ハドリーに叫ぶのがはっきりと聞こえた。「すみません！　今行きます！」アトキンスは叫んだ。「時間《タイム》がたつのを忘れてたんです！」マーサ・ハドリーも私もはっきりとその言葉を耳にした。

「今のは大きな進展みたいに聞こえたぞ、トム！」私は階段の上にむかって大声をあげた。「たった今なんて言ったの、トム・アトキンス？　もう一度言ってみて！」ミセス・ハドリーが彼に呼びかけるのが聞こえた。

「タイム！　タイム！　タイム！」アトキンスが叫ぶのが聞こえ、それから彼は涙に飲み込まれた。「あらあら、泣かないで、おバカさんね！」マーサ・ハドリーが言っていた。「トム、トム――頼むから泣くのをやめて。あなたは嬉しいはずでしょ！」だが私の耳にはアトキンスが泣きじゃくり続けるのが聞こえてきた。いったん涙が出てしまうと、彼には止められないのだ（その気持ちはわかった）。

「聞いてくれ、トム！」私は階段の上にむかって叫んだ。「君は波に乗ってるんだ。今度は『ヴァギナ』の番だ。君ならきっとできる！『タイム』を克服できるなら、だいじょうぶ――『ヴァギナ』なんて簡単だ！　君がヴァギナって言うのを聞かせてくれよ、トム！　ヴァギナ！　ヴァギナ！　ヴァギナ！」

「言葉に気をつけて、ビリー」ミセス・ハドリーが階段の上から叫んだ。可哀相なトムを励まし続けてもよかったかもしれないが、マーサ・ハドリー――あるいは音楽棟の他の教員――から外出禁止をくらいたくはなかった。

私にはミス・フロストとデート――ファッキン・デート！――の約束があるのだからして、ヴァギナという言葉を繰り返すのはやめた。私はそのまま階段を下りた。音楽棟の外へ出るまでずっと、トム・アトキンスの泣き声が聞こえていた。

今になって振り返ると、自分がすっかり馬脚を現していたことがすぐわかる。夕方図書館へ行くまえにシャワーを浴びてひげを剃る習慣は私にはなかった。リチャードと母にどちらの図書館へ行くか告げないのはいつものことだったものの、『ジョヴァンニの部屋』を持っていくくらいの頭があればよかったのにと思う（私はあの小説をエレインのブラと一緒に枕の下に突っ込んでおいたのだが、それは本を図書館に返すつもりがなかったからだった。トム・アトキンスに貸してやりたかったのだが、そうしたほうがいいかどうかミス・フロストの考えを聞いてみてからにするつもりだった）。

「素敵よ、ビリー」寄宿舎棟にある住まいから出ていこうとしている私に、母が言った。母が私の容姿を褒めることはまったくと言っていいほどなかった。以前は私が「ハンサムになる」と一度ならず言っていたのに、ここ二年ばかり言わなくなっていた。思うに、母に言わせれば私はすでにハンサムになりすぎていたのだろう、母の素敵という言い方はあまり素敵ではなかったのだ。

「図書館へ行くのかい、ビル？」リチャードが訊いた。

「そうだよ」と私は答えた。ドイツ語の宿題を持って行かなかったのは馬鹿だった。キトリッジのことがあるので、ゲーテとリルケを持たないで行くことはまずなかったのだ。だがあの夜は、私の本を入れるカバンはほとんど空だった。書き物用のノートを一冊——それだけだった。

「図書館へ行くにしては素敵すぎるわ、ビリー」と母は言った。

「リアのシャドウみたいな格好でうろつきまわるべきじゃないと思うんだ、そうでしょ？」私は二人に問いかけた。私はただ格好をつけていただけだったのだが、今にして思うと、新たに見出した自信を母とリチャード・アボットに感じさせてしまったのは得策ではなかった。

その同じ夕方のほんのちょっとあとで——きっと私はまだ学院の図書館のイヤーブックの部屋にいたはずだ——キトリッジが私を探してバンクロフト棟にやってきた。母が私たちの住まいの玄関で応対したのだが、相手が誰か認めた母は、ぜったいにキトリッジを招き入れようとはしなかったと思う。

「リチャード！」と母は間違いなく叫んだろう。「ジャック・キトリッジが来てるわよ！」

「ドイツ語学者とちょっとお話ししたいのですが」キトリッジはにこやかに言った。

「リチャード！」母はまた叫んだのだろう。

「今行くよ、ジュエル！」とリチャードは答えたはずだ。小さな住居だ。母はキトリッジと一切話などしたくなかったものの、きっとキトリッジがリチャードと話す一言一言が聞こえていたことだろう。

「君が探しているのがあのドイツ語学者ならねえ、ジャック、図書館へ行ったんじゃないかな」とリチャードはキトリッジに告げた。

「どっちの図書館ですか？」キトリッジは訊ねた。「図書館二つを掛け持ちしてる生徒なんですよ、あのドイツ語学者はね。このまえの夜は、町の図書館にいましたよ——ほら、公立のやつ」

「ビリーは公立図書館で何をしてるの、リチャード？」母は訊ねたのかもしれない（どっちにしろ、この疑問を思い浮かべたことだろう。キトリッジがまだそこにいるあいだはしなかったとしても、あとでリチャードに訊ねたことだろう）。

「ミス・フロストが読む本についてのアドヴァイスを続けてくれているんじゃないかなあ」とリチャード・アボットは答えたのかもしれない——そのときにしろ、あとにしろ。

「もう失礼します」ときっとキトリッジは言っただろう。「ドイツ語学者に、僕のテストの出来がすごくよかったってことだけ伝えておいてください——今までで一番いい成績でした。『情熱は苦しみをもたらす』のところはどんぴしゃだったって言っておいてください。『恐ろしい天使』のところまで当たってたってね——あそこのところは楽勝でした」とキトリッジはリチャードに頼んだ。

「伝えておくよ」リチャードはキトリッジに答えたことだろう。「『情熱は苦しみをもたらす』のところが出た——『恐ろしい天使』のところも楽勝だった。必ず伝えるよ」

その頃には、母はすでに私の寝室で図書館の本を見つけていたのだろう。私がエレインのブラを枕の下に隠しているのを母は知っていた。きっと母が真っ先に見たのはあの場所だったはずだ。

リチャード・アボットは博識な男だ。『ジョヴァンニの部屋』がどんな内容なのかすでに知っていたのかもしれない。もちろん、私のドイツ語の宿題――いつもつきまとうゲーテとリルケ――も寝室で目についたことだろう。どちらかの図書館で私が何に夢中になっていたにせよ、それが私のドイツ語の宿題だとは思えなかったはずだ。そしてミスター・ボールドウィンの素晴らしい小説のあいだに挟んであったのは、私の手書きのメモだった――もちろん、『ジョヴァンニの部屋』からの引用も含まれていた。当然のことながら、「愛の臭いにおい」も走り書きのなかにあっただろうし、キトリッジのことを考えるといつも思い出すあの文章も。「心のなかのすべてが否！　と叫ぶのに、体全体が諾《うべな》いのため息をついていた」

リチャードと母が結論に達し、他の人々に電話したのは、キトリッジがバンクロフト棟から去ってかなり経った頃だったろう。ミセス・ハドリーには電話しなかったかもしれない――つまり、最初はということだが――が、おせっかいな伯母のミュリエルとさんざんやっつけられている伯父のボブ、それにもちろんヴィクトリアお祖母ちゃんとファーストシスターのもっとも有名な女役であるハリーお祖父ちゃんに電話したのは確実だ。私がまだ古いイヤーブックの部屋を離れようとしていた段階で、彼らは全員が結論に達し、ざっとした計画まで立てていたに違いない。彼らの攻撃計画が最終的な形になる頃には、きっと私はすでにファーストシスター公立図書館へ向かっている途中だったはずで、私はそこに閉館時刻のちょっとまえに着いたのだった。

私の頭はミス・フロストのことでいっぱいだった――とりわけ、一九三五年度のアウルを見たあとでは。私はできる限り、あの三一年度のレスリング部のはっとするような美少年にいつまでも目を奪われないようにした。フェイヴォリット・リヴァー学院の一九三二年度のイヤーブックには、レスリング選手のなかにさえ私の注意を引く少年はいなかった。三三年度と三四年度の演劇部の写真にはじゅうぶん女らしく見える――少なくとも舞台上では――女の子役の男の子が何人かいたが、私はその一連の写真にそれほど注意を払わなかったし、三三年度と三四年度のレスリング部の写真では、後ろの列にいたミス・フロストを完全に見逃していた。

衝撃だったのは三五年度のアウルだった――ミス・フロストはフェイヴォリット・リヴァー学院で最終学年だったはずだ。あの年度では、ミス・フロストは――男の子の姿であってさえ――見間違えようがなかった。彼女は前列の真ん中に座っていた、なぜなら、「A・フロスト」は三五年度レスリング部のキャプテンだったからだ。チーム写真の下の説明文にはイニシャルの「A」だけが使われていた。座っていても、長い胴のせいで彼女は前列の他のどの少年よりも頭ひとつ高く、そして私は彼女の広い肩と大きな手にすぐ気がついたが、たとえ彼女が女の子の服を着て化粧していたとしてもおそらく同様にすぐ気づいていたことだろう。

彼女の面長できれいな顔は変わっていなかった、豊かな髪は短くカットされた馴染みのないスタイルだったが。私はすぐさま卒業する四年生の顔写真のところをめくった。驚いたことに、アルバート・フロストはヴァーモント州ファーストシスターの出身だった――寄宿生ではなく、通学生だ――そして、十八歳のアルバートの大学の選択は「未定」とされていたが、件の青年の進みたい道は明らかにされていた。アルバートは「創作」を選んでいた――未来の司書にして世間的に通用する（胸は小さいが）女になろうとしているハンサムな少年には、じつに相応しいではないか。

ミュリエル伯母さんはアルバート・フロストを、レスリング部のハンサムなキャプテンを――三五年度卒業の――覚えているはずだ、そして、ミュリエルがミス・フロストのことを「昔はすごく見栄えがよかった」と言ったのは男の子としてということだったのだと（アルバートは確かに見栄えがよかった）私は思った。

アルバート・フロストのフェイヴォリット・リヴァー学院におけるニックネームを見ても、私は驚かなかった。それは「ビッグ・アル」だった。

「以前は皆から」アルと呼ばれていた――まず間違いなく私の伯母ミュリエルも含めて――とミス・フロストが言ったのは、嘘ではなかったのだ。

一九三五年度に卒業する最上級生の顔写真のなかにべつの顔を見つけた私は、驚いた。ロバート・フリモント――私の伯父ボブ――はミス・フロストと同年に卒業していたのだ。ボブ、ニックネーム「ラケット・マン」は、ビッグ・アルだった頃のミス・フロストを知っていたに違いない（三五年度のアウルでロバート・フリモントがアルバート・フロストの反対側のページだったのは、人生の小さな偶然というやつだ）。

イヤーブックの部屋からファーストシスター公立図書館へ歩く短い道のりのあいだに私は、ここ数年のあいだはリチャード・アボットも加わった私の家族の全員が、ミス・フロストは男として生まれた――そしてほぼ確実にいまもまだそうだ――ということを知っていたはずだということに思い至った。もちろん、誰も私にミス・フロストが男だと教えてはくれなかった。なんといっても、率直でないのは私の一族に特有の気質なのだ。

つい最近トム・アトキンスがぎょっとしていた、町の図書館の照明の薄暗いロビーに立ってあの鏡に映る自分の怯えた顔を見ながら、ヴァーモント州ファーストシスターの一定年齢の住民のほぼ誰もがミス・フロストが男だとわかっていたはずだと私は思い当たった。これには、あのファーストシスター・プレイヤーズのアマチュア演劇でイプセンの女として舞台に立ったミス・フロストを見た四十歳以上の全員が疑いもなく含まれていた。

　あのあと私は三三年度と三四年度のイヤーブックのレスリング部の写真でもミス・フロストを発見していたが、そこではA・フロストはそれほど大きくもなく肩幅も広くなかった。じつのところ、彼女はチーム写真の後ろの列でひどく自信なさげに立っていたので見落としていたのだ。

　私は演劇部の写真でも彼女を見落としていた。A・フロストはいつも女役だった。彼女はさまざまな女性の役で舞台に出ていたのだが、ヘンテコなカツラをかぶり不似合いに大きな胸だったので、彼女だとわからなかったのだ。男の子たちにとってはひどく愉快だったに違いない――彼らのレスリング部のキャプテン、ビッグ・アルが女の子のふりをして舞台でちゃらちゃら動き回るのを見るのは！　それなのに、リチャードがミス・フロストに舞台に立ったことはあるか――芝居をやったことはあるか――と訊いたとき、彼女は答えたのだ、「頭のなかでだけだけど」と。

　嘘ばっかりじゃないか！　鏡のなかの自分が震えているのを見ながら、私はそう考えていた。

「誰かいるの？」ミス・フロストの声が聞こえた。「あなたなの、ウィリアム？」彼女が呼びかける声の大きさで、図書館には私たちだけなのだとわかった。

「うん、僕だよ、ビッグ・アル」私は答えた。

「あらあら」ミス・フロストが大げさにため息をつくのが聞こえた。「わたしたち、もうあまり時間がないって言ったでしょ」

「僕に言わなかったことがたくさんあるじゃないか！」私は大声で言い返した。

　私が来るのを予期して、ミス・フロストがすでに図書館の主要部の明かりを消しているのが目に入った。地下の階段の底部から上へ向かって輝く明かり――地下室のドアは開いていた――が、実際より美しく見せる柔らかな光をミス・フロストに浴びせていた。彼女は貸出デスクに座って大きな両手を膝で組んでいた（「実際より美しく見せる」光と言ったのは、光のせいで彼女が若く見えたからだ。もちろんそれは、私があの昔のイヤーブックの彼女を見た影響もあったかもしれない）。

「こっちへ来てキスしてちょうだい、ウィリアム」ミス・フロストは言った。「わたしにキスできない理由はないでしょ、違う？」

「あなたは男だ、そうでしょ？」私は問いただした。

「あら、男って何？」彼女は問い返した。「キトリッジは男じゃないの？　あなたは彼にキスしたいと思ってるんでしょ。それでもわたしにキスしたいとは思わないの、ウィリアム？」

確かに彼女にキスしたかった。彼女とすべてのことをしたかった、だが私は憤慨し、動揺していて、体の震える様子から自分が泣きそうになっているのがわかっていたが、それは避けたかった。

「あなたはトランスセクシュアルだ！」と私は言った。

「ねえあなた」とミス・フロストは鋭い口調で言った。「ねえあなた、わたしにレッテルを貼らないでちょうだい――わたしのことを知りもしないうちから分類しないで！」

デスクから立ち上がると、彼女は私の上にそびえ立っているように思えた。彼女がこちらに向かって両腕を広げると、私は躊躇しなかった――彼女の力強い抱擁のなかに飛び込み、彼女にキスした。ミス・フロストもキスを返してくれた、ひどく激しく。私は泣けなかった、彼女に息の止まる思いをさせられていたからだ。

「あら、あら――あなたったら忙しかったんだわねえ、ウィリアム」私を地下の階段へと導きながら彼女は言った。「『ジョヴァンニの部屋』は読んだんでしょ？」

「二回！」私はなんとか言った。

「もう二回も！　おまけにあなたはあの古いイヤーブックを見る暇も見つけたのね、ウィリアム？　一九三一年から一九三五年へいくのはそんなに長くかからないだろうってわかっていたわ。三五年のレスリング部の写真でしょ――あなたの目を捉えたのはあの写真だったのね、ウィリアム？」

「うん！」私はやっとのことで答えた。ミス・フロストは寝室にシナモンの香りのキャンドルを灯していた。それから真鍮のベッドのヘッドボードに固定されたスタンドを消した。ベッドカヴァーはすでに折り返されていた。

「あなたにあの昔のイヤーブックを見せないようにするのはちょっと無理だったでしょうからねえ――そうでしょ、ウィリアム？」彼女は話し続けた。「学院の図書館じゃわたしはお呼びじゃないし。それにわたしのレスリング部時代の写真をあなたが見なかったとしても、きっと誰かからわたしのことを聞いてしまったでしょうしね――しまいには。正直言って驚いてるのよ、あなたが誰からも聞かなかっただなんて」ミス・フロストは言った。

「うちの家族は僕にあんまりいろいろ話してくれないんだ」と私は言った。私はできるだけ手早く服を脱いでいて、ミス・フロストはすでにブラウスのボタンを外してスカートを脱いでいた。今回は、トイレを使うとき、彼女はプライヴァシー云々のことは口にしなかった。

「そうね、あのあなたの家族のことは知ってるわ！」彼女は笑った。彼女はペチコートをたくしあげ、そして――まず木の便座を上げておいてから――立ったまま、大きな音を立てて、でも私には背を向けて、おしっこをした。彼女のペニスは見えなかったが、おしっこをする勢いからして、彼女が保持しているのは間違いなかった。

　私は真鍮のベッドに裸で横たわり、あの小さな洗面台で彼女が手と顔を洗って歯を磨くのを見守った。鏡のなかから彼女がウインクするのが見えた。「きっとレスリングが強かったんでしょうね」と私は彼女に言った。「チームのキャプテンになるくらいなんだから」

「キャプテンにしてくれって頼んだわけじゃないわ」と彼女は答えた。「ただ、誰もかもを負かし続けただけ――皆負かしちゃったの、それでキャプテンをやらされた。断るわけにはいかなかったの」

「ああ」

「それに、レスリングのおかげで誰もわたしに疑問を持たなかった」とミス・フロストは言った。彼女はスカートとブラウスをクローゼットに掛けていた。今回、彼女はブラも外した。「レスリング選手だと、疑われないのよ――つまり、性的なことでね。ある種の目くらましになるの――何を言ってるかわかるでしょ、ウィリアム」

「何を言ってるのかはわかります」と私は答えた。彼女の乳房は素晴らしいと思った――とても小さくて、乳首は完璧だが、彼女の乳房は哀れなエレインの乳房よりは大きかった。ミス・フロストは十四歳の乳房を持っていて、彼女の体があまりに大柄でたくましいから小さく見えるだけなのだった。

「あなたの胸、すごく好きだ」私は言った。

「ありがとう、ウィリアム。これ以上は大きくならないんだけど、ホルモンの引き起こすことって驚異ね。わたし、これ以上大きいのはべつに必要ないと思うの」ミス・フロストはそう話して私に微笑んだ。

「完璧な大きさだと思うな」私は言った。

「言っておくけれど、レスリングをやっていたときにはこんな胸じゃなかったのよ――こんなじゃまずいことになっていたでしょうからね」ミス・フロストは言った。「わたしはレスリングを続けたの――そうやって疑いを寄せ付けないようにしていた。大学のあいだずっとね」と彼女は話した。「乳房はなし――女としての暮らしもなしでね、ウィリアム――大学を出るまでは」

「どこの大学だったんですか?」私は質問した。

「ペンシルヴェニアにある大学よ」と彼女は答えた。「あなたが聞いたこともないようなところ」

「キトリッジと同じくらいレスリングが強かったんですか?」私は訊ねた。彼女はベッドの私の隣りに横になったが、今回は、彼女は私と向き合って大きな手で私のペニスを握った。

「キトリッジはそれほど強くないわ」とミス・フロストは答えた。「ただ競争相手がいないだけよ。ニューイングランドではそれほどレスリングが盛んってわけじゃないから。ペンシルヴェニアとはまるで違うわ」

「ああ」

私はペチコートの、彼女のペニスがあると思えるあたりを触った。彼女は触らせてくれた。私はペチコートの下まで手を伸ばそうとはしなかった。ただペチコートのしなやかな生地越しにペニスに触れたのだ。今度のペチコートは真珠色で、エレインのブラとほとんど同じ色だった。エレインのブラのことを思い出すと、同じ枕の下にある『ジョヴァンニの部屋』のことが頭に浮かんだ。

ジェームズ・ボールドウィンの小説は耐えられないほど悲しく、私は突然、ミス・フロストとあの小説について話したくなくなった。だが代わりにこう質問した。「女の子になりたいと思ってて、他の男の子に惹かれるのに、レスリング選手でいるのって、大変じゃなかった?」

「勝ってるときはそれほど大変じゃなかったの。わたしは上になるのが好きだから」と彼女は答えた。「レスリングで勝ってるときはね、上になるのよ。ペンシルヴェニアではもっと大変だったわ、あそこではいつも勝つってわけにはいかなかったから。好みに反して下になっちゃって」と彼女は話した。「でも、わたしも大人になっていたから——負けるってことを処理できた。押さえ込まれるのは大嫌いだったけれど、押さえ込まれたのは二度だけ——同じクソッタレ野郎にね。レスリングはわたしのカモフラージュだったの、ウィリアム。あの頃、わたしたちみたいな男の子にはカモフラージュが必要だったの。エレインはカモフラージュじゃなかったの、ウィリアム？　わたしには、あの子はあなたのカモフラージュみたいに見えたけど」とミス・フロストは言った。「今でも、わたしたちみたいな男の子はやっぱり多少のカモフラージュが必要なんじゃない？」

「うん、僕たちには必要だ」と私は小声で答えた。

「あら、わたしたちったら、またひそひそ声で話してる！」ミス・フロストはひそひそ声で言った。

「ひそひそ声も一種のカモフラージュね、たぶん」

「そのペンシルヴェニアの大学でなにか勉強したんでしょ——レスリングしてただけじゃなく」と私は言った。「あのイヤーブックにはあなたの進みたい道は『創作』だって書いてあった——将来の進路としたらちょっと変わってませんか？」私は訊ねた（ただわけもなくしゃべっていただけだと思う、ミス・フロストのペニスに気を取られまいとして）。

「大学ではね、図書館学を勉強したわ」それぞれ互いのペニスを握ったままで、ミス・フロストは答えた。彼女のは私のほど硬くはなかった——ともかく、まだそのときは。硬くなくてさえ、彼女のペニスは自分のより大きいと私は思ったが、経験がないと、他人のペニスの大きさはなかなか見当がつかないものだ——目にすることができない場合には。「これから女になる男にとっては、図書館というのはかなり安全で寛容な場所だと思ったの」ミス・フロストは話を続けた。「どの図書館に勤めたいかまで考えていたわ——昔のイヤーブックがあるまさにあの学院の図書館よ、ウィリアム。わたし思ったの。母校の図書館ほどわたしを評価してくれるところが他にあるかしら？　わたしはフェイヴォリット・リヴァーで出来のいい生徒だったし、それにとても出来のいいレスリング選手だったわ——ペンシルヴェニアの基準からするとそれほど出来がよくなかったかもしれないけど、ニューイングランドではとても出来がよかったのよ。もちろん、わたしが女としてファーストシスターへ戻ってきたら、フェイヴォリット・リヴァー学院はわたしみたいな人間とは一切かかわりを持ちたがらなかった――感じやすい男の子たちが大勢いるんですもんね！　誰にでもどこか甘いところがあるものなのよ、ウィリアム、そしてね、わたしはそこのところで甘かった。ビッグ・アルだったときの自分が母校に好かれていたのはわかってた。わたしったら甘い人間もいいところでね、ミス・フロストになった自分は好かれないだろうって覚悟なんかぜんぜんできていなかったの。あなたのお祖父さんのハリーが町の図書館――このへんてこな古めかしい、わたしの司書資格が泣くようなレベルの公立図書館――の理事だったからこそなのよ、ここで勤められるようになったのはね」

「だけど、どうしてこのファーストシスターで暮らしたいと思ったんですか――フェイヴォリット・リヴァー学院にしても、自分でおぞましい学校だって言ってるでしょ？」と私は訊ねた。

私はたったの十八だったが、すでにぜったいにフェイヴォリット・リヴァー学院にもヴァーモント州のファーストシスターという田舎町にも戻ってきたくないと思っていた。ここを出てどこかへ行くのが待ちきれなかった――どこでもいい――誰だろうと自分の望む相手と、私のことをわかってると思っているあまりにも馴染み深い人たちにじろじろ見られたり非難されたりすることなしにセックスできる場所へ！

「わたしには病気の親がいるの、ウィリアム」ミス・フロストは説明した。「父はわたしがフェイヴォリット・リヴァー学院に入った年に亡くなったわ。亡くなっていなかったとしても、わたしが女になったことがたぶん父の命取りになっていたでしょうね。だけど母のほうはもうかなり長いあいだ具合が悪いの。母の健康問題があったから、大学はやっとの思いで卒業したの。母はね、あんまり長いあいだ病気だったから、たとえ良くなったとしても自分が治ったとはわからない、そんなタイプの病人なの。母は心の病気なのよ、ウィリアム。わたしが女だってことに気がついてさえいないわ、というか、もしかしたら小さな息子がかつて男だったのを覚えていないのかもしれない。昔自分には小さな息子がいたんだってこともきっと覚えていないわね」

「ああ」

「父は昔あなたのお祖父ちゃんのハリーのところで働いていたの。ハリーはわたしが母の面倒を見ているのを知っていた。わたしがファーストシスターに帰ってこなければならなかった、それが唯一の理由よ——フェイヴォリット・リヴァー学院がわたしを雇ってくれようがくれまいがね、ウィリアム」

「大変ですねえ」と私は言った。

「あら、そんなでもないのよ」ミス・フロストはあの演技しているような調子で答えた。「小さな町は人のこと悪し様に言うかもしれないけど、でも住まわせてはくれる——追い払うなんてことはできないの。それにわたし、あなたと出会えたわ、ウィリアム。だって、わからないでしょ？　もしかしたらわたし、あなたに作家としての第一歩を踏み出させたクレイジーな異性装者の司書として世に知られるようになるかもしれない。あなた、踏み出しているんでしょ？」彼女は私に問いかけた。

だが、彼女の人生の物語はそれまでのところ、並外れて不幸に思えた。真珠色のペチコート越しに彼女のペニスに触りながら、私はエレインのブラにくるまれて枕の下にある『ジョヴァンニの部屋』のことを考え、そして言った。「あのジェームズ・ボールドウィンの小説、すごくよかった。図書館に持ってこなかったのは、トム・アトキンスに貸してやりたかったからなんです。彼とあの小説について話したんだけど——彼も『ジョヴァンニの部屋』を気に入るだろうと思って。彼に貸してもかまわないかなあ？」

「『ジョヴァンニの部屋』はあなたのカバンに入ってるの、ウィリアム？」ミス・フロストは突然こう訊ねた。「あの本の現物は、今はどこにあるの？」

「家に」と私は答えた。自分の枕の下にあると言うのが急にためらわれた——あの小説がエレインのパッドつきの真珠色のブラとくっついているということは言うまでもなく。

「あの小説を家に置いてきたりしちゃ駄目よ」とミス・フロストは言った。「もちろん、トムに貸してあげてかまわないわよ。でも、ルームメートに見せないようにってトムに言っておいてね」

「アトキンスのルームメートは誰だか知らないんだけど」と私は言った。

「誰がトムのルームメートかなんてことはどうでもいいの——とにかく、あの小説をルームメートに見せちゃ駄目。お母さんに——リチャード・アボットにも——見せちゃ駄目だってあなたにも言ったでしょ。わたしがあなたなら、あの本を持ってるってことをお祖父ちゃんのハリーにだって知られないようにするわね」

「お祖父ちゃんは、僕がキトリッジにのぼせてるって知ってるよ」私はミス・フロストに話した。

「あなたにのぼせてるってことは、あなた以外に誰も知らないけど」と私は言った。

「そのとおりだといいけど、ウィリアム」彼女は小声で言った。彼女は私の上に屈み込むと、ペニスを口に含んだ——この一文を書くのにかかった時間より短いあいだに。ところが、私が彼女のペニスを求めてペチコートの下に手を伸ばすと、彼女に止められた。「駄目——そういうことはしないの」と彼女は言った。

「僕はぜんぶやりたいんだ」

「もちろんそうよね、ウィリアム、でもぜんぶやるのはべつの人とでなくちゃ駄目。あなたみたいな若い人がわたしの年齢の相手とぜんぶやるっていうのは適切じゃないわ」とミス・フロストは言った。

「あなたのぜんぶやってみる初体験の責任を負うつもりはないの」

そう言うと、彼女はまた私のペニスを口に含んだ。しばらくのあいだ、彼女はもうそれ以上説明しようとはしなかった。彼女がまだ私を含んでいたときに、私は言った。「このまえのときは本当にセックスしたんじゃなかったんでしょ――つまり、挿入のことだけど。僕たち、なにか他のことしたんでしょ？」

「フェラチオしてるときって、しゃべるのはそう簡単じゃないのよ、ウィリアム」ミス・フロストはそう言って、たぶんフェラチオはこれでおしまいなんだな、と私に感じさせるようなため息を――私と顔を合わせるような具合に隣りに横になりながら――ついたが、実際にそうだった。「わたしたちがこのまえした『他のこと』を、あなたは気に入ったみたいだったけど、ウィリアム」と彼女は言った。

「うん、もちろん、気に入ったよ！」私は叫んだ。「ただ、挿入のことはどうだったんだろうと思ってただけで」

「好きなだけいろいろ考えていいのよ、ウィリアム、でもね、わたしとは『挿入のこと』はなし。わからない？」彼女は突然問いかけた。「わたしはあなたを『本当のセックス』から守ろうとしてるのよ。少なくとも、ちょっとはね」ミス・フロストはそう付け加えて、にっこりした。

「でも僕は守ってもらいたくないよ！」私は叫んだ。

「わたしは自分の良心にかけて十八歳の子と『本当のセックス』をするつもりはないわ、ウィリアム。あなたがどんな人間になるかってことについては、わたしはたぶんもうあまりに影響を与えすぎちゃってるみたいだしね！」とミス・フロストはきっぱり言った。確かに彼女の言うとおりだったが、彼女としては予言するというよりはちょっと芝居がかって見せているつもりだったに違いない――そして私はミス・フロストがどれほど大きな「影響」を及ぼすことになるのか（その先の私の人生に！）、まだ知らなかったのだ。

今回は、彼女は使うローションを見せてくれた――指先につけて匂いを嗅がせてくれた。アーモンドの香りがした。彼女は私に跨らなかったし、上に座りもしなかった。私たちは互いのペニスを触れ合わせて横向きに寝た。相変わらず彼女のペニスは見えなかったが、ミス・フロストは彼女のペニスと私のとを一緒に擦った。寝返りを打った彼女は、太腿のあいだに私のペニスを挟み、尻を私の腹に押し付けた。ペチコートはウエストまでまくれ上がっていた。私は片手で彼女のむき出しの乳房を摑み、もう片方で彼女のペニスを摑んだ。ミス・フロストは私のペニスを太腿のあいだでスライドさせ、しまいに私は彼女の掌に射精した。

私たちはそのあとうんと長いあいだ互いの腕に抱かれて横になっていたように思えたが、私が思っていたほど長いあいだ私たちだけでいられたはずはない。一緒にいられた時間は本当にそれほどなかったのだから。彼女がしゃべるのを聞いているのが、彼女の声の響きがとても心地よかったので、実際よりも時間がゆっくり過ぎているように思ってしまったのだろう。

最初のときと同じように彼女は風呂の用意をしてくれたが、相変わらず自分は完全に裸になろうとはせず、大きなバスタブに一緒に入ろうと誘うと、彼女は笑って言った。「わたしはやっぱりあなたを守ってるのよ、ウィリアム。あなたを溺れさせる危険を冒したくはないの！」

彼女の乳房がむきだしで、彼女のペニスを、なおも目にしてはいなかったものの握らせてもらったというだけで、私はじゅうぶん満足だった。私の手のなかで彼女は硬く、大きくなりはしたが、彼女のペニスまでが自制しているような感触があった――少しばかり。説明はできないのだが、ミス・フロストは自分のペニスにそれ以上硬く大きくなるのを許さないでいるという気が確かにしたのだ。おそらくこれも、彼女の心のなかでは、私を守るまたべつのやり方だったのだろう。

「名前はあるのかなあ――僕たちがしたみたいなセックスのやり方って？」私は訊ねた。

「あるわよ、ウィリアム。インタークルーラルって言える？」と彼女は訊ねた。

「インタークルーラル」私はすぐさま繰り返した。「どういう意味なの？」

「接頭辞のインターはきっとよく知っているわよね、この場合は『のあいだ』という意味よ、ウィリアム」とミス・フロストは答えた。「クルーラルのほうはね、『脚の、脚に関係する』っていう意味――つまり、腿のあいだで、ってことよ」

「なるほど」と私は言った。

「古代ギリシャの男性同性愛者が好んだのよ、というか、そう書いてあったわ」ミス・フロストは説明してくれた。「図書館学の勉強で出てきたわけじゃないけれど、なにしろわたしは図書館で暇な時間がうんとあったから！」

「古代ギリシャ人はあれのどこが気に入ったのかなあ？」と私は質問した。

「うんとまえに読んだから――理由はすっかり忘れちゃったかも」とミス・フロストは答えた。「後ろからっていうところかしらね、たぶん」

「だけど僕たちは古代ギリシャで暮らしてるわけじゃないよ」私はミス・フロストに指摘した。

「だいじょうぶよ、ウィリアム。ギリシャ人をそのまま真似しなくても、インタークルーラルなセックスはできるの」ミス・フロストは説明してくれた。「必ず後ろからというわけじゃないの。腿のあいだでっていうのは、横向きでもできるし、他の体位でも――宣教師の体位《ミッショナリー・ポジション》（正常位のこと）でさえね」

「え、何？」と私は訊ねた。

「今度やってみましょう、ウィリアム」彼女は小声で答えた。彼女の静かなささやきの途中だったかもしれない、地下の階段が軋む最初の音を聞いたように思ったのは。ミス・フロストもその音を聞いたのかもしれないし、あるいはその瞬間に彼女が腕時計を見たのはただの偶然だったのかもしれない。

「リチャードと僕に、頭のなかでだけ、舞台に立ったことがある――芝居したことがあるって言ったでしょ。でも、あの演劇部の写真のなかにあなたがいるのを見たんです。あなたは舞台に立っていた――まえにも芝居をしてたんですよね」と私は言った。

「詩的許容よ、ウィリアム」ミス・フロストは例の芝居がかったため息をつきながら答えた。「それに、あれは芝居じゃなかったわ。単なる仮装ね――大げさに演技して！ あの男の子たちは道化だった――ただ馬鹿な真似をしてただけ！ あの頃のフェイヴォリット・リヴァー学院にはリチャード・アボットはいなかったの。ニルスの半分でも知識のある演劇部顧問もいなかった、ニルス・ボルクマンなんて演劇理論のひけらかし屋なのに！」

地下室の階段に二番目の軋み音が響き、ミス・フロストも私も耳にした。今度は間違いようがなかった。私がおもに驚いたのは、ミス・フロストがぜんぜん驚いているように見えないことだった。

「ねえウィリアム、わたしたち急いでいて、図書館の入口に鍵をかけるの忘れたかしら？」と彼女はささやいた。「あらいやだ――忘れたんだわ」

私たちにはほとんど時間がなかった――ミス・フロストには最初からわかっていたように。

明らかに鍵がかかっていなかったファーストシスター公立図書館でのあのもっとも忘れがたい夜、あの地下の階段で三度目の軋み音が聞こえたとたん、ミス・フロストは――彼女は大きなバスタブの横に膝をついて私のペニスに行き届いた世話をしてくれ、そうしながら二人でいろいろな興味深い話をしていたのだ――立ち上がって、私の友であるエレインとその母親で発声の先生であるミセス・ハドリーでも感心しそうな朗々たる声で言った。「あなたなの、ハリー？　あの腰抜けどもはあなたを寄越すだろうって思ってたのよ。あなたなんでしょ？」

「ああ、まあその——うん、俺だ」ハリーお祖父ちゃんが地下の階段からおどおどと答えるのが聞こえた。私はバスタブで上体を起こした。ミス・フロストはまさに直立していた、肩を後ろに引いて、小さいけれどつんと尖った胸を開けっ放しの寝室のドアのほうへ向けて。ミス・フロストの乳首はやや長めで、その発音しづらい乳輪《アリーアリー》は一ドル銀貨大の威圧的な大きさだった。

おずおずとミス・フロストの地下の部屋へ入ってきた祖父は、私があれほど何度も舞台で見てきた自信たっぷりの人物ではなかった。堂々たる風采の女ではなく、ただの男だった——禿げ頭で小柄な。ハリーお祖父ちゃんは明らかに私の救出役を進んで引き受けたわけではなさそうだった。

「リチャードに来る勇気がなかったなんて、がっかりだわ」ミス・フロストは決まり悪げな私の祖父に言った。

「リチャードは行こうかって言ったんだが、メアリが頑としてそうさせなかったんだ」と祖父は言った。

「リチャードは尻に敷かれてるのよ、あなたたちウィンスロップ家の女と結婚した男はみんなそうだけど」ミス・フロストはそう祖父に言った。祖父はむき出しの乳房を見せつけている彼女に目をやることができないでいたが、彼女は祖父に背を向けようとはしなかった——自分の服を探そうともしなかった。彼女は真珠色のペチコートだけの姿で彼の前に、あたかもそれが正装で、この場にしては着飾りすぎだと言わんばかりに立っていた。

「ミュリエルがボブを寄越したがったとは思えないし」ミス・フロストは続けた。ハリーお祖父ちゃんは首を振っただけだった。

「あのボビーは優しい人だけど、いつも女々しかったわ——女の尻に敷かれるまえからね」とミス・フロストは続けた。ボブ伯父さんが「ボビー」と呼ばれるのは聞いたことがなかったが、私は今ではロバート・フリモントがフェイヴォリット・リヴァー学院でアルバート・フロストの同級生だったことを知っていたし、いわゆる人格形成期を寄宿学校で過ごすときには、二度と耳にすることも使うこともない名前で互いに呼び合うのだ（たとえば、もはや誰も私をニンフとは呼ばない）。

　私が祖父に全身を晒すことなしにバスタブから出ようと試みていると、ミス・フロストがタオルを手渡してくれた。タオルがあってさえ、バスタブから出て体を拭き、服を身に付けようとするのは決まりが悪かった。

「あなたの伯母さんのミュリエルのことをちょっと聞かせてあげましょうか、ウィリアム」祖父と私のあいだに防壁として立ちはだかりながら、ミス・フロストは言った。「ミュリエルはじつはわたしにのぼせていたの——彼女の『最初にして唯一のいい人』あなたの伯父さんのボブと付き合うようになるまえにね。わたしがミュリエルに応じていたらって想像してごらんなさい——つまり、自分を提供しようとする彼女にね！」ミス・フロストは最高のイプセンの女の演技で叫んだ。

「アル、頼むから礼儀をわきまえてくれ」ハリーお祖父ちゃんは言った。「ミュリエルはなんと言っても俺の娘なんだから」

「ミュリエルは偉そうに威張り散らすビッチよ、ハリー。もしもわたしと懇意になっていればもっといい人間になっていたかもしれないわ」とミス・フロストは言った。「わたしを尻に敷くのは無理だからね、ウィリアム」私の服の着方——お粗末なものだった——を検分しながら、彼女は言った。

「そりゃあ無理だ、アル——そうとも！」ハリーお祖父ちゃんは叫んだ。「あんたを尻に敷くなんてな！」

「あなたのお祖父ちゃんはいい人よ、ウィリアム」ミス・フロストは私に言った。「この部屋をわたしのために作ってくれたの。わたしが町へ戻ってきたとき、母はわたしのことをまだ男だと思っていたの。女として職場に出るまえに着替える場所が必要だった——それに、毎晩男として母のもとへ帰るまえにもね。ありがたいことなのかもしれないわね——少なくともわたしは楽になったわ——可哀相な母がもうわたしの性別がどっちなんだか、どっちであるべきなのかわかっていないらしいのは」

「ここを俺にきちんと仕上げさせてくれたらよかったのになあ、アル」とハリーお祖父ちゃんが言った。「やれやれ——ともかく、あの便器の周りには壁を作るべきだった！」祖父は意見を述べた。

「これ以上壁を作るには部屋が狭すぎるわ」とミス・フロストは答えた。今回は、便器に向かって立って木の便座を上げながら、ミス・フロストは私にも、ハリーおじいちゃんにも背中を向けなかった。ペニスはまったく硬くなっていなかったが、彼女はずいぶん大きなものを持っていたのだ——乳房はべつとして、体の他の部分と同じく。

「おいおいアル——あんたは慎みのある男だろ。俺はいつもあんたの味方をしてきたんだぞ」ハリーお祖父ちゃんは言った。「だけどな、これはよくない——あんたとビルのことだ」

「この人僕を守ってくれてたんだ！」私は思わず口を出した。「僕たち、セックスしたことはないんだよ。挿入したことはないんだ」と私は付け加えた。

「おいおい、ビル——おまえがそんなことしたって話なんか聞きたくないぞ！」ハリーお祖父ちゃんは叫んだ。お祖父ちゃんは両手で耳を覆った。

「だけど、僕たちしてないんだってば！」私は言った。

「ねえウィリアム、リチャードがあなたを初めてここに連れてきたあの夜を——あなたの貸出カードを作って、リチャードがわたしにあのイプセン劇の役をやらないかって言ったときの——覚えてる？」ミス・フロストが私に訊ねた。

「うん、もちろん覚えてるよ！」私は小声で答えた。

「リチャードはね、ノラの役を、それにヘッダの役を、女の人にやらないかって言っているつもりでいたの。あなたを家に連れて帰ってからのことだわ、きっと彼はあなたのお母さんに話したのよ――そしてお母さんはぜったいミュリエルに話したはず――でね、そのときみんなで彼にわたしのことを話したんだわ。だけどリチャードはそれでもわたしを出演させたがったの！　あのウィンスロップ家の女たちはわたしを受け入れなくちゃならなかった、少なくとも舞台の上ではね――芝居しているときのあなたを、ねえハリー、受け入れなくちゃならなかったのと同じように。そういうことじゃなかった？」と彼女は祖父に問いかけた。

「ああ、まあその――舞台はまたべつだからな、違うか、アル？」ハリーお祖父ちゃんはミス・フロストに問い返した。

「あなたも尻に敷かれてるわ、ハリー」とミス・フロストは言った。「嫌にならない？」

「さあ、ビル」と祖父は私に言った。「もう行くぞ」

「わたしはいつもあなたを尊敬していたわ、ハリー」ミス・フロストが祖父に言った。

「俺もいつもあんたを尊敬してたぞ、アル！」祖父はきっぱりと言った。

「わかってるわ――だからあの卑怯なクソッタレどもがあなたを寄越したんでしょ」とミス・フロストは返した。「ここへいらっしゃい、ウィリアム」彼女はいきなり私に命じた。私が彼女のところへ行くと、彼女は私の頭を裸の胸に引き寄せて抱きしめた。私の震えを彼女が感じているのがわかった。

「泣きたかったら、自分の部屋で泣きなさい――だけどあの連中には泣き声を聞かせないようにね」と彼女は私に話した。「泣きたかったら、ドアを閉めて枕の下に頭を埋めなさい。なんならあなたの親友のエレインのところで泣きなさい、ウィリアム――ただ、あの連中の前で泣くのは駄目。約束して！」

「約束する！」と私は答えた。

「さようなら、ハリー――あのね、わたしこの子をちゃんと守ったわよ」とミス・フロストは言った。

「あんたはそうしてくれただろうと信じてるよ、ビッグ・アル。あのな、俺はいつもあんたを守ってきたぞ！」ハリーお祖父ちゃんは叫んだ。

「わかってるわ、ハリー」彼女は答えた。「もうこれで、わたしを守れなくなるかもしれないわね。無理にそうしようとしないでね」彼女は付け加えた。

「できるだけのことはするよ、アル」

「あなたはそうしてくれるってわかってるわ、ハリー。さようなら、ウィリアム――それとも、『また会う日まで』かしらね」とミス・フロストは言った。

私はいっそう震えていたが、泣かなかった。ハリーお祖父ちゃんに手を取られ、一緒にあの暗い地下の階段を上がっていった。

「あの本はきっと、ミス・フロストが貸してくれた本なんだろうなあ、ビル――俺たちが話したテーマについての」リヴァー・ストリートをバンクロフト棟に向かって歩きながら、ハリーお祖父ちゃんが言った。

「うん、ものすごくいい小説だった」と私は答えた。

「俺も読んでみてもいいかもしれんなあ――アルが貸してくれるんなら」ハリーお祖父ちゃんは言った。

「友だちに貸すって約束したんだ」と私は答えた。「それからなら、お祖父ちゃんに貸してあげるよ」

「俺はミス・フロストから借りるようにしたほうがいいかもしれんな、ビル——俺に本を貸すことでお前を厄介な目に遭わせたくはないからな！　お前は当面、もうじゅうぶん厄介な目に遭ってるみたいだし」ハリーお祖父ちゃんは小声で言った。

「わかった」私は相変わらずお祖父ちゃんの手を握ったままだった。だが、私はわかってはいなかった。私はあらゆることの表面を引っ掻いていたにすぎなかった。わかるということについては、まだ足を踏み出したばかりだったのだ。

バンクロフト棟に着くと、モク部屋の偶像を崇拝する男子生徒たちは私たちを見てがっかりした様子だった。彼らは今や偶像化されているキトリッジが私と一緒にいるのを折に触れて目にすることを期待していたのに、そこへこうして私が祖父——禿げ頭で小柄で製材業者の作業着姿——と現れたからだったのだろう。ハリーお祖父ちゃんは明らかに教員タイプではなく、また、フェイヴォリット・リヴァーの卒業生でもなかった。祖父はエズラフォールズの高校へ通い、大学へは行っていなかった。モク部屋の男の子たちは祖父にも私にも目もくれなかった。ハリーお祖父ちゃんはきっと気にしていなかっただろう。どっちにしろ、あの男の子たちがハリーに気がつくわけがないではないか？　それまで祖父を見たことがあるにしても、舞台の上のハリー・マーシャルを、女だったときの彼を見ていたのだから。

「一緒に三階まで来てくれなくてもいいよ」私は祖父に言った。

「俺が一緒に行かないなら、なあビル、お前が説明しなきゃならないんだぞ」とハリーお祖父ちゃんは答えた。「お前はもうすでに大変な夜を過ごしてるんだ——あれこれ説明するのは俺に任せちゃあどうだ？」

「お祖父ちゃんのこと、大好きだよ——」と私は言いかけたが、ハリーはあとを続けさせなかった。

「そりゃそうだろう、俺もお前が大好きだ」と祖父は言った。「俺がちゃんと言うべきことをぜんぶ言うって信用してくれるな、どうだ、ビル?」

「もちろん、信用してるよ」私は答えた。祖父を本当に信用していたし、それに疲れていた。とにかくベッドに入りたかった。エレインのブラを顔に押し当てて、誰にも聞かれないように泣きたかった。だが、ハリーお祖父ちゃんと私が三階の住まいに入ると、催されていた家族集会——そこにはミセス・ハドリーも含まれていたことを、私はあとになって知った——は解散していた。母は自分の寝室に、意味ありげにドアを閉じて籠っていた。今夜はもう母がセリフ付けすることはなさそうだった。リチャード・アボットだけがその場で私たちを迎え、ノミのいる犬みたいにきょろきょろ落ち着かなげな様子だった。

リチャードには一言も言葉をかけずに——あの女の尻に敷かれた臆病者!——まっすぐ自分の部屋へ行くと、枕の下ではなく上に、『ジョヴァンニの部屋』があった。ひとの部屋をつつき回してひとの持ち物を詮索する権利はあいつらにはない、と私は思った。それから枕の下を見た。エレイン・ハドリーの真珠色のブラはなくなっていた。

我が家の狭い住居の居間へ戻ると、ハリーお祖父ちゃんはまだ彼の言う「あれこれ説明する」のを始めていないのが見て取れた。

「リチャード、エレインのブラはどこ?」私は継父に訊ねた。「母さんが持ってったの?」

「じつはね、ビル、君のお母さんはいつもの彼女じゃなくなってね」とリチャードは答えた。「彼女、あのブラをめちゃくちゃにしてしまったんだよ、ビル、申し訳ないんだけどね——切り刻んでしまったんだ」

「なんと——」とハリーお祖父ちゃんが言いかけたが、私は遮った。

「違うよ、リチャード」と私は言った。「それがいつもの母さんなんだ、違う？　母さんは『いつもの彼女じゃなくなってる』んじゃない。そういうのこそ、母さんって人なんだよ」

「ああ、まあその――なあビル」ハリーお祖父ちゃんが口を挟んだ。「女物の衣類をしまっとくには枕の下より目立たない場所がいろいろあるぞ――経験から言って」

「二人ともうんざりだ」私はハリーお祖父ちゃんのほうは見ないで、リチャード・アボットに言った。お祖父ちゃんのことを言ったのではなかったし、祖父にもそれはわかっていた。

「俺は俺たち全員にほとほとうんざりしてるぞ、ビル」とハリーお祖父ちゃんが言った。「なあ、お前はもうベッドへ行って、あれこれ説明するのは俺に任せておけ」

二人のところから去るまえに、母が寝室で泣いているのが聞こえた。母は私たち全員に聞こえるほど大きな声で泣いていた。そのために母は大声で泣いていたのだ、もちろん――皆に聞かせて、リチャードに寝室へ来てちやほやしてもらえるように。そしてリチャードはそうした。母はプロンプターの役割を終えていたわけではなかったのだ。

「メアリのことはわかってるよ」ハリーお祖父ちゃんは私に小声で言った。「説明の場に自分もいたいんだ」

「僕だって母さんのことはわかってる」と私は祖父に言ったが、私は母についてまだまだ知ることがあったのだ――私が思っていた以上に。

私はハリーお祖父ちゃんの禿げ頭のてっぺんにキスし、そのとき初めて自分が小柄な祖父より背が高くなっていることに気づいた。私は自分の部屋へ入ってドアを閉めた。母の声が聞こえた。まだすすり泣いている。そのときだった、ミス・フロストに約束したとおり、本当に、あの連中に聞こえるような声ではぜったいに泣くまいと決心したのは。

枕の上には同性愛者の愛というテーマについての知識と思いやりに満ちたバイブルがあったが、私はあまりに疲れ果て、あまりに怒りに燃えていて、それ以上ジェームズ・ボールドウィンの意見を聞く気にはならなかった。

あの薄い小説の終わりに近い一節を再読していれば、さらに知識を得られていただろう——私が言っているのはあの「愛の死とともに冷たくなる心」についての部分だ。ボールドウィンはこう書いている。「それはぎょっとするような過程だ。私がそれについて今まで読んだ何にもまして遥かに凄惨で、私がこの先口にできるであろうどんなことよりも恐ろしい」

あの恐ろしい夜にあの一節を再読していれば、ミス・フロストが私に別れを告げていたことに、そしてあの奇妙な「また会う日まで」という言葉で彼女が言いたかったのは私たちが恋人同士として顔を合わせることは二度とないだろうということだったのだと、気づいていたかもしれない。

たぶんあのときにあの一節を再読したり、あのときにこんなことすべてに気づいていたりしなくてよかったのだろう。あの夜ベッドに入った——壁越しに、母が手練手管で泣いているのを聞きながら——私には、もうじゅうぶん心に渦巻く思いがあったのだから。

ハリーお祖父ちゃんの異常に高い声もなんとなく聞こえたが、何を言っているのかはわからなかった。祖父が「あれこれ説明する」ことを、つまり、私のなかでたった今本格的に始動し始めたことに自分でも気づいたプロセスを始めたのだと、わかっただけだった。

これからは、と私は思った——齢十八にして、煮えたぎる思いを胸にベッドに横たわりながら——「あれこれ説明する」のはこの僕だ！

IN ONE PERSON [Book 1]
by John Irving

ひとりの体《からだ》で [上]
ジョン・アーヴィング著 小《こ》竹《たけ》由《ゆ》美《み》子《こ》訳

発 行 2013年10月30日

発行者 佐藤隆信
発行所 株式会社新潮社 〒162-8711 東京都新宿区矢来町71
電話 編集部 03-3266-5411／読者係 03-3266-5111
http://www.shinchosha.co.jp
印刷所 株式会社精興社
製本所 加藤製本株式会社

乱丁・落丁本は、ご面倒ですが小社読者係宛お送り下さい。
送料小社負担にてお取替えいたします。
価格はカバーに表示してあります。

ISBN 978-4-10-519115-3 C0097

JOHN IRVING
ジョン・アーヴィングの本

ガープの世界　上下

筒井正明 訳　新潮文庫

圧倒的なストーリーテリングで暴力と死にみちた
この世をコミカルに描き出し、物語の復権を成し遂げた
世界的ベストセラー。全米図書賞受賞作。

ホテル・ニューハンプシャー　上下

中野圭二 訳　新潮文庫

ホテル経営の夢にとりつかれた父と、それぞれに傷を負った
五人の子どもたち。そして悲しみという名の犬。
美しくも悲しい愛のおとぎ話。

また会う日まで　上下

小川高義 訳　単行本

逃げた父は教会オルガニスト。跡を追う刺青師の母は
幼子とともに北海の国々へ。父を知らぬ息子は、
やがて俳優になり——。感動の大長篇。

あの川のほとりで　上下

小竹由美子 訳　単行本

少年が熊と間違えて殴り殺したのは、父の愛人だった！
愛と暴力と偶然に翻弄されつつ逃亡する、料理人とその息子。
ハートフルで壮大な、半自伝的長篇小説。